[美] S. J. 金凯德（S. J. Kincaid）著 王小亮 译

天地出版社 | TIANDI PRESS

图书在版编目（CIP）数据

烽火游戏. Ⅰ, 战争学徒 /（美）S.J.金凯德著；王小亮译. —成都：天地出版社, 2019.1
ISBN 978-7-5455-3623-2

Ⅰ. ①烽… Ⅱ. ①S… ②王… Ⅲ. ①科学幻想小说—美国—现代 Ⅳ. ①I712.45

中国版本图书馆CIP数据核字（2018）第039115号

著作权登记号 图字：21-2018-548

烽火游戏Ⅰ：战争学徒

FENGHUO YOUXI Ⅰ：ZHANZHENG XUETU

出品人　杨　政
著　者　［美］S. J. 金凯德
译　者　王小亮
责任编辑　杨永龙　袁静梅
封面设计　肖安云　李笑冰
内文排版　海星创造
责任印制　葛红梅

出版发行　天地出版社
（成都市槐树街2号　邮政编码：610014）
网　址　http://www.tiandiph.com
http://www.天地出版社.com
电子邮箱　tiandicbs@vip.163.com
经　销　新华文轩出版传媒股份有限公司

印　刷　河北鹏润印刷有限公司
版　次　2019年1月第1版
印　次　2019年1月第1次印刷
成品尺寸　145mm×210mm　1/32
印　张　13
字　数　365千
定　价　39.00元
书　号　ISBN 978-7-5455-3623-2

咨询电话：（028）87734639（总编室）
购书热线：（010）67693207（市场部）

献给我的父母

你们对我的鼓励

给了我追随梦想的勇气

译者序

假如你是一个“loser”，课业平平，居无定所，除了电子竞技一无所长，本以为这辈子就会这么混下去；但是忽然有一天，有人告诉你，你就是拯救这个世界的希望，你会怎么想？我们的主人公汤姆·雷恩斯就是这样的一个角色，因为在电子竞技中的突出表现，汤姆收到了军方的邀请，自此，他的生活发生了天翻地覆的变化……

这个故事发生在几十年后的近未来。那时候，战争已经不再是血肉之躯间的争斗，战场也远离了我们居住的地球，战争的胜负完全取决于由人脑远程控制的战舰间的厮杀。那时的地球上，商业资本的发展已经让国家衰微，真正掌权的是活跃在争斗不已的两大阵营背后垄断着各种资源的跨国公司联盟。就是在这样的背景下，汤姆结识了来自世界各地的朋友，开始了自己在军事学校中的成长与冒险生涯。

《烽火游戏》是一部精彩的青少年科幻小说，也是美国作家S. J. 金凯德的出道之作，作品融合了科幻、虚拟现实、电子游戏、政治权谋、军事竞赛等元素，情节跌宕起伏，设定极富巧思，学院生涯的设计会让《哈利·波特》的粉丝们会心一笑，“少年透过游戏进行军事行动”的核心致敬科幻经典《安德的游戏》，巧妙穿插在故事中的各种历史典故更是让故事变得意趣盎然，为整部作品增色不少。

美国哈珀·柯林斯出版集团用超过两百万人民币的高价签下了《烽火游戏》三部曲，第一部一经推出就大受读者好评。目前，这部作品已售出了包括英国、德国、波兰等国在内的多国版权，福克斯影业也在出版前就买下了小说的电影版权，预计在不久的将来，我们就能在大银幕上看到汤姆的故事了。作为译者，非常荣幸能有机会将这样一部有趣的作品介绍给大家，也希望各位读者在和汤姆及其小伙伴们一起展开冒险之旅的过程中能够感受到那份愉悦。

王小亮

中文版序

很高兴我的“烽火游戏”系列即将在中国出版。在这个故事发生的世界里，两个超级阵营正在展开一场战争。战争体现的并不是国家的需求，而是大型跨国企业的商业利益，是它们驱使各自阵营进行着战争。我们的主人公尽管分别来自亚洲、欧洲、美洲等地区，但他们之间却具有很多的共同点，远比他们和各自阵营中驱使他们战斗的高层人士间的共同点要多得多。

我始终坚定地认为，人类最终一定会奔向太空，不然我们在地球上就只有死路一条。现在，美国正在削减太空项目的经费，培养的科学家也越来越少；而另一方面，中国的太空项目正在蓬勃发展，并将月球定为了下一个目标。

不管最后带领我们进入太空时代的是哪个国家，真正的赢家都会是全人类，因为只要进入太空，国家间的区别就将不复存在。毕竟，我们都只是生活在同一颗行星上享受着同一个太阳照耀的同一个物种。群星中有我们光明的未来，只需要有人带领我们超越自身的局限，将目光放长远，鼓起勇气，迈出勇敢的步伐。

先说这么多，接下来，就请欣赏《烽火游戏》的故事吧。

S. J. 金凯德

跨国公司联盟势力分布

海洋同盟：

欧洲一澳大利亚集团

大洋洲集团

北美联盟

中非

跨国公司（与其赞助的战斗员）：

道明·阿格拉公司

赞助的战斗员：卡尔·“征服者”·马斯特斯（成吉思汗学院）

诺布瑞迪斯公司

赞助的战斗员：埃利奥特·“阿瑞斯”·拉米雷斯（拿破仑学院）

卡登斯·“蜂刺”·格雷（亚历山大学院）

布莱特·“公牛”·施迈泽（拿破仑学院）

温德姆·哈克斯公司

赞助的战斗员：海瑟·“谜”·埃克隆（马基雅维利学院）

尤素福·“飞箭”·赛义德（成吉思汗学院）

斯沃登·“新人”·盖尼（拿破仑学院）

玛切特·雷迪公司

赞助的战斗员：莱阿·“烈焰”·斯泰伦（汉尼拔学院）

梅森·“幽灵”·梅金斯（汉尼拔学院）

汇聚点工业

赞助的战斗员：埃摩法·“极星”·奥斯特利（亚历山大学院）

阿列克·“秃鹰”·塔尔苏斯（亚历山大学院）

拉尔夫·“角斗士”·贝茨（汉尼拔学院）

黑曜石集团

赞助的战斗员：无

大陆同盟：

南美联邦

北欧集团

非洲属国

加盟跨国公司（其赞助的战斗员名单未知）：

先声公司

莱克辛肯移动公司

LM 莱默舰队公司

克罗努斯便携设备公司

强力能源公司

卓越通信

第一章

新城市，新赌场——老玩法。对于汤姆·雷恩斯来说，亚利桑那州的达斯蒂·斯匡托赌场是个不错的地方，因为这里的虚拟现实厅不收入场费。他溜进大厅，找了个阴暗角落里的沙发坐下，一个一个地仔细观察着周围的玩家。不一会儿，他的视线就落在了对面拐角处的两个人身上。

就是他们了。

那两个人正戴着虚拟现实面罩和有线手套站在那里，双手紧握悬在半空。他们前方头顶上的大屏幕正在播放两人的比赛实况，任何人都可以下注。不过，应该没什么人会在这局比赛上下注。两人中的一个驾驶技术卓越，一看就是个经验丰富的玩家，另一个就差远了，他的赛车挡泥板不时刮过赛道围栏，吓得屏幕上的虚拟观众惊声尖叫四散奔逃。

领先的赛车冲过了终点线，赢了的那位得意扬扬地转过身，要求另一位付钱。前者挺着胸脯，一副不可一世的样子。

汤姆坐在那个阴暗的角落里无声地笑了。

抓紧时间享受吧，伙计，趁还来得及。

汤姆等待着时机，一直等到那人数完手里的钞票，信步朝他所在的方向走来时，才故意很大声地从箱子里取出一副虚拟现实装置，故意用错误的方法大模大样地戴上手套，然后又煞费苦心地调整了一番，结果手套和电线在他的胳膊上纠结成了一团。他用眼角一瞥，那个赢家正在看着他。

“喜欢玩游戏吗，小子？”那人问，“要不要来一局？”

汤姆睁大了眼睛，做出一副无辜的表情，他知道这会让他显得更小。尽管已经十四岁了，但他长得又矮又瘦，而且一脸密密麻麻的青春痘，很少有人能猜出他的真实年龄。

“我只是看看。我爸不让我赌。”

那人舔了舔嘴唇。“哦，别担心，你爸爸不会知道的。就几块钱，我们好好玩儿一把。说不定你会赢呢。你有多少钱？”

“只有五十块。”

汤姆很清楚该说多少。多于这个数的话，人们通常都会想要先看到现钱再赌。事实上，他的兜里只有两块钱。

“五十块？”那人说，“够了，不过是赛车而已。你会赛车吧？”他转了转虚拟的方向盘。“没什么大不了的。想想看，要是你赢了，你的五十块就能翻倍了。”

“真的？”

“真的，小子。咱们试一把。”那人居高临下地窃笑道，“你赢了的话，我肯定付钱。”

“可万一我输了……”汤姆故意留着话头，“我只有这么多钱。我可……这不行。”他转身准备离开，心里正等着那人说出他想听的那几个字。

“好吧，小子。”那人叫道，“用翻倍或全赔规则。”

哈！

“我赢了得五十，你赢了得一百。没有比这更好的条件了，抓住机会哦。”

汤姆缓缓转过身，强忍着已经升到喉头的笑声。这家伙一定已经把那五十块看作是他自己的囊中物了，这么容易就上了钩。绝大多数赌场里都有那么几个玩家，可以这么说，他们就住在虚拟现实厅里，自以为是降落凡间的神灵，可以轻而易举地打倒任何不幸闯入他们领地的倒霉蛋。汤姆很满意自己在这种人心目中的形象：骨瘦如柴、容易欺负的傻小子。等到把他们甩出去几条街，看到他们脸上笑容消失的时候，他的好心情还会再上一个新台阶。

为了保险起见，汤姆继续演了下去。他装出一副很不熟练的样子戴上面罩。"好了，开始吧。"

那人掩饰不住自己声音中的得意："我们开始吧。"

比赛开始。两辆赛车发出一阵轰鸣，沿着赛道绝尘而去。汤姆在心里数着圈数，小心地计划着。他时不时地故意犯点儿小错，但每个错误都不足以使他落后太多，只是落在对方的车后不远处。那人一副满怀信心、志在必得的样子，夸张地挥舞着有线手套猛打方向盘，终点线就在眼前，他的车转到了合适的角度，汤姆的嘴角终于浮现出了一丝笑容。

手套轻轻一挥，汤姆的车头撞在了那人的后挡泥板上，然后猛地开始喷气加速。那人愤怒地大叫了起来，简直不敢相信自己的车就这么在一片火光中飞出了路面。

汤姆的赛车冲过了终点线，那人的车一头扎进了赛道旁的沟里，爆成了一个火球。

"这……这……"那人咕哝道。

汤姆摘下面罩。"哎呀，我以前好像玩过这个游戏。"他摘下手套，"把我的一百块拿过来呗！"

他着迷地看着那人额头上越暴越粗的青筋，那人则连话都说不清楚了。"你这个小……你不能……你……"

"这么说你不打算付钱了？"汤姆悠闲地瞥了一眼之前那局比赛的输

家，那位新手正坐在附近的一张沙发上，显然很关注这场正在进行的交易。汤姆提高嗓门，好确保他听得清每一个字。“看来在这儿玩的人都不是为了钱，对吧？”

那人顺着汤姆的视线看了过去，看到了之前输钱给自己的那个人，明白了汤姆的意思：要是他不付汤姆钱，之前的输家也就不应该付他钱。

那人语无伦次地哼哼了几声，就像他那辆破车的引擎一样，然后伸手从兜里的一沓钞票中抽出了一百块。他把钱塞进汤姆的手里，咕哝着什么再比一局之类的话。

汤姆翻了翻手里的钞票，乐滋滋地看着那人一脸愤怒的样子。“还想再来一局？行啊，再来一场翻倍或全赔怎么样？我不介意再多拿两百块。”

那人的脸涨成了猩红色，但最后还是决定不要再让损失扩大。沙发上那个新手则向汤姆伸出大拇指表示祝贺。汤姆回礼致意，然后把钞票装进了口袋，一百块。通常他得和好几个玩家赌好几把才赚得够住一晚上的房钱——毕竟虚拟现实游戏的赌本都很小，不过在达斯蒂·斯匡托赌场这样的低档场所，一百块开间房足够了。

汤姆的心思已经飞到了即将到来的夜晚休憩上。床、电视、空调，真正的淋浴，甚至还能再回到这里来多玩几把游戏，纯粹图个乐子。

但还没走到门口，他就意识到了一个可怕的现实：这里可是个有虚拟现实厅的赌场。

今天下午绝对没有借口逃学了。

汤姆回到虚拟现实厅，登入了罗斯伍德感化院的虚拟实境，他已经两周没来过了。在罗斯伍德待了四年，他还从来没有翘过这么久的课，而且今天的课程也已经过去了大半。光是通过面罩看到法尔茅斯女士的虚拟形象和她的虚拟黑板就让刚才那场胜利带来的满足感消失殆尽。

法尔茅斯女士立刻注意到了他。“汤姆·雷恩斯。”她说，“蒙您赏光，万分荣幸。”

“不客气。”汤姆回答。他知道这会惹恼法尔茅斯女士，不过法尔茅斯女士对他向来也没什么好印象，所以这么做也没什么损失。

说实话，他确实缺了不少课，绝大多数都不是故意的，而是因为没有网络连接。这也是有个赌徒父亲的缺点之一。

汤姆的父亲尼尔在赌博中通常都能赚到些钱，然后好给他们俩找个遮风避雨的地方，买些礼品店里的食物。不过有时候他也会输个精光。最近几年输钱的频率越来越高，大概是他的手气越来越差了吧。每当尼尔输个精光，而汤姆又找不到菜鸟下手的时候，他们就只能放弃旅店客房这种小小的奢侈，在公园、汽车站或者火车站的长椅上过一夜。

法尔茅斯女士和全班同学都看着他，他得赶紧想出个以前没用过的理由，好好解释一下自己为什么又消失了两周。他翘课的次数可不少，意外这个理由已经用过好几次，爷爷奶奶外公外婆的葬礼也都参加过了，甚至连曾祖级的长辈也被他用上了几个。至于“掉进井里”“在林子里迷了路”“撞到头昏迷了”之类的，这种事发生的次数也不能太多，不然连他自己都会觉得自己像个大白痴。

今天，他想试试这个理由。“我那里所有的虚拟现实厅都受到了电子攻击，大陆同盟的黑客，你知道的吧？方圆十英里内的人都接受了国土安全局的讯问，我连网都上不去。”

法尔茅斯女士只是摇了摇头。“别在那儿白费唇舌了，汤姆。”

汤姆坐了下来，没来由地感到一阵失望，这个借口也挺不错的呀。

教室里所有的虚拟形象都在暗自笑话他，每次都是。他们笑话汤姆，因为他从来都不知道该什么时候交作业，也从来都不交家庭作业，在绝大多数时候甚至连按时出现在在线课堂里都做不到。他关掉了同学们的影像，专心地玩儿起了手里的铅笔——这在虚拟实境里比在现实中更难。绝大多数标准的有线手套都有一点儿延时，汤姆发现利用这种延时来磨炼操作技巧对他今后的游戏生涯很有帮助。

旁边传来一声低语 ："我很喜欢你的借口。"

汤姆随意地回头看了一眼旁边的女孩儿，她肯定是最近两周新来的。她的虚拟形象有着一头黑色的秀发和一双明亮的棕黄色眼睛。"谢谢，虚拟形象不错。"

"我叫海瑟。"女孩儿笑道，"而且这个不是修改过的虚拟形象。"

你说不是就不是呀。汤姆心想。真实世界里可没人看上去是那个样子，除非是名人。不过汤姆还是点了点头，摆出一副相信的样子。"我叫汤姆。不管你信不信——"他指了指自己，好像自己的样子非常英俊，非常值得自豪一样。"这个虚拟形象也没修改过。"

海瑟笑了起来，汤姆的虚拟形象看起来就和他本人一样——骨瘦如柴、满脸脓包。一般人要是想在网上给人留下个好印象就绝对不会选这副样貌。

法尔茅斯女士转过身看看他们俩。"汤姆、海瑟，你们俩还没闹够吗？要不要我再多给你们点时间聊天？"

"抱歉。"汤姆说，"我们说完了。"

自从入学那天起，汤姆和法尔茅斯女士就互相看对方不顺眼，因为他第一天上学时用的虚拟形象是游戏《凯尔特大冒险》里的克鲁大人。法尔茅斯女士当着全班同学的面大声指责他粗俗无礼，好像他是为了嘲笑这个班级而故意这么做的一样。不过事实上，他只是很喜欢《凯尔特大冒险》里的克鲁大人而已。

在那之前，只要有可能，汤姆每次上网都会用和真实的自己不同的虚拟形象，但从那次之后，他上学都是用自己本身的形象。那种感觉就像是抛掉了虚假的皮囊，把那个在现实世界里总是跟在父亲身后，长相丑陋、金发灰眼的汤姆斯·雷恩斯暴露在了罗斯伍德一样。他可一点儿都不相信坐在旁边的那个女生就像她的虚拟形象一样在现实世界里也是个黑发美人。还有坐在后墙角那边的瑟奇·利昂，他要真是个六英尺巨汉那可就太扯了。那家伙在真实世界里说不定身高只有四英尺①，而且还是个胖子。

可法尔茅斯女士似乎对他们的虚拟形象一点儿都不介意。只要有汤姆在，其他人就自动在她的雷达上消失了。

“今天的课题是正在进行的战争，汤姆。也许你能为我们的讨论做点贡献。什么是离岸冲突？”

汤姆努力回忆着在新闻和网络上看到过的那些片段——战斗员遥控飞船在外太空展开战争。这些操纵者的身份都是绝密的，人们只知道他们的称号。“离岸冲突就是在地球之外进行的战争，发生在外太空或其他星球的战争。”

“天空是蓝色的，太阳从东方升起。我要你说的可不是这些，你得说说自己的理解。”

汤姆停下了转笔的动作，努力集中精神。“现代战争不是由人来打的。我的意思是，也可以说是由人来打的，因为尽管真正负责打仗的是那些机器，但遥控无人战机的是地球上的人。如果我们的机器没有被大陆同盟给消灭光，那我们就算赢了一仗。”

“那么卷入目前这场冲突的都有哪些国家呢，汤姆？”

“整个世界都卷入了，所以才叫第三次世界大战。”法尔茅斯女士似乎还不满意，于是汤姆只得扳着虚拟手指列出主要的参战国。“天竺国和合众国同盟，欧洲－澳大利亚集团站在我们这边。波尔雅国与东亚联合体携手，非洲国家与南美联邦支持他们。至于跨国企业联盟中那十二家最有影响力的公司，正好一分为二支持交战双方。还有……嗯，差不多

---

① 约合1.2米。

就是这些了。”

关于这场战争汤姆知道的差不多就是这么多，他不太清楚法尔茅斯女士还想要听什么，至于那些加入两大阵营的小国，要列出全部名字可就太难了，估计整个班里也没几个人能做到。罗斯伍德可不是白叫“感化院”的——绝大多数学生都是因为上不了现实里真正的学校才来的这里。

“你能说出关于现在这场离岸冲突与古典战争的主要区别吗？说出一条就行。”

“不能？”汤姆满怀希望地回答。

“我可不是真的问你能不能。回答问题。”

汤姆又开始转笔了。法尔茅斯女士就是这样，她总是不断地提问，直到把汤姆掌握的那点知识榨得一干二净，让他看起来像是个搞砸了的白痴。这次汤姆直接缴械投降。“不知道，抱歉。”

法尔茅斯女士叹了口气，转向了下一个受害者，似乎她本来就没期望汤姆能回答多少。“海瑟，看起来你们俩交朋友倒是交得挺快。既然第一天上学就这么能聊，也许你能为汤姆讲一讲现代战争的主要特点。”

海瑟迅速瞥了汤姆一眼，然后回答道：“在其他行星开战可以防止地球被卷入战火，尽管还是通过武力来解决问题，但避免了传统战争可能造成的绝大多数的不良后果，例如人员的伤亡、基础设施的损坏、环境被污染，等等。这就是现代战争的主要特点，您还需要我继续深入吗，法尔茅斯女士？”

法尔茅斯女士半天都没有说话，似乎是被海瑟完整详尽的回答给镇住了。“这就可以了，海瑟。非常……嗯，完整。离岸冲突既是社会的也是生态的。”法尔茅斯女士转向黑板，“请各位思考一下，因为这场冲突的本质所发生的变化，我们所面对的现实发生了哪些变化……”

海瑟趁机在汤姆的耳边轻声说：“我不是故意让你惹上麻烦的。”

汤姆轻声笑着摇了摇头。“你没让我惹上什么麻烦。法尔茅斯女士只是想让我知道她有多想我。”

他的手套震动了起来，这表明有人正在接触他的虚拟形象。汤姆低头一看，心头不禁颤动了一下，海瑟的手正搭在他的胳膊上。海瑟用轻不可闻的声音问：“你确定？”

“确定。”汤姆回答。那感觉非常强烈，就好像海瑟真的坐在他旁边，正在现实世界里触摸他一样。

海瑟的手拂过他的手臂，然后收了回去。她把手放回到了电脑前。汤姆忽然很想知道海瑟真实的相貌是什么样。她的虚拟形象一点都不像个九年级学生——难道她比自己还要年长？

“如今的武器可以摧毁电离层，射穿地球，蒸干海洋。”法尔茅斯女士在黑板前说，“把战场转移到外太空，比如说土星上，让波尔雅国和东亚联合体也参与进来，这样我们就可以在不承担传统战争带来的毁灭性后果的前提下，解决各方在资源分配上的分歧，就像海瑟刚才说的那样。过去的人们相信，第三次世界大战将毁掉整个人类文明。阿尔伯特·爱因斯坦有段非常著名的话：我不知道第三次世界大战会使用什么武器，但第四次世界大战用的一定是石头和棍子。不过现在第三次世界大战进行正酣，而我们距离文明的毁灭却还很遥远。”

法尔茅斯夫人打了个响指，黑板变成了显示屏。“接下来，我们将学习太阳系内的各主要力量。希望各位同学重点关注一下那些决定着你们国家未来的少年们。我们先放一段视频。”

汤姆坐直了身子。屏幕变成了五角大楼的外景，从大楼中间伸出的尖塔高耸入云，画面切换进了新闻间，一个男孩儿正坐在记者面前，那男孩儿非常出名。

是埃利奥特·拉米雷斯。

汤姆靠回了靠背，后面的瑟奇·利昂干脆沮丧地叫了起来："又是拉米雷斯！"

到处都是埃利奥特·拉米雷斯。人人都知道他——英俊潇洒、笑容阳光，十七岁、合众国人，象征着海洋同盟太阳系霸权的未来。商业广告里、布告栏上，到处都是他那灿烂的笑容；维生素药瓶、麦片包装盒、T恤衫上，他那深色的眼睛随处可见。每次海洋同盟在新闻里宣布新的胜利，埃利奥特都会被抛出来接受采访，发表一通关于合众国如何注定会取得胜利的长篇大论。当然，埃利奥特也是诺布瑞迪斯公司公关发布会的门面，这家公司可是他的赞助商。年轻的学员们控制着合众国的外太空机器，他们立志打垮大陆同盟，捍卫海洋同盟诸盟国在太阳系内的权益，而埃利奥特就是其中的佼佼者。

"你的称号阿瑞斯是怎么得来的呢？"记者问埃利奥特，"据我所知，阿瑞斯是希腊神话中的战神，代表战场上的威力。"

埃利奥特笑了笑，露出了一排洁白的牙齿。"阿瑞斯这个称号不是我挑的，我猜是我的战友们觉得它适合我，他们求我用这个称号，我可无法拒绝兄弟们的请求。"

汤姆笑了出来，他实在忍不住了。周围的几个女虚拟形象很不高兴地转过身要他闭嘴。

画面切换到了太空战场——一艘带有阿瑞斯标识的飞船正向一大群飞船飞去，下面的字幕写着"泰坦战役"。记者在画外继续提问："……你最近几年吸引了不少的注意力，拉米雷斯先生。关于公众对你的狂热，你有什么看法？"

"说实话，尽管许多人都觉得我是个大英雄，但我自己并不这么看。真正在外太空打仗的是那些机器，我只不过负责控制它们而已。可以这么说——"画面切回到了埃利奥特，正赶上他对着摄像机露出他那灿烂的笑容。“——我只不过是个喜欢玩机器人的孩子而已。”

汤姆一直记得之前自己看过的唯一一次关于埃利奥特·拉米雷斯的访问。当时汤姆正和父亲在旅馆里，父亲非要坚持把整段访问看完，因为他坚信埃利奥特·拉米雷斯不是真实存在的人，他一直拒绝换台，直到汤姆也被说服为止。

“那可不是个男孩儿，那是电脑合成的。”尼尔这么宣称。

“爸，有人见过他的真人。”

“人类可不是那个样子！看看他，每十五秒眨一次眼，精确无误。不信你自己计时。再看这个，每次他抬眉毛的时候，抬起的高度都一样，每次都是。还有那个笑法，嘴咧开的宽度每次都一样。那是电脑合成的人像，我敢打包票。”

“那记者是在和谁说话呢？”

“她也是阴谋的一部分。主流媒体的大老板是谁？是大公司。”

“对，所以麦片盒上印的那个男孩儿的头像都是虚构的，还有诺布瑞迪斯，埃利奥特每次接受采访都会提到他的这个赞助商，他们也在围着一个从没见过真人的男孩儿瞎转悠？还有他和参议员、名人合影的那些照片，后期制作的对吗？哦，别忘了网上那些声称拿到他签名的家伙……他们也是阴谋的一部分，对吧？”

尼尔激动得唾沫横飞。“汤姆，我告诉你，这个埃利奥特不是真人。企业巨头就是这么干的，他们需要一张漂亮脸蛋，好让他们的阴谋诡计在大众面前显得好看。真人是无法预测的，如果是用电脑来合成一个人作为组织的代言人呢？所有的一切就都可以控制了。他和商标没什么不同，不过就是个会动的标识物而已。”

“而你是世界上唯一一个发现这个秘密的人。”

“什么？你觉得那些好欺负的合众国小民会质疑这些大企业吗？他们

都忙着为国尽忠呢，让他们的国家资助战争，只有这样联盟的CEO们才能挣到大钱。醒醒吧，汤姆，我可不想让我儿子也被这种体制内的宣传给洗脑了。”

“我哪有？没有！”汤姆抗议道。

他很希望父亲是对的。真的。即使是在看这段视频的时候，他也仍在寻找着计算机合成的迹象，不过看了半天，他只觉得自己看的是一个对自己讲的笑话笑得太多、疯狂自恋的帅小子。

“今晚还想告诉我们的观众些什么呢，拉米雷斯先生？”

“我想让他们知道，我们这些五角尖塔里的孩子并没有做出多么大的牺牲，保护祖国非常好玩！是你们，合众国纳税人让我们的国家变得强大。感谢诺布瑞迪斯公司，海洋同盟将……”

“保护祖国。”就在埃利奥特开始为诺布瑞迪斯公司打广告的时候，法尔茅斯女士关闭了视频。“下次再觉得作业太多的时候，我希望你们能想一想压在这位年轻人肩上的重担。埃利奥特·拉米雷斯正在为我们的祖国争取未来，保护我们在太阳系内的资源，你们可没有听到他抱怨什么，是不是？”

下课铃响了，法尔茅斯女士都还没来得及宣布下课，学生们就纷纷下线了。

汤姆通常都是第一个下线的，但这一次他没有，因为就在他伸手准备摘下虚拟现实面罩的时候，海瑟开口说：“这么快就下了？”

她的声音听起来有些失望。汤姆放下手说：“再待会儿。”

海瑟挪开桌子，两个人坐到了一起，汤姆感觉自己套着有线手套的双手正变得湿漉漉的。

“那个埃利奥特·拉米雷斯，”海瑟拨开挡在眼前的秀发，“自大到快从屏幕里爆出来了，是吧？我都想赶紧找个地方躲起来，免得被炸到。”

“你是个女孩儿，却不喜欢埃利奥特·拉米雷斯，真让人不敢相信。”汤姆称赞道。他忽然想到，也许真实的海瑟并不是个女孩儿，而是个戴着变声器、黑进学校网络里的小子。

“这么说吧，我对这家伙的了解程度已经让我对这种炒作性的宣传免疫了。”话语里那有所保留的潜台词让汤姆不禁想要知道，自己是不是错过了个笑话。

“你真是女孩子？”汤姆忍不住问道。

“当然是了！”

“哦。没见到真人我总有些难以相信。”

“你这是在邀请我和你视频吗？”海瑟揶揄道。

汤姆一开始并没有想到这一点，不过他的脑子转得很快。“可以吗？”

海瑟的手指玩弄着一缕黑发。“嗯，既然这是一所在线学校——”她有些羞涩地说，“视频是不是就算罗斯伍德式的约会了？”

汤姆张了张嘴，听起来海瑟并不讨厌这个主意。“你希望是约会吗？”

海瑟笑道：“你明天会用哪个IP地址，汤姆？”

汤姆把自己的IP地址给了海瑟，保证明天见面时还是使用同样的IP地址，他简直不敢相信刚才发生的这一切。约定的见面时间居然是上课前两小时，早得有些不可思议，但他毫不介意。海瑟说这是因为她所在的时区的关系。汤姆决定，如果有必要的话他可以一晚上不睡等着。他的大脑正在飞速运转，他要约会了……算是吧。和一个真正的、活生生的女孩儿……但愿。

海瑟下线后，汤姆一直站在课桌前，盯着海瑟刚刚待过的地方——现实世界里的他正戴着虚拟现实面罩在沙发上坐得笔直。头一次约女孩儿，而且那女孩儿也同意了，这让他的大脑兴奋不已，想想看，一开始他还以为今天只不过又是普通的一天呢……

不远处传来清嗓子的声音。

汤姆这才忽然发觉，虚拟课堂里只剩下他和法尔茅斯女士了。

“我就下线。”汤姆赶紧说，现实世界里的他正准备伸手摘下面罩。

“先别急，汤姆。”法尔茅斯女士说，“再等一下。我们谈谈。”

哦。

汤姆心里一沉，因为他对此已经有所预感，而且这次肯定不是什么好事。

“去我办公室吧。”法尔茅斯女士挥动手指操纵程序，周围的景象变成了一间办公室的样子。法尔茅斯女士坐在宽大写字台的一端，汤姆只得坐在对面的座位上，不知道这次法尔茅斯女士又要说些什么才肯放他走。

“汤姆，”女士双手十指交叉放在写字台上，“我对你的到课率很担心。”

汤姆长出了一口气。“我想也是。”

“之所以让你上这所学校，就是因为你已经十一岁了，但却从来没上过学，不管你父亲有什么原因，我们都想让你及时赶上，但我感觉你的努力程度和班上其他人相比还是有很大的差距。事实上，考虑到你几乎很少来上课，我发现情况正变得越来越难以收拾。”

“也许我需要转到特教学校去。”汤姆提议道。

“这里就是特教学校。你没有其他选择了。”

“我会努力的。”

“不，你没有。更重要的是，你父亲也没有。你知道自己上周错过了两次小测和一次历史论文吗？”

“那是不可抗力的缘故。”

“大陆同盟的黑客，是吧？”女士说，“或者你又被恐怖分子劫为人质了？被冲到了海里，跑到了一个没有网络的荒岛上？”

“这倒没有。”不过他在心里暗自记住了这个说法，准备以后什么时候用用。

“汤姆，你根本就没把这当回事——这就是你的问题所在。这可不是什么游戏：我们说的可是你的未来，而你正在把它抛到一边。一个月前，你还向我保证以后再也不缺课了。”法尔茅斯女士虚拟形象的目光非常严厉，眼睛一眨不眨。“我们还签了教学合同，记得吗？”

汤姆没敢说，那个保证是法尔茅斯女士逼他做的。他又能怎么样，实话实说吗？当场承认以后也许还会缺课？要是那样的话，法尔茅斯女士肯定又会骂他“不负责任”。

“这可不是我的事，”法尔茅斯女士继续道，“甚至也不是你父亲的，而是你自己的。你应该知道，不管接下来我怎么做，都是为了你好。一个十四岁的少年，因为家长不负责任而无法接受适当的教育，他的生活很有可能毁于一旦，我可不会对此坐视不管。”

虚拟世界和现实里的汤姆都坐直了身子。“这是什么意思——‘不管接下来我怎么做’？”

“意思就是法院签发了强制要求你上学的命令，而你又没有来。上周我已经向儿童保护机构报告了这一情况。”

汤姆靠在了椅背上，感觉好像肚子被人打了一拳。这可不会有什么好结果。和老爹在一起，他也许不会有什么成就，但寄养家庭肯定也不会是什么人间仙境。

住妈妈家，想都别想。

不行，绝对不行。

妈妈在纽约城有间花哨的小公寓，是她男朋友道尔顿出钱买的。汤姆去过一次，就一次，并且见到了道尔顿。道尔顿·普雷斯特维克非常有钱，是大型跨国企业道明·阿格拉公司的行政主管，还拥有游艇，负责版权执行之类的东西。

道尔顿上下打量了他一番，那表情就好像是在看皮鞋鞋底上的污渍一样。“这屋里所有的东西都由律师登记估价过，小子。只要我发现少了什么东西，马上就让你进少管所。”

哦，道尔顿有老婆，还有另一个女朋友，还有汤姆的妈妈。

“我没其他地方可去了，法尔茅斯夫人。我知道你觉得是在帮我，可这真的不是，我发誓。”

“你已经十四岁了，汤姆。等到再过几年需要自己谋生的时候，你觉得自己会做什么？你打算像你父亲一样做个云游赌徒吗？”

“不。”汤姆马上回答。

“云游玩家？”

他不太清楚法尔茅斯女士对他玩的游戏有多了解，但他什么也没说。要是问他打算做什么，他也许真会那么说——也许将来的某一天，他就会用现在做的这种事来谋生。

只不过，一直用这种方式谋生，居无定所……

变得和父亲一样……

汤姆忽然感觉一阵眩晕，肚子好像被人捏了一下，有些恶心。

法尔茅斯夫人靠在椅背上。“你要在全球化的经济环境中和别人竞争，现在的合众国人里每三个人就有一个失业。要想当工程师、程序员，或者从事其他能在国防工业中效力的工作，就必须要接受适当的教育。会计师和律师也要接受教育，想进入政府部门或者大公司，光有教育还不够，你还得有关系。外面有那么多成绩优秀渴望工作的人，你觉得有谁会想要雇佣你这样的年轻人呢？”

“还有好几年呢。”

“假如就是明天呢？你打算怎么办？你擅长什么？”

“我擅长……”

“什么？”

他什么都想不出来，于是只好这么回答：“游戏。”

这个词悬在半空中，汤姆忽然觉得它听起来非常令人沮丧。

“你父亲擅长的也是这个，汤姆。他现在又是个什么样子？”

第二章

小时候的汤姆总觉得，父亲尼尔就是神一样的存在。他是个赌客，不像其他人那样整日从事无聊的工作。他总是像詹姆斯·邦德一样小口啜着马蒂尼，一路赢取其他人的钱财。他经常乘坐免费包机，参加职业扑克锦标赛，住在酒店最高层最大的套房，光是给女佣的小费一次就有几千合众元。汤姆就是听着这样的故事长大的。女人们总是想尽各种理由和尼尔攀谈，但尼尔只是挥挥手让她们闪开，就好像她们都是隐形的一样，因为他已经爱上了她们当中最漂亮的一个。

长大一些后的汤姆深信，爸爸一定能够找回昔日的荣光，尼尔随时都有可能变回以前的那个常胜将军，然后他们就会找个地方安顿下来，妈妈一定会为离开了他们而后悔。

不过现在，汤姆已经十四岁了，他知道父亲再也没有可能被邀请去参加过去的那种需要乘包机参加的锦标赛了，他也确信母亲再也不会回来。他们从没在同一个地方待过两周以上，以后也不会。他知道这一切都不会再发生改变，因为他已经是个大孩子了，过了相信童话的年龄。

汤姆把有线手套塞回虚拟现实厅的箱子里，自己刚才说过的话还在脑海中回荡：*我擅长游戏*。他双手插兜，故意无视心中的恐惧，直到恐惧消退成胸口的一丝隐痛。

他努力将心思集中到今天发生的另一件事上：海瑟。海瑟说过的话，海瑟认为自己在约她时的笑容，这一切的一切不断地闪现在汤姆的脑海中。即使到了晚上在前台订双人间的时候，汤姆的脑子里想的也还是她。由于对第二天早上的约会充满了期待，直到凌晨时分他还无法入睡。

就在这时，父亲回来了。

尼尔打开灯，亮光刺透了汤姆的眼睑。尼尔一屁股坐在床垫上，弹簧发出一阵刺响。"又给我们弄到房了呀，汤米[①]？还是你靠得住。真是个好孩子，好——好小伙儿。"

汤姆把眼睛睁开了一道缝儿，透过迎面而来的强光，他看到尼尔正在笨手笨脚地解着领带。"爸，你能不能把灯关小点儿？"

"总有一天，会不一样的，呃，汤米？"尼尔咕哝道，"再赢一大笔，然后就完事儿，金盆洗手。"

汤姆只得掀开被子自己走到房间的另一头去关灯。

"只要十……万，就这么多。"尼尔咕哝道，"不……不会再……再输掉的。租间公寓，比那个蠢货道尔顿给你妈弄的那间还要大。哪天再送……送你去间真正的学校，有房子的，知道不？"他满脸堆笑地看着汤姆，领带解了一半，头发蓬乱，满脸胡茬，看起来就像个疯子。

汤姆关上了灯。尼尔是他的家人，一直支持着他，这他知道。不过自从社工第一次质问他为什么不去上学，让他知道了其他的孩子在过什么样的生活后，他的脑瓜就不安分了起来。

事实上，在来罗斯伍德之前，他一直没把这当回事，觉得他过的这种生活完全正常，以为什么房子啊、学校啊、一家人围坐桌边享受晚餐之类的，都是幻想而已。尼尔总是说，那都是"大公司为了给人制造终身债务

① 汤姆的昵称。

而制定的宣传策略”。

可那并不是宣传，不全是。当然，确实有很多人过得更差，真的有很多人。一些家庭流落街头，挤在城市的棚户区，委身于废弃的工厂或破败的旧楼之中。但同样也有人能在一个地方住上好几年，比如瑟奇·利昂，他就知道明天晚上会在什么地方过夜。汤姆则什么都不知道，他唯一能确定的就是，他会和尼尔在一起，待在个什么地方，过着这种生活。

这种生活。

汤姆感到一阵厌恶，父亲的鼾声在酒店房间里回荡，即使空调已经开到了最大档，那声音仍如雷鸣般冲入了他的耳朵。他换了个方向，翻了个身，然后又把枕头压在头上，想要盖住那声音，但那声音就像龙卷风一样，根本无法盖住。鼾声越来越大。

最终汤姆只能掀开被子，放弃了睡觉的打算。

他得干点儿什么发泄一下。

早上五点三十分的虚拟现实厅空旷无人，只有一屋子空荡荡的沙发和散发着微光的显示屏。汤姆坐在角落里的沙发上，带上面罩，进入游戏选择界面，打开了《僵尸绝杀》。两个小时后，他已经一路拼杀到了第九关，武器也升级到了火箭炮。正当他忙着在僵尸女王的身上炸出一个大洞的时候，游戏画面一闪，一下子黑屏了。

“嘿！”汤姆一边抗议一边伸手准备摘下面罩，眼前的画面忽然发生了变化。

一道深红色的斜线在视界中扩展开来，变成了红火星上的景象。汤姆观察着四周，一脸惊讶，感觉就好像自己一不小心激活了游戏里隐藏着的游戏。

那就看看吧。

汤姆首先检查了人物的装备和武器。他穿着宇航服，*这么说是人类角色了*。地平线上，一辆坦克正在血红色的远景中颠簸前进。信息框跳了出来：他的敌人就在这辆氢动力坦克里，他的目标是杀掉敌人，否则就会被杀。

坦克炮转向了汤姆，他的心跳加快了。他刚以角色的最快速度转身跳进了旁边的一条沟里，一颗炮弹就落在了附近，烟尘伴随着剧烈的震动一下子把他包裹了起来。他穿过烟尘，朝最近的一个弹坑爬去，又一枚炮弹落地，所幸没有打中，汤姆终于爬进了自己的临时掩体。

周围的火星大气随着坦克的前进在微微震动，似乎是在预言着他的死亡。惊险刺激的气氛让汤姆兴奋不已。他还不习惯像这样忽然一下子闯入一个实境，什么都不知道。随着距离的缩短，坦克瞄准的精度只会越来越高，到时候这个弹坑也救不了他了。必须得赶在这之前消灭敌人。

他渐渐想明白了发生这一切的原因：这是一场侵入——经常有玩家搞这种恶作剧，他们黑进其他玩家的系统，在虚拟实境里向其他玩家发出挑战。以前从没有人侵入过汤姆的实境，汤姆也没有侵入过其他玩家，他根本不知道侵入的方法。

汤姆忍不住为自己的好运而庆幸不已。真希望对方是个顶尖高手，技术卓越，能和他势均力敌。只要能有场真正的挑战，让他做什么都行。

他观察了一下四周的情况，自己被困在了沟里，这点非常不利。手头唯一能拿到的武器是一把插在红土里的电离硫散射步枪。远处还有两个防空洞，洞上面的铭牌显示，一个防空洞里有一批手榴弹，另一个里则装着C29反坦克炮。根据视像一角跳出的信息框，要想消灭坦克，他需要的就是那些东西，可是要怎样才能在被炸飞前拿到那些东西呢？

地面随着又一声爆炸剧烈震动了起来，有线手套伴随着轰鸣声不断震动着。汤姆借着漫天红尘冲向了电离硫散射步枪。他抓住步枪跳回弹坑。这步枪非常简陋，至少新跳出来的信息框是这么说的。火力太弱，对坦克毫无作用，不过能制造一些小爆炸，在他的周围形成一片白雾，以分散敌方注意力。他似乎应该用这东西来掩护，冲到反坦克防空洞，不过然后呢？

坦克越来越近，汤姆发觉了自身逻辑的错误：不管是谁，肯定都知道有C29的那个防空洞，也知道那是汤姆胜利的保证。如果他是坦克手，他肯定会等硫酸雾升起，靠着掩护抢先一步到达反坦克防空洞，这只要几秒钟时间，然后在路上布下火力线。

不，汤姆可不打算上这个当。他必须要比这更狡猾才行。

他假装犯了个致命错误，用电离硫散射步枪开火，在坦克四周制造了一层白雾。

但他没有去拿反坦克炮，而是翻出弹坑朝坦克冲了过去。他借着对坦克的最后一瞥和对坦克速度的观察估算了坦克的位置，在坦克转向他开火前躲开。剧烈的爆炸震翻了他。但他看到了坦克在白雾中的反光，然后便朝那个方向冲了过去。

汤姆跃步向前，摸住把手，爬上了坦克尾部。用有线手套操作了一阵后，他爬上了坦克顶部，站在了舱盖上。舱盖这玩意儿用电离硫散射步枪还是能对付的。他瞄准舱门锁，扣下扳机，门锁被轰了下来。里面的家伙估计还没意识到灾难即将从天而降，就被汤姆暴力打开了舱盖。

汤姆笑了几声，长出了一口气，然后跳进了舱内。他朝倒在一边抽搐着的人走了过去，对方没穿宇航服，没办法适应火星的大气，体内的气体正争先恐后地喷涌到火星稀薄的大气中。

“还不赖嘛，伙计。”汤姆边说边用枪托打那个家伙的脑袋，直到对方一动不动为止。

他扔下枪，在尸体旁坐了下来，不知道下一关会是什么样子，那个侵入的玩家可别就这样夹起尾巴跑了。

就在这时，尸体的形状发生了变化。汤姆跳了起来，惊奇地观察着，那尸体由一个穿着作战服的男人变成了一个女性。是个女孩儿。

女孩儿坐了起来，拨开了挡在眼前的黑发，然后给了他一个迷人的微笑。汤姆完全不敢相信眼前发生的一切，他的大脑一片空白。

"海瑟。"汤姆这才忽然意识到她就是那个搞侵入的玩家……是她刚才在实境里对他发起了挑战。敬畏和兴奋感席卷了汤姆的全身，不知道恋爱的感觉是不是也像这样。"你也是游戏玩家！"

"不完全是。"她的话音里带着一丝戏谑，"恭喜你，汤姆。你通过了。"

"通过……什么了？"

海瑟没有回答就消失了，实境变成了一片漆黑。面对黑暗，汤姆满心迷惑。就在这时，他听到了缓慢而清楚的掌声。

这掌声来自真实的世界。

汤姆摘下面罩转过身，虚拟现实厅里还有一个人。

一个满头灰发的老人从对面的沙发上站起来。他长着一张苍白的长脸，蒜头鼻，身穿一身军装。汤姆不安地意识到，那人一定已经在那里观察了他很长时间。

"嗯。"老人开口道，"你和我所期望的一样，雷恩斯先生。绝大多数人头一次尝试接近坦克就失败了。"他按住耳朵对什么人说道，"已经通过视像确认，是雷恩斯。你可以下线了。IP地址的确认工作做得不错，海瑟。"

即使没有在游戏中被偷看和惊吓，那种从虚拟现实世界回到真实世界时，因为角色转换而带来的陌生感也常常让汤姆感觉怪怪的。"等一下，你认识海瑟？这个局是你俩设的？"

"埃克隆女士帮我找到了你。"老人说，"我找你找了一个多月了，孩子。你的行踪可真难掌握。今天她一确认你的IP地址，我就赶紧上了飞机。

我想在做决定之前亲眼看你做一遍这个实境测试，虽然我很肯定你不会让我失望的。事实果然如此。”

父亲常挂在嘴边的话又在汤姆的耳边响了起来——“联邦税务局肯定非常想盯上我。”想到这儿，汤姆不由得后退了一小步。而且，这事儿很可能和法尔茅斯女士昨天说的联系儿童保护机构也有关系。不管是哪种情况……“你为什么要找我？”

“这么说吧，我一直在寻找符合某些条件的年轻人，而你排在那张名单的最前列。我手下的一个军官在在线游戏里发现了你，可每次我们都还没联系上你，你就又换地方了。昨天晚上你的那场赛车比赛我也看了，最后那一招很绝。”

汤姆心里一惊。“哦，那个你也看了？”

“你的比赛我还看过几场，你在南加州的、新墨西哥州的比赛我都看过。”

汤姆盯着那人圆嘟嘟的鼻尖，在心里思考着对策。他没做过什么不合法的事……呃……除了未成年赌博，没什么不合法的事。不过这个本身就已经非常不合法了。他该怎么说？怎么解释呢？

“我没见过你的真人。”那人说，“只看过你之前比赛的几个视频。我知道，这里不是被你盯上的第一家赌场了。你对游戏很在行，令人印象深刻。”

汤姆眨了眨眼。“印象深刻”？这他可没料到。

“我是特里·马什将军。你可能也知道，政府一直在对全国各地进行监控，寻找有潜力的年轻人，招募为战斗人员。”

汤姆一言不发。他的脑子还没转过来。

马什继续道：“我来这里，是因为五角尖塔需要你这样的年轻人。”

五角尖塔。

五角尖塔。太阳系部队的战斗员就是在那里受训的。埃利奥特·拉米雷斯就住在那儿。

汤姆终于明白了过来。他大笑着绕着老人转了一圈。“得了吧，谁让你这么干的？我可不是个傻子。不管你的真实目的是什么，我是不会上当的。”

“很遗憾你这么说。”马什干巴巴地说，“绝大多数年轻人都会迫不及待地抓住机会成为我们的战斗员。”

汤姆绕回到前面，看着老人的脸，老人穿着军装，表情看起来很严肃。“你是在糊弄我，是吧？肯定是。”

马什做了个手势让他坐下。“雷恩斯先生，最近的战争形势你一定有所耳闻。”

汤姆没有动。“我又不是山顶洞人。”

“我就当你做的是肯定回答。听着，最早的时候，我们让程序员来控制海洋同盟在太阳系内的战斗机器。他们编制了决定这些机器行为的程序，让机器能做出合乎逻辑的反应。大陆同盟的战略和我们相同，结果导致双方的武装冲突变成了完全可预测的过程。战争还没开始结局就已经确定了，而且通常都是僵局。所以我们变聪明了，在机器行为里加入了人为因素。”

“战斗员？”

“不，一开始是黑客，由他们去篡改大陆同盟的软件。后来波尔雅国和东亚联合体也派出了他们的黑客，双方又僵持在了一起。不过大陆同盟的军方走得更远，他们让人来控制战斗机器。战略家、前卫思想家、冒险家、特立独行者等，都是年轻人，因为这些角色具有这场战争所需要的一些至关重要的属性。所以如今，我们也在前线使用年轻人，年轻人在战争中起到了关键性的作用。”

“埃利奥特·拉米雷斯那样的年轻人。”汤姆说。

也就是说，有潜力、有天赋、有决心的年轻人，和汤姆完全不一样的年轻人。

“对。”将军眯了眯眼。“埃利奥特为我们的部队带来了特别的力量，魅力、亲和力，作为形象代言人他非常出色。”

汤姆哼了一声。埃利奥特·拉米雷斯身着体操运动员式紧身衣站在聚光灯下的画面浮现在了他的眼前。

马什眯起了眼睛。“随你怎样嘲笑都行，年轻人，不过那个小子的基因可是顶级的，不管到哪儿都会闪光的。要是没有参军，拉米雷斯很有可能会参加奥运会。对我们来说，最重要的就是潜能，我们寻找的都是有潜力的人，那些能够针对大陆同盟的战斗员使出最有效战术的人。对招募来的人，我们会进行培训，会让他们变得更强，但只有潜能这个因素我们无法改变。拉米雷斯为我们带来了一些独特的东西。我们希望你也能如此。”

汤姆一副难以置信的样子，这不可能是真的。

“需要我证明吗，汤姆？”

“需要。”汤姆赶紧回答。

“让你看看我的口令币如何？”马什从衣服口袋里掏出一枚硬币，“空军的人……”

“……都会用这个来证明自己是军人，这我知道。我玩过几百万个军事方面的实境了。”汤姆一把抓过硬币，翻了过来，硬币的背面印着空军的徽章。

马什从他手里拿回硬币，用指尖按了下那个徽章。“合众国空军陆军准将特里·马什。”老人说。硬币的表面泛过一道绿光，表明老人的声纹、身份信息、指纹、DNA都已获得验证通过。

汤姆盯着马什粗短的手指和握在手中的硬币，心里盘算着能让人假冒空军的技术方法。而另一个可能性——一位将军专门过来找他——怎么听都不像是真的。

“还有什么怀疑吗？”马什一边挥动夹着硬币的两根手指一边问。

汤姆盯着硬币又看了一会儿，他的目光迎上了马什的目光。“你真是为我来的？你觉得我可以当战斗员？”

“这可是个难得的机会，汤姆。我们会教授学员战略理论，如果学员足够优秀，就有机会成为我们的战斗员，指挥我们在太阳系内的机械武装力量。拿你来说，由这些虚拟实境游戏培养起的认知能力和反应能力使你非常适合操纵战斗机器。”

“所以你才看上了我？因为我擅长游戏？”

“确实如此。正因如此我们才选中了你。”

汤姆忽然想起了法尔茅斯女士，女士的问题又在他的脑子里响了起来：*你擅长什么？*

很显然，就擅长这个。像埃利奥特·拉米雷斯一样，保卫祖国。

“还有你刚才在测试里取胜的思考方式。”马什继续道，“对我们来说真是锦上添花。你就是我们需要的人。”

汤姆闭上了眼睛，然后又睁开，他觉得眼前的这一切应该都是一场梦。但马什还在，虚拟现实厅也还在。

看到汤姆的表情，马什一脸严肃地点了点头。“就是这样，孩子，你的国家需要你去五角尖塔。问题的关键是，你有没有足够的实力帮我们赢得战争？”

“没门儿。”尼尔说。

汤姆坐在旅馆房间的床边。尼尔正抱着酒杯，因为他常挂在嘴边的一句话就是，伏特加和橙汁鸡尾酒是治疗宿醉的良药。汤姆刚一提自己遇到了马什将军，尼尔脸上的肌肉就绷了起来。

“爸，我不能放弃这个机会。”汤姆翻了翻马什给他的家长同意书，“他们会把我培训成战斗员，而且这对我们的国家……”

“你可别想为这个国家而战，汤姆。”尼尔摆了摆手，橙汁从玻璃杯里洒了出来。“我们的军队打仗是为了保证诺布瑞迪斯公司在第一外行星区的采矿权。大陆同盟回击是因为他们需要捍卫强力能源公司的权益。战争可不是为了国家！纳税人的钱资助了军队，跨国公司却用军队来满足他们的私欲，然后还要给这一切披上爱国主义的外衣。所有这一切都只不过是为了让企业联盟的成员们搞清楚谁将成为太阳系内最有钱的CEO而已！”

这话汤姆以前就听过，就是尼尔平常那一套反社会的调调。“你是问我为什么不在脖子上套上企业的枷锁吧？”每次有人问他为什么不找个工作安定下来时，他都会这么回答。要是问他为什么不纳税，那答案自然就变成了：“我的钱还有更好的用处，犯不着拿去给合众国公司填金库！”

汤姆转过身翻看着同意书，不再理父亲了。

“你知道军队是如何对待士兵的吧，汤姆？他们会把你生吞下去然后再吐出来，就是这样。你只不过是他们的一个零件而已。而这又是为了什么？是为了那些你永远都不会见到的一身奢侈套装的企业高管，不是为了什么祖国！”

汤姆看了看父亲，他的手里晃动着那杯早餐饮料，穿着一身皱巴巴的衣服，脸上的胡子也没有刮。“爸，这可是份不错的职业，是真正的生活。马什说会给我发工资的。”

“你过的就是真正的生活，不需要那个什么狗蛋将军在那里……”

“不需要他说服我什么。”汤姆大叫道，“我受够了。总是这么翻来覆去没完没了。你把我们的钱都输掉，我错过上学的时间，还要对付法尔茅斯女士。我敢说这就是为什么……”他停住了。

这个他从来都没有说出口的阴暗想法差点就从嘴里冒了出来。

我敢说这就是为什么妈妈离开了我们。

尼尔过了好一会儿才开口说话，好像他也听到了汤姆没说出口的那部分。“我们不是必须得这么生活的，你要是厌倦了，我们就找个地方安顿下来，不一定非得靠他们。再赢一把我们就完事儿。”

汤姆闭上了眼睛，感觉血液涌上了他的脑袋。根本不可能有再赢的那一把，就算有也肯定不够，赢来的钱肯定又会像以前那样很快被输掉。这些话他以前都听过。爸爸是不会真正放弃这种生活的，他的承诺一文不值。如果不抓住机会离开，汤姆以后也会变得一文不值。

“我不是非得加入军队，爸爸，但我想去。”汤姆睁开眼睛，直视着父亲的眼睛。“我可以寄些钱回来，帮你。”

为什么尼尔的眼神好像是被刺了一刀？他们俩都知道这些日子以来一直是汤姆在付房费。

尼尔咬紧了牙关。“好，好。汤姆，只要你想要，什么破表我都签。你想抛弃掉你的生活？想当一颗企业战争机器上的螺丝钉？”

“对，爸。我就是想当企业战争机器上的螺丝钉。”愤怒正在汤姆的声音里滋长，“这是我的选择。”

“是你的错误。”

“就算是，那也是我自己的错误。”

尼尔一把抓过汤姆手中的同意书。“少年叛逆期也不应该是这个样子，你应该干点可耻的事情来吓吓我，而不是加入体制内。”

“我能做到最可耻的也就是这样了，爸，签字吧。”

“我宁愿你去纹身。”

尼尔在表格上签下了自己的名字，汤姆的监护权就这样被转给了合众国军方。

当天下午晚些时候，马什将军回来拿家长同意书。

“雷恩斯先生，您不需要担心汤姆和我们在一起的生活。我们会照顾好你儿子的。”马什伸出一只手。

尼尔一脸愤恨，僵硬地盯着他，没有理会马什伸出的手，而是有些粗鲁地紧紧拥抱了一下汤姆作为告别。

“汤姆。”尼尔揉了揉儿子的脑袋，“不管发生什么，自己照顾好自己，知道了吗？”

“知道了。”

汤姆和马什一起离开了，他无法不去回想父亲脸上的表情。尼尔一直看着他们离去，看起来就像很确定，这将是他最后一次见到自己的儿子。

第三章

飞机从亚利桑那起飞，汤姆想象着自己成为战斗员，拯救合众国免受大陆同盟打击的情景。也许法尔茅斯女士会在电视上看到他，大惊失色地意识到自己最不喜欢的学生刚刚拯救了她的国家。到时候全罗斯伍德的人都会知道。

汤姆忽然很想告诉她自己要去哪儿。他非常想知道法尔茅斯女士会有什么反应。可当他问起自己能否再去罗斯伍德最后一次时，马什将军摇了摇头。

“你们的法尔茅斯女士只知道，你被送到了寄养家庭。关于少年兵，我们争取做到尽量低调，汤姆。唯一在公众面前亮相的人就只有埃利奥特·拉米雷斯。至于其余人，公众只需要知道他们的称号就行了。”

整个航程似乎永无止境。飞过弗吉尼亚州的阿灵顿时，汤姆终于看到了那座自起飞时他就一直在寻找的建筑：五角尖塔，海洋联盟太阳系部队的总部。巨大的尖塔从五角形的基底上升起，一边上升一边扭曲，最后凝结在一个闪闪发亮的铬合金点上。

马什用指关节敲打着舷窗。“在我还小的时候，这座建筑是一个扁平的五边形。尖塔冒出来的地方，原来是大楼的内院和老五角大楼最里面的两环。我们以前都管内院叫起爆点。这名字还是冷战的时候起的，因为所有人都觉得如果我们和波尔雅国的前朝爆发战争，他们的第一颗炸弹一定是扔在这儿。高层决定把尖塔建在这个历史遗迹上时，许多人都很失落，不过那时候，我们正在和东亚联合体在空间领域展开激烈的竞争，需要一个制高点。尖塔可不仅仅是座建筑，它还是整个西半球功率最大的无线电发射台。”

“老大楼现在是干什么用的？”窗外，机翼上的方向舵升了起来，随着混合动力飞机切换到了直升机模式，他们的速度也慢了下来。

“一些军队的传统部门还待在靠外的三环。不过现在他们都改称工程兵团了。别会错意，里面也有武装连，以防万一国内出现动乱，或者又有新出现的流氓国家之类的，但他们都已经和真正的军事行动无缘了。真可惜，想当年我也是里面的作战人员，我们那时候做的可不仅仅是打仗。帮助国际刑警组织追踪犯罪，推翻腐败政权，进行人道主义援助之类的都干过。”

“所以您是个老兵了？”汤姆以前从没见过真正的老兵。他的胃猛地一甩，飞机朝老五角大楼的屋顶降落了下去。“你朝别人开过枪吗？”

“不是那种老兵。我是个飞行员，负责运送部队，他们倒真会朝人开枪，那还是在非洲的时候，那时候那里还有地区冲突。不管你信不信，汤姆，在我年轻的时候，暴力可不是小型的孤立事件。地球上同时在打的仗总有那么几场，有枪、有炸弹，还有叛乱分子之类的，你在书上能看到的东西都有。”

飞机降落在了停机坪上。汤姆和马什将军解开安全带，来到了老楼的屋顶上，一队列兵正在那里立正恭候。马什将军和前面的高阶军官互相敬礼致意后，就像雕塑一样站在那里一动不动，等待视网膜扫描验证通过。随后，将军朝汤姆挥了挥手，招呼他一起上了电梯。电梯朝楼内降了下去，最后停在了两端分别连接着老五角大楼和尖塔的一楼走廊。

一位装束干练、目光清澈的深肤色女性正在通往尖塔的走廊上等着他们。看到走近的两人，她也大步走了过去。“你就是汤姆·雷恩斯吧？”

汤姆看了一眼马什将军，然后学着刚才看到的样子向那位女士敬了个礼。

马什将军摇了摇头。“不用敬礼，汤姆。这位是奥莉维亚·奥萨雷，她是平民。”

女士朝他笑了笑。“很高兴见到你，汤姆。他说得对，我是平民，和你一样。四年前军队开始招募十几岁的少年加入太阳系武装计划时，负责监督这个项目的国会国防委员会就起草了一份名为《公开协定》的文件。”

汤姆跟着她走进了五角尖塔宽阔的大厅，马什将军跟在他的身后。尖塔的门厅和闪闪发亮的铬合金外墙一样令人生畏：高处的大理石天花板上雕刻着一只金雕，俯视着进入门厅的人。门口树立着一面巨大的合众国国旗，旁边环绕着天竺国、加拿大、不列颠以及各个欧洲和大洋洲盟国的旗帜。

奥莉维亚的高跟鞋踩出的声音在大厅里回荡。“军队招募的所有少年兵都受《儿童保护法》的保护。尽管已经加入了军队，但你服役的强度不会和传统的军人相同，除非你在十八岁的时候选择重新登记入伍。你不会被授予正式军衔，在这期间，军队负责监护管理你，但根据联邦法律，你的合法监护人仍然是你的父亲。军队并不拥有你的人身自由。”

汤姆的目光落在了一队列队经过的普通军人身上。奥莉维亚把手放在他的肩膀上，催促他继续前进。

“你在这里的身份类似于平民合同制人员，和我一样。也就是说，政府在规定的时间表内雇佣你工作，你将接受正式教育……”

汤姆打了个寒颤，他还以为从今以后可以和学校说再见了。

“还有津贴，你的工资将被存入一个信托基金。你有日常活动时间，也就是说每周有不少于二十小时的自由活动时间。一年有二十天假，其中一些在法定假日，另一些的具体时间由马什将军决定。周末的时间完全由你个人支配，你拥有完全的活动自由，只要能在晚上十点前回到尖塔。”

“并且不超出基地周围二十英里[①]的半径。”马什插话道，“这是指定活动区，雷恩斯先生，超出这一区域的活动首先须要征得我的同意。如果学员离开了指定活动区，我们首先会假定这是大陆同盟的破坏活动，并进入二级戒备状态。”

“二级戒备状态？”汤姆吓了一跳。

“对，失去一个学员可是国家级的紧急事件。我们会出动军队对敌方进行搜索。最近就发生过一起类似事件——那个学员，是个小伙子，溜出去见女朋友去了，我们找到他后他才发现，这种事情的结局是不会令他感到高兴的。他现在已经失去了行动自由，还能继续在此受训对他来说已经够幸运的了，要知道我们可是费了很大的劲儿才没让这事儿在网上泄露出去。”

他们走进了一间巨大的圆形大厅，里面摆着光洁透亮的黑色桌子。

“这里是巴顿厅，”奥莉维亚告诉汤姆，“供在此生活的年轻学员和军官使用。”她把汤姆带到电梯口，指了指那排电梯门旁位于走廊尽头的玻璃门。“从这里过去就是我的办公室。”

汤姆眯起眼睛，看了看门上的名牌：奥莉维亚·奥萨雷，持证社工C级。

“之前说过，我不是军人。我是个持证社会工作者，在这里专门为你们这些孩子服务。不管有什么事，你们都可以来找我商量，我们的对话是保密的，我在这里的工作就是维护你们的利益，即使问题与你们在军队的保护人有关，我也会站在你们这一边。”

---

① 约合 32 公里。

接下来的行程改由马什将军领路。他带汤姆参观了哈特医务室和拉法耶厅。宽阔的拉法耶厅里摆满了一排排的长凳，前面的讲台高高升起。大厅里还矗立着两面旗帜，一面是合众国国旗，另一面代表着跨国企业联盟里支持海洋同盟的六家企业：温德姆·哈克斯公司、道明·阿格拉公司、诺布瑞迪斯公司、黑曜石集团、玛切特·雷迪公司和汇聚点工业。

马什挥手一指。"拉法耶厅是文职教官教授学员们主要课程的地方，你以后会很熟悉这个地方的。作为一年级学生——我们称作下级生，你们的课程都集中在这里和十五楼的麦克阿瑟厅。"

他们乘电梯来到六楼，进入了一间干净整洁、没有窗户的大厅，大厅里放着一排排的毛绒软沙发，里面还有游戏机、虚拟曲棍球台、乒乓球桌、台球桌和一个高高的书架，大厅四周有几扇推拉门。其中一扇门上画着巨斧的标志，上面写着"成吉思汗学院"。旁边的门上画有一片鹅毛，写着"马基雅维利[①]学院"，第三扇门上画着投石器的标志，是"汉尼拔[②]学院"，接下来是画着滑膛枪标志的"拿破仑学院"和画着长剑的"亚历山大[③]学院"。

"这里是下级生的公共活动区。"马什介绍道，"至于那些标志，那五扇门通向五个不同的学员生活区，也就是学院，所有的'学院'都以军事史上杰出的将军或战略思想家命名。五角大楼有五个角，正好分成五个学院……非常和谐。接下来，我想是时候让你看看训练室了。我觉得你已经准备好了。你同意吗，奥萨雷女士？"

奥莉维亚脸色一僵。"我同意，将军。"她回答，"是时候了。"她大步

---

① 马基雅维利（1469—1527），意大利思想家、哲学家、历史学家，著有《君主论》（1513）、《论战争艺术》（1520）等。

② 汉尼拔（公元前 247 年—约前 183 年），北非古国迦太基名将、军事家。

③ 亚历山大大帝（公元前 356 年—前 323 年），古代马其顿国王，著名的军事家和政治家，在任马其顿国王的 13 年中，东征西讨，建立起了亚历山大帝国。

走过汤姆身边，按下了电梯的按钮。

电梯上到了十三楼的虚拟现实训练中心。马什在门旁看了看几个训练室的日程安排清单，用手指敲了敲嘴唇，说，“这边吧。”

他打开了一扇门，屋里的空间很大，但光线很暗。适应了昏暗的光线后，汤姆终于看清楚了屋里的景象：大约有十几张床在屋子中排成了一个环形，每张床上都躺着一个十几岁的孩子，紧闭着眼睛。

他们就这么一动不动地躺着，就像僵尸一样安静，旁边的心电仪监测着每个人的心率。汤姆被眼前的这番景象给镇住了。他们这是在干什么？马什说这里正在进行虚拟现实训练，可汤姆并没有看到虚拟现实面罩、有线手套之类的装备，连老式的传感器也没有。没有人在用手势操作，事实上根本就没有人在动，他们看起来更像是病房里昏迷的病人。

马什将军做了个手势，示意汤姆到屋子外面。“他们都是下级生。”他在走廊里告诉汤姆，“正在进行团队战斗训练。在进行更高深的战术训练之前，下级生首先要进行大量的团队训练。他们的大脑里都安装了神经处理器，需要首先适应直接通过大脑来与自己身体之外的东西互动。”

汤姆花了几秒钟才理解了那几个词。神经处理器……大脑里……

他停住了脚步。“等一下，你说什么？”他转身看着身后的两个成年人。“处理器在他们大脑里是什么意思？”

马什和奥莉维亚都没有说话，感觉好像两个人一直都在等待着这一刻的到来。

马什开口道：“要想成为这里的学生，雷恩斯先生，首先要在脑子里安装一个神经处理器。那是一种非常先进的计算机，可以直接和你的大脑进行互动，你依然是人类，只不过多了些其他属性而已。”

奥莉维亚捏了捏他的肩膀。汤姆走开一步甩开了她的手。“你之前可没提过这些……”他开口道。

“你认为呢，孩子？”马什将军抬了抬眉毛，“我们的战斗员要控制机器，和机器搏斗。你的反应很快，可你的大脑处理速度不如机器快——暂时还不如，里面那些孩子就不同了，他们的大脑处理速度和机器一样快。”

汤姆终于明白了屋里那僵尸般景象的意义：那些孩子的大脑里植入了处理器，他们训练用的虚拟实境正在大脑中的处理器里运行。

“所有学员都要经过这一步，汤姆，这非常安全。”马什将军的眼睛盯着汤姆的额头。“你们青少年的神经具有非常高的可塑性，而我们成年人却不行。你们的大脑适应性非常强，成年人的大脑就无法适应神经处理器。我们试过，结果很不好。成年人的大脑无法接纳新硬件，所以我们才招募十几岁的少年。你们这个年龄的大脑非常适合功能增强。事实上，如果无法与海洋同盟的战斗机器互动，你就无法在外太空操纵它们。要想成为战斗员，首先就得跨越人类和电脑间的界限。”

汤姆瞪着他。“这么说这里所有的学员，还有新闻网站上所有那些有称号的人，他们都安装了神经处理器？埃利奥特·拉米雷斯脑子里也有一个？”

“确实如此，埃利奥特脑子里也有。”

“大陆同盟的战斗员呢？”

“他们的战斗员也有。这都是绝密情报。公众不知道，但这正是一切的关键所在。这才是战争的真实面目：战斗员们通过神经处理器与外太空的无人机进行交互，控制无人机，并与大陆同盟的战斗员们通过神经处理器控制的无人机战斗。”

汤姆看看将军，又看看社工，他又想起了几分钟前马什将军说要让他看训练室时奥利维亚脸上的表情，他有点恍惚。奥利维亚之前就预料到他会有所反应，他们都预料到了这一点。神经处理器才是关键，而他们俩都决定在这儿摆他一道。

他又想起了尼尔断定埃利奥特·拉米雷斯不是真人时的情景。爸爸居然是对的，埃利奥特确实有一部分是计算机。

“那东西会让人改变吗？”汤姆问。

“不会。”马什将军回答。

奥利维亚清了清嗓子。

“会有一点，”马什更正道，“几乎可以忽略不计。你是不会察觉到的。就所有重要的方面来说，你仍然是你。你的大脑额叶[①]、脑边缘系统[②]、海马体[③]丝毫不会受到损伤……”看到汤姆没什么反应，他又继续解释道，“我们不会改动你的思维、情感和过去的记忆，也不会改变你的本质特征，那可是侵犯人权的事。不过等到安装上处理器后，你的思维速度会变快很多，你将会成为在世的、最聪明的人们中的一份子。”

“还有，汤姆，如果你有什么顾虑的话，也可以退出。”奥利维亚补充道。

马什将军僵硬地点点头。“是的，孩子。只要你开口，我们就会把你送回达斯蒂·斯匡托赌场你老爸的身边。你在飞机上签过保密协议，我们想你是不会把在这里看到的一切泄露出去的，这对你应该不难。重要的是，你要睁大眼睛，先了解这里的一切。”

汤姆好半天没有说话。爸爸的话又在他耳边响了起来：“你知道军队是如何对待士兵的吧，汤姆？他们会把你生吞下去然后再吐出来，就是这样。你只不过是他们的一个零件而已。”

零件，处理器就是一种零件。而他也会成为零件。

“必须得这样吗？”汤姆开口问道。

---

① 大脑两个半球最前部最大的部分。

② 哺乳动物的一组脑皮质下结构，与嗅觉、感情、动机、行为和各种自动功能有关。

③ 大脑侧面脑室壁上和记忆有关的一个结构。

“必须如此，没有神经处理器，你对我们一点儿用处都没有。”

马什等得可真久，一直等到汤姆和父亲反目，逼着父亲签了同意书，飞过大半个国家，期望值被抬得无比之高，然后才扔出这个包袱。这都是设计好的，就算脑子里没有处理器汤姆也看得出来。要说有什么事情最让汤姆痛恨的话，那就是被人当猴耍。

“也许这不适合我。”汤姆盯着马什的脸说，他很享受老人脸上那震惊的表情。将军之前肯定认为自己已经把他给套牢了，让他感觉没有选择的余地。看到老人那副出乎意料的表情，汤姆很有一种报了一箭之仇的满足感。

“呃，孩子，这倒有点出乎我的意料。那么，嗯……”马什似乎还在想该说些什么。

“他已经决定了。”奥莉维亚的声音里充满了欢欣，“把他送回家吧，特里。”

这句话让汤姆感到一阵惊恐，他希望自己能在五角尖塔开始新的生活，那种感觉非常迫切。但他不愿意像个傻子一样被忽悠进圈套里，那样的话他是永远都不会原谅自己的。他宁愿把自己的眼睛挖出来，也不愿意让马什随便操纵自己。

马什盯着他，仔细打量了好半天，然后说：“这么办吧，汤姆，再给你点儿时间考虑考虑怎么样？”

汤姆差点儿没忍住笑了出来。他用虚张声势的法子赢了这一局，迫使马什做出了让步。想到自己没有被将军玩弄于股掌之间，他感觉全身的肌肉都放松了下来。“好吧，我再考虑一下。”

马什似乎也放下了心，他掏出一张闪亮的卡片，打量着汤姆，似乎还在掂量汤姆到底下了多大的决心。“奥萨雷女士，不如你带汤姆到楼下的食堂转转吧？这张卡上还有些点数，去吃点什么吧，我请。等你做好决定之后，按这个呼叫器就行了。”

汤姆接过餐卡翻看了一下。“要是我决定拒绝，我就可以走了？”

“是的，雷恩斯先生。”马什的语调有些粗鲁。

“依照法律规定他必须同意你走。”奥莉维亚说。

汤姆抬起头，看到奥莉维亚正微笑着看着他，于是就也对她笑了笑。“知道了，希望上面的点数够多，我可饿坏了。”

马什烦躁的表情让他的心情舒畅了很多。

汤姆在食堂挑了个位置坐了下来，前面的墙上是一排处于睡眠模式中的显示屏，旁边的油画上画着一个中年人，上面的铭牌上写着“乔治·S. 巴顿将军”。他抬头看了看将军脸上那专横的表情，又看了看前面桌子上的空餐盘。其实他并不太想吃东西。他感觉自己有些头疼，真希望爸爸现在能在身边。

但是，要是尼尔看到刚才马什将军假装“忘记要早点告诉汤姆需要在脑子里装处理器这回事”的一幕，他肯定会气炸的，也许说不定还会揍将军一顿，这对整件事可不会有什么好处。

汤姆挠了挠头，不由得奇怪自己这是怎么了。他不能拒绝这个机会，而且马什将军的行为也不像是针对他个人的。说不定将军手里就有一本招募新兵用的简明指导手册，上面写着：将他们从父母身边带离，进入五角尖塔，提高他们的期望值，最后再提大脑手术这档子事儿。

汤姆漫无目的地在手里翻动着餐卡，餐卡在灯光下闪着光。意识到自己被算计了的事实并不能使他的自我感觉好多少。

“你要是不打算用那些点数的话，能让给我用吗？”

汤姆被这声音吓了一跳。他抬头一看，不由得屏住了呼吸，似乎过了好长时间，语言能力才重新回到了他的大脑，他才想起该说什么。

“这么说那确实不是经过修改的虚拟形象了。”

“对。”海瑟·埃克隆的真人比虚拟形象还要好看，真令人难以置信。一头棕褐色的长发在脑后松松地扎成一个马尾，有几缕还很俏皮地散了下来。她的眼睛是黄褐色的，汤姆从没在真实世界中见过这种颜色的眼睛。海瑟今天穿了一身军装——迷彩长裤，黑色短上衣，衣领上装饰着太阳系部队的秃鹰徽章，下面是四颗叠在一起的三角星，看起来就像是飞射而出的箭尖。“你的也不是修改过的虚拟形象呀！”她调笑道。

“不是。”这可真有趣，和她这么近距离地对视。

“可以吗？”她指了指餐卡。

“这是将军的，随你怎么用。”

海瑟眼睛一亮，接过了餐卡。“谢谢。我这周的零食配额都花在拿铁上了，真惨，不过我有时候就是忍不住。”

“不需要，不需要忍，我是说……拿铁的事。”海瑟又俯身靠近了一些，汤姆几乎可以在自己的皮肤上感觉到她的呼吸，他一下子结巴了起来。

“你说让马什将军请我们俩喝点什么怎么样，汤姆？”

“好主意。”只要海瑟能用那种语调说出他的名字，同时脸上还带着那样的笑容，让他跳进核反应堆他都会觉得是个好主意。

海瑟眨了下眼。“很好！”说着就转身朝食堂拐角处的咖啡台走了过去。

汤姆盯着海瑟远去的臀部，绞尽脑汁想要赶在她回来前找出一些幽默的话题来说，尽管他知道海瑟喝完咖啡还是会走的。漂亮女孩儿可不会和又矮又丑、满脸痘痘的男生混在一起。

所以当几分钟后海瑟弯下腰把咖啡杯从桌子另一头滑过来时，汤姆就觉得这一切愈加的不可思议了。海瑟的手上戴着类似自行车手套的东西，几个指尖从手套里露了出来。汤姆看到她的手套掌心里也有太阳系部队的徽章，那秃鹰的形象即使闭上眼睛他也记得清清楚楚。网上、新闻里，到处都可以见到这个标志，而对汤姆来说，这个标志一直都代表着一种他无法企及的东西。他知道自己一定是疯了，居然现在还这么犹豫。

“我知道我应该少喝点儿。”海瑟一边感叹一边啜着咖啡，“可我对咖啡因真是太上瘾了，那种兴奋的感觉真是太爽了。”

“嗯。”汤姆附和道，但他对海瑟的意思并不是很清楚。他喝了一大口海瑟递过来的咖啡，那灼热的液体似乎把他的舌头都给烧焦了。

“那么说，汤姆，你马上就要成为下级生了？”

汤姆不太清楚自己该怎样回答这个问题。

“哦，我看过你是怎么处理那个坦克实境的了。”海瑟继续道，“我敢打赌你不会做太久下级生的。这里每两年有一次升级的机会，我敢说你很快就会升到中级的。之后，就是高级，再往后，只要你能找对人，再拉上企业赞助，你就能晋升到战斗员的行列了——也就是卡美洛[①]级，不过在这里别人都简称我们战斗级。”

汤姆坐直了一些。“我们？”

“对啊，我就是战斗级的。”

汤姆睁大了眼睛，说不定自己以前也看过她参与的行动呢，也许网上有关于她战斗的视频片断。“你的称号是什么？我有可能听过吗？”

“呃，我是新晋升的战斗员，不过你确实可能听过。我的称号是‘谜’。”

谜。他确实听过！她的赞助商是温德姆·哈克斯，汤姆还记得在木卫一上的那场……哦，还有土星的卫星泰坦上的那场……最近几个月中的十几场战役滑过了他的脑海。汤姆只能睁大眼睛：“真不敢相信，你可是

① 传说中亚瑟王王宫的所在地。

最棒的那帮人中的一个。我还记得你们在泰坦上的那次，你们……”

海瑟边笑边抓住他的手阻止他说下去。身体的接触让汤姆吃了一惊，这和虚拟现实里的感觉完全不一样。

“汤姆，你能这么说真是太好了，不过我们现在说的可不是我，而是你。现在最要紧的是你要做的决定。”

“对，对。”海瑟的手指抚摸着汤姆的指节，汤姆的心思全都飘在了两只手接触的方式上。

“我敢说我知道你为什么犹豫。你还没签字是因为你害怕那个了，对不对？”她指了指自己的太阳穴，暗示植入处理器的事。

“我可不是‘害怕’了，我没害怕。”

海瑟轻声问：“你确定？”她轻轻抚摸着汤姆的手，“和我说实话没事的，有什么问题也可以问我。”

忽然间，汤姆明白了过来，五角尖塔这么大，她却正好在这里与自己偶遇。原来是这样。

汤姆抽回手，拿起了饮料。漂浮在上面的奶油沫儿已经溶解在了棕褐色的液体里。他知道马什将军在背地里搞了鬼。海瑟是这老家伙派来的：让这位美丽动人的姑娘来说服汤姆去在脑袋上开个洞。马什又想把他玩弄在股掌之间。

“我知道你在想什么。”海瑟咬了咬下嘴唇。汤姆忽然感到一阵口干，他的眼神不由自主地向那粉红色的嘴唇飘去。“我之前也担心过。我当时想，等在脑子里安上处理器之后，我脑子里的那个声音说不定就会消失，变成像某种机器人一样的东西，比如‘早安，戴夫[①]’之类的。”

美丽动人，而且还是科幻爱好者，海瑟真是个活生生的奇迹。

“可事实并不是那样，汤姆。我还是我，只不过变得更好了。”

---

① 出自《2001：太空漫游》。飞船的自主意识计算机 HAL 和船长戴夫的对话。

“是这么回事。”汤姆截住她的话头，“问题不是处理器本身，就算变成了不同的人我也不会太在意。只不过……你也知道，马什之前什么都没说，一直等到很确定我会加入的时候，他才把这事儿抖了出来。我不喜欢他的方式。”

海瑟琥珀色的双眼直视着他的眼睛。“你觉得被算计了？”

“我觉得他想要操纵我。我的意思是，要是他没派你的话，这会儿你会在这儿和我聊天吗？”

海瑟一只手撑着下巴。“他想操纵你那是再自然不过的事了。”

汤姆眨了眨眼，海瑟这么直言不讳吓了他一跳。

“马什将军甚至还命令我来这里和你谈话，这你也猜到了。但你能怪他吗？他可不想你在知道了神经处理器的大秘密之后决定退出。”她一边用手指敲着嘴唇，一边若有所思地打量着汤姆。“还好你没打算退出。”

“你怎么知道我没打算？”汤姆反问道，他感觉自己对海瑟束手无策。

“嗯，对，你不会的。”海瑟一副阐述既定事实的腔调，“你很清楚到这里来对你意味着什么。他们要把一个价值几百万合众元的处理器装进你的脑子里去，然后再投入几千万合众元对你进行培训，最后让你操纵价值几十亿合众元的战争机器，在掌握国家命运的战争中扮演重要角色。你可是无价之宝。所以军队在这事儿上具有很强的目的性，马什将军也是，真要想加入的话，这些你就得忍忍。所以真正的问题就是，汤姆，你想加入我们吗？”海瑟靠近了一些，直视着汤姆的眼睛，“想不想成为重要人物？”

挑明了。

就这么回事。

汤姆靠在椅背上，朝海瑟举了举杯子，但他真正想做的，是向那个老人敬礼，虽然他不在现场，但却赢了一局。干得好，马什将军，干得好。

因为事实上，汤姆确实非常想要做点什么有意义的事，做点和游荡在赌场间，最终变成父亲那样的人相比更有意义的事。

只要能成为重要人物，做什么他都愿意。

第四章

经过了不知道多长时间，它忽然意识到，有什么东西不一样了。

它一动不动，想要理解发生了什么。

它的大脑似乎在以一个不同的频率活动，它的思维没有意义但却逻辑严谨。看到意识中飘过的那些熟悉而又陌生的符号，它不由得眨了眨眼——是元素周期表，随后它意识到了那种朦朦胧胧的感觉来自体内的麻醉剂，它识别出了麻醉剂的成分，是丙美卡因。

一连串的1和0飘过，是线路中的数据信息，它跟随信号，进入了一片无边无际的电子脉冲的海洋。它变成了里约热内卢的监控摄像头，凝视着张开双臂、俯瞰整座城市的巨大基督像。红外传感器标识出了雕像四周活动着的物体。0和1的字串离开了那里，它跟随信号流来到了孟买城里的公路信号灯上。只要它心念一动，就可以放眼前这辆车过去，但它知道不该这么做，作为信号灯，参数都有严格的设定，不能随意更改。

随后，它又跟随信号流来到了北加州一家水厂的过滤系统。通过协助扩散[①]，它吸收有机物，并将之结合形成没有活性的沉淀物。水拍打在渗透

① 非脂溶性物质或亲水性物质，如氨基酸、糖和金属离子等借助膜上特殊蛋白的帮助，顺浓度梯度或顺电化学浓度梯度扩散，不消耗能量进入膜内的一种运输方式。

压传感器上，但那种感觉也不太对。

它又来到了大峡谷，并在安全网络里待了一会儿，意识到这里也不是它自己，它感觉有些害怕。它观察着，传感器监控着游览车队的长度，像神经放电一样不断地接通再切断，控制着来往的车流。它又进入了俯视着保安的热传感器，保安正把穿着靴子的双脚搭在桌上打着呼噜，它看了看那家伙，分析了下他的温度（36.9℃），惊讶于人类这种哺乳动物体内进行的庞杂化学反应和他那稳定的心跳（每分钟76次），而……

人类。

这就对了。

它是人。

它是人。为什么它……为什么他感觉这么迷茫？为什么要这么随波逐流？

他。他就是它。他们是一样的。他知道“它”是谁。

汤姆·雷恩斯。汤姆。汤姆。汤姆。

汤姆紧紧抓住这突如其来的自我意识，静待周围的现实变成他所能理解的存在。忽然间，他都记起来了：他吞下去的镇静剂。手术室里晕乎乎的感觉。剃头、洗干净，并被告知“洗发剂是抗菌的，可以防止感染”。海瑟敲打着手术室的玻璃幕墙，挥手再见。看到此情此景时自己脸上的笑容，以及笑容之外的面罩……

想到这儿，他的思维连接上了自己的身体和传感器。一开始感觉非常可怕，因为除了麻木他什么也感觉不到。他的手在金属桌面上抽动了一下，他听到了一个声音，那声音正在描述刚才的神经冲动。

“……集中到前额叶底部。他注意到我们了？”

“不可能。”另一个声音说，“这些设备可能还不完善。我已经从丹佛申请了新设备。你还记得那个叫莉莉的姑娘吗？”

但他的脑子里还有其他东西，一些和他在一起，但不是他的一部分的东西。

010001000111110010100101000010111011000110000010010111110 01010100……

这串数列似乎没有尽头，那么陌生，那么怪异。他想撇开数列，但那感觉就好像深陷海啸之中，一道巨浪朝他奔涌而来，然后又将他卷回了那片机械数据的海洋……

巨大的虚空将他笼罩了起来，无限复杂的纠结体在他周围回荡：里约热内卢、大峡谷、水厂里的监控摄像头，四十亿辆汽车形成的车流，数百亿条的短信息，繁杂的数据流和电脑数据包，游戏交互信号，以及将这数不清的不同系统与卫星连接在一起的各种设备……

“停下！停下！”但他的声音并没有从嘴里发出。他的身体仍然静静地躺在桌上，双唇紧闭，肌肉像铅块一样僵硬，双手冰冷，脑袋也感觉凉凉的，因为头发都被剃掉了。声音还在继续，大脑里的计算机不断提供着逻辑和命令，不断重组着他……那干巴巴的数据流似乎要将他卷入永恒的虚无……

汤姆睁开了眼睛，他正在医务室，五角尖塔的1C3区。之所以知道这些，是因为在他的视像右下角有个红色的字串闪了一小会儿。他抬头看了看头顶上的日光灯，然后又看了看四周，周围有几个人正看着他，表情亲切。

“今天感觉好些了吧，雷恩斯先生？”

汤姆眨了眨眼，因为发生了一件奇怪的事：除了那个人的脸，他还看到了文本，一连串文字迅速滑过他的脑海。

姓名：杰森·张

军衔：中尉，护理学学士

级别：合众国空军0-3，现役

安保权限：绝密6级

汤姆又眨了下眼，文字消失了，让他不禁怀疑那一切是不是都出自他的想象。

“汤姆，能告诉我你的全名吗？”杰森·张的声音将他拉回到了现实中。

“汤姆斯·安德鲁·雷恩斯。”

张中尉用小手电检查了一下他的眼睛。“知道这是哪里吗？”

“五角尖塔。”

“很对。知道你为什么会在这儿吗？”

“动手术。植入神经处理器。”

“你知道我的名字和安全级别吗？”

汤姆非常清楚地记得刚才闪过脑海的那串文字。“杰森·张，护理学学士，绝密6级……为什么我会记得这些？”

“你现在有过目不忘的记忆力了，雷恩斯先生，你的处理器里植入了这里的名册信息。第一次看到尖塔里某个人的脸时，姓名和基本信息就会显示出来，而这些信息你只要看一次就再也忘不掉了。接下来我们检查一下内置计时器吧，现在是几点？”

“哦，5时30分。”回答完后汤姆才意识到，自己在想时间时居然自动转换成了军队用的24小时计时法。

“很好。“

他又眨了三次眼，看到中尉拿起了床头的内线电话，按下了1-380-

4198-4885。张中尉说："冈萨雷斯医生，雷恩斯先生已经处于完全清醒的状态了。明白。我会给他做标准评估的。"

"我感觉很奇怪。"汤姆在大脑里听到了自己的声音，声调比记忆里的要低。

"很正常。"张中尉从黑色杏仁眼的眼角瞥了汤姆一眼，"你的大脑需要适应软件的存在。处理这么大量的数据一开始肯定很难，过段时间就好了。"

汤姆抬头看了看头顶上那盏70瓦的电灯。之前他曾整日盯着那盏灯。之前他曾醒过一段时间，每15秒眨一次眼。到现在一共是18天4小时9分26、27、28秒……

"我之前醒过。"汤姆想了起来，"手术是18天前的事了。"

张中尉从汤姆胳膊上取下量血压用的袖带。"你的手术确实是在18天前，不过按照传统的标准，你之前并没有醒过。你的大脑一直在进行重建。所有做过手术的学员都会经历这一过程。你的状态一直在有意识和无意识间切换，但你本人并没有感觉到。你的意识需要对新硬件在你大脑里形成的新神经通路进行调试。等到大脑重新恢复平衡，也就是现在，你才算醒了过来。这期间无用的细节你都会忘记。过不了多久，你就会感觉自己又和以前的自己一样了，不过是变得更强了一些而已。"

汤姆能感觉得到，自己正在恢复正常。他伸手摸了摸头皮，手术的疤痕只能隐隐约约地感觉到，是一道窄窄的切口，3.1厘米长。头发已经长了出来，0.7厘米长。他已经在床上躺得够久了，久到足够让头发再长出来。他顺着脖子摸了下去，后颈处有一块地方没有感觉，在这里他摸到了一个扁平的金属端口。这是一个神经端口，他知道。

"好啦，下级生，我会对你进行一系列测试，好决定是不是让你出院。"

"这么快？"汤姆惊叫道，"我能去参加战斗了？"

张中尉大笑了起来。“可没那么快。想要成为战斗员，你还得接受好几年的训练呢。”

“对。”汤姆闭上了眼睛，一串介绍相关内容的数据流在他的脑海里闪过：五角尖塔太阳系部队标准晋升路线：接受启蒙训练成为下级生，然后是中级生、高级生，其中的优秀者将进入卡美洛级，即俗称的战斗级。在此过程中因不适合太阳系部队工作而被淘汰的学员，将有机会进入其他政府部门工作，如NSA[①]、CIA[②]、国务院……

汤姆希望数据流就此打住，结果数据马上就消失了。真怪。他知道那些数据都来自神经处理器，但那感觉就好像是自己在思考那些信息一样，就好像是自己在回顾以前就知道的东西。

基础评估、瞳孔检查、触觉检查、循环系统检查，张中尉弄得他有些心烦意乱。检查完这些后，张中尉又播放了一段音符，让他说出音名。

“我对音乐可一窍不……”汤姆抗议道。

可他马上就懂了，接着就满心诧异地念起了那几个音名：E、C、D、A。

护理员看到他脸上惊异的神色，拍了拍他的肩膀，然后示意他坐起来。“我们上传了一些音乐方面的信息做测试用，另外还有一些课堂作业，这样你的进度就不会落后了。你那里应该已经有第一周的参考数据库了，对吧？”

汤姆的大脑调出了数据。“有。”他的脑子里闪出个文件管理器，里面有三个文件夹：非军事课程、体育课、学员专业课。他不知道自己是如何知道打开这些文件夹并且查看其内容的，但他就是知道。

“那么你现在应该去哪儿？”张中尉问。

“去见维克兰·阿斯旺，我的新室友。”汤姆顿了顿，需要的信息再次

---

① 国家安全局。

② 中央情报局。

直接从脑子里冒了出来。“感觉真怪。”

护理员点了点头。“会习惯的，据说是这样。你可以出院啦，下级生。”

汤姆张了张嘴，想要说自己不知道该怎么走，但五角尖塔马上响应了他的思维，一幅尖塔的三维结构图被更新进了汤姆的神经处理器，上面仔细标明了每个新兵目前所处的位置。

汤姆从床上跳了下来，感觉双腿很有力。在床上睡了三周，下地后一点都不晕。他朝门口走了过去。

“啊，雷恩斯，这个可别忘了。”张中尉挥了挥手里的东西，“这是你的了。”

汤姆伸手接过那个金属物体，认出那是一枚口令币，和马什将军手里的那个一样，表明了太阳系部队成员的身份。硬币在汤姆手中闪着绿光，就像将军拿着硬币时一样。

一种很爽的感觉让汤姆不禁颤抖了一下，他看着口令币上的秃鹰徽记，感觉有些怪异，这东西现在是他的了。

把口令币装进兜里，汤姆带着一丝隐隐的不安按照脑中地图的指示走了过去。尖塔的地图上说维克兰在他西北方8.6米处。他走出大门，来到了一楼的走廊。维克兰距离他确实只有8.6米，这个数字还在随着他的前进而不断减少。

汤姆打量着眼前那个正在等他的天竺裔少年，一连串信息映入了他的脑海：

姓名：维克兰·阿斯旺

军衔：合众国太阳系部队III等下级生，亚历山大学院

祖籍：天竺国新德里

成就：国际科学与工程大奖赛青年创新最高奖，天竺企业奖学金获得者

IP地址：2053:db7:lj71::338:ll3:6e8

安保权限：绝密3级

汤姆一定是一幅被惊呆了的表情，因为那个浓眉大眼、皮肤黝黑、发际线很高、头发很硬的天竺男孩正在咧嘴对他笑。“感觉很怪，是吧？”

“确实很怪。”汤姆同意道。

“好的一点是，你我就不用自我介绍了，汤姆斯同学。”

“确实如此，维克兰同学。”

“叫我维克就行了，别叫维克兰。”

“你也叫我汤姆，别叫汤姆斯。”

两个人朝电梯间走去，一路上维克上下打量着汤姆。“真奇怪，你的成就列表上写着N/A。为什么是‘不可用[①]’？”

汤姆意识到维克在看他的资料，就像他之前看维克的资料一样。“说是没有更确切些。”汤姆老实回答。

维克抬了抬眉毛。“那你可得做好心理准备，这里人人都有成就，你就等着以后人人都问你这个问题吧。”

“好吧，可我也没什么办法。”

维克想了想。“其实，真要想的话办法还是有的。有个女生有办法朝里面塞东西。我听说她在上一轮调级晋升前修饰过某些人的档案，我们早餐会的时候去见见她。”

尖塔早餐会的时间立刻跳入了汤姆的脑海。“啊，7时30分。”

“对，7时30分，要穿制服就得赶快了。”

---

① N/A 即不可用（Not Available）的缩写。

信息又跳了出来：制服。黑色短上衣，太阳系部队领章，学院袖章，迷彩裤，战地靴，手套，便携键盘……

汤姆看信息的时间一定是太长了，维克在他面前挥了挥手，然后用拇指指了指汤姆根本没有注意到的那扇电梯门。门已经开了，汤姆走了进去，维克按下了六楼的按钮。

“那些数据流太烦人了，是吧？”维克一副过来人的表情，“你瞧，因为新来的下级生没有多少时间适应尖塔生活，所以神经处理器非常有用，可作为后来人，你得下载一堆东西才能赶上先来的学员，这反而让匆忙的过渡期变得更难了。”

“你是什么时候加入的？”

维克耸了耸肩。“几个月前吧。但我记得很清楚，就像刚发生的一样。关于职员的各种无聊细节信息不断从我脑子里跳出来，处理器不断地给出新词的定义。大概花了三个小时我才把脑子顺过来。”

汤姆摸了摸头上的疤。“我觉得还好。”

“是吗？”维克抬了抬他那浓密的眉毛，“你的意思是你适应神经处理器的能力比我强喽？”

他的语调里有一种挑战的意味，这让汤姆不禁咧嘴笑了起来。“是啊，听起来确实是这样。”

维克的眼中闪过一道光。“这么说你不需要进一步突触修剪了？”

这个词的定义一下子冲入了汤姆的脑海——突触修剪：在婴儿大脑发育期，多余的神经连接会被切断销毁，以便在婴儿内心建立对应外部世界的逻辑关系……

汤姆花了几秒钟时间才想起来，自己可以关掉数据流。

“也许你的神经适应性很强？”维克继续道。

又一条定义——神经适应性：适应性指大脑通过增加或移除神经连

接来适应新经验的能力。青少年期之前的大脑神经适应性最强……

“再或者你……”

汤姆一把拍在维克的肩膀，阻止他说出下一个新名词。“好啦好啦，快停下！”他笑道，“知道你的意思了，行了吧？”

维克也咯咯咯地笑了起来。

“有趣的家伙。”汤姆说。

“我很有幽默感的。”维克附和道。

电梯门在六楼打开了，外面是下级生的公共休息室，马什曾经在介绍尖塔时带他参观过。

维克指了指周围。“参观的时候他们告诉你这是下级生公共休息室吧？是叫这名字，不过也只是个名字而已，下级生从来没用过这地方。这可是最大、设备最好的休息室，所以一般都是高年级的学生在这里消磨闲暇时间，想混进来的下级生都被轰走了。”

“你们就允许他们那样？”

“那当然了。”维克兴致勃勃地说，“我们可都盼着有一天能成为高级生，把下级生赶出他们自己的休息室呢。反正我就是这么想的。”

他们穿过了写着“亚历山大学院”的那扇门，来到了空旷的走廊，那条走廊分了三个叉。

“这里就是亚历山大学院了，你在这里的家。我更愿意把它称作是宿舍，不过大概最差劲的宿舍也比这儿的强吧。没什么可看的，对吧？走吧，我们住这边。”

他们走进第三条走廊，来到了走廊尽头的一间小屋，里面有两张矮床，地上铺着灰色的地毯，墙壁是灰白色的，上面有一扇汤姆脑袋那么大的小窗户，透过窗户可以看到老五角大楼的屋顶，就在五楼的高度。

“就这儿了。”维克说，“四面秃墙，你就别想什么海报啊、照片啊之类的东西了——那些东西都是违规的。随着衔级的提升，你装饰自己铺位的特权才会逐渐增加。”

“很好。”汤姆说，这是他的真心话。他在屋里绕了一圈，仔细地察看着，这是他的房间。他以前从来都没有过自己的房间，就连与人分享的这种房间也没有过。

“要求还真低。这样也好，你会喜欢这儿的。”

汤姆看到其中一张床的床边的地上有条腿。他走了过去，地上四仰八叉地躺着一个身着制服的人，是个橘红色头发的男孩儿。

“你的床在那边。”维克指了指屋子的另一头。

“我们屋里躺着个死人。”汤姆说。

“嗯，那是比默，咱们隔壁的。”维克走到汤姆的床边，用脚拉开了床垫下面的抽屉，从里面抽出一卷东西。“给你制服。”

“我们屋里躺着个死比默。”汤姆又说。

维克把制服扔在汤姆床上。“没死，只是……比默而已。”

橘红头发的男孩儿翻了个身，他只是睡死了，没真死。那张圆圆的长满雀斑的脸又在汤姆的脑海里引出了一串信息。

姓名：斯蒂芬·比默

军衔：合众国太阳系部队III等下级生，亚历山大学院

祖籍：华盛顿州西雅图市

成就：全合众国独立企业联会青年企业家奖学金获得者，全合众国青年企业家协会会员

IP地址：2053:db7:lj71::342:ll3:6e8

安保权限：绝密3级

“是这样——”维克解释道，“几个月前比默犯了个错误，他溜到了指定活动区外，去见女朋友……”

“马什说过这事儿！”汤姆叫道，“军队进入二级戒备状态了，是吧？”

“嗯。”维克笑道，“他们空降到了他女朋友家，直升机、坦克、武装直升机之类的，把他女朋友的爹给吓出心脏病了。真的，所以比默到现在都还在想办法补偿他女朋友，他每晚都在和女朋友网聊，没时间下载作业。他被禁足了——这你也知道，限制人身自由，我都不知道他是去哪儿上网的。不过神经处理器也不是万能的，尽管我们有过目不忘的记忆力，可以把任何信息都装到脑子里去，但所有信息都必须先在脑子里过一下我们才能记住，不然一点儿用都没有。你得花时间消化下载下来的内容。”

汤姆从比默身上跨过，朝维克扔在他床上的那堆衣服走去。

维克用脚碰了碰比默的腿，想看看他到底睡得有多死。“大多数人都在睡觉的时候消化下载的作业，比默忙着跟女朋友网聊，根本没时间理解下载的作业。所以他一大早就跑到这儿来，睡死在我们宿舍的地板上，好让我在出去前看到他，拽他去早餐会。”

地上那个橘红色头发的男孩儿猛地睁开眼睛，一下子坐了起来，吓得汤姆不由得后退了一步。

“我反对！”比默对汤姆说。他那苍白的脸上表情木讷，谁看了都会觉得他这是在梦游。“维克这是在中伤我的人格。分解代谢过程氧化含碳营养物质。”

“什么？”汤姆一脸疑惑。

比默又瘫倒在了地上，一言不发。汤姆花了好一会儿工夫才意识到，这小子又睡过去了。

“白痴。”维克用怜惜的语调说，他的眼中充满了笑意。“没理解消化，看到了没？脑子里装了那么多信息，却没一样放对地方。”

“确实。”汤姆咕哝道。他有点同情躺在那儿的比默，因为他自己也觉得有点儿信息过载了。

“快穿制服吧，抓紧时间，过不了多久机器人就会来抓我们去早餐会了。”

“真的机器人？”汤姆问。他已经分不清哪些是现实，哪些是想象了。

“不是啦。只不过大家都这么称呼比默的室友尤里。他每天早上都去远足，我们每周可是有三次体育课呢。而且他每天的情绪都很亢奋，帮你做作业啊，搬重物啊什么的，还总想和那个怪丫头华耶·恩斯洛做朋友，就因为他觉得那丫头挺可怜的。他绝对是你见过的最好的好人。我和比默都觉得他肯定是个机器人，而且还是个间谍。”

“间谍？”汤姆抽出黑色短上衣，那衣服的领子上镶着秃鹰徽章，徽章下衬着一个三角星，衣袖上还有亚历山大学院的剑徽。他穿上上衣，又戴上自行车手式的手套，然后看了看最后的那样东西：一个扁平的小键盘。

神经处理器告诉他，要把键盘底部的接口插到他“非惯用”的那只手所戴的手套插槽上。

“把那玩意儿装袖子里。”维克提醒道，“过段时间你才用得上呢。”

汤姆把键盘贴在前臂上——那东西是用有弹性的聚合材料做的，很贴合手臂的曲线——然后把接口插到左手手套的插槽里，最后放下袖子把键盘包起来。

维克继续道：“嗯，比默的室友，尤里，是波尔雅国人。他家很有权势。他爹认识太阳系部队的缔造者，是他把尤里弄进尖塔的，合众国军方的意见根本不在考虑之列。尤里是土生土长的波尔雅国人，所以不少人都觉得他是间谍。军方肯定也是这么想的，因为尤里三年前就是下级生了——到现在也还是下级生。绝大多数下级生一年左右就会升级，所有和他同期加入的人不是升到高级就是已经转到其他政府部门了。”

汤姆穿上战地靴，系好鞋带，他照着维克的穿法把迷彩裤的裤腿塞进了靴子里。“你觉得他是间谍吗？”

“怎么可能，我都告诉你了，伙计，他可是机器人。”

房门一下子打开了，一个大个子走了进来，他一头自然卷，身高至少六英尺八英寸[①]，身材魁梧，黝黑英俊的面庞上是一副友好的笑容。

姓名：尤里·希瑟维奇

军衔：合众国太阳系部队III等下级生，亚历山大学院

祖籍：俄罗斯圣彼得堡

成就：克里斯·坎宁杰出学术成就奖，爱斯维尔·伍兹青年人道主义者奖

IP地址：2053:db7:lj71::236:ll3:6e8

安保权限：绝密1级

汤姆看着眼前的信息，尤里的安保权限确实比其他人都低。

“啊，早安，伙计们。你们准备好去吃早餐了吗？”尤里看了看汤姆。“啊，还有你，新来的下级生蒂莫西·罗戴尔。”

汤姆想要更正他的错误，但维克对他使了个眼色。“别问。”

“是我。”汤姆一脸莫名地应和道。

尤里爽朗地大笑了几声。“非常高兴见到你。我叫尤里，不过你应该已经知道了。”他指了指自己的太阳穴。

“嗯，我是已经知道了。”汤姆回答。

“我看不到你的成就列表。”

---

① 约合 2.03 米。

“系统错误。我们正准备把它弄好。”维克替汤姆回答。

“嗯，是啊。”汤姆附和道。

他的脑中闪过一道提示：早餐会五分钟后开始。突然闪出的消息吓了汤姆一跳，感觉这东西就像是自己的想法似的。其他两个人也收到了消息，他们全都跳了起来，除了比默——那家伙只是摇摇晃晃地站了起来，然后就又倒了下去，还好尤里上前一步扶住了他。

“准备好了？”维克问汤姆。

汤姆急切地点了点头，尽管他的心里非常紧张。“准备好了。”

尤里扶起比默，然后把他架在自己宽阔的肩膀上，沿着亚历山大学院的走廊朝电梯走去。他的心情很好，一路上都在哼歌。

“我能走。”比默睡眼蒙眬地抗议道。

“你上次也这么说，结果还不是撞到头了。”尤里回答，“一点都不麻烦的，斯特凡。”

比默摇晃着脑袋眯缝着眼看了看汤姆。“哈，新人啥成就都没有。”

该死的个人信息。

维克侧身对汤姆说：“告诉过你这玩意儿有多烦人吧？你到底想不想把它处理了？”

“你之前说有个女生能弄？”

“华耶·恩斯洛。”维克回答，“得费点儿功夫，不过我们能说服她。”

“为什么他以为我是蒂莫西·罗戴尔？”汤姆朝走在前面的尤里点了下头。

维克用正常的音调回答，就好像尤里听不到他们说话一样。“呃，关于这事儿没有什么官方的解释，不过尤里似乎被干扰了。他的软件有点问题，而且没有哪个军官想要修正，这一点让我们觉得干扰似乎是故意加上去的。我们都觉得，军方肯定认为尤里是间谍，而且又不能把他从尖塔里弄出去，因为他家有关系嘛，所以他们就在他的神经处理器里植入了病毒，这样他就听不到机密信息了。”

汤姆看了一眼尤里宽阔的背部，他还在哼歌儿，似乎一点儿也没听到他们刚才说的话。“他的神经处理器会篡改他听到的东西？”

“就是这么回事。从我和比默掌握的情况来看，他似乎能正确理解尖塔里的基本事实，但无法获知我们的身份信息、IP地址、战术以及其他可能影响战争结果的信息。他的处理器被人动了手脚，即使别人提到了真实的人员姓名他也听不到。任何保密信息他都记不住。比方说，我给他看程序设计课上的代码，代码在他看来还是那些代码，但等到回忆的时候就不对了。你也看到了，我们离他最多五英尺[①]远，就这么在他后面谈论他，我敢打赌，处理器肯定把我们说的话都翻译成其他内容了。”

“你说真的？”汤姆一脸惊奇又有些不安。之前他可没料到这些，其实他早该想到，在脑子里安台电脑，自己也会像电脑一样容易受到错误程序的影响。“维克，既然他们能扰乱尤里的软件，那么你怎么知道他们没有对我们也这么做？”

维克对着汤姆笑了笑，笑得汤姆毛骨悚然，他的眼神就像个疯子一样。“啊，汤姆，我们可没办法知道。”

“这可真让人安心。谢谢了。”

“随时为您效劳，伙计。要不怎么是你室友呢。”

---

① 约合1.5米。

第五章

位于巴顿厅的食堂人山人海，每张长条桌上都摆着餐盘，学员们组成了一片黑色和迷彩色的海洋。汤姆观察着人群，识别着各个学院的臂章：马基雅维利学院是鹅毛，成吉思汗学院是斧头，亚历山大学院是长剑，拿破仑学院是滑膛枪，汉尼拔学院是投石器。

维克用胳膊肘捅了捅他，示意他跟上。两个人朝一张桌子走了过去，汤姆的神经处理器说，那张桌子是汉尼拔学院女下级生用的。所有的女生都坐在桌子的一头，聊着天，唯独把一个看起来有些笨拙的女生给落在了另一头。那女生一头褐色的直发，佝偻着，目光在其他女孩儿和自己的餐盘间漂移不定。

“嘿，恩斯洛！”维克叫道。

女生抬起头，圆圆的脸蛋上表情严肃，浓浓的眉毛都快长到一起了。汤姆的大脑显示出了识别信息：

姓名：华耶·恩斯洛

军衔：合众国太阳系部队III等下级生，汉尼拔学院

祖籍：康涅狄格州达里恩市

成就：里文中学年度数学竞赛优胜奖；两届年度数学学术奖获得者；国际奥数竞赛金牌得主；詹姆斯·洛厄尔·普特南大赛冠军

IP地址：2053:db7:lj71::335:ll3:6e8

安保权限：绝密3级

“你现在还帮人弄个人档案吗？”维克问。

华耶抿了下嘴。“你可以再大点儿声，维克。我觉得军官餐区的布莱克伯恩中尉应该没听到。答案是否定的，我洗手不干了。上次差点被抓住。”

“得了吧，恩斯洛。”维克请求道，“帮汤姆一把。是尤里想让你帮忙的。”

“那尤里自己怎么不来说？”

“他正拖着比默到处跑呢。”

“你们想改什么？”她看了眼汤姆，“哦，那个啊。”

“对，就是那个。”维克说，“某人在输入档案的时候把汤姆的一堆成就给漏了。”

汤姆看了他一眼，忍着没笑出来。是啊，他的一大堆成就。他赢过不少的电子游戏，而且还在五个小时内吃下过两张披萨。

“带着这个有缺憾的个人档案汤姆很尴尬的。”维克边说边用大拇指指了指汤姆。

“确实尴尬。”华耶严肃地说，“这儿的人可能会以为你啥都没干就在这儿赢得了一席之地。那么，要是这是尤里的意思的话，我就帮你们改改，但要是被布莱克伯恩注意到了，你可不能把我给供出去。我要你发誓！”

“我发誓，不会出卖你的。”汤姆保证道。

华耶咬了下嘴唇，然后卷起袖子，露出了贴在右前臂上的便携式键盘。“你想在里面写些什么？”

维克对汤姆抬了抬眉毛。“要点啥？”

汤姆也不太清楚自己该编些什么成就。“草地保龄球冠军？”他试探道。

华耶瞪了他一眼。“草地保龄球？”

“对啊。”维克附和道，“要是奥运会有草地保龄球项目的话，汤姆肯定能得金牌的。他还是全国拼字大赛的冠军。”

华耶点了下头，显然是认为这才算是个比较像样的成就。“好多人都不会拼写单词，真没意思。”

汤姆继续补充道：“我还做了个世界上最大的球。”不知道这个会不会给她留下深刻印象？“是用……”

“线缠的？”维克提示道。

“啊？不是，维克兰。”汤姆说，“是用耳屎。”

华耶放下手里的键盘。“你这是在瞎编吗？”

“当然不是了。”维克说。

“拼字大赛那个我会录入的，你可别想我把什么耳屎球写进去，还有草地保龄球。我都不知道还有那玩意儿。”

“可不是所有人都能成为数学天才的。你就别嘲笑汤姆的伟大成就了。”维克说。

“是啊，这样可不太好。”汤姆说。

“好吧，草地保龄球我也写进去，行了吧？”华耶在键盘上飞速输入着。

她的左手动作飞快，汤姆都快看呆了，她的手掌很大，指头很长，和她身体的其他部分一点儿也不相称。

“好了。”华耶宣布道。

“这就完了？”汤姆很是惊讶。

“对，完了。”华耶一脸理所当然的表情。“告诉尤里，这是我最后一次干这种事了。布莱克伯恩中尉还在找上一轮提职晋升时黑进人事档案库的人呢。他要是知道了非杀了我不可。”

“恩斯洛，他不会杀了你的。”维克说，“最多也就是汇报给马什将军而已。”

华耶睁大了眼睛。

“谢啦。”汤姆赶紧说。

“别谢我。”华耶抱着胳膊，一脸认真。“赶紧走得远远的，再别和我说话了，你俩都是。”

奇怪的是，她说这话的口气一点儿都不恶毒，好像她根本意识不到这么说有多粗鲁似的。汤姆和维克转身离开，再没搭话。

“她挺友善的。”两人穿过人群时汤姆说。

“恩斯洛就是那种人，男人的名字，男人的大手，而且一点儿幽默感都没有。此外，完全缺乏最起码的交际能力。整个尖塔里只有尤里一直想和她一起度过闲暇时光，这可不是没有原因的。我猜尤里是觉得她挺可怜的吧。但说起她刚才用的那种黑客技术，她才花了三十秒不到，一般人几个小时都搞不定。非常厉害。”

他们来到了亚历山大学院的男生桌前，比默正靠在一把椅子上，尤里也站在自己的位置上。他友善地挥了挥手，欢迎汤姆的到来，他的牙齿又白又亮，棕色的自然卷，面庞英俊，身材匀称，看起来还真有点像机器人。

“尤里，我们假借你的名义让华耶·恩斯洛帮了个忙。”维克对尤里说，“我觉得她现在可能对你有点看法。你该去道个歉什么的。”

尤里闭上眼睛叹了口气。“你对华耶可不够友好，维克多。”

“我对男人手够好的了。”维克抗议道，“只不过要是我去求她的话她肯定不答应。你真忍心让可怜的汤姆因为这不完整的玩意儿而处处尴尬吗？”他指了指汤姆。

“我没觉得尴尬。”汤姆抗议道，只不过是不完整而已。

不过尤里正忙着看汤姆的档案。“啊，拼字大赛，很厉害。”

“是啊，我还能一边拼字一边打草坪保龄球呢。”汤姆说，“比如拼‘草坪’啊，‘保龄球’啊什么的。”

汤姆一屁股坐在了椅子上，维克挥了挥手示意他站起来。“先别坐。克伦威尔少校宣布稍息前我们都得立正站着。很烦，不过只有早餐和正式晚宴时是这样。”

一条消息闪过汤姆的脑海：早餐会正式开始。

大厅里一下子安静了下来，所有学员都站得笔直，标准的立正姿势。一队学员走进大厅，展开一面合众国国旗，升了起来，然后分成两列站在门口。

汤姆看了看旁边的人，想要确定自己的站姿对不对。大脑里的计算机正在提示他放松肩膀、挺胸、收腹、双手放在体侧、挺直身子。

一位女士走了进来，她骨瘦如柴、面容疲倦，身上的迷彩裤显得过分肥大。女士停了停，看了看他们，她的双唇紧闭，面部表情严肃，赤褐色的头发里夹杂着一些杂色。汤姆的神经处理器立刻显示出了有关信息：

姓名：伊莎贝尔·克伦威尔

军衔：少校

级别：合众国海军陆战队0-4，现役

安保权限：绝密8级

“稍息。”她大声宣布道。

汤姆两边的人都放松了下来。等到克伦威尔少校在拐角处的军官餐桌找好位置坐下后，所有学员都陆陆续续地坐了下来，食堂里顿时掀起一片黑色的波浪。

汤姆也坐在了自己的座位上。旁边的人纷纷掀起自己托盘上的金属盖，露出了里面的标准早餐：鸡蛋、烤面包、熏肉、橙汁。汤姆依葫芦画瓢掀开了自己的托盘盖，结果发现里面只有两条巧克力棒。

维克吃着自己的烤面包，他注意到了汤姆脸上那疑惑的表情。“哦，对了。你只能吃那个。”

“巧克力棒？拿这东西当早点？”

“事实上，汤姆，那是餐棒。你每天得吃十条，先得吃上一段时间。神经处理器刚植入的时候，你的荷尔蒙分泌会非常旺盛，HGH[①]分泌会达到峰值。”

汤姆的神经处理器立即标出了这个词。“人体生长激素？”

“对。接下来你会疯长一段时间，不过等到这个神经生长循环结束后就好了。这些能量棒能提供你生长所需的能量。”

“可这不就是巧克力棒而已吗，能有多大作用？”

“这只是你的看法。”维克喝了一大口果汁，“你的神经处理器有一项功能，可以用你喜欢的食物的感官信息来刺激你。看起来像巧克力棒，但实际上是高营养的能量棒。等到你能看到能量棒真正的样子的时候，就说明你的hGH达到峰值了。”

“那它们到底是什么样子？”

“就是高营养能量棒的样子，还是不要知道细节的好，相信我。”

汤姆剥掉巧克力棒的包装，一口咬了下去，吃起来明明就是巧克力棒的味道啊。真是大脑在欺骗他吗？想想都觉得奇怪。他又看了看其他人吃的真正的食物。那香肠看起来实在是太美味了，他都忍不住想要尝一口。

① 人体生长激素。

伸手拿起第二条巧克力棒时，汤姆注意到那能量棒变得有点像香肠了。他咬了一口，满嘴都是香肠的香味儿。出于好奇，他又在大脑里想象起了香蕉的样子，尽管他一点都不喜欢香蕉，等到再次低头看时，能量棒已经变成了香蕉的样子。

“太酷了。”他低声说。

香蕉、餐棒、巧克力棒，不管那东西到底是什么，他留下了一口，在去体育课的路上不住地把玩。那东西被他变成饺子、意大利面，然后又变成法式蜗牛和田螺。真不敢相信大脑这么容易被操纵——明明是一种东西，却能被看成是另一种东西，就因为脑子里的电脑告诉他要这么看。

维克一路上都在为他讲解。“体育课的目的很直接，锻炼，长肌肉。头几次可能适应不了，后面就好了。”

“哦，很好。”汤姆装出一副真心实意的样子。他的嘴里塞满了能量棒，刚把最后的那点儿吃下去他就后悔了——干吗不再从田螺变成其他东西呢。他咽了下去，勉强挤出了一句：“我得承认，我可不是个好锻炼的人，真的。而且为了给大脑里安东西我刚在床上睡了几周，要是落后了怎么办？”

“肾上腺素会帮上忙的，相信我。”

汤姆跟着他走进了一间大厅，大厅里已经有不少各个学院的下级生了。汤姆抬头看了一眼标牌，上面写着：石墙[①]体育馆。一幅建筑平面示意图在他的眼前展开，上面说巨大的体育馆占据了整个二、三、四层的内部。汤姆看了看眼前的各种障碍物——需要跨越的沟壕、攀爬用的梯子、人造岩壁、沙坑、水池、又长又旧的普通跑道以及沿着尖塔的曲线消失在尽头的假草坪，还有环形的阶梯和堆放着更多设备的开放式平台。

① 以美国内战时期著名的南军将领托马斯·乔纳森·杰克逊（1824—1863）命名，杰克逊绰号“石墙”。

周围的景色忽然一变，由体育馆变成了广袤的草原。

汤姆不敢相信地眨了眨眼。草原还在，真真切切。“这是怎么回事？”

“你有神经处理器啊。”维克回答，“明白了吗？计算机能直接控制输入视神经的信号。”

汤姆明白了：他看到的是输入大脑的虚假信号，就和早餐时的能量棒是一个道理。

“也就是说……这些都不是真的。”汤姆试探性地用靴子碾了碾脚下的草地。感觉太真实了——闻起来都有一股野草味儿！

“你所见到的体育馆是真实的。草原只不过是处理器骗人的把戏而已。至于周围的声音还有刮风的感觉，那都是假的。”维克说，“简而言之，他们这么做是为了寓教于乐。绝大多数训练场景都取自真实战役。不需要正经八百地学就能了解军事史。”

一阵凉风吹过汤姆的皮肤，拂过他的头发——这感觉真是太真实了。他踩着脚下的草地，感受着清晨灿烂的阳光，远处地平线上那点点火光所散发出的刺鼻烟味儿徐徐飘来，他甚至还能听到战场上的人声低语、感受到千人行军时脚下的震动。

他眯起眼睛，想要找出存在于幻象下的真实的体育馆，但却怎么也找不到。“既然看不到真实的场景，我们怎么才能不撞到那些器械上呢？”

“幻象和真实的体育馆是对应的。”维克说，“河流的位置在真实世界中就对应着水池，巨石对应着矮墙，悬崖对应着岩壁，诸如此类。顺便说一句，你得赶紧做做准备活动、慢跑一下什么的，体育课的第一阶段总是心肺系统训练。”

汤姆看了看周围的下级生，所有人都已经在战场上分散开来。他们活动着身体，扭头看着后面，一脸急切的表情。汤姆也回头看了看身后起伏的山丘，不知道他们在等什么。

“接下来呢？”他问维克。

“是刺激的冲刺哦。”

汤姆活动着身子，冷风吹过他的面颊，他的心跳加快了，远处的喧嚣声越来越大，周围的下级生忽然都撒腿猛跑了起来。

到处都是尖叫声。汤姆回过头，看到了所谓的“刺激的冲刺”，不由屏住了呼吸。山坡上有几千名身着格子呢制服的武士，他们手握长剑，高呼着口号，正在向山下冲刺。

酷，汤姆只觉得眼前的景象令人目眩。

一只长矛嗖的一声从他的脸旁飞过，求生的本能提醒他，自己手无寸铁，身后正有一群脾气火爆的中世纪苏格兰人穷追不舍。他撒腿就跑，周围尖叫声不绝于耳。又一只长矛擦身而过，重重地插进了坚实的草地。汤姆一个急转绕过长矛，心都快要跳出来了。他不断地提醒自己，这一切都不是真的，他并没有危险，这只不过是幻象而已。

伴随着一声凄厉的惨叫，那些提醒自己的话立刻被他忘到了九霄云外。汤姆回过头，看到比默落到了苏格兰武士的手中，其中一人一剑刺穿了他的身体。

“啊！”比默大叫着在地上打着滚儿。“好疼啊，疼死我啦！”

“哦，上帝啊，不要！比默！”维克惊恐地叫道，他抓住汤姆的衣领。“看在上帝的份儿上，能跑多快跑多快，不然那就是你的下场！”

汤姆好不容易有些平复下来了的心一下子又揪紧了。维克一脸惊恐，比默叫得那么凄惨，好像真被杀死了一样。这个虚拟实境是怎么回事？不会真的像真实战斗一样有人被杀掉吧？

汤姆一个急停停在了一堵石墙边，大口喘着气。周围的景象一下子又变了，他又看到了比默，那家伙正站在一堵墙的墙角处，笑得上气不接下气。

“维克，你看到新来的刚才啥表情了吗？”他大叫道。

维克大笑了几声，使劲拍了拍汤姆的肩膀。“可怜的汤姆，你真以为他的肠子被捅出来了吗？才没呢，比默想逃体育课，所以故意让那帮家伙杀了他。这个懒虫。”

比默骄傲地点了点头。

尤里没有用梯子，而是选择徒手翻越石墙。他在半空中回头看了看他们几个，摇了摇头。“你们这么对蒂姆[①]太不厚道了。”

汤姆这才明白过来：在虚拟战场被刺中也不会有什么感觉的。比默只不过是装出一副死得很惨的样子，维克在配合他演戏。

“你可真逗。”汤姆对维克说。

维克也开始爬墙了。“接下来是第二阶段，间歇训练[②]。你是不是打算再死一次啊，比默？”

“我可不要爬那玩意儿。”比默一边抱怨一边察看着眼前的石墙。

“下辈子再见啊——呃，确切说是力量训练时再见。走吧，汤姆。”

汤姆跟着维克爬上梯子，留下比默和后面那些愤怒的苏格兰人。在真实世界里，这就是他见过的那种攀爬用的墙。而在虚拟世界，这堵墙变成了城堡的石壁。汤姆紧抓着梯子使劲向上攀爬，中世纪的英国士兵从上面伸出了头，大骂他们是“卑鄙的野蛮入侵者”。

爬到顶后，前面又出现了一堵墙。汤姆听到身后传来了更大的打斗声。他回过头，看到大群的苏格兰人爬上了石墙，仍对他们穷追不舍。比默又被——确切地说，是自愿被——戳了一矛。这次他没假装大叫，只是落到地上，慵懒地向汤姆和维克挥了挥手。

---

① 蒂莫西的昵称。

② 对动作结构和负荷强度、间歇时间提出严格的要求，以使机体处于不完全恢复状态下，反复进行练习的训练方法。

他们爬上又爬下，后面的追兵依旧穷追不舍，汤姆连气都喘不上来了——那帮苏格兰人可一点儿都不手软。汤姆来到了一个四面围墙的军械库，其他下级生也都在那里。他学着其他人的样子从墙上取下一把剑——说是“搬下”可能还更确切一些，那剑可真是出奇的重。

“这么重能用来打仗吗？”汤姆一边问维克一边双手用力将剑举了起来。

“事实上也不用你打，举起来就行了。第三阶段的重点就是力量训练。”

叫喊声又响了起来，汤姆鼓足勇气，不知道接下来要面对的又是什么。

一群日本浪人冲进了屋子。

汤姆笑了起来。中世纪的英格兰古堡，苏格兰人兵临城下，冲进来的居然是日本浪人，这可一点道理都没有——不过感觉很爽。他拿着重剑加入了战斗，如果忽略掉不断涌入的浪人的话，这个项目实际上和在健身房里举重差不多——只不过打斗的幻象让整个过程变得有趣多了。汤姆看到维克闪避着剑光，比默则在墙角，第三次被刺穿了身体。尤里向前一跃要为比默报仇，他英勇地冲入战团以一敌二，一手一把重剑，然后又英雄救美似的冲到华耶和其对战的浪人之间，以一敌三。

“尤里，别在那儿臭显了！”华耶边叫边把他推到一边，自己和那个浪人对打了起来。

浪人们都消失了，潮湿的城堡石壁也不见了，汤姆发现自己正站在体育场当中，大口地喘着气，手中握着一块沉重的金属重物。尤里将手中的两个重物当的一声扔在地上，看起来连汗都没出。

维克转向汤姆，短上衣已经被汗水粘在了身上。“你觉得怎么样？”

汤姆上气不接下气地回答：“比……跑圈……强多了。”

更衣室里，周围雾气腾腾，汤姆站在热水喷头下，身体还在因为之前剧烈的运动而不住地颤抖。他一边反复回想着那些愤怒的苏格兰人、进攻的浪人和狂暴的英格兰士兵，一边不断提醒自己：这不是在做梦，也不是幻觉，而是他自己的真人秀。汤姆洗了洗自己那又短又硬的头发，然后准备洗脸……

脸上光滑的皮肤吓了他一跳。

他用手指按了按颧骨、额头，又按了按下巴。一个坑都没有，感觉就好像……

他从浴帘杆上扯下毛巾，缠在身上，来到了淋浴间外的镜子前。用手擦掉镜子上的水汽后，镜子映出了他的脸，这是他自十岁以来，第一次看到自己没有被痘痘毁容的样子。

汤姆看着自己的脸，心中升起一股奇怪的感觉。这就是他。这个家伙，看起来不太丑，当然也不像埃利奥特·拉米雷斯那么帅。不过这个家伙要是走进一所高中——一所真正的、在房子里上课的高中——应该也不会有人对他的相貌指指点点。

汤姆一直认为自己理所应当就是个丑孩子。他以为，就算痘痘都褪掉了，他的脸上也会布满痘印。但他现在看起来就像是个普通人，一个混迹在普通青少年中的普通男孩儿，他的未来也有无数种可能。档案中甚至还有赢得全国拼字大赛的记录——不再是那个无家可归连感化院的课都上不全的小孩儿了。他的头有点痛，但感觉很好。有生以来第一次，他觉得自己变成了一个真正的人。

“镜子啊镜子。”维克的声音在身后的水汽中响了起来。

汤姆后退了一步。

“怎么了，伙计？”维克用他那深色的眼睛看了一眼镜子，“你盯着镜子里的自己大概有，呃，二十几秒了。你要是长成我这样的话，被自己的美貌给迷晕过去还可以理解。”

“我在想事情。我之前不知道他们还会在手术中改变你，外形方面。”

“哦，你是说再也不会长胡子那事儿？”维克摸了摸自己光滑的下巴。

汤姆点了点头，假装那就是他想说的。

“嗯，胡子确实挺麻烦的，处理器关闭了绝大多数它觉得多余的东西，比方说面部的毛囊吧，反正在军队里，你每天也都要把胡子刮干净的。我眉毛这儿原来有一个很酷的疤，手术做完后也痊愈了。真可惜，有那家伙我看起来还更剽悍一些呢。”

“不可能吧。”

“真的，我这儿确实有个疤。”维克指了指自己的眉毛。

“哦，这个我相信，就是想象不出来你剽悍的样子。”

汤姆朝旁边一闪，躲过了维克甩过来的毛巾。

汤姆在自己的储物柜里又发现了两条能量棒。他把能量棒想象成熏肉的样子，在去教室的路上狼吞虎咽地吃了下去。信息从他的脑子里跳了出来，原来是课程表。他又等了一会儿，像比默说的那样消化了一下信息。这张课程表看起来可真怪。

周一、周三、周五，每天早8时至9时30分都是体育课，接下来是数学，但时间却是10时至10时20分。没搞错吧？一节数学课怎么只有二十分钟？

但所有的常规课程似乎都是二十分钟的：英语，10时25分至10时45分；合众国历史，10时50分至11时10分；物理，11时15分至11时35分；世界语言，11时40分至12时。然后呢？是午饭，接下来整个下午的时间都是虚拟实境应用。

周二和周四的课程表上干脆没有普通中学的课程。早上8时至11时30分是程序设计，整个下午都是一级战术。

汤姆随其他下级生来到了拉法叶厅，他曾在参观的时候来过这座讲堂。他跟着维克走到一条木头长凳前坐下，尤里坐到了华耶旁边，所有的下级生都卷起了袖子，露出了前臂上的键盘。

汤姆的大脑中闪过一条消息：上午课程开始。一个头发灰白的矮个子走上了最前面的讲台，大厅里安静了下来。那人的档案资料显示在了汤姆的大脑里。

姓名：艾萨克·利希滕斯坦

隶属关系：乔治·华盛顿大学

安保权限：绝密2级

“早上好，学员们。”教授说，“下面开始测验，请收起一切无关物品。”

“测验？”汤姆惊异地问。

“对啊。”维克回答，“货真价实的数学考试。你最好能通过，汤姆，不然就得和培训计划说再见了。”

汤姆觉得，军方费了那么大的劲儿在他的脑子里安上了处理器，应该不会这么容易就把他赶出去的，但维克的话还是让他不禁惊慌了起来。

测验开始。汤姆的眼前闪出一道试题。他暗自念道：画图，求所有局部最大值和最小值……

汤姆完全不懂该怎么做，他从来都没学过。但是，就在他盯着那些陌生的数字的时候，奇怪的事发生了。好像是他自己通过逻辑思考得出的一样，他的大脑中浮现出了一幅立体剖面图，所有的数字都在大脑中各归各位。

这么难的东西，不应该给人一种完美而又符合逻辑的感觉，但事实就是如此。汤姆在键盘上敲打了起来。他研究着问题，计算结果迅速闪过大脑，就好像他已经变成了一部计算器一样。他在前臂键盘上一敲，提交了答案。第二道题冒了出来，接下来是第三道。

汤姆完成了测验，视野中心浮现出一行字：100%。他看着这个数字，怎么也不敢相信。七分钟做了十八道微积分。他以前从没学过微积分，连代数都考不及格。

旁边，维克比汤姆早做完几分钟。他正抖动着毛毛虫般的眉毛看着汤姆，那表情好像是在说：哈哈，又把你吓着了吧？

汤姆强忍着没有笑出来，这真是太惊人了。想想都觉得怪——以前觉得奇难无比的数学居然一下子变得这么简单，就因为他的脑子里连接了一部电脑。

利希滕斯坦博士的声音从讲台上传了过来："很好。"他在自己的屏幕上查看了一下所有人的成绩。"看样子，我们的最低分是八十九分。"

比默哼了一声。汤姆忽然觉得那个八十九很可能就是自己。

"看起来第十一题难倒了不少人。我得在你们的作业订阅源里澄清一下这道题所涉及的概念。既然这堂课还有四分钟，我们就一起来看一下吧。"

四分钟后，数学课结束了。利希滕斯坦博士告诉他们，周三测验所需的材料已经上传到了系统，然后就离开了。现在是10时20分整。汤姆看着博士离去的背影，不敢相信眼前的这一切。课程表没有错，数学课确实只有二十分钟。

上午其他课程的情况也与此类似，下级生们坐在教室里，一个小时换了三次老师。汤姆在大脑重组后的这几周里学到的东西比在罗斯伍德感化院四年时间学到的都多。语文课上，他的语法无可挑剔，阅读理解测验得到了一百分。合众国历史课上，写出法国-印第安战争期间所有重大政治事件的时间、地点、历史意义对他来说不费吹灰之力。物理课上，他很容易就理解了量子纠缠态的意义，而这一概念正是军方太阳系通信网的理论基础。世界语言课的老师说着日语走进课堂时，汤姆立刻就明白了她的意思，甚至他自己一开始都没有意识到老师说的是日语。他对着电脑上的麦克风进行了口语测试，处理器分析了他的口音，结果非常不错，他的口音像个地道的冲绳人。

中午，汤姆和维克一起走了出去，他觉得脑子晕晕的，就好像刚被电过一样。“哇哦。”汤姆咕哝着，想要理清头绪。“我都会说日语了。”

“那是当然。”

“我还会说什么语？”

“这取决于星期五测验测什么。”

“那我还能做什么？造核弹行吗？造飞船？我会不会功夫？”

维克回答道：“要是接下来的虚拟实境应用课程安排了功夫，你会在作业里下载到的。”

汤姆终于明白了过来：他现在无所不能了，整个世界都是他的。

一小时后，食堂。汤姆端着餐盘，一边走向门口的传送带一边想象着：偶尔造访一下罗斯伍德感化院，说着流利的日语，告诉他们自己一手建造了一艘飞船，并操纵那飞船赢得了战争。他想得太入神，没有注意到身后还有个袖子上有成吉思汗学院斧头徽章的大个子男孩，那男生只得用胳膊肘推开他绕了过去。汤姆身子一歪，被这突如其来的动作给弄了个措手不及，他想要恢复平衡，但托盘里的饮料已经滑了出去。他只得眼睁睁地看着饮料沿着一条碰撞轨迹向前面的深色头发女孩儿飞了过去……

但那个姑娘就像蛇一样敏捷，她迅速转过身，在饮料飞出玻璃杯的边沿前抓住了杯子。

“反应真快。”汤姆由衷称赞道。他抬头看了看那女生的脸——不由得屏住了呼吸。

姓名：海瑟·埃克隆

军衔：合众国太阳系部队VI等卡美洛级战斗员，马基雅维利学院

称号：谜

祖籍：内布拉斯加州奥马哈市

成就：青年社会创新人才协会会员，RAIA费尔逊奖学金得主，两届内布拉斯加小姐（初中组）得主

IP地址：2053:db7:lj71::212:ll3:6e8

安保权限：绝密6级

海瑟看了看他，黄褐色的眼睛一下子睁大了。“哦，汤姆，是你啊！”

她的声音听起来非常高兴，汤姆不禁心头一震。“嗯，是我。”

“我差点儿没认出你，你脸上那些……”她仔细打量了一下汤姆的脸颊，然后轻快地说：“我等你出手术室可是等了好几周呢，还以为你改变主意了。”

汤姆不知道该说些什么，只是看着眼前这张美丽的脸。他从来都没有想过，一个这么漂亮的女孩儿会在他这样的男生身上花费时间。

那时候他还没有变聪明。

那时候他的皮肤还一塌糊涂。

那时候他还无家可归，没有目标。

所有这些想法一下子都冲进了他的大脑。一种获得重生的感觉油然而生。他一边想着这些，一边俯身靠近海瑟，注视着她的眼睛。“抱歉，不该让你等那么久的，不过这似乎也不是我说了算。”

海瑟笑了起来。“啊，你还是像以前一样可爱啊，汤姆。”

“可爱？”汤姆不禁想要破译这句话。这是在和他调情呢，还是在说他没有男子气概？

一声大笑打断了两个人的对话。一个高个子帅哥将他的托盘扔到了传送带上，然后把胳膊肘亲密地支在海瑟的肩膀上。“看起来氢弹[①]小姐又瞄上新目标了。”

不需要神经处理器的帮助，汤姆也知道那人是谁。埃利奥特·拉米雷斯，走到哪里他都认得出来。不过档案信息还是在他的眼前翻滚了起来。

姓名：埃利奥特·拉米雷斯

称号：阿瑞斯

军衔：合众国太阳系部队VI等卡美洛级战斗员，拿破仑学院

祖籍：加利福尼亚州洛杉矶市

成就：塔可钟少年英雄奖获得者，世界青少年花样滑冰锦标赛冠军，飞向星空儿童启发论坛创始人，《年轻人》杂志票选年度万人迷，拉美裔公民成就奖得主

IP地址：2053:db7:lj71::209:ll3:6e8

安保权限：绝密6级

拉丁小伙儿的声音里带着笑意。“你可不能辜负了你那狡猾的声誉，是不是，H？别这么玩弄可怜、无辜的下级生的感情。”

海瑟耸了耸肩，甩开了埃利奥特的胳膊。“我就喜欢可怜、无辜的下级生。而且希望你搞清楚，是我帮马什将军确定了汤姆的网络地址，帮马什将军对汤姆进行实境测试的也是我。”

“那你又得到了什么呢？”埃利奥特嘲弄道，“难道他把下一个升入卡

① 氢弹（H-bomb）和海瑟（Heather）的首字母都是 H。

美洛级的名额许给你们马基雅维利学院了？”

“埃利奥特说的话一个字也不要听，汤姆。”海瑟冷冷地说。

埃利奥特抬了抬眉毛。“事实上，汤姆，你还必须得听我的话。虚拟实境应用课上你在我这一组。”

“是吗？”汤姆问。

“对。”埃利奥特确认道，他用深色的眼珠扫视着虚空中浮现出的信息。“汤姆斯·雷恩斯，我的新菜鸟。”

“哦。”海瑟撇了撇嘴，“真可惜，我原来还希望你能到我们组呢，汤姆。”

汤姆也打心底里希望自己能和海瑟一组。

埃利奥特拍了拍他的肩膀。“嘿，你可真是走大运了，小子。”他眨了眨眼睛，“真的，要是你家里人知道是我在训练你，他们肯定会高兴疯了。”

尖塔里这么多人，自己的儿子却必须要听埃利奥特·拉米雷斯的命令，不知道尼尔对此会作何反应。

“是啊。”汤姆附和道，“我老爸肯定会疯的。”

第六章

维克说过，虚拟实境应用就是一群下级生在卡美洛级战斗员的带领下与虚拟的敌人对战。维克非常喜欢他的小组，因为他们的组长是海瑟，而海瑟一向善于与组员打成一片，这让汤姆羡慕不已。至于尤里，在哪个组他都不在乎。他的组长是个名叫卡尔·马斯特斯的战斗员，喜欢尽可能地挑选最血腥、最暴力的实境给下级生。很显然，卡尔对那位与他的学院同名的名人情有独钟——在实境里，他甚至会命令下级生们把村民的人头都堆起来。

汤姆和比默来到了十三楼的训练室。这间教室与当初马什和奥莉维亚带他看过的那间类似，空间宽阔、光线幽暗，几张床围成一圈，床尾放着心电仪。

“我们需要戴电极什么的吗？”汤姆指了指心电仪，问道。

“不需要。床底下有根神经导线，能够直接连接到脑干处的神经端口上。”比默回答。

汤姆伸手摸了摸后颈上那个圆形的端口。

“连接虚拟实境或者下载东西用的也是那个端口。”比默补充道，“把线插上就行了，其他事情神经处理器会做的。”

他们找了两张空床，汤姆看到华耶·恩斯洛已经蜷缩着双腿躺在了自己的床上。

“嗨。”汤姆说。

“嘘——”华耶回答。

见到你我也很高兴，汤姆在心中暗想。

下级生陆陆续续走了进来，埃利奥特·拉米雷斯也进来坐到了最后的一张床上。他的一头黑发在心电仪监测屏的照耀下微微散发着绿光。“很好，大家都来得很准时。”他对汤姆笑了笑。“首先热烈欢迎我们的新成员，汤姆。”

然后就是一阵令人尴尬的掌声。汤姆不禁觉得自己好像不小心闯入了一个互助小组。

“你瞧，汤姆。”埃利奥特继续道，“我和其他很多指导员不同，不喜欢将下级生直接扔到虚拟实境里去。大家应该先抓住机会聊一聊，发泄一下情绪，缓解缓解一天的压力。我喜欢让小组成员聊一些自我激励的话题。今天，我们将要讨论一个非常重要的问题，也可以说是所有问题中最最重要的一个：自我实现。”

埃利奥特故意停了一下，好让每个人都品味一下这几个崇高的字眼。随后，他开始了长篇大论，讲起了马斯洛的需求层次理论。他把所谓的需求与自己生活中的轶事联系到了一起，然后又讲到了那些他从粉丝的信件上读到的战胜逆境的故事，最后又把话题转向了对人类求胜精神的讨论。

汤姆觉得这一套有关自我激励的谈话实在令人难以忍受，差点忍不住从床上跳下来。他知道，海瑟的小组，还有那个成吉思汗学院的家伙，卡尔·马斯特斯的小组，这会儿肯定都在虚拟实境里进行激动人心的训练呢，一定是这样。而埃利奥特却像教育学龄前儿童一样，让他们围成一圈，自顾自地讲着这些玩意儿，已经讲了快半个多小时了。

似乎过了好久好久，埃利奥特才开口道："啊，已经三十分钟了？时间过得可真快啊，是不是？"

汤姆笑了一声，他抬手遮住嘴假装是在咳嗽。埃利奥特看了他一眼，似乎没有看穿他的把戏。华耶对他狠狠地皱了皱眉，比默则摆出一副笑脸，似乎是在笑他"不够老到"。

"各位，我们开始吧。"埃利奥特招呼道，"把端口都连好。"

下级生们纷纷拿起床下的神经导线，连接在自己脑干的端口上，然后在床上躺好，屋里响起了一片咔嚓声。汤姆也伸手拽出自己的那根导线，他真是兴奋极了，解导线的手都不由得颤抖了起来。

"别着急，小伙计。"

埃利奥特捏了捏汤姆的肩膀，汤姆这才意识到他说的是自己。

埃利奥特抬起一根手指，示意汤姆先别说话。他坐在汤姆的床尾，等其他人做好准备。不一会儿，所有人就都弄好了，所有下级生都安安静静、一动不动地躺在床上。心电仪的屏幕上显示着每个人的心跳。

"有什么问题吗？"汤姆开口问道。

"汤姆，我知道我们俩都不是正规军人，但我是你的上级，所以你应该称呼我为长官。"

"知道了。"

埃利奥特看着他不说话。

"知道了，长官。"

埃利奥特接过汤姆手中那一团线，迅速解开，动作非常流畅优雅。"那么，汤姆，你对虚拟实境应用了解多少？"

"够多了。"汤姆说，"我们集体进入虚拟实境，团队合作，完成某项任务。一切都在大脑里进行，就像体育课一样，只不过身体不动。"

"不完全是这样，汤姆。听着，在体育课上，你面对的是虚假的幻象，但你仍能意识到自己的身体。但在虚拟实境应用中，你接收到的感觉信息全部由你的神经处理器根据虚拟参数生成。虚拟实境应用的目的就是要模拟我们用神经处理器和战争机器互动的过程，连接上去后的感觉就像是进入了一具新的躯体。你可能会忘记自己，或者只知道自己的角色应该知道的东西，这都取决于程序的参数。有些人一开始会非常害怕，因为这是一种全新的沉浸式体验，强调的是团队合作。”

“听起来不错。”

“嘴上这么说，但我打赌你肯定很紧张。”

“我真的不紧张。”

“嗯，当然不紧张啦。”埃利奥特一幅你知我知的表情，让汤姆感觉很不爽。“那么，汤姆，第一次接入可能会非常吓人。我通常都会亲自指导下级生。”

“我没事的，长官。”

但埃利奥特已经走到了床头。“靠过来。”

汤姆抓住床垫边沿，把头伸了过去。埃利奥特的一只手抓住了他的肩膀，把他摆到正确的位置。汤姆咬紧牙关，埃利奥特离他非常近，他的脖子都能感觉到埃利奥特呼出的热气。

“要是感觉害怕或者不舒服就告诉我，这很正常……”

“我没事。”汤姆打断了他的话，停了一下又补充道，“长官。”

导线插入了脑干上的端口，整个世界一下子变黑了。忽然一下子，所有的感觉都从他的身体里消失了。

“感觉比我……”汤姆连话都没来得及说完。

汤姆昏迷了过去，他通过自己的眼睛看到的最后一幅画面，是周围的一切都翻转了过来。

然后汤姆就不是汤姆了。

周围一片刺目的白光。铅灰色的天空下是冰雪覆盖的苔原。冷风刺痛了他的眼睛和皮肤，但那感觉真是太爽了，令人神往。

一种奇怪的感觉穿过他的身体，肌肉、筋骨、血液、活力、生命。他跨步向前，爪子踏过冰冷坚硬的积雪。强烈的气味冲入了他的鼻腔，周围的东西变成了模糊的闪影，他只能站在那儿，感受着冷风。

同伴们泥土般的气息。

热乎甜美的猎物的味道。

这一切搞得他心神不宁。于是他抬起头猛吸了一口冷气。那调戏、嘲笑的气味正在召唤他，但气味里还有其他东西。

危险。

他踩着积雪前行，查看了一下情况。一幅画面出现在他的脑中：皮毛脏兮兮的白色捕食者，爪子上沾满鲜血，发出一声低鸣。

危险已经解除了一段时间。是个大家伙，在雪地上盯梢，现在不见了。

他继续分辨着气味，入了迷。*冰……金属……尘土……人……*

号叫。

同伴们的号叫声响彻云霄。他想也没想就朝同伴们走了过去。那种想要加入到这号叫声中的感觉不可抑制地催促着他踏过雪原。家人们的气息越来越浓烈，他来到狼群之中，抬起头，从喉咙深处发出了一声号叫。号叫声刺破天空，飞向山谷。一种他从来都没有体会过的群体归属感在他的体内激荡回响。

最大最壮的那头狼来到他们中间，其他狼都低下尾巴表示服从。头狼发出一声凶猛的号叫，转身朝气息的方向飞奔而去，那是猎物喷涌的鲜血和鲜美的肉质所散发出的气息。狼群绷紧了尾巴，紧跟着头狼，灰蒙蒙的一群狼飞奔在平原上。

空气中弥漫着猎物那温润的气息，它正在慢慢积蓄力量。他们迎着风，刺骨的寒风带来了猎物的气息，隐藏了他们自身的气味。

他们盯上了猎物。麋鹿抬起了头颅，它知道他们就要动手了，一跃而起准备逃跑，但头狼咆哮着切断了它的退路。猎物知道自己跑不过他们，头狼距离麋鹿越来越近，麋鹿摆出巨大的犄角，准备刺向头狼。头狼凭着本能飞身一跃。

狼群将麋鹿围了起来，他们龇着牙，包围圈越来越小。周围一片咆哮嘶吼，中间还夹杂着麋鹿的鸣叫。鹿蹄飞踏，一头狼被其踩踏致死，是比默，那血腥的气息唤醒了汤姆心中一丝人类的情感。

又有两个同伴倒在了那巨大的犄角之下。头狼仍在绕着麋鹿踱步，在麋鹿身上留下了不少小伤，但那家伙太大了，这点小伤还不足以将他击倒。

于是汤姆撤了回来。

他没有理会那种要求他加入这场毫无意义的攻击的本能。子程序试图强制命令他回到锋线上加入头狼的计划，但他坚持在旁边观看，就像那个在虚拟现实厅里游荡的小朋友汤姆一样。他看到了属于自己的空档，没有丝毫犹豫地加入了战局，飞身跃过其他同伴的头顶，直奔麋鹿的喉头，任何一个人类都不会有这么快的速度。他一口咬断了麋鹿颈部的皮肉和软骨，同时借势闪到了一边，动作干净利落。热乎乎的鲜血喷到了他的身上，麋鹿还没来得及回头，他就已经跃出了那巨大犄角的攻击范围。

结束了。大家伙摇晃着，暗红色的血液从颈部的伤口喷涌而出。它跪下前腿，呕吐着，狼群冲了上去，撕咬着它的筋肉、后腿和柔软易受攻击的腹部。汤姆舔了舔嘴唇上的鲜血，那鲜活而又危险的感觉让他不禁希望这虚拟实境永远都不要结束。

他听到一阵低沉的轰鸣。危险在冰冷的空气中膨胀。

汤姆注意到埃利奥特走了过来。埃利奥特双腿伸直，尾巴向前卷曲，双耳微倾，露出了满口的獠牙，算是对他刚才的挑衅行为进行的回应。埃利奥特眯缝着眼睛盯着他，鬃毛矗立。原始的本能让汤姆意识到了埃利奥特的意思，但汤姆没有动。埃利奥特从喉咙中又发出一声凶狠的嘶吼。

汤姆明白命令的意思。本能和脑中植入的参数都在催促他服从头领，但嘴唇上的鲜血实在是太美味了，内心深处的渴望促使他违背了命令。他没有趴在地上翻过身露出肚子和喉咙，摆出心甘情愿地服从的姿势。对权力的渴望和对各种可能性的考虑充满了他的脑子。他可以打败头领，这点他十分确信。夺取领导权，宣誓自己的能力。汤姆感到全身一阵刺痛，他身上的鬃毛也矗立了起来，他咧开嘴，露出獠牙，发出一阵低吼。

头狼抬起前腿，将爪子伸到了头顶，这完全是人类的姿势，埃利奥特结束了虚拟。

汤姆睁开眼睛，心电仪屏幕上的绿色波纹有规律地闪动着，绿光映入了他的眼睑。随着群体归属感的消退，汤姆感觉心里空落落的。他赶紧坐了起来，好适应四周的黑暗。其他人也都陆续苏醒过来。

除了那些死人——比默已经醒了很久了，他用胳膊肘撑着膝盖，耸了耸肩。“被麋鹿给灭了。”

汤姆脑中的神经处理器显示，时间已经过去了两个多小时。对于狼来说，时间感真是太不一样了。

“哇哦。”汤姆低声说，真是让人大开眼界。

埃利奥特坐了起来，将导线缠好放在床下，并让所有学员都坐起来好开总结会。他夸张地叹了口气，盯着汤姆，抱着胳膊问：“那么请告诉我，汤姆，你刚才都做错了哪些事？”

“什么？”

“告诉我你做错了什么。”

汤姆看了看周围的人，他们都小心地避开冲突，一副服从埃利奥特的样子。“我做错事了？”

“虚拟实境应用的目的，不仅仅是让你适应与自己的身体分离，通过神经处理器与其他机体交互。”埃利奥特边说边指了指自己的后颈。“重点是要练习团队合作。”

“这我知道，你说过的。”

“很显然你并不知道。刚才那个场景的意图是训练情绪协调：一群狼团结协作，作为一个整体干掉麋鹿。你应该帮助群体去杀死猎物，而不是破坏合作自己单干。然后你又挑战我在狼群里的领导地位。这提醒了我，汤姆，你并没有感觉自己是团队的一员，你也不想遵守团队的战术。这让我非常担心。”

“但这个团队战术太差了。我们已经死了三个。”

“那么，请你告诉我，汤姆——你觉得什么样的狼才会孤独不合群？”

汤姆想了想，有些疑惑。这个问题里有陷阱，是不是？“呃，孤狼？”

埃利奥特张了张嘴，然后又闭上，似乎被汤姆的回答给搞了个措手不及。他摇了摇头。“不对，汤姆。应该是土狼。”

屋子里一片安静。

华耶举起手，想要引起埃利奥特的主意，就好像他们是在教室里上课似的。埃利奥特和蔼地挥了挥手，示意她可以说话。华耶开口说：“土狼不是狼，它们是两种完全不同的物种。”汤姆也是这样想的。

埃利奥特刚才说了蠢话，不过就算听出了华耶的这层意思，他也没有表现出来。相反，他只是点了点头，就好像华耶的意思和他完全一致一样。“确实如此，华耶，确实如此。”他转身面向汤姆。“想想她说的吧，汤姆。狼和土狼是两种完全不同的动物，花时间仔细想想。”

第七章

第二天早上，汤姆在神经处理器告诉他意识启动的时候睁开眼睛醒了过来，时间是6时30分。

与此同时，维克也一边咕哝着要去查看比默“今天是否适合走动”，一边从床上爬了起来。不知道那家伙是不是又和女友度过了漫长的一夜，然后突击下载作业。

汤姆掀开被子伸了个懒腰。全身酸痛的肌肉和筋腱都在抗议。他还没有习惯体育锻炼。

而且他也不习惯一晚上就长高0.86英寸[①]。

突然增加的身高吓了他一跳，不过神经处理器已经提前提醒了他。汤姆跳下床，发现自己的视线绝对是比前一天高了一些。

维克早餐时说的那些关于能量棒的话可一点儿都不假。汤姆绝对是在疯长。

这可真是太爽了。

程序设计课也在拉法叶厅上，只不过是下级生、中级生、高级生和战

① 约合 2 厘米。

斗级合班上课。整个尖塔只有这门课是所有级别合上的。维克告诉汤姆，这是因为这门课最难，所有人学得都一样差。

汤姆和维克、尤里、比默坐在前一天上平民课程时的那条长椅上。“程序设计真那么恐怖吗？”

“可以这么说。”维克把脚搭在前排的椅背上。“不容许使用神经处理器来帮我们编程。当然处理器还是能做一些辅助工作，比如帮你记住语法和语义规则之类的，但你必须自己动手把程序编出来。自己动脑，自己写代码，既烦琐又烦人。”

“那是你自己，维克多。我很高兴用我的……”尤里身子一软瘫在了汤姆身上。

汤姆耸了下肩，抖落了那坨巨大的负担，维克戏谑地看着他。“佐藤Ⅱ代编程语言是海洋同盟神经处理器专属的，属于机密，所以尤里的神经处理器就让他关机了。”

汤姆和比默将中间的尤里扶好在椅子上，好让他不再东倒西歪。

“他不知道自己在编程课上失去意识了吗？”汤姆问维克。

“有一次我刚问他觉得这门课怎么样，他就开始咕哝什么‘孟奇金人①’啊、‘分形②’啊之类的东西。所以我估计他的脑子被干扰得非常厉害，以至于他自己都没意识到自己被干扰过。”

通往讲堂的大门打开了，教室里一下子安静了下来。汤姆抬起头，看到一个人大步走上了讲台，那人的棕色头发剪得短短的，面容像鹰一样犀利，令人印象深刻。他的档案资料也跳了出来：

姓名：詹姆斯·布莱克伯恩

---

① 绿野仙踪中的角色。

② 分形几何学所研究的非规则几何形态。

军衔：中尉

级别：0–3，合众国空军，现役

IP地址：2053:db7:lj71::008:ll3:6e8

安保权限：绝密10级

那人开口说："嗯，伙计们，你们的恶作剧着实让我大笑了一通。"

一条信息被推送进了汤姆的大脑：上午课程开始。

"我来来回回看了两遍你们有关防火墙程序的作业才敢确定——"布莱克伯恩将胳膊肘支在讲桌上，宽阔的肩膀将迷彩服绷得紧紧的。"一开始，我真以为这就是你们编的程序。然后我才明白了过来——不对，就算没有神经处理器，这些年轻人也是合众国最聪明的，这么可笑的程序，写得这么差劲，他们肯定是在开玩笑。所以说，干得好，学员们——你们差点儿就把我给骗住了。那么真正的程序在哪儿呢？现在请赶紧交上来吧。"

布莱克伯恩用手指敲打着讲桌，等待着。尽管说得很轻松，但他整个人却散发着一种狰狞、愤怒的气场。汤姆看了看周围的人，想要搞清楚情况。所有人脸上都是一副紧张的表情，只不过程度有所不同而已——他们似乎都很清楚，导师那轻松的语调是骗人的。

过了一会儿，布莱克伯恩抬头看了看天花板。"真有趣，看起来……没人交程序上来。你们的意思是，那些真是你们交上来的程序？要是那样的话，我们就需要先谈一谈基本的东西了，孩子们。先说第一个基本点。你们都听好了：你们的脑子里安了电脑。"

这句话就这么孤零零地飘荡在大厅里。

"需要我再重复一遍吗？"这次，他每说一个字都用手在自己的太阳穴上指一下。"你们的脑子里有电脑。知道我为什么要浪费自己的生命来教你们编程吗？我可不想把宝贵的时间花费在看你们那些嘻嘻哈哈的脸上。我是为了让你们学会控制神经处理器。”他的语调里充满了愤怒，不再像刚才那么和蔼可亲。“控制了程序就能控制住自己，你们要是不把这当回事，到时候被笑话的可不会是我，而是你们自己……什么事，埃克隆女士？”

海瑟放下手说：“要是学会这些真的有这么重要，长官，那么把要学的东西都放在下载里不是个更合乎逻辑的选择吗？”

布莱克伯恩长长地叹了口气。“我以前就说过，”他回答，“现在再重复一遍：神经处理器不能像处理人类语言一样处理编程语言，原因很简单，那么做是违法的。这个国家是有联邦法律的，其中一条法律就是禁止能够自我编程的计算机。你们的神经处理器就是一种计算机，受那条法律的限制。你们的大脑，作为颅骨下的器官，则不受这条法律的限制。再有这方面的问题就去找你们在黑曜石集团的好伙计们去吧，他们正在就那项法律游说国会议员。毕竟，神经处理器就是他们制造的，所以让军队依赖他们的程序员也合乎逻辑。因此，有我在这儿你们应该感觉到幸运才对，不像你们，我是真的了解控制我脑中电脑的重要性——即使这意味着我要坐下来自己苦学佐藤Ⅱ代编程语言。”

汤姆盯着布莱克伯恩，回味着刚才的话。“我脑中的电脑……”布莱克伯恩怎么也会安装神经处理器？他至少都四十岁了。马什将军说成年人接受不了神经处理器。但他记得布莱克伯恩的档案里有IP地址，所以他肯定是安装了。

“不过，长官，”海瑟继续道，“我们当中有些人是战斗员。我们正在打仗。你有更多的时间用常规的方法学，因为你只是……”她停住了，似乎犹豫了起来。

布莱克伯恩狠狠地大笑了两声接过话头：“我只是被关在精神病院里？”

“他住精神病院？”汤姆轻声问维克。

“第一次神经处理器的人体测试发生在十六年前。”维克轻声回答，“三百名成年士兵。那时候军方还不知道神经处理器对成年人大脑的影响。”

“他们都疯了？”

“比较幸运的那些疯了。其余的都死了。”

汤姆消化着这些新信息。布莱克伯恩还在说话：“不需要避讳我的精神疾病，埃克隆女士。我从来都没打算对你们隐瞒这一点。如果说神经处理器能造成什么巨大破坏的话，活生生的例子就站在你们面前。脑子里的电脑是一部武器，但却不是你可以随便运用的——这部武器随时都可以被拿来对付你自己。”

“他看起来也没多疯啊。”汤姆向维克指出。

“他自学了给神经处理器重新编程的方法，修复了自己的大脑。”

“现在有种情况，我在学员中就经常遇到。”布莱克伯恩说，“安上神经处理器的头几个月，觉得什么都新鲜得不得了。然后呢？你就会觉得一切都理所应当。不要这样，绝不要把神经处理器当成是理所当然的东西。脑子里安了个处理器，这可一点儿都不自然。所以埃克隆女士，虽然你提出了自己的观点，但你们的学习时间不够，所以这是你一叶障目的看法。对，我是个偏执型精神分裂症患者，除了学习如何编程外没有什么其他事情可干，可你们，作为战争中真正的战士，其实更应该紧迫地来学习自我编程。首先，你们正在打仗，战争的基本定义是什么？不需要说得太深，谁能给我个一句话的简短答案？”

下面一片安静。一个中级生站了起来，汤姆的神经处理器显示她的名字叫丽莎·桑切斯。“战争是一种用暴力冲突解决争端的方式。”

“很对，桑切斯女士。这场战争源自对太阳系所有权的争议。两派都宣称自己对太阳系的资源拥有所有权，并且用暴力的方式来加强自己的话语权。其次，为什么你们的身份都是机密？有人知道吗？”

一个亚历山大学院的战斗员举起了手。“为了安全，长官。”汤姆的处理器告诉他说那个学员叫埃莫法・奥斯特利。

“什么安全？”

“好保护我们。”

“保护你们什么？”

没有人回答。汤姆看了看周围，他自己也在思索这个问题。就算公开了他们的身份，被杀的概率也微乎其微。迄今为止还没有发生过这种事。

“为了保护你们免遭暴力威胁。”布莱克伯恩说，“我知道你们在想什么：这场战争不需要杀人。我们已经超越了这个阶段，是不是？就连你们中的战斗员也没有深入战斗一线——战斗都发生在几千英里外的地方……那么我们能面对什么大不了的暴力威胁呢？尼尔・哈里森，你有什么要补充的吗？”

一个瘦瘦的深色头发男孩说：“战争在随着时间推移而演变。说‘这场战争暂时还不需要杀人’更确切一些。”

布莱克伯恩打了个响指。“就是这样！该奖你一枚勋章。这场战争暂时还不需要杀人。你们暂时还没有遇到暴力威胁。波尔雅国和东亚联合体为什么目前没有想要干掉你们呢？他们很清楚，他们要是杀掉一个我们的战斗员，我们肯定也会杀掉他们的一个作为报复——赞助这两位战斗员的公司将会因为人员死亡而损失一大笔钱。全世界共有多少战斗员？大概四十多人吧。你们都很珍贵。在这个解决问题的方程中引入战斗员的同归于尽在财政上不划算……那么几年之后的情况呢？按照形势的发展，那时候也许更便宜的神经处理器已经上市，战斗员总数也许将有四千。情况就是，学员们：你们的价值将下降，你们将变成消耗品。”

坐在前排的埃利奥特・拉米雷斯说了句什么，但声音太小，汤姆没听见。布莱克伯恩转向他，“你说什么，拉米雷斯？大点声。”

“我说这种论调太愤世嫉俗了，长官。”埃利奥特回答。

布莱克伯恩冷笑了两声，他坐到讲台的边缘，双腿搭到台下，盯着埃利奥特。“你知道吗？在核技术研究的早期，也就是十九世纪的中叶，军方曾将士兵布置在原子弹试验场。所有士兵都受到了大剂量辐射。居住在试验场下风区域的平民也是。是因为军方无知吗？不是，拉米雷斯先生。他们是故意的——好研究辐射中毒。同样的故事一再发生，芥子气[①]、五氯酚[②]、神经毒气[③]、迷幻剂[④]，无知的小民摄入了这些东西，就因为大人物们觉得他们是消耗品。就是这样。现在和那时候的唯一区别就是，可被消耗的人又多了几十亿。如果你真觉得自己有什么影响大人物决策的额外才能，那你可得醒醒了。”

大厅里一片寂静。布莱克伯恩就这么一言不发，让大家消化刚才的话。过了一会儿，他才摇了摇悬空的双腿。

“我知道，自打你们出生起，你们就被教育要相信一些东西——机构、法律、体制之类的。不过我在这里告诉你们，你们能够信任的，唯一一个能够保护你们的人，就是你们自己。拿起武器保护自己，这是你们的责任，而其中一项最有力的武器就是知识——关于编程的知识。如果你们心甘情愿地拒绝学习这些知识，那么等到一觉醒来发觉敌人的外科医生正在打开你的脑壳取出神经处理器，而你却因为无法抵抗对方的瘫痪程序而连一根指头都动不了的时候，我是绝对不会可怜你的。我警告过你们，

---

① 糜烂性毒剂，对眼、呼吸道和皮肤都有作用，能引起红肿、起泡以至溃烂，中毒严重可引起死亡。

② 毒性物质，通常作为除草杀虫用剂，可经由呼吸、皮肤接触或误食导致人员严重伤害或死亡。

③ 属有机磷或有机磷酸酯类化合物，能引起中枢和外周胆碱能神经系统功能严重紊乱。毒性强、作用快，能通过皮肤、粘膜、胃肠道及肺等途径吸收引起全身中毒。性质稳定、生产容易。

④ 原为药物，对人的中枢神经系统有兴奋作用，会引起心跳加速、瞳孔扩大、血压和体温升高，具有改变人情绪的作用，能产生迷幻感，造成的幻觉往往促使吸食者做出自杀等过激行为。

而你们却自欺欺人地将拯救自己的希望放在别人身上。无能、不可原谅，除非你是小孩或傻子。从来到这里的那一天起，你们就放弃了做小孩的权利，而这个世界最不需要的就是傻子了。”

汤姆看着他，被这些言论给吓了一跳。迄今为止，他在尖塔里听到的都是鼓励友情、团队精神、遵守纪律之类的话。布莱克伯恩说的东西听起来更像是……

嗯，更像是老爹尼尔会说的话。

也许布莱克伯恩自己也意识到自己说得有些多了，他恼火地叹了口气。“好了，把掉在地上的下巴都捡起来，休息五分钟。没人会在今天就黑进你的脑子里。休息结束后，我会叫几个人上来，检查一下他们的防火墙。”下面的学员们都没有反应，布莱克伯恩丧失了耐心。“4分59秒，58、57……滚吧！”他低头摆弄起了自己的臂上键盘，将讲台上的一块屏幕放了下来。

汤姆前面的学员们首先行动了起来。很多学员都取出前臂键盘疯狂地倒腾着——可能是出于临时抱佛脚的念头，最后调整一下防火墙好让自己变得更强一些吧。另一些人则从椅子上站了起来，包括维克，他们对布莱克伯恩抽到他们那劣质防火墙的可能性摆出了一副听天由命的姿态。

“想去食堂吃点东西吗？”维克问他。

“当然。”汤姆边说边想是不是要将口袋里的能量棒变成汉堡。他站起来准备跟维克出去，但几个字出现在了他的眼前。

雷恩斯先生——到前面来。

汤姆一脸困惑地转过身，看到布莱克伯恩正在讲台上不耐烦地向他招手。他的心一下子悬了起来。“维克，我得去……”他指了指布莱克伯恩。

维克看了看汤姆，又看了看布莱克伯恩。“应该不会有事的。”他安慰道。

“嗯，当然。”汤姆打心眼儿里这么希望。他朝讲台的方向走去，布莱克伯恩正把胳膊肘支在讲桌上等着。随着距离的缩短，汤姆注意到了那人脸上的皱纹和下巴上的两道疤。

“长官，我没有防火墙。”汤姆开口道。

“当然没有了，雷恩斯。这才是你的第一堂课。”布莱克伯恩边说边蹲在讲台边。“你得花几周甚至几个月的时间才能赶上进度。对于防火墙我倒没指望你什么，不过，我所希望的是，请你解释一件事。”他盯着汤姆，一脸严肃。“昨天，有人黑进了尖塔机密的人事数据库。你猜他们改了谁的档案？”

汤姆心里一沉。哦。哦！肯定是华耶帮他做的那件事。

“就是这样，你一下子成了全国拼字大赛的冠军。”布莱克伯恩说，“我不在乎你给自己编造什么背景，雷恩斯——不过我个人肯定会选个更有气势的项目。”

“我本来会成为最大耳屎球的制造者的。”汤姆承认道。

“嗯，这还差不多。”布莱克伯恩的声音里有些戏谑的成分，“不过这不是重点。我叫你上来是因为黑客利用了一个安全漏洞，我需要确定漏洞的位置，所以我需要你告诉我黑客的名字。

汤姆猛吸了一口气。他向华耶保证过，不能在这种时候背叛她。

布莱克伯恩打量着他。“你大概是第一次远离家庭独自生活吧，对不对？相信我，你是不会想要刚一开始就惹恼我的。告诉我是谁干的，这不会给任何人带来麻烦，我只是想和那个黑客谈谈。”

汤姆在虚拟现实厅干掉过不少人，哪些话是威胁他完全听得出来。他可不相信布莱克伯恩只想和黑进安全数据库的黑客进行一场友好的谈话。他直视着布莱克伯恩的眼睛，心跳加快了一些。“我忘了，长官。”

“不，你没忘，你只是不想告诉我。很好，雷恩斯先生。不想说的话，就帮我做件别的事吧——你将成为我今天演示用的模特。”

汤姆不安地看了看屏幕，上面已经显示出了一些代码。“我需要做什么？”

布莱克伯恩摇了摇头。“什么都不用做，站在台上，接受我通过你的处理器发来的病毒就好了。这些代码将控制你的大脑。”

汤姆的胃翻滚了一下。“呃——控制我的大脑，会怎么样？”

“哦，那可是个惊喜。这边来。”

汤姆走上讲台旁的台阶，他的腿瑟瑟发抖。

所有人都回到大厅后，布莱克伯恩抬起头，让一直在旁边不安徘徊的汤姆走上了讲台。

布莱克伯恩对全班宣布：“今天我们来讲计算机病毒。病毒感染神经处理器的过程和感染家用电脑的过程类似。如果雷恩斯现在通过神经导线与某台电脑保持了物理连接，我就能从任何地方用病毒来感染他，只要我也有网络连接和击破他防火墙的能力。但他现在没有联网，只是通过内部发射器连接在尖塔的服务器上。所以我将通过我的发射器将病毒发送给他。”

布莱克伯恩的手指在键盘上飞点，他的键盘也固定在粗壮的手臂上。汤姆回过头，看到布莱克伯恩输入的代码正显示在屏幕上，所有学员都看得到。

“这种病毒会将自身加载到目标正在运行的程序上，以进入对方的系统。作为最后的步骤，我会输入对方的IP地址。输入的地址可以有很多个——这取决于你们自己。现在……”他又输入了一行。“我输入了起始序列。恶意程序只要一进入他的处理器就会发作。接下来是自毁序列——病毒将在五分钟后自行终止。然后……”他用结实的双手拍了拍汤姆的肩膀。“准备好了吗，雷恩斯？”

“要是没准备好的话有关系吗？”

“没关系，我只是礼节性地问问。好了：你想先让我篡改你大脑的哪一部分？”

汤姆感到越来越紧张。“都不改行吗？”

“没有什么偏好吗？好。第一个目标：下丘脑。”布莱克伯恩又输入了几行代码，汤姆的视像中滚动出了几行字：数据流收到：大胃王程序启动。

汤姆畏缩了一下，不知道将会发生什么可怕的事。可什么也没有发生。

什么都没有发生，除了……

除了……

他的肚子叫了起来。汤姆忽然觉得很饿——饿极了。胃扭得生疼，脑子里充满了有关食物的想法。美味的食物，为了炸薯条他可以杀人，他能吃下一匹马，吃一百根能量棒都不在话下。等等，他身上就有一根！

他疯狂地翻腾着口袋，急切地寻找着食物，根本顾不上周围人的目光。反正他现在差不多也把自己当初站在这儿的目的给忘光了。他用嘴撕开能量棒的包装，一口就咬下了半根，完全顾不得去想象什么自己喜欢的食物。

“大脑中的神经元使用一连串的电信号来相互交流。”布莱克伯恩告诉学员们，“神经处理器则能模仿和转换这些信号。只要有合适的程序，我可以刺激大脑的几乎任何部位。意识就是一切。只要能操纵意识，整个世界就都握在了你的手中，只要是有人的地方。你们的虚拟实境应用课也是这个原理——使你相信自己是一头动物，相信自己正处于某个场景，用的就是同样的方法。”

一行字从汤姆眼前闪过，程序结束了。他第一次注意到能量棒原来是灰绿色的，表面凹凸不平。他把能量棒扔在地上，感觉一阵恶心。没有想象自己喜欢的食物，能量棒就是它本来的样子：就像某人消化了一半的食物又被吐了出来的样子。

与此同时，布莱克伯恩叫一个名为卡尔·马斯特斯的男生上台。马斯特斯身材高大，下巴肉鼓鼓的，衣袖上带有成吉思汗学院的斧头徽章。走上讲台后，布莱克伯恩在他耳边轻声说了句什么，然后又在前臂键盘上输入了几行。文字从汤姆眼前闪过：数据流收到：对战程序启动。

忽然间，汤姆感觉自己走投无路了。他可不要在这里看布莱克伯恩接下来要搞什么花样。他想要逃出这间大厅，但卡尔·马斯特斯正等着他。两个人撞在了一起。汤姆愤怒异常，他得杀了这家伙！他狠狠地揍了卡尔一拳，正打在下巴上。卡尔怒吼一声，巨大的拳头揍了回来——布莱克伯恩插了进来，一把抓住了他的胳膊。

“控制住自己。”他一把推开卡尔，然后在键盘上点了几下，程序结束。

卡尔揉了揉下巴，他怒视着汤姆，气势汹汹。

接下来又是好几个不同的程序。先是操纵汤姆的边缘皮层，使他疯狂地爱上了布莱克伯恩的讲桌。他刚要抱住讲桌表达自己的爱意，布莱克伯恩就又瞄上了他的海马体——汤姆一脸疑惑地在台上后退了几步——过去一年里发生的事情他都忘记了。他不断地要求别人解释，自己为什么会在这个奇怪的房子里，这些陌生人是谁，父亲又在哪里。一个操纵杏仁核的程序让他又盯上了讲桌，不过这次，讲桌把他吓得不轻。卡尔抓住他，逼他靠近讲桌，但他一肘子捣在卡尔的胃上，卡尔抱着肚子缩成了一团。卡尔怒吼一声朝汤姆冲了过来——不过布莱克伯恩又挡在了他们俩之间。

病毒一定是被布莱克伯恩给终止了，汤姆一下子觉得脑子又清楚了。他发觉自己正盯着毫无威胁的讲桌，心跳不止，气喘吁吁。他转过身，发觉布莱克伯恩正在警告卡尔：“控制情绪，马斯特斯。”

卡尔满脸通红，紧握的双拳放在身体两侧。“可长官，他……”

“体型只有你的一半大，还受到恶意程序的影响，而你还是被他给激怒了，两次。这就是你的问题了。下去坐下。”

卡尔狠狠地瞪了汤姆一眼，走下了讲台。

布莱克伯恩转过身看了看正在恢复正常的汤姆。“感觉怎么样，雷恩斯？”

汤姆看了看下面的观众，有些学员正憋着笑。他感觉胸口很闷，于是故意朝那该死的讲桌又靠近了一步，好显示出他并不怕那东西——但也不能太近，他可没爱上那玩意儿。“我很好，长官。”如果布莱克伯恩是想让他乞求停手，那可不能让他如愿。

“好孩子。”布莱克伯恩转向下面的学员，“那就最后再来一个病毒。这次的目标是大脑皮层：控制高层次自我认知的地方。”程序开始。*数据流收到：躁犬程序启动。*

在这堂课的最后五分钟里，汤姆都以为自己是一条狗。他当着全体学员的面吠叫着爬过讲台，一百三十七名学员笑得前仰后合。甚至到下课之后，那种认为自己是狗的感觉还挥之不去。几个高年级学生只得商量该拿他怎么办。

“布莱克伯恩说再过几分钟就好了。我有时间可以等等。挠挠他的耳朵怎么样？我家的狗狗巴奇就喜欢那样。”埃利奥特·拉米雷斯说。

汤姆忽然意识到：自己正坐在埃利奥特和海瑟之间的地板上，埃利奥特正拍着他的脑袋。他赶紧跳了起来，心里很是不爽。

“又变回两条腿了？”埃利奥特说，“感觉好些了？还是说在问我们要奖赏啊？”说完这话，他自己都被自己的笑话逗笑了。

汤姆的脸红了。他注意到海瑟也在笑，自己刚才真是太不像个男人了。更让他觉得羞辱的是，海瑟走了过来，伸手揉了揉他的肩膀。“噢，真是个好孩子。”

“谢谢。”汤姆冷冷地说，“多谢了，海瑟。”

“别害羞，汤姆。”海瑟甜甜地说，埃利奥特则继续在她身后善意地笑着。“你做小狗狗的时候真是太可爱了。”海瑟又靠近了一些，“不过可能的话，你这几天还是离卡尔远些为妙。”

汤姆沿着过道走了过去，心里还是挺郁闷的。刚走到门口，他就遇到了又回到教室的布莱克伯恩。

中尉放慢了脚步，上下打量了一下汤姆。“还坚持得住？”

“为什么会坚持不住？长官？”汤姆回答。

“很会虚张声势。”布莱克伯恩若有所思地看了看他，“你瞧，雷恩斯，如果一个黑客能在我的眼皮子底下利用一个微小的安全漏洞溜走，那么接下来的问题就是：他们有没有可能会利用重大的安全漏洞。同样地，如果一个下级生对我隐藏黑客的身份还逃脱惩罚，那么这就会鼓励他在未来继续挑战我的权威。”

“听清楚你的观点了。”

“但愿如此。嗯，雷恩斯，尽管这么说可能会产生误导，但我尊重你保护同伴的选择。很有勇气。走吧，赶快从我面前消失。”

汤姆差点儿被布莱克伯恩最后的几句话给感动了，至少在走出教室前他是有些感动的。不过在被门外大厅里的人用嘲笑声欢迎过他之后，他就开始打心眼儿里狠狠地诅咒布莱克伯恩了。卡尔递过来一片烤肉。“这边，莱西①。”他的目光凶狠，似乎正在急切地盼望汤姆给他一个出手揍人的理由。

这次汤姆终于看清了卡尔的正脸，他的档案也跳了出来：

---

① 《灵犬莱西》中的主人公，一只苏格兰牧羊犬。

姓名：卡尔·马斯特斯

称号：征服者

军衔：合众国太阳系部队Ⅵ等卡美洛级战斗员，成吉思汗学院

祖籍：伊利诺伊州芝加哥市

成就：连续两届伊利诺伊男子摔跤重量级冠军，约翰·舒尔茨重量级摔跤优秀奖，终结者世界锦标赛亚军

IP地址：2053:db7:lj71::231:ll3:6e8

安保权限：绝密6级

至少我揍过他了，汤姆恶狠狠地想。他强忍着想伸手卡住卡尔喉咙的冲动从卡尔身边走过，来到亚历山大学院下级男生的餐桌前，尤里正在那儿劝说华耶和他们坐到一起。

“你总是一个人坐。”尤里说，“没那个必要，来我们这边吧。”

华耶抱着胳膊，摇了摇头。“这不是我的桌子，我得坐到我们学院那里。”

“为什么啊？”维克塞了满嘴的食物在后面咕哝道，“汉尼拔学院的人都不和你说话。”

华耶瞪了他一眼。

尤里则更加委婉一些。“这又不是早餐会，不需要坐指定座位。”

华耶根本没有费心放低声调。“可是尤里，维克就坐你旁边，我不喜欢维克。”

“嘿！”维克扭过头抗议道，“维克离你还不到两尺远呢。”

“你叫我男人手。”

“我只不过是指出了显而易见的事实而已，比如你很有男子气概啦，你的学院也……”维克看到了端着托盘站在那儿的汤姆，后半句话没说出口。华耶顺着他的目光看了过去，深色的眼珠也不由得睁大了。她紧紧地闭上了嘴，好像是把想说的话给咽了下去。

“蒂莫西。”尤里轻声问，“你看起来好像很烦恼。”

“是吗？能有什么事儿呢。”汤姆开口道，“不就是编程课嘛。”尤里突然一屁股坐在了椅子上，汤姆这才意识到这些内容对尤里来说都是秘密。但尤里已经失去了意识，眼神空洞，一脸茫然。

周围安静得令人尴尬，还是华耶最先打破了沉默，“做狗的感觉怎么样？”

汤姆生气地叫道：“很好，华耶。感觉棒极了。我在那一百多人面前就跟白痴一样。”

维克和华耶看着他，脸上憋着笑。维克的嘴一点一点地越咧越大。

“我真搞不明白那家伙给我编的程序为什么就离不开他那个该死的讲桌？”汤姆咆哮道，“他就那么中意那玩意儿吗？”

维克的整张脸都抽搐了起来。

“顺便说一句，谢谢你们几个把我扔在那儿。我刚一清醒过来就发现埃利奥特·拉米雷斯在挠我的头！你们知道我希望自己醒来时是什么情况吗？见鬼的。至少不要是发现什么人正在挠我的头！”

“想想好的方面。”维克的声音颤抖，“至少布莱克伯恩没在程序里要你去抱别人的大腿……也没让你去抱讲桌。”他也许真是想要好好安慰一下汤姆，但最后的那句话终于让他忍不住大笑了起来。

华耶也用手遮住了嘴。

“很高兴你们都觉得这很有趣。”汤姆说。

维克已经笑得前仰后合了，华耶的肩膀也抖了起来，突然间，汤姆的坏心情一扫而空，他发觉自己也咧嘴笑了起来。他自己也觉得很有趣，就是这样。

是啊，因为他们不仅仅是在笑话他，也是在和他一起欢笑。

汤姆以前从没在一个地方待很久，至少没久到能让他交上朋友的地步。现在他开始明白朋友的意义了：他们会提醒你情况还不算太糟，提醒你不要忘记自己也可以开心地笑话自己。有那么一分钟，汤姆觉得自己似乎又变成了以前的那个小孩汤姆，但事实上他并没有。这里和罗斯伍德绝不一样。

第八章

战术课是个和程序设计完全不同的大麻烦，上课的地点在尖塔最顶端的大天文馆麦克阿瑟厅。曲面屏幕罩在他们的头顶上，脑中的图表告诉汤姆，这扇大幕是可以打开的。战斗级学员完成任务后会在这里开总结会，分析战斗情况，查找不足。

下级生也会在这里分析战斗级学员以前的战况。

他们要在这里学习真正的战争。

克伦威尔少校走上了大厅前端的讲台。“坐下。”

她那沙哑而低沉的声音穿过大厅。还没等程序通知下午课程开始，所有人就都坐了下来。

“材料你们都已经下载了。”克伦威尔语速飞快，“今天的任务就是让你们理解，我们一直在研究的战斗、武器和战术的演变。历史揭示了一个简单的事实：人就是人。就是这样。所有的技术和进步都改变不了人性的基础要素。只要人类还会嫉妒、仇恨和恐惧，战争就不可避免。”

克伦威尔在讲桌上的键盘上敲打了几下，一幅描述血腥战斗场面的油画出现在了大屏幕上。“武装冲突的形式一直在随着时间的变化而变化。在古代，地面部队会入侵整个国家，以君主或宗教的名义开战。后来，武装冲突的范围缩小。技术进步使我们能够把范围缩小到只摧毁某些个体，而不是整个群体，空袭逐渐取代了陆军部署。”

汤姆听到一阵响声，回头看到比默又顺着自己的椅子滑了下去。一些绿色的光点反射在他的身上，汤姆回过头看了看颗粒感十足的屏幕——画面上的目标是一座平顶的长方形建筑，它被袭击者从高空锁定。

“战争的起因可以是石油，也可以是领土。而在当代，最后一场在地球上展开的战争发生在三十三年前，那时候我们已经可以做到只摧毁人类目标而保持基础设施完好了。战争的幕后推手也变成了私营企业，以争夺专利权的名义展开。国家为私人利益而不是公共权益开战，在你们这代人看来可能是很正常的事，但以前的情况并不是这样。让我们来追溯一下引发这一变化的历史过程。”

“还是别了。”比默嘟囔道，“我讨厌历史。”

维克一面注视着大屏幕，一面悄悄用胳膊肘捅了他一下。

“本世纪初，全球化浪潮促使各国跨越传统的文化、语言界限和国界联合了起来。古老的界限都消失了，结果导致了企业阶层的出现，他们的执行官员不再代表某个国家，而是代表将企业集团结合在一起的商业利益。大企业集团不再效忠于某个国家，而是在国家间根据劳动成本大规模地转移就业机会，这一举动压低了全球的工资，导致绝大多数商业活动失去了消费者基础，进而引发了全球大崩溃。幸存下来的都是手握重要资源的企业，我们举两个典型的例子，第一个就是道明·阿格拉公司。”

汤姆愣了一下，道明，就是她妈妈的男朋友道尔顿工作的那家公司。

“大家都知道，公司对它所制造的生物享有专利权。在过去的一个世纪里，道明·阿格拉公司的转基因作物和转基因动物已经和自然食物供应链中的生物发生了杂交。如今，你找不出一种食品是不含道明公司专利基因成分的。公司对遗传品系的垄断导致了食品供应的垄断。类似的垄断比比皆是：先声公司拥有诺苯乙烯的专利，这是一种工业副产品，随着时间的推移已经渗透进了世界各地的供水系统中。这种物质完全无害——在人体内没有活性，但时至今日，能够有效过滤诺苯乙烯的装置仍然没有被发明出来。只要你喝水、用水或者灌溉庄稼，你就使用了这种专利化合物，正因为如此，你家在每年付水费的时候才必须向先声公司支付一笔使用费。不论全球局势如何变化，基本生活的需求都是存在的。正因如此，道明公司和先声公司才能在大崩溃后又茁壮成长了起来。”

这些话汤姆都听尼尔说过。尽管这两家公司在第三次世界大战中是敌对的两方，但道明·阿格拉公司和先声公司都支持对方的专利权诉求。尼尔说这很自然。通过支持其他相似的公司，例如垄断供水的先声公司，道明·阿格拉公司分散了外界对其食品垄断权的指责。两家公司互相印证了对方存在的合理性。另外，事实上也没有什么强权人物真想打破他们的垄断。每个政客都希望退休后能在联盟的企业中谋个好职位。

“现在，我们再来看看三十三年前发生在非洲的事。”克伦威尔说，“这场冲突由来已久，是用大规模冲突来反抗全球化霸权的尾声之作。世界各国的权力越来越集中在国际商业界的手中，但非洲却在向相反的方向发展。传统的权威性领导人被代议制政府取代，他们拒绝尊重像道明·阿格拉或者先声这样的垄断公司手中握有的专利。由于冲突发生在街道的层面上——他们拒绝接受适用于世界其他地区的规则——所以我们也决定在街道的层面上来解决这个问题：用中子弹。”

剩下的事情汤姆很清楚。合众国军队用中子弹对非洲地区进行了地毯式轰炸，这种武器可以造成大规模人员死亡，但对建筑物没有丝毫影响。该地区的所有资源仍然完好，随时可以在自由市场上出售，只要有人能把有碍观瞻的十三亿具尸体给处理掉。据说，在这一地区先后建立办事处的公司就是道明·阿格拉公司和先声公司。

虽然随后发生过几次抗议活动，但都没有被当回事，尼尔跟他说过这些。绝大多数人对这种种族灭绝行为的反应都是先发一阵闷火，然后冷漠地像个外人一样发表评论。所有人都在推卸责任。少数几个声称是道明·阿格拉公司和先声公司促使他们的国家犯下反人类罪的政治家也很快就被获得了更多资助、愿意忽略这个问题的政客给替换了下去。

所有人都感到愤怒，但没有一个人愿意动手采取行动。父亲就常在早上对着上班的人群大吼这些，人们通常的反应都是急匆匆地从他身旁绕过。不知道他这个月都睡在哪儿，但愿过去几周他又赢了几局，汤姆不由得想。有生以来汤姆第一次意识到，他再也不会知道这个问题的答案了。

“我们不是要讨论道德问题，这不是我们的职责。”克伦威尔继续道，“这些事应该交给哲学家来做。我们讨论的是战术，我要你们用纯战术的眼光来审视那次轰炸：反抗的都是普通人，中子弹摧毁的也是普通人。武器与冲突的实质相适应，而基础设施完好无损，不会阻碍该地区的复苏。事实上，跨国企业联盟创立的初衷之一，就是促进非洲地区的整体复苏。”

汤姆懒洋洋地靠在椅背上。他只知道，跨国企业联盟——世界上十二家最具影响力的跨国企业，包括道明·阿格拉和先声公司——在中子弹轰炸后联合了起来。他们这么做是为了向联合国提供一个“私人”的视角，以阻止类似中子弹轰炸这样的事件再次发生，至少他们是这么声称的。但尼尔总是说，这是因为他们刚刚摆脱了对如此可怕事件的责任，这让他们相信他们可以办成几乎任何事，只要他们联合在一起，控制住世界主要国家的经济命脉。只要联合在一起，这十二家跨国企业就有资本和影响力做到这一点。他们甚至能在联盟内部买卖这个星球上的任何一个国家。

“轰炸过后，联盟就在全球治理中承担起了重要的角色。”克伦威尔说，“这种状况一直持续到联盟那次著名的分裂。全球大崩溃的一个长期性后果就是全球货币贬值。贵金属价格上扬，地球上所有的贵金属矿藏被开采殆尽。诺布瑞迪斯公司是第一家将目光转向太空的企业。他们希望能够得到官方的支持，以便利用NASA[①]的后勤支援。他们还游说国会，希望能够竞得一块太空领土。这一举动惹恼了东亚联合体，因为东亚联合体认为合众国没有权利单方面决定太空中某一区域的归属。国会批准诺布瑞迪斯公司的请求后，东亚联合体就将同一区域批准给了强力能源公司作为报复。虽然这只是一种象征性姿态，但一切皆因此而起。”

克伦威尔翻出了一张照片，上面是火星和木星间的小行星带。这一区域相对靠近地球，而且也是太阳系内最有潜力的资源开采区之一，因而争夺也就最激烈。汤姆就看过许多有关小行星带内武装冲突的新闻片段。

“联盟内的许多公司都与诺布瑞迪斯公司一道站到了合众国一边，其余的公司则倒向了强力能源和东亚联合体。不久之后，联盟分裂成了两半，每家公司都在诺布瑞迪斯与强力能源的冲突中选边站队。在此之前，跨国公司的影响力就已经遍布世界各地，而当这些公司将资本倾注在特定的国家政府上时，一种新的趋势产生了。与我们结盟的跨国公司不再向东亚联合体和波尔雅国输出资本，而是将资本都输入了天竺国和合众国，联盟里的另一部分公司则在做完全相反的事。这样，诺布瑞迪斯与强力能源之间的竞争就变成了联盟内两个派系的冲突，进而发展成为海洋同盟与大陆同盟间的新太空竞赛，直到后来的第三次世界大战。”

她放出了一张太空船厂的照片。“不到十年的时间，双方就在整个太阳系内展开了领土争夺，只要你在那里建立了实体存在——不论是矿场还是船厂，有时候甚至只是一颗人造卫星——你就可以宣称对那里拥有领土主权。不过当东亚联合体占领了海洋同盟在小行星带内的一座铂金矿后，冲突就升级成了真正的战争。当然，这并不是传统意义上的战争。没有平民伤亡，没有炸弹，也没有战士死伤。我们星球上的行政当局甚至

① 国家太空总署。

都没有就此发生争论——交战的联盟内各公司仍在通力合作，负责着全球事务的管理，但在太空中，他们都压上了全部赌注。”

她又切换到了一张老式飞行员登上喷气式飞机的照片。“第一批战斗人员是空军的飞行员，他们通过遥控太空中的飞船来战斗。他们打不过大陆同盟预编程过的战争机器，因而被淘汰了。许多人都相信，对抗已经发展到了超越人类战士能力的阶段。交战双方都转而发展起了全自动舰队。在第一位大陆同盟的太阳系部队战斗员出现前，操纵战争的一直都是这些全自动机器。随着神经处理器的出现，人类终于能够和机器针锋相对。人类战斗员的出现还有一个好处——他们使战争被注入了个人元素，正因如此合众国民众才愿意继续对战争投资。”

汤姆又想起了麦片盒上埃利奥特的头像和罗斯伍德女生们对他的种种爱慕。他不清楚那些女孩儿是不是支持战争——他以为她们只是支持埃利奥特。

“对大多数公众来说，这场战争就是一系列极具观赏性的体育赛事。普通合众国人都知道他们在资助战争，同时他们也知道自己看不到胜利的那一刻。他们获得的唯一奖赏就是在跟进战争进程的过程中所获得的娱乐，以及在最近三年有战斗员参与的战争中，每当合众国又赢得了一片新领土时的那种国家自豪感。公众的支持非常重要，永远都不要把这当成是儿戏。我们总是派埃利奥特·拉米雷斯站在镜头前是有原因的。他已经成了战争的代言人。要是暴露身份不会带来安全问题的话，所有战斗员肯定都已经像他一样成为公众人物了。每个战斗员都是我们的公共关系资产，都能够为公众在战争中增添个性化色彩，即使公众知道的只是战斗员的称号而已。战斗员最重要的角色就是让公众站在我们一边，但这并不是你们的首要职责。”

汤姆坐直了一些，克伦威尔少校似乎终于要开始讲战争了。

“合众国拥有太阳系部队战斗员只有三年的时间。也就是说，你们当中那些一心想要升到卡美洛级的人将很有可能成为这个新战术领域的先锋。每个时代的理想型士兵都各不相同。巴兹尔・利德尔・哈特[①]曾说过，‘影响战争输赢的首要因素不是牺牲人数的多少，而是是否怀有希望，大到战役，小到一般冲突，莫不如此。’怎样才能摧毁敌人的希望呢？很久很久以前，强大的阿喀琉斯[②]是世上最可怕的战士，只要他一出现，敌人就会不由得颤抖。后来，数不胜数的各路名将陆续接过了荣耀的桂冠。现在呢？我们的时代里，谁最能摧毁敌人的希望？谁是最伟大的太阳系部队战斗员？当今的阿喀琉斯又是谁？”

汤姆在心里默念着“埃利奥特・拉米雷斯”的名字。

克伦威尔在讲桌上的键盘上敲打了几下，转过身面向墙壁的曲面。汤姆的眼睛紧盯着头顶上巨大的球幕。广袤而漆黑的宇宙在他的四周伸展开来。画面定格在了金星，克伦威尔放大图像，画面中出现了一架大陆同盟的战斗机，汤姆在新闻上见过那个称号。

他听说过这架战斗机，但知道得不多，因为这名战斗员是由东亚联合体政府直接赞助的——没有赞助商就意味着没有在电视网上露面的时段。但有谣言说他是所有战斗员中最厉害的，从来都没有输过。

“如今，”克伦威尔说，“我们管这位终极战士叫美杜莎。”

下级生们观看着战斗视频，周围鸦雀无声。美杜莎控制的大陆同盟飞船在海洋同盟的舰队周围飞舞，将他们一步步引入包围圈。

汤姆感觉脊柱一阵发凉。他在网上看过一些战斗片段，但都是剪辑过的，全都是军方想要公众见证的战果。任何显示大陆同盟优势的视频都被

---

① 巴兹尔・利德尔・哈特（1895—1970），英国军事理论家、战略家，著有《战略论》、《西方的防御》、《第二次世界大战史》等著作。

② 阿喀琉斯是荷马史诗《伊利亚特》中的英雄，全身除了脚踵以外其余部分都因为沾到冥河水而刀枪不入。

屏蔽了，汤姆相信其他国家也是这么做的。他从没有见过那种完整显示战斗全过程的视频，从来都没有机会惊叹这个美杜莎到底有多厉害。

克伦威尔少校的声音在黑暗中响了起来："在过去的六个月中，这名战斗员凭借一己之力改变了战斗的进程。我们怎么知道都是美杜莎一个人做的？看。眼尖的学生可以通过观看敌方的行动辨别出对手的身份。你们将会逐渐了解那个隐藏在背后的头脑。"

等到克伦威尔播放在木卫一上的冲突录像时，汤姆立刻就认出了哪些大陆同盟战斗机是由美杜莎控制的。他一眼就看了出来。他们能预测到敌方的行动，提前发射导弹，等着敌方一头撞上去。他们还能发觉被其他飞船所忽视的危险。

"单凭一名战斗员就能做到。"克伦威尔说，"有史以来第一次，一名战士就能决定整场战斗的输赢。"

屏幕上又播放了一段水星上的战斗，美杜莎用诡计使海洋同盟的战斗机偏离轨道，陷入太阳的重力圈中，剩余的海洋同盟战机四散奔逃。接下来是一段发生在小行星带的激烈前哨战，小行星在美杜莎的手里就像导弹一样，将敌舰撕了个粉碎。最后一场战斗发生在土卫六泰坦上，美杜莎一炮将泰坦的冰层击穿，液态甲烷喷涌而出，海洋同盟的飞船被击中后纷纷坠毁在了卫星表面。

就是这个。汤姆想，这就是他来这里的原因。观看过程中汤姆不由起了一身的鸡皮疙瘩，每段视频中他都紧盯着美杜莎的机器。美杜莎，美杜莎，他就是王者，是这一切的主宰。

他非常想见见这个美杜莎，哪怕以生命为代价来交换都行。

如果他能成为那个人，成为那个打败王者战神的人，他就不再是个小人物了。

灯又亮了起来，美杜莎的形象消失在了屏幕上，克伦威尔的课上完了。所有人中只有汤姆在离开教室时还感觉晕乎乎的，就好像是陷入了一场奇怪的梦，他不由得咧开了嘴。

美杜莎。

第二天的体育课上，汤姆满脑子想的还是美杜莎。尽管周围的斯大林格勒战役正如火如荼，但他还是没办法把心思从那个大陆同盟的战斗员身上移开。

“我在网上查了美杜莎的神话。”汤姆上气不接下气地说，他正和维克在布满弹坑的大街上狂奔，苏军士兵和纳粹德国士兵都在向他们开火。查过资料之后汤姆才知道，美杜莎是希腊神话里的女妖，相貌狰狞无比，任何看过她的脸的人都会被变成石头。“你觉得美杜莎会是女生吗？”

维克躲过几枚榴霰弹，烟尘顿时迷住了他们的双眼。“不太可能！”他在炮火声中大叫道，“美杜莎只是个称号。不可能从称号看出对方是男是女，尤其对方还有可能是波尔雅国人。想想看：萨沙在波尔雅国可是男人的名字，是不是？那家伙用美杜莎作称号很可能是因为，一旦你和她面对面，轰，你就玩儿完了。你看过美杜莎打仗，这个称号很适合，是吧？”

“嗯，是啊。”汤姆肃然起敬。他跟着维克跑进了一幢废楼，爆炸震得他骨头发软。他听说大陆同盟的战斗员选称号的原则和海洋同盟类似：他们在升为现役时自己挑选。称号也是对外使用的。汤姆自己就看过许多有关“谜”“烈焰”“征服者”“秃鹰”以及其他战斗员的新闻。当然，现在他已经认识了使用那些称号的人：海瑟·埃克隆、汉尼拔学院的莱阿·斯泰伦、卡尔·马斯特斯，以及亚历山大学院的阿列克·塔尔苏斯。

大楼倒塌了，汤姆和维克一边跑一边躲避坠落的石块。他们跑进了一间军火库，发现坚硬的石墙上挂满了双节棍。汤姆从墙上取下一副。“接下来呢？又是浪人吗？”

“别傻了，斯大林格勒怎么会有浪人。”维克带着汤姆沿走廊跑进了建筑废墟的后院，一些下级生正在那里和纳粹忍者激战。

汤姆在力量训练阶段坚持了五分钟，在停下来擦汗时，一个纳粹忍者冲过来一剑刺穿了他的肚子。一行文字在他眼前闪过：**会话过期，死亡模式启动**。汤姆从胸部向下都失去了知觉，他摔倒在地，那把剑还插在他的肚子上。

“被杀了呀？”维克叫道，他还在和面前的纳粹忍者对战。

“看起来是。”汤姆想要坐起来，但他只能动动胳膊，下半身完全不听使唤。

“别费劲坐起来了。”维克注意到了他的动作。“按规矩你应该待在被杀的地方，直到下一阶段开始。上半身可以动，但不容许使用能拽动自己的力量。”

汤姆放弃了挪动的努力，他把双手垫在脑袋下，慵懒地说：“如果这种放松就算是最大的惩罚的话，为什么很少有人愿意被杀呢？”

“因为——”维克上气不接下气，他扭过头，赶在对手再次攻过来前对汤姆咧嘴一笑。“事关荣誉。”

荣誉。

汤姆下定决心，下次决不让自己被杀掉。不过现在，他还是打算在斯大林格勒阴沉的天空下先放松放松，任凭剑击声、子弹声和爆炸声冲进自己的耳朵。

汤姆的肌肉还因为午饭后的运动而酸痛不已，但心情却雀跃不已，因为这是他有史以来第二次所有平民课程都拿高分。埃利奥特又把虚拟实境应用的头二十分钟花在了演讲乐观思维的正面力量上，之后他们才接入了下午的实境。

汤姆的角色叫加文，是亚瑟王手下的一位圆桌骑士。一座城堡将他们罩了起来。埃利奥特登上王座，扮演亚瑟王的角色，他宣布，今天要做的第一件事就是举行效忠仪式。

汤姆看了看其他下级生，他们都扮演着不同的圆桌骑士，所有人都依次跪在埃利奥特面前，亲吻他的手，由他用剑在肩头一拍，算是完成仪式。这让汤姆起了一身鸡皮疙瘩，他们可真是卑躬屈膝。

埃利奥特伸出手让汤姆亲吻，汤姆却没有上前。他可不要跪下吻埃利奥特的手，他就是不愿意。

“你不打算向我宣誓效忠吗，汤姆？”埃利奥特问。

“你要我效忠，我就会宣誓。但不要下跪吻手，长官。”

“这个仪式能促进团队的凝聚力。”

“我只是不想下跪，好吗？对我来说感觉太不合众国了，抱歉。”

埃利奥特叹了口气。“我很遗憾。很遗憾你不了解团队合作的价值。但你要是真的不愿意像其他人那样的话，我想我倒是可以在实境中给你安排一个比加文更合适的角色。”

希望从汤姆心底升了起来，也许埃利奥特会让他扮演撒克逊野蛮人[①]，那就太爽了。

埃利奥特向天空举起手，调整了一下实境。

汤姆变成了格尼维尔。

他看着自己那拖地的长裙，一下子愣住了。他那棕色的长卷发飘然而下，长及腰间，也盖住了他的，呃，胸部。其他骑士都跑到了院子里，准备

---

① 古代日耳曼人部落的一支，与盎格鲁部落南渡移民大不列颠岛后融合为盎格鲁·撒克逊人，盎格鲁·撒克逊人与大不列颠岛“土著”凯尔特人和后来的移民“丹人”“诺曼人”经长时期融合，最终形成了近代意义上的英格兰人（以及苏格兰人）。

骑马出发攻打撒克逊人，汤姆却还站在那儿盯着自己的胸部。他想要追上去，却被衣襟给绊了一下，他的腿感觉很奇怪，好像被迫扭到了一个奇怪的角度。

“等一下。”汤姆叫道，他的声调很高，吓得他一下子跳了起来，听上去太像小女人了。花了好一会儿工夫汤姆才从震惊中回过神，想起了自己想要说的话。“我的铠甲不见了！”

“不，是加文的铠甲不见了。”埃利奥特回答，“作为我亲爱的夫人，格尼维尔在这个实境中不需要打仗。她为大家提供精神支持，挥手告别后等待所有人安全归来。”

“我不去打仗？”汤姆叫道。

“只有宣誓效忠的人才能去打仗。”

埃利奥特抬了抬眉毛，等待着。汤姆知道埃利奥特想要什么：道歉，跪下，吻手。但汤姆不愿意。他不愿像别人那样卑躬屈膝，也不想吻别人的手。

“好吧。”

“那好。”埃利奥特的声音里隐含着笑意。“我们会告诉你战况的。”

汤姆站在院子里，听着马蹄声渐行渐远。他忽然感到有人轻轻地拽了拽他的衣袖，是王后的一名侍从。“王后殿下，我们在绣花，您要和我们一起吗？”

有关刺绣的各种介绍从他的脑海里闪过。格尼维尔喜欢刺绣。因为汤姆现在就是格尼维尔，因此他也喜欢……

汤姆赶紧摇了摇头，他被这个想法给吓了一跳。“我不喜欢绣花！”汤姆边叫边从那些虚拟的侍从身边跑开了。

接下来的三小时二十八分钟虚拟实境该怎么过呢？各种疯狂的想法从他的脑中闪过。汤姆决定无论如何都要出去，徒步走过去，就算是作为格尼维尔他也要打仗。但事实却是，他连吊桥都过不去。虚拟实境在脑中告诉他，*无相应参数可调用*。

格尼维尔这个角色只能待在城堡里，而且她的手指正因为想要绣点儿什么而刺痒不已。汤姆觉得这一切真是太可怕了。他可不想让埃利奥特在打完一场惨烈的仗后回来发现他正在绣花儿。

他决定要积极主动些，于是便挥舞着烛台要和随便哪个护卫决斗，但所有的护卫都只是摇摇头，拒绝做与女人打架这种没风度的事。汤姆都被弄得快疯了，他劈头盖脸地向那些护卫的脑袋打去，结果他们只是大叫着说他疯了——没有一个人敢去制止他们的疯子王后。

这让汤姆忽然想到了一个好主意。

他向城堡发出了几条命令，派出了一个男孩儿当信使。接下来就是如何消磨时光了。汤姆躲开正在刺绣的女士们，查看起了城堡的走廊。他找到了一把礼仪剑，那把剑很重，格尼维尔差点儿都拿不起来，不过有总比没有强。汤姆拖着重剑走过走廊，想要找一个易守难攻的好位置，走廊里点着火把，火光摇曳，金属刮过石头地板的声音非常刺耳。

汤姆走进一间巨大的图书馆，看到一个全副武装的骑士在排排卷轴后若隐若现。好极了。他要杀了这家伙，抢下他的盔甲和剑。

“举起手来，你们这帮得坏血病的臭流氓！”汤姆进入角色，举起了那把礼仪剑。“准备去见上帝吧！”

那个骑士叹了口气，转过身，双臂抱在宽阔的胸膛前。

是华耶的角色，兰斯洛特。

“这里是亚瑟王时代的英格兰，汤姆。”她责备道，尽管说话的是个男声，但那种讽刺的腔调还是那么的熟悉。“又不是在海盗船上。”

“废话。”汤姆放下剑，剑刃当的一声磕在了地上。“你又在这儿干什么呢？兰斯洛特不是应该正在和亚瑟王并肩战斗砍杀撒克逊人吗？”

“我告诉埃利奥特我想守卫城堡，以防万一他们绕过了我们，他觉得这是个好主意。”

“对，你要守卫城堡，好吧。”汤姆边说边冲着她手里的卷轴点了下头，“你不是正在看书吗？”

“我这个版本的兰斯洛特很博学，他喜欢坐在这里，用心灵去守卫城堡。”

“他又不是尤达大师，能用心灵守卫个什么玩意儿啊？这可是兰斯洛特，伟大的骑士，要去打野蛮人才对，那多有意思。”

“想去你自己去吧，我不会阻止你的。”

“虚拟实境不让我去，我被困在城堡里了。”

“哦，那你就随便去个其他什么地方吧。”

汤姆没理她，自顾自地坐在了桌子上。这么做有点难——他还没有习惯格尼维尔的身体。臀部似乎不够平衡，身体重量的分布也和他所习惯的不一样。

“听着，华耶，布莱克伯恩那天搞了那么一大套演示，就是因为我没有告诉他是谁改了我的档案。作为回报我待在这里你就稍微忍忍吧。”

华耶抬手遮住了嘴，这个动作用兰斯洛特的身体做出来显得非常娘娘腔。“布莱克伯恩问起我了？”

“他问是谁黑进了数据库。不过我没告诉他，别担心。”汤姆前后挪动了一下，不知道该怎么站着才算好。“见鬼，女人身上的这些东西折腾死我了。”最后他还是决定向后一靠，两腿叉开。华耶一脸震惊地看了他一眼，但他自己感觉很舒服，所以就这样吧。“狼的身体完全不同，所以你知道自己的动作也会不同。但女孩儿的身体很类似，让人忍不住就想按以前的方式活动。”

“再经过几次虚拟实境你就会习惯了。”

悬在眼前的胸部扰乱了他的注意力，他伸手捏了捏自己的胸部，华耶清了清嗓子。

“怎么啦？”汤姆辩解道，“捏自己的也不行吗？”

“你不会真打算就这么坐在我面前这样做吧？这可有点失礼。”

汤姆放下手，有点儿不好意思。“什么？得了吧。你也换了身新行头呢，你就不好奇吗？”

华耶在位子上挪了挪，盔甲发出一阵叮当声。“我又不是没演过男人。”

“好吧。”汤姆笑道，“所以说你已经过了那个阶段了。”

“我不是这个意思。”华耶红着脸抗议道。汤姆觉得很有意思。

“你肯定好奇过——”

“我不想讨论这些！”华耶拿起卷轴朝另一张空桌子走去。

不过汤姆才刚刚开了个头。他跟了过去，希望能再逗逗华耶，但就在这时，叫喊声伴随着一阵低沉的轰隆声从图书馆敞开的窗口传了进来，他立刻就明白了过来。

终于啊。汤姆满心欢喜地朝大门走了过去。

“等一下！”华耶在他身后叫道，“出什么事了？”

汤姆退了回来，因为他想起华耶还有把未出鞘的剑被扔在一边。在华耶还没搞清楚状况之前，汤姆就走过去一把将剑拔了出来。

“听着，华耶，你要是想当书虫兰斯洛特，那行，记得把图书馆大门关上，最好再用桌子顶住。不过你要是不打算对敌战斗的话，那这把剑我就先拿走了。”

“你想用它干什么？你说过格尼维尔不能离开城堡的。”

“是不能，不过格尼维尔王后可以下令放下吊桥，让哨兵都闪开。格尼维尔王后十分钟前已经这么做了。哦，而且她还可以派信使去撒克逊王那里，告诉他卡美洛城堡毫无防御。”

华耶目瞪口呆地盯着他。“外面的声音……是撒克逊人的军队？”

“尤里说得对，你可真聪明。”听到外面的叫喊声，汤姆迈步朝外走去。

“汤姆！”

他在门廊里回过头，看到华耶正手足无措地站在桌前。“谢谢你没有告诉布莱克伯恩。很抱歉我让你变成了狗。”

“嘿，我为你变成狗，你把这件死亡圣器给了我。”他挥了挥手中的剑，“要我说我们就算扯平了。”

第九章

周六早上，汤姆很不情愿地醒了过来。他全身都疼，真的是全身。关节、骨头、脑袋，到处都疼。他把脑袋埋在枕头里，躺着，又回想起了前一天虚拟实境应用课结束时的情景。发觉撒克逊人并没有出现在战场上后，埃利奥特带领亚瑟王的骑士们回到了城堡。进入王座厅，他发现汤姆正慵懒地坐在王座上，礼服长裙上沾满鲜血——旁边的长矛上插着撒克逊王的头。

他把那颗头作为效忠的凭证交给埃利奥特，但埃利奥特没有接。埃利奥特只是冷冷地看着他，一副“你又让我失望了，年轻人”的表情，然后就结束了虚拟。

好的一点是，这次他没再给汤姆长篇大论讲团队合作。

“起床啦。”维克使劲拍了拍他，“我们要去陶德里鸡肉馆，说不定还会进城呢。”

“陶德里鸡肉馆？”汤姆对着枕头咕哝道。

“那里可不只供应鸡肉，实际比听起来好多了。”

“也许吧。不过，现在还早呢。”

“得了吧，安了神经处理器的人根本不需要睡懒觉。”

“我就需要。”汤姆回答，尽管事实上这么说并不准确。他其实早就醒了——就是浑身疼痛。每次呼吸他都会感觉肋骨像针扎一样疼，每动一下都好像受到了电击一样，就好像有人把电线接在了他的关节上。

他咬了咬牙，把枕头按在头上，他想要再多睡一会儿，但愿这么做会管用。也许他真是被人打了一顿，然后因为脑袋受伤厉害，把整个经过都给忘了？不对。他回忆着前一天晚上的情况，没有哪段时间的记忆是空白的。神经处理器把他最近的记忆都按时间加上了标签，所以“被人掐住脖子然后又忘记了”这种事是不可能发生的。

汤姆翻了个身，又感到一阵疼痛，他的神经处理器开启了扫描模式。

“哈？”汤姆在枕头下咕哝道。

一连串统计数据闪过他的脑海：pH值、二氧化碳、碳酸氢根、白细胞计数、红细胞计数、红细胞分布宽度、心率、呼吸频率……汤姆把枕头紧紧按在头上，真希望能闷死自己好让扫描模式停下来。

这时，一条闪过的数据着实把他给吓了一跳。

和周三相比，他又长高了4.2英寸[①]。

汤姆一骨碌翻了起来，疼痛刺激得他头晕目眩。他顾不上理会晕眩，低头看了看自己的双腿。看起来确实又长了些。他动了动脚趾，想要确定这身体是不是自己的。就连脚趾头看起来都变长了，他的脚也变大了。

汤姆抬起双手，屈伸了一下手指，自己的手掌居然有这么宽阔？“男人手。”他咕哝道。

“恩斯洛怎么了？”维克在房间的另一头问。

“没说她。是我。”

汤姆转过头，他忽然觉得这样也不错，尽管全身疼痛难忍。毕竟，他的手更大，更有男子气了，情况坏不到哪儿去。

---

① 约合10.7厘米。

维克、尤里和比默走后，忍受疼痛就变得更麻烦了。一开始，动作轻柔似乎还有点效果，可没过多久，汤姆就忍不住坐了起来。他用自己的视野做显示屏，拿前臂键盘上起了网——一边上网一边还咬紧牙关，感觉就像玻璃渣子钻进了关节里一样。

唯一能让他将注意力从身体疼痛上转移开的，就是去想那个大陆同盟的战斗员美杜莎。汤姆把美杜莎和海洋同盟战斗的所有视频都下载了下来。昨天晚上，他花了好几个小时闭着眼睛在头脑里观看这些录像。

这会儿，他又看了起来：美杜莎穿过土星环，改变了一颗彗星的轨道，让它撞上了海洋同盟在土卫六上的一个钻井平台。另一场战斗中，美杜莎避开了海洋同盟战机设下的圈套——绝大多数大陆同盟的战斗员都中了计：日冕抛射物几乎摧毁了大陆同盟的全部飞船。美杜莎躲过了十几艘火力对准自己的飞船，将海洋同盟的军力吸引到了金星上。美杜莎朝金星发射了一枚导弹，导弹激射形成一股气流，气流的反作用力将美杜莎一把推上了高空，而其他追击的海洋同盟飞船则都被引力拉到了金星表面，化成了一堆废铁。

汤姆看得聚精会神，完全没有注意到有人在敲门。开门声吓了他一大跳。

“你聋了吗？没听见我在敲门？”一个女声说。

汤姆睁开眼睛，看到了门口华耶瘦长的身影和她那习惯性皱在一起的眉头。

“反正你也进来了。你就没想过万一我刚才是故意当作没听见吗？”

华耶的眉毛一沉。“直接说让我走人不就得了。”

汤姆感觉自己似乎是惹华耶不高兴了。“我忙着呢，不然会应门的。”他在心里命令视频停止播放，眼前美杜莎飞行器的画面消失了。“你周六怎么还在尖塔里？没和维克他们一起出去吗？”

“尤里这次没叫我。只有他会在出去的时候叫上我。”

汤姆想了想。“你还记得我们第一次见面时的情景吗？你让我走得远远的别再和你说话。你经常那么说话吗？因为大多数人都会认为那就是你的真实意思。”

华耶想了想。“哦。”

“只是提个醒儿。”

“嗯，我过来就是想问问昨天有没有什么情况。埃利奥特有没有因为撒克逊人那事儿训你？”

“训人可不是他的风格。他更喜欢摆出一副不赞成的表情。”汤姆夸张地长叹了一口气，摇了摇头，向华耶模仿着埃利奥特的样子。

华耶微微一笑。她还靠在门框上，不自在地挪动着身子，似乎是不知道该怎样才能进入别人的房间。

“你可以进来。”汤姆告诉她。

华耶犹犹豫豫地向前走了几步，然后就直勾勾地盯着汤姆。汤姆也看着她。两个人四目相对了一会儿，汤姆决定打破僵局。“嘿，你玩儿什么游戏吗？”

刚一说完汤姆就后悔了。华耶可能又会犹豫好长时间，这样两个人还得尴尬地对视好久。

但华耶只是皱了皱眉，就好像不理解他的话一样。“游戏？”

“虚拟实境游戏。”汤姆感觉有些不爽，“就是那些啦，RPG啊——就是角色扮演游戏，战略游戏啊、第一人称射击之类的。”

“我不喜欢打架。”

“那就玩战略吧。”事实上这也很合汤姆的心意，因为玩儿绝大多数战略游戏都不需要做太大幅度的动作，他可以挑一个只需键盘的游戏。他在尖塔的数据库里找了找，挑出了《劫掠船》。

《劫掠船》的大部分内容都是做贸易和谈判。这个游戏不是他最喜欢的，但却适合头脑聪明的人玩儿，他猜华耶应该会喜欢。

他猜对了。华耶对谈判不太在行，但她规划起路线来就像是个专家。

“你对这个很在行啊。”汤姆说。华耶比他更快地登上了波利尼西亚群岛。

“就是数学而已。”

“好吧，数学是你的特长，对吧？你就是因为数学好才被招募的。”

华耶坐在地上，靠着维克的床脚，双手抱着膝盖，心不在焉地敲打着前臂键盘。“我是挺在行的。我父母经常给我报名参加数学比赛，我其实早就可以去上大学了，只要我愿意。不过，现在这里的每个人都植入了神经处理器，所以数学好也算不上什么优点。”她看了一眼汤姆。“我想你应该会深有同感的，我是说你的拼字比赛。有了神经处理器，人人都可以像你一样拼字拼得又快又好。”

汤姆差点儿笑了出来。“嗯，一听说人人都拼写正确，我都快疯了。我的天赋现在一钱不值了。”

“嗯……”华耶朝脑后拢了拢头发，“不过我又找到了其他突破点。我不明白为什么那么多人都不理解编程，我猜他们已经丧失了创造的能力。他们都习惯下载东西然后消化，理解程序语言背后的意思对他们来说太麻烦了。”

“布莱克伯恩好像也是这么想的。”汤姆又想起了布莱克伯恩在课堂上对海瑟说过的话。“真可惜他是在追查你，不然你们俩肯定能碰撞出不少思想火花。”

华耶嘴唇一撇。

“也许不会？”

“来这儿后的第一周我就黑进了数据库，帮几个想要获得晋升的家伙改了档案。”华耶淡淡地说，“这么做真蠢，从那以后，每次给布莱克伯恩交作业前我都得搞乱自己的代码，好让他认不出我的手笔。而那些我帮过的人呢？没一个事后愿意和我说话。”

“你那么做不是为了交朋友或者交换什么，是吧？”

华耶没有回答。

“听着，华耶，他们似乎确实挺混蛋的。不过那玩意儿对晋升就那么重要吗？档案里的成就只是记录了你的过去而已嘛。”

“联盟里的公司喜欢赞助有良好背景的人。有一个被我修改过档案的家伙，一个月后就升到了卡美洛级。按理说她无论如何都是会得到赞助的，只不过新档案帮她得到了自己想要的那家公司的赞助。”

“你说的是谁？”

“无所谓了。”华耶不愿意回答这个问题，她把注意力又放在了游戏上。“反正都已经过去了。”

星期天，汤姆已经比刚到尖塔时长高了6英寸[①]。有件事很奇怪，他的神经处理器一直在进行扫描，一个接着一个，一条短讯一直在他的眼前一闪一闪的：CA 7.3（8.910.3）。

“维克。”汤姆叫道，他的室友正趴在另一张床上玩着游戏，戴的就是他从底层虚拟现实厅里顺出来的有线手套。“CA7.3是什么玩意儿？”

“CA……加利福尼亚州吗？”

“应该不是。”过了一会儿，汤姆说，“我的骨头很疼，活动有点困难。”他感觉嘴唇和手指刺痛，就像有小虫子在里面爬似的。

维克看了看他。“我觉得你这状况可能不正常。”

“真的？”

① 约合15厘米。

“去医务室看看吧。”

汤姆在心里呻吟了一声，医务室还在底层呢。

不过想到这儿，他也不由得认真思考了起来，不知道自己是不是真的得了什么病。他昨天还和华耶提过，华耶张口就列出了二十多种可能的疾病名称，这可一点儿都不能让人安心。维克的话终于让他下定决心，咬紧牙关到楼下去。

可是他只坚持到了下级生公共休息室。

一群成吉思汗学院的学生正在那里打台球。一个熟悉的声音叫了一声：“嘿，瞧啊，这不是旺财吗！”

汤姆暗自叹了口气，是卡尔·马斯特斯。那个满脸横肉的成吉思汗学员打了一杆，然后直起了身子，他的脸上挂着笑容，肥厚的脖子上堆起了一堆褶子。

“你想怎么样？”汤姆问。

卡尔上前几步，堵住了通往电梯的路。“不太友好啊？真不是个好狗狗。”

汤姆想推开他过去，结果自己反倒踉跄几步退了回来。他靠在墙上，站直了身子，心脏狂跳不已。

“听说你让我家埃利奥特很不好过啊。”卡尔说。

“你家埃利奥特？关你什么事？”

卡尔看了看他的同伴，三个大个子、一个瘦子，外加一个鼠头鼠脑的金发女生。“你是拼字大赛冠军吧，大黄？‘不尊重前辈就要挨揍’该怎么拼？”

汤姆笑了笑，脱口而出：“这个简单。K-A-R-L①。”

卡尔一拳打向汤姆的脸，汤姆及时弯腰躲开。卡尔的拳头打在了墙

---

① 卡尔名字英文拼写。

上，骨头碎裂的声音随之传来。卡尔尖叫了起来，不需要视像警告信息的提醒汤姆也知道自己麻烦大了。他奋力绕过大个子朝电梯的方向走去，但电梯还有很长时间才到。他只得寄希望于先躲进某个学院里。

还好运气站在他这边，他推的第一扇门就没有锁。汤姆钻进屋里锁上门。外面响起一片敲门声，接着是用身体撞门的声音，追他的人被迫停了下来。

汤姆笑了起来，他气喘吁吁、兴奋不已，因为肾上腺素水平激增，关节里那奇怪的疼痛也被他抛到了一边。身后传来了一阵轻柔的脚步声，接着是一个熟悉的声音。“转错弯了？”

汤姆一下子跳了起来，他转过身，看到了那双熟悉的黄褐色眼珠。“海瑟。”

海瑟正靠在门廊的墙上，深色的头发松散地披在肩上。“你知道这里是马基雅维利学院吧？”

拳头砸在他身后的门上。汤姆用拇指指了指身后。“能申请庇护吗？我正在被人追。”

“追你的是谁？”

“成吉思汗学院的人。大个头、愤怒的成吉思汗学生。”

海瑟一只手撑在臀部咂了咂舌头。她的眼中闪动着顽皮的笑意。“干什么坏事了，汤姆？”

“没有，我发誓。我都不怎么认识卡尔·马斯特斯。他就因为什么我惹了埃利奥特在找我麻烦。”

“哦，当然。”海瑟上前几步，牵着他的胳膊把他领到了走廊深处的一间客厅，客厅里的椅子围成了一个圆圈。“因为埃利奥特是拿破仑学院的，拿破仑学院和成吉思汗学院是盟友。他们总是照顾彼此。你应该去汉尼拔学院，他们和亚历山大学院结了盟，会保护你的。”

海瑟靠近汤姆，她的体温渗入了汤姆的手臂。“哈。”汤姆尽力不让自己因此而分散注意力。“有意思，我不知道学院还这么重要。”

“现阶段，对于你来说，学院只是宿舍区而已。等到后期寻找潜在赞助人的时候，学院的作用才会显现出来。亚历山大学院和汉尼拔学院会把你介绍给他们的企业代表——也就是联盟企业里负责决定赞助哪个战斗员的那些人。他们会为战斗员购买播放时段、提供飞船让他们打仗用，总之就是让军队有钱使用战斗员在太空打仗。”

“也就是说成为战斗员并不是因为你很优秀？”

“优秀确实是一个方面，但并不是唯一一个方面，你还得有人脉。”

“我还以为这个地方一切以战争为中心，没想到也会牵扯到政治。”

海瑟用臀部撞了他一下。“汤姆，你没听过那句话吗？‘政治只不过是另一种形式的战争而已。’”

“马基雅维利学院呢？”汤姆的视线落在了海瑟肩头的羽毛笔徽章上。“你们和谁是盟友？”

“马基雅维利人避免永久的联盟，我们是自由选手。”

“自由很不错。我支持自由。”他也很支持海瑟就这样两只手都放他身上。

海瑟抓住汤姆的胳膊将他转了过来，然后按住他的胸口。汤姆在她的催促下后退了几步，腿碰到了软椅，然后坐了下来。

“哦。”海瑟也坐了下来，跷起二郎腿。“自由也有自由的坏处。我是马基雅维利学院唯一的战斗级学员，因为在向赞助商推荐潜在战斗员的时候，盟友们总是抱成一团。亚历山大学院和汉尼拔学院相互推荐，拿破仑学院和成吉思汗学院相互推荐……影响力是关键，学院里战斗级成员越多，就越容易把更多的人升到战斗级。所以我想进去非常困难。”

“对你来说很难吗？”汤姆感觉难以置信。能像她那样飞，长得像她那么漂亮，难道就没有公司争先恐后要赞助她吗？

"我能进入这个项目是因为我确实很优秀。我可没有莱阿·斯泰伦那样的富翁叔叔能帮我联络上玛切特·雷迪公司，也没有卡尔·马斯特斯那种曾在道明·阿格拉工作的老爹。"她在椅子扶手上敲打着手指。"事实上，这也是我今天来下级生楼层的原因。这里的公共休息区最大，我们正计划再把一个马基雅维利人升到战斗级。马什将军已经同意去和国防委员会沟通，再提名一个我们学院的上级生，我现在需要的就是想办法为那个学员找家公司。"

"为什么不能用你自己的赞助人？"

"我试过了，但温德姆·哈克斯公司不同意，所以我们只能试试别的办法，看其他学院的人愿不愿意帮忙。"

汤姆回忆了一下温德姆·哈克斯公司资助的另外两名战斗员：成吉思汗学院的尤素福·赛义德和拿破仑学院的斯沃登·盖尼，两个都是轮廓鲜明、体型匀称、一脸沉着微笑的小伙子。再加上海瑟，汤姆揣摩出了温德姆·哈克斯公司选取战斗员时所关心的一条标准：外表。

"你们打算推举谁？"汤姆问。

海瑟朝汤姆身后的走廊点了下头。"尼格尔。"

汤姆转过身，看到一个瘦瘦的小子慢悠悠地走了过来，那家伙长得瘦弱清秀，丰满的嘴唇，小小的鼻子，看起来就像是个女孩子。

姓名：尼格尔·哈里森

军衔：合众国太阳系部队V等上级生，马基雅维利学院

祖籍：英国剑桥

成就：国际语言学奥林匹克竞赛冠军，不列颠计算机语言学学会会员

IP地址：2053:db7:lj71::262:ll3:6e8

安保权限：绝密5级

“我猜你刚才一直在听。听清楚汤姆的情况了吗？”海瑟问。

“听清楚了。外面成吉思汗学院的人想冲进来，是吧？”尼格尔的英国口音很好听，这小子所有的一切都很优雅，头发抹了发胶，脚步轻柔，汤姆几乎都没听到他过来。他的脸有些抽搐——是右眼附近持续性的小规模痉挛，显得很诡异，就好像那附近的肌肉不受控制一样。

“嗯。”汤姆尽量不去注意他那只抽搐的眼睛，“很抱歉出了这种事。”

“也没什么。这让我想到了一件事。你呢？”尼格尔看了看海瑟。

海瑟单手托住下巴。“大概吧。”

“就这样。”尼格尔低声说，汤姆几乎都听不到他的声音。

“好吧。”海瑟同意道。

要不是听海瑟介绍过故事背景，汤姆肯定会以为他们俩在对话时有心灵感应。

“汤姆。”海瑟突然说，“你能不能到里面先找个地方，等我和尼格尔这里完事儿。我一会儿就过来，到时候我们再想办法让你出去。当然——”她笑了笑。“你要是愿意等他们自行退散的话，我想我可以陪陪你。”

太好了。上帝啊。她脸上的笑容能打下一架飞机。

“嗯，好。我愿意等。”汤姆朝最近的一间空宿舍走去，因为太激动还撞到了门框上。

刚一走进那间宿舍，汤姆就笑了起来，这女孩儿让他的神经处理器都失常了。

膝盖的疼痛让他不由得咧了咧嘴，他坐在床边，手指在大腿上不耐烦地敲打着节拍。似乎又过了很久，汤姆开始闭上眼睛在脑海里翻看尖塔的示意图，想要找出一个绕过外面那些成吉思汗学院学生的方法。那个CA

什么什么的编号还在他的视像中心闪烁，只不过数字变得越来越小，而且一看到那个东西，他的嘴唇和手指就又不由得颤抖了起来……

门开了。进门的脚步声很响。

明显不是海瑟或者尼格尔。

汤姆一下子睁开了眼睛，眼前的景象让他惊恐不已。

卡尔·马斯特斯满脸伤痕、鲜血直流，他正俯身看着汤姆，然后一拳朝汤姆的脸打了过来。

汤姆被卡尔拖到了马基雅维利学院的走廊，尼格尔和海瑟就站在几步之外。汤姆被鼻血呛得直咳嗽，他使劲挣扎着，但却怎么也挣不开卡尔锁在他脖子上的粗壮手臂。

“谢谢，谢谢你们俩。”卡尔对那两人说。

“你打他了？”海瑟质问道，“刚才我们可不是这么说的。”

“抱歉，没忍住。我没忘保证书的内容，不能在马基雅维利学院打他，糟糕。”

汤姆还在挣扎，这下他明白了：海瑟之前让他进宿舍并不是在调情，她是要支开自己好把自己给卖了。卡尔大步拖着他向前走，意识到真相的汤姆心里越来越难受。

尼格尔走近了一些，睁大了眼睛。“记住保证书里的话，你签了名的，要负责任。”

“是，是。我不会忘的。”卡尔又拖着汤姆走了几步，“你们把这个小混球交给我，等到马什在国防委员会上提名你的时候，我就带你去见我在道明·阿格拉的代表，看他们愿不愿意赞助你晋升。”

海瑟对汤姆笑了笑，正是因为她的出卖，汤姆才落到了被成吉思汗学院的大个子勒个半死的下场。但海瑟的笑容似乎是在说，即使在这种状况下她也有信心能迷住汤姆。全都是因为上了海瑟的当，自己才满脸鲜血被人卡着脖子困在这儿，想到这一点，汤姆更觉得自己像个白痴了。“抱歉，汤姆，请你理解：我们马基雅维利人需要更多的战斗级学员。这关系到学院的荣誉。”

汤姆向后乱蹬着，想要摆脱卡尔，只可惜他不是重量级摔跤手，怎么挣扎都无济于事。一只大手从身后抓住了他的两手手腕，使劲把他的双手向后上方掰了过去，差点儿让他脱臼，汤姆疼得几乎晕过去。

卡尔按下汤姆的头，拽着他走了过去，那姿势很不体面。“这样才对嘛，保持住哦，莱西。”

汤姆就这样被押到了休息室，成吉思汗学院的人都聚集在那里。他感觉脸上抽痛难忍，这下麻烦大了。

卡尔的声音在休息室里响了起来。“好啦，女士们、先生们，有时候，我们需要教教下级生什么是谦卑。”

汤姆想要直起身，但卡尔把他的胳膊掰的更高了，阵阵刺痛袭来，汤姆感觉自己的手臂就像要被掰断的火柴一样，他不得不又弯下腰，看着脸上的血一滴一滴地滴在地毯上。

“想跟我们道歉吗，大黄？”卡尔按着他的脑袋点了点头，“我敢说你肯定想。大声说，让所有人都听得见。”

汤姆咬紧牙关。“不想。”

卡尔把汤姆的手臂撇向肩膀的方向，汤姆疼得不住地喘气。

“感觉不好吧，是不是？”卡尔抓着汤姆的脑袋摇了摇，“你不喜欢这样，是不是？受不了了对吧？那就给我们汪两声，阿花，叫啊。”

卡尔把他的胳膊又掰高了一些，汤姆不由得呻吟了两声，但他一声也没叫。有多疼他都不在乎，只要能不遂卡尔的愿，把他的肠子挖出来都行。

“叫，不然我就把你的胳膊给卸下来，旺财。”

“来啊！要干就痛快点，反正别想让我叫！”

“好——你以为我是在吓唬你吗？让你好好见识见识！”

汤姆的胳膊被掰到了极限，他忍不住大叫了起来，就在这时，屋里一下子响起了奇怪的声音，就像是一群人都在咂嘴一样。汤姆听到了卡尔的声音。“这是……”

卡尔放开了他，后退了几步，跪在了地上。

“咯咯。”卡尔说。

汤姆踉跄着走开几步，用袖子擦着鼻血。“什么？”

“咯咯，咯咯。”卡尔一边重复一边用鼻尖点地的方式磕着头，“咯咯，咯咯，咯咯。”

汤姆用袖子按着脸，一脸的困惑。他看到所有成吉思汗人都跪在地上，有节奏地磕着头，嘴里念叨着“咯咯”。

“嗯，看来很管用。”

汤姆被华耶·恩斯洛的声音吓了一跳。他转过身，看到华耶从电梯间走了出来，她的袖子卷了起来，前臂键盘露在外面。

“这是怎么回事？”汤姆奇怪地问，“他们在干什么呢？”

“他们是鸡。”华耶回答。

原来如此，汤姆看着他们，这才明白了过来，原来他们是在啄地毯，就像鸡一样。

“我把布莱克伯恩的蹂犬程序改动了一下。”华耶解释道，“正好看到你有麻烦了，所以我想试用一下应该不错。”

汤姆转过身看着华耶，就好像发现了新大陆一样。“华耶，你真是我的救命恩人啊。太感谢了，我欠你个大人情。”

“我就是想测试一下程序，又不是专程跑过来救你的。”

汤姆笑了笑，然后又疼得不得不更使劲地用袖子按住脸。“这时候你应该说‘不客气’，被人感谢一下没什么的。”

华耶的脸红了。“哦。好吧。”

“然后还应该挥舞拳头吹嘘一下自己有多厉害，这样才对。”

“那样不会显得很幸灾乐祸吗？”

“当然要幸灾乐祸了。只要你做了件非常厉害的事，你就可以……”汤姆一下子闭上了嘴，因为马基雅维利学院的大门又打开了，海瑟从里面走了出来。

海瑟顿了顿，看清了情势，然后笑了起来。“哦，很好。看来不需要我去叫你的朋友们来救你了。”

汤姆脸上挂着半干的血迹看着她，但海瑟看起来一点内疚的迹象都没有——她甚至都不觉得自己做的事是错的。

“你是说你打算去叫人吗？”汤姆讽刺道，“这样不会损害你一开始出卖我时想要达到的目的吗？”

海瑟将头发拨到脑后。“不是这样的，汤姆。你真以为我会让卡尔把你打个半死吗？我和卡尔做了个交易：我让他把你从马基雅维利学院带走，作为回报，他要签署一份具有约束力的协议，也就是保证书，帮助尼格尔升入战斗级。”她的眼中闪烁着狡黠的光芒。“我只同意让他把你带出马基雅维利。我可没说不能叫人来帮你。刚才我正打算看看情况，看看你是不是真的需要帮助。”

汤姆想要相信她。他后退了一步，思考着。“你应该事先就告诉我。”

海瑟咬了咬嘴唇。“哦。可你必须在卡尔面前表现出受伤背叛的样子，这样他才能相信我，我不知道你的演技会有多好。”

她看着汤姆，睁大的眼睛里充满了恳求，就好像除了他的信任外她什么也不想要。汤姆几乎都快想不起自己愤怒的理由了。海瑟一开始也不想他被打。真的还有愤怒的理由吗？

这时华耶插了进来。“现在事情已经了结了，随你怎么说都行。不过你要是真想叫汤姆的朋友帮他的话，为什么不在叫卡尔的同时就这么做，好让他们也能有所准备？你应该知道，他们今天甚至都不在尖塔。”

海瑟眨了眨眼，好像才注意到华耶的存在。“哦，抱歉，我们不太……你叫华耶，是吧？”

“这就怪了。几个月前我帮你弄档案的时候你就知道我的名字了。”华耶冷冷地说。

汤姆盯着海瑟的眼睛。**是她？**

海瑟被杀了个措手不及，张了张嘴，一个字也没说出来。不过她的反应很快。“哦，华耶。不过你连情况都不了解就在这里指手画脚实在是有点儿放肆。”

华耶抱着胳膊。“我以为我只是说出显而易见的事实而已。”

“汤姆没事，所以争论这些毫无意义。”海瑟灰白的面颊看起来似乎没那么高雅了，而且她的话语中似乎还隐藏着一丝狭隘的算计，好像是正在把华耶标记为敌人。

“我觉得我的论点很好，而且你还没有……”

“华耶，算了。”汤姆插话道，他走到了两个人中间。

华耶狠狠地瞪了他一眼，咕哝道：“好吧。反正我无所谓。”她僵硬地朝汉尼拔学院的大门走了几步，环顾四周，然后笨拙地举起了手臂。

汤姆看着她，一脸困惑，不知道她为什么要像那样摆出一副怪兽状。

“我真是酷毙了！”她说。

汤姆笑了起来，他这才明白过来，华耶原来是在按他说的方式在吹嘘自己。华耶点点头，然后突然转身走进了自己的学院。

海瑟目瞪口呆地看着她，就好像遇到了外星人一样。“大家说的果然没错，这丫头一点儿社交技巧都没有。”

“她确实很率真。”汤姆同意道。

就算海瑟听出了他的意思是说华耶非常诚实，她也没有表现出来。

“你记得吧？我让卡尔保证在马基雅维利不能打你。”

汤姆使劲按着电梯按钮。“当然，我记得，你瞧，我要去趟医务室。”

他慢慢又回忆起了在马基雅维利学院里，当他告诉海瑟和尼格尔卡尔在追他时那两人对视的眼神，以及海瑟让他进屋好留他们单独谈谈时的样子——就是在那时候她找来卡尔谈好了条件。

海瑟的手从他的手臂后侧滑过，停在了肩膀附近。汤姆起了一身的鸡皮疙瘩。海瑟在他耳边轻声说：“晚些时候我再来看你，只要你没事就好。”

通常，汤姆都会感觉自己的脑子快要融化了，但这一次，他只觉得自己被重重迷雾包围，屏蔽了海瑟正在做的一切。也许是因为被揍过之后，脸实在太疼，所以才失去了平常的感觉吧。

汤姆动了动身子，抖落了海瑟的手，走进电梯。“不必了，我很好。”在海瑟还没来得及开口说什么之前，电梯门就关上了。

离开亚历山大学院整整半个小时后，汤姆才来到了医务室。在张护士用纱布塞好他的鼻子后，汤姆说起了那个CA什么什么的事儿，他注意到杰森·张的脸上闪过了一丝警觉的神色。

“怎么？”汤姆被吓到了，“那到底是什么？”

“没什么大不了的。”张护士一边打马虎眼一边给冈萨雷斯医生发传呼，“我们先看看肩膀要不要紧。”

事实上，在卡尔差点把他的胳膊拧脱臼之前，汤姆就觉得自己的关节很疼。张护士检查他的活动能力的时候，他甚至都不能把手抬到与肩齐平。张护士给了他一些波考赛特用来止痛。汤姆躺在一个圆锥形的机器里接受骨密度检查，有那么一会儿他几乎忘记了自己来这里的真正原因。刚把血糊糊的棉花从鼻子里抽出来，奥莉维亚·奥萨雷的声音就把他吓了一跳。

“汤姆，感觉怎么样？”

他看着奥莉维亚，感觉很惊讶——原来奥莉维亚周末也工作。他的神经处理器闪过几行字：

姓名：奥莉维亚·奥萨雷

单位：合众国社会服务处

安保权限：绝密3级

虽然自第一天以后，汤姆就再没见过奥莉维亚，不过他从其他学员那里听说了许多关于她的事。尽管她说什么自己在这里是为孩子们服务的，要为他们提供精神支持之类，但从汤姆了解的情况来看，从来没有学员真去找过她。就算有人找过，他们对此也守口如瓶。

对学员们来说，她更像是一个笑话，一种嘲笑某人是胆小鬼的方法：“哦，既然你那么不喜欢这里，那干吗不去找那个社工哭诉去呢，小朋友？”

在这里看到一脸关切的奥莉维亚让汤姆有些难堪。他把棉花捏在手心，看了看门口，但愿不会有人经过，不然他们会以为奥莉维亚来这里是汤姆主动要求的。

“没事儿。做个骨密度测定什么的，没什么大不了。”

奥莉维亚的眉毛拧到了一起。“护士说你的韧带拉伤了。还有你的脸……出什么事了？”

“哦，那个，我摔了一跤，没什么大不了的，真的。”

“神经处理器能帮你保持平衡。”

“但这次并没有。”

他希望奥莉维亚不要再问下去了，但她还是继续刨根问底。“最近一切都还顺利吗？”

“都很好。”汤姆说。

“不，不好。”冈萨雷斯医生走了进来，边说话边看着手里的体检报告。

姓名：阿尔贝托·冈萨雷斯

军衔：中尉，医学博士

级别：合众国空军0-3，现役

安保权限：绝密8级

汤姆眨了眨眼好让文字消失。医生对他说：“你的关节和骨头显示出了劳损的迹象，骨密度在降低。血钙浓度也很低。你应该会感觉到四肢刺痛，快速生长使你的身体不堪重负。”

汤姆冷冷地说：“我说过，我摔了一跤。所以才受的伤。”

冈萨雷斯医生摇了摇头。“受伤是身体整体劳损的副产品。是结果不是原因。你的身体没有足够的资源来支撑骨头的快速生长。我要进入你的神经处理器关闭hGH分泌。”

“不过你过段时间还是能再打开的吧？等我，嗯，有足够资源的时候？”

“没那个必要了。”

“什么叫没那个必要？”

冈萨雷斯医生没有回答就转身离开了。汤姆咬着牙忍受着关节摩擦的感觉坐了起来。“他什么意思？什么叫没那个必要？”他问正在旁边的计算机上忙着输入什么的张护士。

张护士走到奥莉维亚的旁边。“汤姆，神经处理器会接管大脑的某些功能，但大脑是个用进废退的器官，不使用的区域就会萎缩，调节生长的区域也是如此。因此我们才在一开始的时候让处理器激发hGH大量分泌，好让你不要错过了正常状态下五六年的生长量。”

“也就是说，现在不长高以后就没机会了。”汤姆总结道，“好吧，不过你们就不能稍微迟几天吗？等我长到六英尺或者六英尺二①？”

冈萨雷斯医生回到了屋里，走到电脑前，看都没看汤姆一眼。“不行，一小时也不能等了。刚一开始疼的时候你就应该来找我。身体支持骨骼生长的资源有限，所以我们用营养品作为补充，但十四年不良饮食造成的后果不是一下子就能改变的。比如，从你动脉这里的斑块我就可以看出，你是从小吃垃圾食品长大的，连蔬菜长什么样都没见过。”

“不对。”其实汤姆每天都吃炸薯条。

“把这个帮我插上。”冈萨雷斯医生递过神经导线。

汤姆没有接。“我想再等等。”

“当然可以，雷恩斯先生。”冈萨雷斯医生干巴巴的说，“等到你三十多岁得上骨质疏松的时候，你就可以因医疗事故把我告上法庭。”

三十多岁？还早呢。“我不会告你的，我发誓。我会签……”海瑟和卡尔签的那个合同式的东西叫什么来着？“我会签保证书，只要你同意。”

冈萨雷斯医生冷笑道：“这可不是你能决定得了的。张中尉，插上。”

张护士插上了导线。汤姆懊丧地瘫坐在床上，神经连接信号通过肌肉时感觉麻酥酥的。“我也不觉得这是你能决定得了的。身体是我的，骨质疏松也是我的骨质疏松，又不是军队的。”

“确实不是，但负责调节脑垂体的神经处理器是军队的。”

汤姆感觉到奥利维亚捏了捏他的手腕。“总有一天你会感谢他的。”

---

① 约1.8至1.89米。

听着冈萨雷斯医生敲击键盘关闭激素分泌的声音，汤姆只感觉到了怨恨。他是不会感谢医生的，永远也不会，因为他这辈子都将是个矮子了。

呃，虽然没有以前那么矮，但也没有他所希望的那么高。他想成为大个子，高大到卡尔·马斯特斯也不敢招惹的地步。真不知道为什么别人可以替他来做这个决定。是，神经处理器是他们的，但脑子本身可是他自己的呀。

汤姆闭上了眼睛，想要赶走脑子里父亲那挥之不去的声音：*你只不过是他们的一个零件而已……*

第十章

五角尖塔里的生活给汤姆带来了一些他从未体验过的新东西。

是规律。

神经处理器里有行为守则，告诉他哪些事能做哪些事不能做。他知道自己每天8时整前必须回到尖塔，周末23时整之前必须回来。他知道GPS定位仪随时都在跟踪他的位置，好确保他没有脱离尖塔周围二十英里范围的指定活动区。就连尖塔内部的结构也是精确可预测的。五角尖塔被分为五个部分，分别用字母A、B、C、D、E编号。房间的编号则以位于中心的电梯间为起点，越向外数字越大。

工作日每天7时整都会举行早餐会。亚历山大学院的男下级生每个月会轮到两次值日。轮值时他们需要提前一小时在食堂门口集合，每隔五分钟大声报一次时，直到早餐会正式开始。晚上没有人会做梦，人人都忙着下载消化第二天上课需要的材料。

真正的自由时间只有每天的傍晚，而他每次都和维克、尤里、比默他们在一起，最近华耶・恩斯洛出现的次数也越来越多了。

肩膀上的伤好了后，汤姆就又开始玩虚拟实境游戏了。不过随着时间的推移，他花在游戏上的时间越来越少。尖塔里的生活吸引着他，总有一天，射击会变成真正的射击，胜利也会具有现实的意义。一项新爱好逐渐占据了他的闲余时间：一遍又一遍地观看美杜莎战斗的视频。

尽管他已经差不多记住了那位大陆同盟战士的每一个动作，但这仍然无法阻止他对自己神经处理器中的每个视频文件惊叹不已。他一遍又一遍地观看这位终极战士的战斗，每一次的感觉都像是第一次见到这位现代的阿喀琉斯一样。每次平民课程上腻了的时候，他就会看美杜莎的视频。埃利奥特发表长篇大论的时候，他也不需要装作很感兴趣的样子，因为他已经把画面调到了美杜莎。他很确信，如果能用神经处理器做梦的话，在梦里他肯定也会看到这些画面。

尖塔生活的其余部分也没什么不好。经过那次成吉思汗小鸡秀后，卡尔又威胁过他，但再也没有采取行动，也许他是害怕再一次陷入羞辱之中吧。

埃利奥特·拉米雷斯也从没有公开对付过他，尽管每次对他讲话的时候，埃利奥特的声音里都会有一丝不认同的味道。汤姆曾怀疑过是不是埃利奥特派卡尔来的，不过他很快就否定了这个想法。埃利奥特不是那种爱报复的人，最多也就是语气尖锐地指出某些人没有团队精神而已。

至于华耶·恩斯洛，她黑进了尖塔的内部监控摄像头，把自己的形象给编辑掉了。这样，就算万一哪个成吉思汗学院的人把神秘电脑病毒的故事讲给布莱克伯恩听，布莱克伯恩调现场监控的时候也看不出华耶与此事的联系。不过，她实在忍不住自己保存了一小段成吉思汗小鸡的视频——周围的其他人都被编辑掉了。她把这段视频给维克和尤里看过，维克立刻想到了一个绝妙的主意——把这段最美妙的视频放到作业订阅源里。

华耶气坏了，整整一周没和维克说话。维克告诉汤姆说他那一周过得爽极了，但汤姆却注意到维克最近缠着华耶的次数越来越多，就想要她开口说句什么。而华耶终于忍不住纠缠，开口怒骂维克的那天晚上，维克的心情才算是真正好极了。

但华耶心情低落却是事出有因，因为那段视频传到了布莱克伯恩那里。他在周二的课堂上当堂播放，吓了所有人一跳。

“这个，你们看到的这个，是一段非常惊人的程序。”他嘲讽地拍了拍手，故意用慵懒的眼神缓缓扫视着全体观众。只是开口询问时那有些强硬的语气出卖了他的真实想法。“那么这荣誉该给谁呢？别害羞。”

汤姆可以看出，华耶并没有被他那温和的调调给骗到，而是又朝椅子里缩了缩。不过今天要想藏起来似乎没那么容易，就连她前面的长椅也显得宽松了许多，今天十二名卡美洛级的战斗员全部缺席拉法叶厅的课程。

早餐会时汤姆就注意到他们不在。不一会儿，所有人都收到了解释这一情况的信息：大陆同盟的军队对海洋同盟在海王星附近的造船厂发动了奇袭。如果船厂被摧毁，那将是海洋同盟的巨大损失。将机械设备运送到太阳系外层要花费很长时间，建船厂倒是没费什么工夫。但柯伊伯带[①] 有丰富的资源，这座船厂正是柯伊伯带走廊护卫线的有机组成部分。所有战斗员都被传召到了“双螺旋”，也就是九楼和十楼间安装有神经交互界面可以直接控制外太空飞船的房间。随着程序设计课的进行，汤姆越来越清楚地意识到太空中正在进行一场激战，而他完全无法知道现在谁占上风。

就算布莱克伯恩知道战斗的最新情况，他也没有表现出来。他正忙着研究华耶的编码，连珠炮似的向卡尔的同伴们——那些被变成鸡的成吉思汗学员发问。

“黑客站在什么地方？……你们听到什么声音了吗？……刚恢复过来

① 理论推测认为离太阳 50 至 500 天文单位的区域有一个环带，里面分布着数量众多的小型天体，这个环带被称为柯伊伯带，据信短周期彗星都来自这里。

时你们做了什么？”

健壮的金发成吉思汗姑娘莱拉·莫特森终于憋出了一句：“我告诉过您的，长官，我们不知道是谁干的，抱歉，帮不上忙。”

布莱克伯恩的嘴咧出了一个干巴巴的笑容。“不，你帮得上忙，莫特森女士。既然说不出人名，我今天会想出其他事让你帮忙的。”

所有人都明白这句话的意思，今天上课的演示对象有着落了。

莱拉一脸的绝望。“你去问汤姆·雷恩斯！”

哦，不。汤姆缩到了椅子里。

“他当时在场，他都看到了，说不定他知道！”

布莱克伯恩的目光紧紧盯住了汤姆。“是吗，雷恩斯先生？”

“不是，我什么都没看到。”汤姆赶紧说。

“但你确实在场。”

“我没有……”汤姆看了看莱拉和其他变成过鸡的成吉思汗学员。他们可都是人证。汤姆叹了口气。“是，我在场。”

“不过你也不知道是谁干的，我猜。”

“不知道，长官。”汤姆说，他知道布莱克伯恩是不会这么轻易就放过他的——尤其是在这大庭广众之下。

“好吧，雷恩斯。今天就由你来当我的志愿者吧，到前面来。”

汤姆半是嘲弄地向维克和比默敬了个礼，然后就起身沿过道走了过去。他的目光落在了布莱克伯恩带到课堂上的那个装置上——一个上下颠倒的金属爪子？但愿这次别被搞得太难看了。

“今天——”布莱克伯恩宣布道，“我们要来讨论一下克朗代克，我说的可不是那家冰淇淋店。和佐藤Ⅱ代一样，克朗代克也是一种神经处理器专属的计算机语言。这种语言主要运用在两个领域：帮助神经处理器与太阳系部队的军火技术人员进行交互；以及用佐藤Ⅱ代做不到的方式微调大脑，尤其是在记忆索引方面。”

汤姆走上讲台。布莱克伯恩示意他过来，然后用食指指了指后面的屏幕。

“注意看屏幕，雷恩斯。”

汤姆走近讲桌，听到下面传来几声微弱的笑声——大家都还记得他上次爱上讲桌的事。汤姆的脸红了，他尽量盯着屏幕，但要做到这一点似乎很难。布莱克伯恩还在倒腾那个爪子一样的东西。他把那东西放在汤姆的头顶，按下按钮，几道蓝光从爪子射向了汤姆的太阳穴。汤姆条件反射地畏缩了一下，但除了皮肤有点痒以外，似乎也没有什么不好的感觉。

“不会疼的。”布莱克伯恩保证道，一边敲打着前臂键盘。“盯着屏幕就好了。”

汤姆盯着屏幕上那条抖动的线，看起来有点像蛇或者蜘蛛之类的东西。听着布莱克伯恩在前臂键盘上的敲打声，眼睛盯着屏幕上的那条线，汤姆感觉到一丝不安。记忆浮现在了他的脑海中——*父亲住院的那个周末，汤姆不得不待在他的兄弟艾迪家，他打开柜子，发现里面有一堆蝎子，艾迪尖叫了起来，汤姆则大笑着用脚踩蝎子……*

“在这儿啊。”布莱克伯恩得意地说。

沉浸在回忆中的汤姆被吓了一跳。

布莱克伯恩手指飞动，他让汤姆面向全体学生。“这东西叫普查器。对这间教室里的大多数人来说，你们永远也别想理解它的原理，对这个闪亮的大家伙你们只有倾慕的份儿。至于少数有朝一日可能会掌握佐藤Ⅱ代或者克朗代克编程语言的人，对你们来说这将是一件有效的心理武器。神经处理器会给你们所有的记忆编制索引。这个仪器则能访问那些记忆。能够访问记忆，就能做很多事。我现在就给你们演示。”

说话的同时，他又敲出了更多编码。

汤姆继续盯着屏幕上的线，那条线在他的眼里忽然变得像蝎子一样，他又回到了那段记忆中：打开柜子，蝎子跑了出来。蝎子爬进牛仔裤，蜇了他的腿。他痛苦地尖叫着，最后被送进了急诊室，他还记得医院里防腐剂的气味，以及那疼痛，还有毒液在小腿上灼烧的感觉……

布莱克伯恩的声音让汤姆从回忆中跳了出来。“现在，伸出手，雷恩斯。”

汤姆看了看他。“为什么？”

“照做。”

汤姆举起左手。

“好孩子。掌心向下。”

汤姆翻过手掌，布莱克伯恩把一个东西放在了他的手背上。

还没看清楚汤姆就感觉到了，那尖细的无数条腿，还有外骨骼。他的脸失去了血色，伴随着一阵恶心，他感觉到自己四肢颤抖手脚冰凉。他的心跳越来越快，自己都能在耳中听到心跳声，他感觉不到自己的呼吸，感觉就要窒息了。他盯着手背上的蝎子，惊恐至极。

“别动。”布莱克伯恩后退了一步，看着他。

“什——什么？”

“千万别动，不然它就会蜇你。”

汤姆感觉喘不上气，出了一身的冷汗。他动不了，就是不能动。那东西会蜇他，就像上一次它们从柜子里冲出来时一样，他还记得那尖叫，尽管那时候他还只是个小孩子。那种惊恐万分的感觉又在他的体内升起，他感觉头晕目眩，就要受不了了。他想要尖叫，这可比让他害怕讲桌的那个病毒厉害多了。那东西就爬在他的手上！他就要在所有人面前崩溃了——晕倒之类的——到时候肯定会被人嘲笑的，狠狠地嘲笑。

“干吗不告诉你的同学们你现在的感觉如何呢，雷恩斯？”布莱克伯恩建议道，“诚实些。”

汤姆看着布莱克伯恩，愤怒占据了他的大脑。他知道布莱克伯恩想要什么。好吧，他可不要在朋友们面前表现得像个胆小鬼一样。他不是。就算挖出自己的眼珠子也不能做胆小鬼。

所以，他用右手一把抓过蝎子，拿拳头使劲一捏，然后一口咬下了蝎子的头。嘴里充满了胜利的苦涩滋味，汤姆一口吐出蝎子头，然后有些惊讶地发现，蝎子从头到尾都没有蜇他。

布莱克伯恩看着他，惊讶得好一会儿都没说出话。“雷恩斯先生。”他终于开口道，“如果那是一只真正的蝎子，而不是神经处理器用能量棒伪造出来的话，你现在应该已经中毒了，这你知道的吧？”

汤姆看了看手中的无头蝎子，这才发觉那只是一团灰绿色的东西，是能量棒。他咬了一大口能量棒。

“我倒是没想到这一点。”他承认道。

布莱克伯恩擦了下嘴，看了看汤姆，接过汤姆手中剩下的那点儿能量棒，扔进了讲桌旁的垃圾箱。“我不知道该怎么评价。”他敲打着键盘。“下去坐下吧，下级生。”

汤姆全身发抖地回到了座位，制服都被汗黏在了身上。他不由自主地又想起了那些蝎子，想起了它们从柜子里爬出来时的样子。那个周末住院的是父亲，不是他。汤姆从没被蝎子蜇过，更别说是一群蝎子了。不知道布莱克伯恩用什么方法改变了他的记忆。

布莱克伯恩说：“我让雷恩斯看到了一个小机关，这个机关能模仿会爬的小生物，它引发了一段前脑中的记忆，普查器检索到了这段记忆并让我看到了其中的蝎子。我使用克朗代克语言重写了记忆，放回到他的脑中。新版的记忆会引发恐慌，要是我选了其他下级生来做演示的话，你们可能就会看到自然的恐惧反应。不过这次，你们看到了雷恩斯先生在我们面前充硬汉的样子。”

汤姆缩在椅子上，想要无视周围爆发出的笑声。

布莱克伯恩的眼睛盯上了成吉思汗学院的学员们，他们笑得比谁都响。“接下来进行下一项演示。莱拉·莫特森，上来吧，我们快点开始。”

莱拉不笑了。布莱克伯恩把她踩扁黑寡妇蜘蛛的记忆改成了被黑寡妇咬，这次他得到了正常的恐惧反应——莱拉尖叫着在教室中狂奔。布莱克伯恩让其他人提前下课，好截住莱拉把她的记忆改回来。

汤姆刚一走出教室，维克就转过身对他说：“刚才太棒了。我是说他想让你尖叫的时候，你却——啊呜！”维克模仿着野兽撕咬猎物的样子。

比默窃笑着插话道：“嗯，他只是不爽你刚才没在上面露出窘相而已。”

汤姆双手插在兜里，心情一下子好了起来。他看到华耶正站在人群中，对着他感激地笑了笑，谢谢他再一次保护了自己。华耶身旁的尤里一脸疑惑——每次程序设计课后他都这样——不过他也友好地朝汤姆挥了挥手。汤姆心中暖暖的，他觉得自己做得很对，这是他第一次找到家的感觉。

维克接下来的那句话将他的好心情一扫而光。“你父母这周末过来吗？”

汤姆心里一紧。他听说过这里有父母探视日，但没想到这么快就会遇到。“我父母？呃，不来。”

至少，他希望是这样。他真心希望是这样。父亲来五角尖塔？这就好像把两种烈性化合物混合后看到的反应结果一样，肯定不会有什么好事。

“我父母会来，”比默说，“我妹妹也来。你呢，维克？”

“我妈正从天竺国飞过来呢。”维克抓了抓头，他的头发已经长成了乱七八糟的几团。“上次视频聊天的时候，她威胁说要飞过来给我剪个新发型。她说我的发型看起来就好像有个死动物趴在我头上一样。”

比默一边笑一边猜测着维克的头发到底像什么动物。汤姆和他们一路笑着，尽管他并没有用心听他们到底说了些什么。他还在担心父亲要是来了的话会发生什么。有一件事他倒是很清楚：尼尔要是大老远跑到他所谓的“战争垄断巨头”里来，肯定不会只给他剪剪头发。

傍晚时分，战斗员们陆续回到了餐厅，他们狼吞虎咽，一个个佝偻着身子，满脸疲惫。战败的消息传得很快。大陆同盟的战斗员拆除了造船厂，击落了他们派来的战机。这大部分都是美杜莎的功劳，他发现了海洋同盟隐藏的卫星，并在战斗过程中弄瞎了其中的绝大多数。海洋同盟的战斗员只能依靠自己飞船上能力有限的传感器来战斗。没有卫星的支持，他们差不多就是在盲打——只能遇到谁打谁。

“老兄，要是没有美杜莎这场战斗就不一样了。”维克在去拉法叶厅的路上评论道。

“是。”汤姆同意道，“完全不一样。”完全不会这么刺激。他都等不及要马上去下载这场战斗的视频了，真想赶紧看看美杜莎的行动。

所有人都被召集起来听马什将军的演讲。马什将军并不经常参与尖塔的日常管理，但每次战斗级学员打过仗后他都会去听取战况汇报。很显然这次他决定顺便也在父母探视日前发表演讲。学员们都坐在长椅上。马什将军走上讲台开始讲话，他先讲了哪些内容可以透露给父母，哪些不行；尖塔的哪些区域容许父母参观，哪些不行——其实这些规则都可以直接下载。

汤姆挥了下手，扫掉了眼前马什将军的档案。

姓名：特里·马什

军衔：准将

级别：合众国空军O–7，现役

安保权限：绝密16级

“你们的父母必须佩戴胸牌。”马什说，“而且你们必须和他们在一起。不能透露同学的姓名。我不管他们怎么刨根问底询问你有哪些朋友。这类问题不能回答。如果他们偷带了相机，你们就要把相机收走。你们的父母要是在这里进行间谍或破坏活动，责任就由你们承担。”下面传来的窃笑声让他很不高兴。“我们的国家曾蒙受过背叛的耻辱，就是因为这种态度！你们应该庆幸自己还有父母探视日。要是让我而不是国防委员会来决定，你们肯定都会被锁起来，而且安保措施也会比现在强得多。”

父母可能对尖塔进行破坏，汤姆对此可笑不出来。他可拿不准父亲会不会那么做。说到自己的父亲，他什么都拿不准。

会后，奥莉维亚在走廊里拦住了他。“汤姆，我正在整理来访父母的名单。你的父亲还没联系上，不知道他会不会来？”

汤姆放松了下来，他忽然感到一阵轻松，同时还夹杂着一股莫名的失望。“联系不上他很正常，他经常搬家，没有电话，也不用虚拟现实。不可能找到他的。”

“你有没有什么线索能……？”

“别浪费时间找他了，反正他也不会来的。”

终于到了探视日，汤姆打算窝在床上，利用下午的时间好好看看美杜莎的战斗视频，顺便再打打游戏。刚准备开始播放美杜莎在泰坦星上的战斗录像，一条消息就跳进了他的视野：请到大厅报道，陪同父母。这让他吃了一惊。

汤姆从床上爬起来，把头发拨弄得稍微体面了一些，然后朝电梯间走了过去。父亲真的来了？他又整了整头发，感觉每根神经都很紧张。

一直到电梯开始下降的时候，他才反应过来，来的也许并不是他的父亲。

可能是母亲。

不，不可能。这不像她的行事方式。尼尔被判拘留六天的那次他去过母亲那里。妈妈看到他的时候一脸惊讶，就好像不相信这么丑陋的东西是她生出来的一样。他们没有拥抱，两个人总共就说了几个字。

还有她的男朋友道尔顿，拿着租来的警用视网膜扫描仪出现在门口。“你没事吧，蒂莱拉？”那语气就好像是在说，汤姆千里迢迢穿越整个国家就是为了伤害自己的母亲一样。

甚至在用扫描仪确认了汤姆的身份后，道尔顿在公寓里也用怀疑的目光注视着汤姆的一举一动，好像很确信汤姆此行的目的就是要烧房子。妈妈让女仆去租了一套虚拟现实设备给他，然后就和道尔顿一起消失了，再也没有出现。父亲被提前释放后，汤姆也没费心等她，只是留了一张纸条就去找父亲，回自己真正的家了。

走出电梯，穿过成群的父母，汤姆感觉自己就好像处于梦中一样。看到维克和他那穿着纱丽[①]的母亲，汤姆不由得慢下了脚步，他有一种想要转身逃走的冲动。

走近一些后，他才看清了维克。维克的母亲正一边帮他把制服的肩膀弄平整，一边用天竺语说：“……真搞不懂，明明在孟买也能受训，为什么还要大老远地跑到这儿。”

“我都说过一百遍了，”维克回答，“在合众国受训成为战斗员的机会更大，这里的资助也更多。”

“吃得好吗，维克兰？你看起来太瘦了！”维克的母亲又用口音很重的英语说，“真该给你带顿家常菜。你的肚肚好了吗？”

“妈！”维克叫道。

① 天竺女性的传统服饰。

“我只不过是想——那个男孩子是在笑我们吗？”

汤姆忍住笑。维克眯起了眼睛。“当然不是了。他又不懂天竺语，听不明白我们说什么的。”

维克的窘样让汤姆非常开心。趁妈妈不注意，维克对汤姆做了个掐脖子的动作，并摆出了“弄死你”的口型。汤姆则揉着肚子，摆出“肚肚”的口型作为回应。趁维克的妈妈还没注意到他，他就转身走远了。

经过比默的身边时，汤姆看到比默的父母和他那红头发大嗓门的妹妹都在。

“我要看枪，斯蒂芬！”

“这里不容许的，克里斯，我说过……”

他也看到了边上的尤里，尤里对面的男人个子很高，浅色的头发，淡淡的眉毛在前额上几乎看不见。汤姆猜那就是他父亲。他们俩一动不动地站着，小心翼翼地保持距离面对着对方，说话的声音非常小，汤姆都听不见。

在墙角鹰翼的下方，汤姆经过了华耶的身边。华耶正直愣愣地坐在那里，两臂抱在胸前。她的母亲是一个火柴棍般的瘦高个，一头黑色的卷发，正在几尺之外的地方看着她，脸上一副欣赏自己不喜欢的艺术品的表情。“……真不敢相信你都这么高了，我还以为你已经不长了呢。看看，乔治，她比你都高。”

她的丈夫是个矮胖的男人，正懒洋洋地坐在旁边的椅子上。华耶的爸爸爽朗地笑了笑。“刚看到你的时候，我还以为应该叫你‘儿子’呢，华耶。不过这些肌肉都是怎么回事啊？”他捏住华耶的二头肌玩笑似的晃了晃。“看来你来这里是要当女兰博了？”

华耶抽回手臂抱在胸前。“身体锻炼也是这里学习的一部分。长肌肉又不是我能控制的事。”

就在华耶父母的旁边，汤姆看到了一个正在抬头看鹰雕的男人。忽然间一切都说得通了，这才是他的客人。

当然。当然。还能是谁呢？

汤姆摆出一副笑脸，感觉自己就像是个白痴。他走了过去，想快点儿把这事儿弄完。

“不是只限家属探视嘛，你怎么来了，道尔顿？”

道尔顿的头发上抹满了发胶，满脸的假笑，一身合体的西服，就和他们上一次见面时一样。看到汤姆，他微微抬起下巴，这样汤姆得再抬下头才能看清他的眼睛。真希望自己长到了六英尺，这样这个家伙就再也不能用鼻孔看他了。

“我正好在附近，你妈妈签了份授权书让我代替她。”道尔顿说，“能到这儿不错嘛，感觉怎么样，小子？”

汤姆握紧了拳头。他非常想笑，真不知道自己当初犯什么傻，居然以为父母会来。“直接说你想干什么吧。”

道尔顿眯起了眼睛，卸掉了伪装的客气。“不许你这么和我说话，小混蛋。”

这才对，这才是真正的道尔顿。

道尔顿叹了口气，目光望向一边。“我是和几个同事一起来的。约瑟夫·文格洛夫，那边那个。”他朝尤里身边的男人点了下头。原来那不是尤里的父亲。“他以前是我的上级。其他几个人也在这附近。麦克·马斯特斯，也是我的同事，已经退休了，他也来了，他儿子叫卡尔。”

汤姆笑了起来，他实在是忍不住。难怪能养出个卡尔这样的好儿子，原来是道尔顿的同事。

“他们都来了，所以我想，我也应该顺道来看看你。刚听说你在这儿时我都惊呆了，真没想到你还能有这成绩。”

“我知道这是怎么一回事了，你想在我面前扮好人，顺便好好看看尖塔。想拿我当进来的门票就免了。”汤姆转身准备离开。

“啊——”一只手抓住了他的肩膀，汤姆一把甩开他的手转过身。“干什么？”

道尔顿用非常低的声音说：“听着，小子。我觉得你不明白这里的政策。你以为什么样的人才能达到那个地步，加入卡美洛级？”

汤姆仔细打量着他，也许道尔顿有什么内幕消息？

“你需要赞助商，需要有公司资助你晋级。”

“这我知道。”

“那么，你以为是谁在挑选卡美洛级战斗员时把那个叫尼格尔·哈里森的小子钉死在棺材里的？是我，代表道明·阿格拉。”

“是你拒绝了尼格尔？”

不过这说得通，肯定是道尔顿。学员的身份都是保密的，晋级的流程也是保密的。尼格尔被提名为战斗员，然后又在几天后发现自己不可能得到联盟任何一家公司的资助，这种事道尔顿不可能通过其他渠道知道。有传言说，多家公司的代表写信给国防委员会，说尼格尔“刻板、毫无魅力、缺乏鼓动力”。没有一家公司愿意赞助他。

道尔顿挺了挺胸，掸了掸精致的西服上那并不存在的灰尘。“当然是我了。我是道明·阿格拉的人，道明公司可是这场战争的发起人之一。我们谈过的战斗员我随手就能指出十几个。我们还赞助了卡尔，给他提供战斗设备，让他成为我们处理某些冲突的专属战斗员。赞助关系就是这样，不仅仅是给某个战斗员在广播网买到更多时间，而是代表那个战斗员资助军队——这样你在这里才会有影响力。”

这一次，道尔顿靠近的时候，汤姆没有再退开。

“不过我们还需要更多，汤姆。需要更多的战斗员来代表道明。要合适的人。以前的你对我毫无用处，但在这里就不同了。我们可以互相帮助，放长线，你和我。要是道明愿意资助你，你就搭上了通往战斗级的直通车。”

“对你有什么好处？”

“短期内？从现在起两年内，你将成为战斗员，道明公司将再获得一个有称号的战斗员。长期呢？你们这帮孩子似乎还没有意识到，埃利奥特·拉米雷斯可不是你们当中唯一的名人。公众想要了解所有战斗员，谜、角斗士、烈焰、蜂刺——他们都有粉丝团，有博客群。神秘感就是市场。总有一天，如果我们能如愿的话，战斗员的身份都会公开，你们都将会和拉米雷斯一样有价值。相关的赞助商呢？他们也将因此而获利。总有一天你会成为道明的代言人，汤姆。把我们的形象和漂亮健康的孩子联系在一起总是不错的。”

“健康？”汤姆重复道。

“你现在个头也高了，而且看起来他们也弄掉了你脸上的那些玩意儿，你看起来也不算是个丑孩子，完全不像那个有点碍眼的大嘴尼格尔小怪物。”

想到尼格尔，还有他那抽筋的脸，汤姆的嘴里就感觉酸酸的。只要帮上道尔顿·普雷斯特维克，哪怕只是一点点，他就背叛了父亲，也背叛了自己。真希望自己能大声嘲笑道尔顿，看他脸上那得意扬扬的神色消失殆尽。但汤姆不能这么随意地对付道尔顿，因为他还想待在这儿。

他还想在将来的某一天进入卡美洛级。

“那——哦。就算要进入战斗级，那也还有很长的路呢。”汤姆说，“我没想过那么远的事。”

“那现在就开始想吧。”道尔顿指了指自己的太阳穴，“向全世界证明你比你家老头聪明。”

汤姆把紧握的双拳放在了口袋里，不然他很可能会一拳打在道尔顿的脸上。

不远处的人群中，汤姆看到文格洛夫正和尤里朝这边走来。经过道尔顿身边时，文格洛夫打了个响指，道尔顿赶忙站起身整了整领带。“我得走了，汤姆，不过你得好好想想。过不了多久我还会来的。”

汤姆就站在那儿，听着道尔顿在大理石地板上远去的脚步声，他深吸了几口气，握在口袋里的双拳都已经麻木了。

直到确定道尔顿真的走了他才放松下来。那家伙要是再多说一句有关父亲的话，只要一句……

不过，要是揍了道明·阿格拉公司的行政人员一拳，汤姆就再也没有可能进入战斗级了。

第十一章

周五的虚拟实境应用课上，埃利奥特让他们进行了一次冥想练习，他让他们想象出一道白光，与他们所谓的查克拉[①]互动，然后又让他们围坐成一圈。

“嗯，我们过去的虚拟实境都关注进攻——恶狼袭击麋鹿，希腊诸神进攻北欧诸神，终结者大战铁血战士。不过今天，我们打算换个角度。太空战最难打的时候并不是进攻的时候。我们首先要着眼于守住我们在太阳系中已有的部分。钻井平台、卫星中继站、造船厂，所有的一切都需要我们保护、守卫……今天我们要练习团队防守。所以我希望大家能做好被攻击、成为靶子的准备。”

虚拟实境在他们周围浮现，汤姆发现自己手握盾牌和利剑，正在守卫一座城墙环绕的大城市。神经处理器给他简要介绍了这个场景：这座古城名叫特洛伊；他们正在特洛伊战争当中，抵御希腊军队的进攻——城墙外的沙地上到处都是希腊兵，一眼望不到边，从远处看就像沙滩上的蚂蚁。

汤姆的第一反应就是从城墙上爬下去加入战斗，但埃利奥特预见到

① 天竺瑜伽观念中分布于人体各部位的能量中枢，也译为脉轮或气卦。

了这一点——他已经很了解汤姆了。“汤姆，防守，还记得吗？”

汤姆看了看沙滩上那片由闪亮的头盔、利剑和叮当作响的盔甲所组成的海洋，敌军小心翼翼地部署在安全距离之外。“可他们都没有进攻。没人进攻怎么防守啊？”

“这场战争持续了九年。”埃利奥特说，“特洛伊人和希腊人也不是每天都打。”

“那么我们就这么站三小时？”

“就当锻炼耐心吧。”埃利奥特扮演的是赫克托，希腊最伟大的战士，可以在城中自由行走的王子。他让汤姆当哨兵，这样汤姆就只能待在城墙上了。比默也是哨兵。

他这是在报复，汤姆想，因为周三虚拟实境课上的事。他们扮演一群食人鱼。比默决定去袭击旁边的鳄鱼，他扇动着尾巴想让鳄鱼把他自己给吃掉。（“还没死在鳄鱼手里过呢。”事后他这么告诉汤姆。）汤姆看到比默被吃掉了，就决定在鳄鱼那脆弱的眼珠子上来一口，在这个过程中，鳄鱼被引到了埃利奥特跟前，害得埃利奥特也被一口吃了下去。

好的方面是，汤姆成功地咬下了鳄鱼的一颗眼珠，并在鳄鱼吞下他之前先把眼珠吞了下去。

比默挪到了汤姆跟前，他的角色满身是汗。“上帝啊，无聊死了。”他咣当一声把沉重的青铜盾牌扔在了地上。“和我一起自杀吧怎么样？我们可以数到三拿刀子互捅。”

“不要，协助对方自杀有点太‘罗密欧与朱丽叶’了。我打算等到埃利奥特不注意的时候溜下去和希腊人打一仗。”汤姆看了看身后，埃利奥特——现在是赫克托，正像老鹰一样坐在树下的椅子上看着他们俩。

下面的希腊军队正在变队形。汤姆好奇地探出身子，看到一小队人马从大队中分离了出来。他们躲过飞来的长矛和飞箭，迅速绕到城墙边，然后将麻袋堆放在城墙角。汤姆用胳膊肘捅了捅比默。“看，他们正在下面干什么呢。我觉得他们就要进攻了。”

比默不感兴趣地看了一眼，拔出了剑。“唔，看起来他们好像是要在阴凉处野餐嘛。先走一步了。”

“别。别。生活多么美好啊。”汤姆煽情地叫道。

“只能这样了！告诉我女朋友……我爱她！”比默边叫边演。他举起剑，剑刃在阳光下闪闪发亮。

“回见，哥们儿。”

比默一剑刺入自己的肚子，他的脸色变得灰白，感觉眼珠子都快掉出来了，接着发出一声凄厉的惨叫。

汤姆傻笑着看着他的表演。虚拟实境不像体育课——在虚拟实境中死亡会感觉到痛，但只是一点点，就跟一般的头疼差不多，好阻止他们轻易就去寻死。但这阻止不了一有机会就去死的比默。所以肯定不会有那么疼。

“啊！啊！天哪！”比默大叫着在地上打着滚儿，“天哪！疼死了！”

“是。”汤姆懒懒地说，“我可不会上当的，比默。”

“哦！天哪！哦！啊！疼啊！疼死啦！汤姆！”

“演过了吧，兄弟？”

比默在地上抽搐着，鲜血从刺破处流了出来。“汤姆，汤姆，救救我！”他呻吟着，“救救我，快停下！疼死了！”

比默号哭着，汤姆脸上的笑容也消失了。他感到脊柱有些发凉，比默好像不是装的。在虚拟中，受到致命伤的人会被自动踢出，并且立即生效。他不应该挣扎这么久，而是应该一下子痊愈，或者马上消失。

“比默，嘿，你没事吧？”

这个问题很蠢，他知道，但汤姆不是很确定该说什么。他蹲在比默身旁，滑腻的鲜血散开在他脚边的石头地板上。比默看着他，神色疯狂，想要说什么，似乎是类似“救命”的话，但只是剧烈地咳嗽了几声，鲜血从他的口中喷了出来。

汤姆就那么蹲着，整个人完全呆住了，耳中只剩下自己的心跳。他根本动不了，就好像被一只冰冷的手牢牢攥住了一样。脚步声离他越来越近，一双深色的大手坚定而有力地抓住了比默抽搐的身体。

“出什么事了？”埃利奥特问，管事的还是他。

“我——我们不清楚。”汤姆结结巴巴地说。

“比默？”埃利奥特摇了摇比默的肩膀，“比默？斯蒂芬？”

汤姆感觉到比默的鲜血正在自己的手上变干。埃利奥特问比默出了什么事，就好像这一切还不够明显一样。比默咯咯地呻吟着，抽动着身子，想要摆脱疼痛，摆脱抓着他的那双手。

埃利奥特举起穿着盔甲的手，在空中挥舞了一段序列，上下上下，左右上下。这段序列的肌肉冲动信号会命令神经处理器终结现存的虚拟实境。埃利奥特皱了皱眉，然后又用另一只手试了一遍。他放下双手，百思不得其解。“这个虚拟实境关不掉。”

比默一直在叫唤，汤姆看看埃利奥特，又看看比默。埃利奥特正在同时挥舞着双手，就像个梦幻舞者一样。比默还在呻吟，而虚拟实境也还在继续。

“我知道了！”汤姆一下子想明白了。一定是这样！这样肯定能把比默踢出虚拟实境。他抽出长剑，一剑劈下了比默的脑袋。

埃利奥特“啊”的一声后退了一步，暗红色的鲜血染红了周围的石头。

“看。”汤姆很高兴自己脑子转得这么快。

埃利奥特看着他，张了张嘴。

他脸上的表情和周围那不确定的气氛让汤姆一下子恐慌了起来。忽然间他想起了之前看过的一部电影，那些在电子游戏中死去的人最后在现实中也真的死了……就像这样。他刚刚在失控的虚拟实境中杀死了比默，要是这失控很严重，训练室里的比默真的也死了那该怎么办?

“哦，天哪。他真的很疼。”汤姆叫道，犯了巨大错误的感觉压垮了他。“你觉得他不会真的死了吧？”

“不会。”埃利奥特立刻回答。

“我杀了他。我把比默给杀了！”

“汤姆，这套程序每隔几个月就会出一次错。我都见过十几次了，还从来没有人死在虚拟实境里。”

汤姆站在特洛伊炙热的阳光下，上气不接下气。他看着好友躺在地上的无头尸，脑子里想的还是那部电影。电影的名字他想不起来了。真不知道这为什么那么重要，但他就是忍不住一个劲儿地想那部电影的名字。他的全身都止不住地颤抖着。

埃利奥特抓住他的肩膀。“没事的。比默已经退出虚拟实境了，他不会有事的。你做得对。你没有杀死他。我会终止虚拟实境，到时候你就会看到了。”埃利奥特眉头紧锁，他举起手又试了一遍，想要终止虚拟实境。

“你真的确定他没有死在这儿？”汤姆又问。

“汤姆，我很确定。”埃利奥特笑了一声，“他不会有事的。”

汤姆抬头看着蓝天，风吹过他的头发。他发觉自己也在笑。“哇哦。你瞧，我刚才真快吓死了。”不过埃利奥特现在似乎更关心为什么这个虚拟实境不按照他的命令关闭。“我真以为是那样，真以为我把比默给……”

整个世界一下子在他们周围炸开了。

汤姆感觉自己被抛到了空中，完全失去了重量。耳中巨大的响声甚至盖过了他自己的尖叫声。石头刮着他的手，汤姆挥舞着双手想要抓住点什么好停下来，石头蹭破了他的手指。黑色的烟尘遮蔽了天空，刺痛着他的肺。烟尘逐渐变薄，汤姆看到了残缺的城墙，还有上方城墙上不断咳嗽的埃利奥特。

汤姆还在向下滑，他感觉胳膊很疼，下方的地面离他越来越近。一只大手抓住了他的胳膊，他知道肯定是埃利奥特。“加油！”

汤姆抓住埃利奥特的胳膊，使劲爬上了残存的城墙。到处都是叫喊声。希腊军队正沿着炸开的大洞冲进特洛伊城。

埃利奥特看着下方的景象，一脸难以置信的表情。“不该是这样的。应该是特洛伊木马，不是爆炸。”

这时，两个人的脑中同时闪过了一条推送消息：程序完整性从外部被破坏。

埃利奥特恍然大悟。“是入侵。”

入侵！

这样一下子就都说得通了。

汤姆也忽然觉得不那么害怕了。他看了看下面飞扬的尘土，使劲眨了眨眼，烟尘刺得他眼睛生疼。他的大脑一下子兴奋了起来。入侵！

他听说过入侵尖塔的事。三年前这种事发生的频率还高一些，那时候第一批学员刚刚加入太阳系部队。大陆同盟的黑客无法渗透到尖塔系统的深处，但他们能够进入浅表层安全性较差的区域——例如虚拟实境应用程序。他们的战斗员有时候会黑进合众国的虚拟实境应用频道，自己扮演敌方戏弄海洋同盟的人，甚至打开对方的痛觉传感器，因为他们所能造成的损害也仅限于此。

培训计划开始实施的第一年，这种事每个月都会发生几次。没有一个海洋同盟的学员懂如何入侵，因此也就没有报复行动。而且黑曜石集团的软件顾问也不能给他们写代码应战，因为他们和大陆同盟的神经处理器制造商LM莱默舰队公司间有协议。情况一直等到布莱克伯恩来了之后才发生了改变。第一次有入侵发生在他眼皮底下时，他给大陆同盟的人回了点儿礼——没人知道回的是什么。他还升级了防火墙，然后入侵就停止了……直到现在。也许是海王星附近的胜利使他们受到了鼓舞，决定再试一次。

“肯定有办法能终止程序。”埃利奥特还在坚持不懈地挥舞着手臂。

但汤姆可不想这么快结束。他看着下方的战场，知道他们的对手不是虚拟程序那么简单。他们是真正的敌人，修改了程序，好让一切尽可能真实——痛觉传感器全开，关闭了退路。

如果大陆同盟的战斗员在……

那美杜莎可能也在。

世界上最伟大的战士可能正和汤姆处在同一个实境中，触手可及，而他只能站在这儿，当个毫无用处的哨兵，不能参战。

“好！我找到退出的方法了！”埃利奥特笑着长出了一口气。他转向汤姆。“不知道退出程序是不是对你有效，或者我一退出去就马上拔掉你的电源？”

“等一下。”汤姆叫道，他下定了决心。“先别走。我们和他们打。来吧，你和我，赫克托和……随便什么哨兵之类的。我们去对付那些希腊人，搞定那些大陆同盟的人！”

“你想留下？”埃利奥特看着他。很显然他根本没有考虑过这个选项。“痛觉传感器可是全开的。你也看到斯蒂芬了，被捅了一刀感觉就和真被捅了一刀一样。”

“我愿意冒这个险！埃利奥特，来吧！机会难得！让他们看看合众国人也不是吃素的！”

下方的城市里，被入侵者砍杀的人们正发出阵阵惨叫。

“求你了，埃利奥特。”汤姆说，“这是我唯一的机会了。你经常和这些人对战。我还不是战斗级的，也许这辈子都没有机会真正和他们打一仗。”

“这对你真的那么重要吗？”

“嗯，就容许我这一次吧。我愿意做任何事来换。我会……嘿，我会效忠的，你想要效忠，是不是？让我怎么效忠都行，只要别拔我的线！”

埃利奥特恼火地摇了摇头，不过汤姆发觉，他的心情其实很好。“你真是生错时代了，汤姆。你适合当个狂战士。好，我不拔你的线，不过要留在这儿还是当个战斗角色吧。”他挥了挥手，汤姆的身体开始变化。

埃利奥特又把汤姆变成了女人，这真让他非常想要杀人。不过他随即意识到这个女人是实境中还未被认领的角色中最棒的一个战士：彭特西勒亚[①]，亚马孙人的女王。

埃利奥特向他敬了个礼。“别让你的祖国蒙羞，下级生。”

“是，长官！”

“我之前费了多大劲儿才让你叫我长官啊？好吧，效忠就好。”埃利奥特咧嘴一笑，消失在了实境中。

只剩下汤姆了，孤独的、真正的特洛伊保卫者，面对整个希腊军队。他环顾四周，庄严的使命感让他激动不已。他不在乎被串在长矛上最后落得个比比默还惨的下场，疼痛他也不在乎。这是他的光荣时刻。

他观察着进攻的军队，等待着那个人出现，那个他一直注意着的人。

他在混乱的大军中发现了那人。周围烟气缭绕，热浪逼人，但他一眼就认了出来。

美杜莎扮演的是阿喀琉斯。当今最伟大的战士正在扮演古代最伟大的英雄。

真是太合适了，汤姆都忍不住快要欢呼起来。

但他只是环顾四周，找到了一匹没有人骑的惊慌失措的战马，战马正

---

① 希腊神话中的异族女王，为报恩加入了特洛伊的军队。作为战神的女儿，作战十分英勇，但最终被希腊最伟大的英雄阿喀琉斯所杀。

在下方尘土飞扬的地面上疾驰。汤姆一个飞身想要跳上马背，这用彭特西勒亚那在战争中练就的肌体很容易做到。强健有力的双腿一蹬，汤姆就跃上了马背，策马飞驰朝战场奔去。他踢了踢马腹，冲向战团。

汤姆无视围在四周的武士，他们只不过是挡在他和美杜莎间的障碍物而已。他需要吸引美杜莎的注意力，因此他决定先找出虚拟战士中其他的大陆同盟战斗员。

他认出了水仙女，真名斯凡特拉娜·莫利亚科娃，敌营的“埃利奥特·拉米雷斯”，大陆同盟唯一公开身份的战斗员。她扮演的是阿伽门农[①]，闪在一边以确保其他人能充分战斗的行为出卖了她。汤姆看过的战斗视频足以使他一眼认出这种战术。汤姆举起弓箭，看到对方注意到了自己，他眨眼一笑。惊讶的神色还未从水仙女的脸上褪去，汤姆就一箭射穿了她的喉咙。

他又认出了红魔，那家伙扮演的是奥德修斯[②]，他专拣掉队的、弱小的对手下刀，这一行为也出卖了他的身份。空战时的红魔就是如此——总是先从软柿子捏。汤姆左手拿弓，右手提剑，在与红魔擦身而过时一剑劈下了红魔的脑袋。

接着他又盯上了卡拉什尼科夫[③]扮演的帕特罗克洛斯[④]，这家伙被认出来是因为他用诡计干掉了汤姆的坐骑。汤姆从惊叫挣扎着的马上跳下，一剑刺入了卡拉什尼科夫的眼睛。

就在这时候，美杜莎注意到了他。

---

① 希腊迈锡尼国王，弟弟墨涅拉俄斯的妻子海伦被特洛伊王子帕里斯拐走，成为特洛伊战争的导火线。在战争中，他也成为希腊联合远征军统帅。

② 传说中的希腊西部伊塔卡岛之王，在特洛伊战争中献木马计里应外合攻破特洛伊。

③ 这个称号应该是来自米哈伊尔·季莫费耶维奇·卡拉什尼科夫，苏俄著名枪械设计师，AK-47 突击步枪等枪械的设计人。

④ 阿喀琉斯最好的朋友。当阿喀琉斯因为和阿伽门农不合而拒绝作战时，帕特洛克罗斯披上阿喀琉斯的铠甲，代他领军出征，砍杀众多特洛伊人及其同盟军，最后被太阳神阿波罗帮助的赫克托等人所杀。

美杜莎驾战车穿过人群，猛地一拉缰绳，停在了离汤姆几米开外的地方，扬起的沙尘顿时将他那闪亮的盔甲笼罩了起来。

汤姆站在那儿，手握长剑，咧嘴大笑。他盯着美杜莎，美杜莎也盯着他。这一刻，他的梦想终于成真，汤姆想了半天才说出了一句话。

“怎么样？”

话刚一出口他就后悔了，这句话听起来好蠢。

美杜莎上下打量着他。“你没和其他人一起跑。”

“我决不会从你这里逃跑。”

“非常英勇，”美杜莎说，“不过也可以说是愚蠢。”

汤姆笑了笑，他感觉有些头晕，因为这一切真的发生了。“让我猜一猜……美杜莎。”

美杜莎全身一僵。“你认识我。”

“你在哪儿我都能认出来。”汤姆承认道，“我无时无刻不在想你。”他知道这话听起来很诡异，有点儿像是在表白，但他不在乎。

“你好像不太正常。”美杜莎评论道。

汤姆耸了耸肩。“这么想可以理解。”

美杜莎冲了过来。

汤姆知道硬碰硬自己完全没有机会，于是便冲进人群中好争取更多的时间。他环顾四周，想要找些可以利用的东西，地上一个阵亡希腊兵的凹面盾吸引了他的注意力。美杜莎正杀进特洛伊军队，如无情的死神般直奔他而来。车轮声越来越响，战车的影子遮住了周围的阳光。汤姆转过身，调整盾牌的角度，把剑放在盾牌上，反射的阳光射入了美杜莎的眼睛。

就在美杜莎扔出投枪的一刹那，他的眼睛被晃得看不清东西了。投枪嗖的一声从汤姆耳边飞过。

汤姆把盾牌抛向美杜莎，打乱他的平衡。然后快步向前，提剑刺向拉车的其中一匹战马的脖子。会使诡计的可不只红魔一个。

伴随着一声嘶鸣，战马一个趔趄倒在了地上，第二匹马也被绊住了，战车翻倒在一边。 汤姆从战车旁闪开，看到美杜莎也在做同样的事——远离尘土飞扬的废墟。汤姆发出一声胜利的欢呼，冲向正在挣扎的武士，准备在他摸到剑前一剑先结果了他。

美杜莎只得使用手头唯一的武器：他抓起一把沙子扔向汤姆的眼睛，在这关键的时刻模糊了汤姆的视线。汤姆一剑扫偏戳在了地上，然后又被一脚踢在肚子上。他摔倒在地，完全喘不上气。

美杜莎爬了起来，一剑劈向汤姆的脑袋。汤姆滚到一边，多亏彭特西勒亚身手敏捷。他飞身而起一剑挡住了美杜莎的第二击，然后是第三击。但美杜莎所扮演的角色阿喀琉斯的力量非常大，压过了彭特西勒亚。随着一声巨响，汤姆胳膊一软败下阵来，他赶紧转身闪过来袭的剑刃。美杜莎又开始了下一轮进攻，汤姆闪过攻击，同时伸展双臂利用身体的旋转在美杜莎背上划出了一道血淋淋的口子，并在美杜莎挥剑刺向他前闪到了一边。

两人直面对方，全力奋战。美杜莎忽然闪到一边，就在汤姆追上来的时候，他转身扔出了一样东西。汤姆感觉双腿发痒，他低头一看，战车的缰绳已经缠在了他的腿上。

他挥剑下劈，想要砍断这套索，但已经太迟了——美杜莎猛地收紧缰绳，拽得汤姆滚到地上。美杜莎跳上幸存的那匹马的马背，策马疾驰，汤姆就被拖在马后，沙砾擦伤了他的身体。最后他终于用剑切断了绳子，倒在地上，气喘吁吁。

美杜莎在不远处勒住马，然后又策马转身——阳光照得他的钢盔铁甲闪闪发亮。

汤姆站了起来，用发抖的双腿踢开缠绕的缰绳，举起剑，等着美杜莎过来。等待。汤姆就要筋疲力尽了，他气喘吁吁，身上被地面擦破的地方火辣辣地疼。这样坚持不了多久。

美杜莎又冲了过来。马跑得越来越快，汤姆做好了最后一战的准备。马蹄声充斥着他的双耳，灰尘遮住了他的视线。最后的时刻终于要到了，美杜莎跳下马，让马一头撞在汤姆身上。汤姆的肋骨和躯干受到重击，剧烈的灼烧感穿过了他的身体，有什么东西断了。

汤姆踉跄着闪到一边。他感觉身体火辣辣地疼，每吸一口气都好像是被捅了一刀似的，他一侧的肺被刺穿了。汤姆剧烈地喘息着，阿喀琉斯的剪影在飞扬的尘土中离他越来越近，长剑举起，然后刺入了他的身体。

一开始并不疼，只是一开始。美杜莎一把拔出剑，将汤姆踢翻在地。他那巨大的身影笼罩在汤姆的上方，周围散射着太阳的光芒。汤姆的身体崩溃了，他大声咳呕着，痛苦吞噬了他的身体，辐射着他的四肢，撕扯着每一根神经，他喘不上气了……

美杜莎蹲在他的身旁，“你现在应该希望自己当初和他们一起跑了吧？”

汤姆的视线从边缘处渐渐暗淡了下来，他的身体因为缺氧的痛苦而蜷缩在了一起。美杜莎头盔上的羽毛越来越暗，越来越大，他又俯身靠近了一些，近距离地观察着汤姆的死亡。汤姆意识到美杜莎把他的头抬了起来，取下了他的头盔，让他沾满鲜血的头发飘洒开来——阿喀琉斯正凝视着垂死的彭特西勒亚。汤姆的意识越来越模糊，他似乎看到美杜莎嘴唇一弯，缓缓露出了微笑——尽管全身疼痛难忍，汤姆却嘴角上提，在血淋淋的脸上摆出了一个笑容。

你和我想象的一模一样。

他最后感觉到的，就是美杜莎将他的头抱在了怀中，直到他陷入了完全的黑暗。

汤姆在训练室睁开了眼睛。

埃利奥特正坐在汤姆的床角，抱着胳膊。小组里的其他人都聚集在埃利奥特的身后，看着汤姆，就好像他是某个古怪科研项目的研究成果一样。汤姆想要坐起来，一群人都伸手帮忙。

他揉了揉疼痛难忍的脑袋。埃利奥特下床走到跟前，抬了抬深色的眉毛。“快结束时你的心跳快得有点吓人，我们都很担心。情况怎么样？”

“干掉了卡拉什尼科夫、红魔和水仙女。”

埃利奥特笑了起来。“水仙女被一个下级生给干掉了。下次在公关活动上见到斯凡特拉娜的时候我可得当面戏弄戏弄她。”

“然后美杜莎就把我给干掉了。”

埃利奥特拍了拍他的肩膀。“干得不错，汤姆。”这让他吓了一跳。

汤姆不由得也笑了起来。埃利奥特让他留了下来，给了他和美杜莎面对面的机会，真惊人。不知怎么的，以前他对埃利奥特的那种刻板印象一扫而空。

聚集在周围的人散开了，他们各自回到了自己的铺位收拾神经导线。汤姆没有马上行动，刚刚发生的事情还让他兴奋不已。最后，他还是下了床，不过是朝比默的床走了过去。比默正抱着膝盖坐在床上。他的脸色比虚拟实境里的角色还要苍白，脸上的雀斑在惨白肤色的映衬下变得更加显眼了。

汤姆在比默的眼前挥了挥手。比默畏缩在床角。“走开！”

“汤姆，让他一个人待一会儿。”埃利奥特在汤姆身后轻声说。

“我们是朋友。”

埃利奥特抓着他的肩膀后退了几步。“换位思考一下：你刚刚杀了他。”

“得了吧，”汤姆一脸难以置信的表情，“我并没有真的杀了你。而且你瞧，我也死了呀。被一剑刺穿。”汤姆捂着肚子，模拟着几分钟前发生的事，非常戏剧化地倒在了地上。不过等他爬起来之后才发现，比默压根儿没有看他。

汤姆有些恼火。比默每次都死，只不过这次死得不尽如人意——就算那样他现在也没事了。汤姆这次也死了，但这次经历让他感觉到了前所未有的新鲜活力。

“得了吧，比默！我砍下你的头是为了你好。”

比默眼神迷离地看了看他，又好像没有在看。埃利奥特走到了两人之间，将比默的视线引到了自己身上。“斯蒂芬，需要我去为你叫社工吗？”

“对，那会让他感觉好些。”汤姆说，“给那家伙找个软蛋。”

比默的视线越过了埃利奥特的肩膀，他盯着汤姆看了好一会儿，然后飞快地离开了教室。

埃利奥特叹了口气，对汤姆说：“我觉得，我们需要找时间谈谈如何理解他人的情绪。”

汤姆回到了自己的床边，整个事件让他感觉很困惑。他把神经导线收到卡槽里，然后又站直了身子，华耶正站在他的床边，等着他。

“我认为你很善解人意，汤姆。”

汤姆注意到了她那恳切的目光。“谢谢，华耶。”

华耶使劲点了点头，很满意自己完成了任务，然后就离开了。

汤姆疑惑地看着她离开的背影。能听她这么说固然很好，不过，她也不是情绪问题方面的专家呀。

第十二章

汤姆觉得，这次入侵的主要后果，就是尖塔官方的过度反应。埃利奥特小组的每位成员都被护送到地下的安全密室接受调查，这间密室的旁边就是例常存放着普查器的普查室。布莱克伯恩给他们依次接上普查器，提取每个人关于这次事件的记忆，然后放到屏幕上由马什、克伦威尔和布莱克伯恩三个人一起查看。

由于一直在虚拟实境中留到了最后，汤姆的记忆提取也被安排在了最后。他坐在普查器下，光线照在他的太阳穴，有关的记忆被投射在了上方的屏幕上。

“留下来真是个英明的决定，雷恩斯。”布莱克伯恩评论道，“你真以为自己能独自笑到最后吗？”

“我觉得总得试试。”汤姆反驳道。

“我们有关于遇敌的规定，雷恩斯先生。”马什将军说，“神经处理器里都有。你应该知道，正确的做法是立即退出虚拟实境。”

尽管这么说，汤姆还是从马什将军的语气中听出了一丝赞同。

克伦威尔少校也是。她上下打量了一下汤姆。“我们将你所怀疑的大陆同盟战斗员的IP与连接到我们服务器上的IP进行了对比。你准确地从虚拟角色中识别出了真实的战斗员。”

“只要观察一下就能认出来。”

“你是不是也识别出他们的称号了？”克伦威尔指了指屏幕，“有没有什么想法？”

“现在还不是时候……”布莱克伯恩说。

“试试吧，雷恩斯。”克伦威尔用完全的无视让布莱克伯恩闭上了嘴。她翻出了汤姆对战那些战斗员时的画面。

“水仙女、红魔、卡拉什尼科夫……”

克伦威尔咧嘴一笑，汤姆知道她的想法与自己一样。“还有美杜莎。”她替汤姆说出了最后一个名字，画面正停在阿喀琉斯的身上。

还有美杜莎。最棒的就是这个。

克伦威尔走后，汤姆又被问了几个问题。接着马什和布莱克伯恩就讨论起了安全问题，而汤姆则在头脑中重放着战斗的画面，完全沉浸在了对战斗的回忆中。

“……完全忘了上一次。我得再给他们准备点儿回礼……”

“不行。”马什严肃地说，“当务之急是你的防火墙，中尉，而不是报仇。黑曜石集团已经在国防委员会游说了几个月，说什么将整个机构的安全交给一个人不合适，而且经过这次之后……”

“这时候提起黑曜石集团可真有意思。我刚才还想到他们了呢，他们的顾问最近有在尖塔出现过吗，长官？”马什将军的脸色肯定已经说明了答案。布莱克伯恩尖利地笑了笑。“他们来过，是吧？”

“比克斯比参议员之前曾要求带几个公司的客人过来参观。我很难拒绝……”

“那么请恕我直言，将军，我只能说，过了这么久才出事，着实让人吃惊。他们只需要从护从身边溜开十几二十秒而已，就足够往系统里上传些小东西了。”

“这是项很严重的指控，中尉。”马什警告道，“我建议你不要随便到处宣扬，这么向国防委员会解释也不行。他们肯定会向我施压，让我给你弄个后援队……”

“这种游戏我们和他们玩过，将军，你也知道每次都是我们输。他们肯定会仔仔细细地查看一遍我的软件，然后约瑟夫·文格洛夫就会把他们都给聘走了。”

“那就用学员。你说过那个叫哈里森的小子可以……”

“但他不值得信任。我需要……有个……”布莱克伯恩止住了话头。他一扭头，看到汤姆还坐在那儿。“你还在等什么，雷恩斯？出去。”

“解散。”马什将军看了一眼布莱克伯恩，纠正了他的命令。

汤姆很高兴能离开。他跳下椅子大步朝外走去，脑子里想的还是自己死前所见的美杜莎脸上的微笑。他还记得那双手，抱着他的头，这让他不由得又胡思乱想了起来，不知道美杜莎是不是个女孩儿。很难想象一个男生会这么做，尽管他当时用的是女性的形象。下次和美杜莎见面时他一定得搞清楚。等到下次，自己一定会赢。其实这次也很接近了，就因为那匹马。不过下次……下次……

不会再有下次了。

18时整，所有学员都被叫到拉法叶厅讨论这次的入侵事件，而汤姆还在思考着这个问题。绝大多数学员都和自己虚拟实境应用课上的组员们坐在一起，所以汤姆也坐到了华耶的旁边。

距离马什上台还有几分钟的时间，汤姆抓住机会，用胳膊肘轻轻捅了捅华耶。“有没有办法用自己的电脑和其他人的电脑联系？”

“有啊，有种东西叫电子邮件。”华耶回答。

“不是，我的意思是，如果你只知道一个人的IP地址。”汤姆说，他想起克伦威尔说尖塔里有大陆同盟战斗员的IP。“那样的话，能不能不需要他们事先同意就在他们的电脑上留下信息？”

“是尖塔里的人吗？如果是，你可以用网信。”华耶停了一会儿，在键盘上敲了几下。然后：

看到了吗？

汤姆吓了一跳。那几个字就在他的眼前。

他花了好几分钟才搞明白华耶用的方法，中间华耶还纠正了好几次他的错误。他在自己的键盘上敲出了几个字。就这样？然后发了出去。

就这样。你还不算笨！

汤姆笑了笑。谢谢夸奖。他又在键盘上敲了几个字发了过去。那其他人为什么不用这个？

因为其他人懒。他们才不愿意花时间倒腾这些呢……比如研究神经处理器的功能之类的。发出这句话后，华耶微微点了下头，似乎是对自己的结论非常有信心。

汤姆耸了耸肩。他觉得作为一个懒人，自己应该觉得这句话有些冒犯才对，不过事实上他并没有这种感觉。这种方法安全吗？他问。

华耶回信：我给会话加密了。编码可以教你，如果你觉得自己能学会的话。

我偶尔也是能学会点儿东西的。我还有个不太相关的小问题：要是我想把消息发给尖塔外的电脑IP该怎么做？

华耶看了看他。他其实只是想联系上美杜莎，看看那小子——或者姑娘——愿不愿意偶尔和他玩玩网上对战。不过不了解情况的人可能会觉得他是在干什么坏事。毕竟，美杜莎可是敌方的人。

“我这么问是因为比默也许能用得上。”汤姆说，“看，他今天都没来。”

华耶看了看周围。“他应该是在宿舍。”

“嗯。”汤姆摆弄着前排座椅靠背上的一个毛刺，“他看上去颓废极了。要是能让他和女朋友联系上的话，也许能让他开心一些……你也知道，要是不用在半夜溜出去的话。”

“他那么做很冒险。”

汤姆的手还放在前排的椅背上。“你知道他溜去哪儿了？”

11楼。华耶回复道，他溜进了军官休息室，甚至可能是布莱克伯恩的办公室。

“当真？”汤姆只说出了这两个字，比默的大胆让他印象深刻。

太鲁莽了。我都不知道他怎么能这么久还没被抓住。他让我帮他隐藏GPS定位信号。我建了个路由——他的GPS信号会先发送到路由，然后再由路由转送到内部跟踪系统，这样系统记录的位置实际上就是路由的位置。看起来就好像他在厕所坐了三个小时。

汤姆大笑了起来。“不知道冈萨雷斯医生会怎么想？”

“你们俩说什么呢？”维克从前面几排的椅背上探过身子问。

我讨厌维克。华耶发送道。

“华耶讨厌你。”汤姆对维克说。

维克大笑道。“爱恨只在一线间哦，恩斯洛。”他把手指紧靠在一起好说明自己的观点。“很细很细很细的一线哦。”

华耶一脸愤恨地看着大笑的维克，等维克转过身后，华耶又瞪着汤姆。“刚才那是私下里说的。”

“可所有人都知道你讨厌维克。”

“关键不是那个。”

“说到比默，”汤姆转换了话题，“他能通过网信把消息发到女朋友电脑的IP地址吗？”

“这得看情况。外面的电脑很可能几千台共享一个IP地址，你得知道更多信息才行，还需要网络地址。除非她事先知道有人正试图联系她，否则就只能看她的服务器防火墙有多强了。”

“也就是说比默得黑过她的防火墙。”

“基本上是这样。”

“很好。”汤姆靠在椅背上，蔫了下去。尖塔里有美杜莎的IP，不过连接那个IP的服务器安置在东亚联合体的太庙，那里的防火墙可是太阳系内最强的，汤姆根本不可能黑进去。

马什走上了拉法叶厅前端的讲台。所有人都安静了下来。将军在台上庄严地审视着台下的观众。“你们可能已经听说了，今天发生了一起严重的安全事件。一群大陆同盟的战斗员成功突破了我们的防火墙，侵入了一个虚拟实境。虽然他们只是破坏了一群下级生的虚拟实境课，但这却暴露了我们内部存在的严重安全漏洞。重点不在他们突破了我们的防火墙，也不在有个下级生没按规定脱离实境……”

所有人都看着汤姆所在的方向，汤姆缩在了椅子里。得了吧。他觉得自己并没有错，只要不是个懦夫都应该这么做。

“……而你们当中的许多人都没有掌握应对电子攻击所必需的攻防编程技巧。看来我们得强制大家在编程上做出更多的努力，堵上缺口。明天的订阅源里将包括最新的遇敌规则和违规处罚措施；另外，我还打算同意布莱克伯恩中尉提出的强化培训措施。”

汤姆注意到布莱克伯恩一脸兴奋的表情——这可不是个好兆头。

马什在讲桌上向前探身。“学员们，战斗员们，是时候玩点战争游戏了。”

第二天早晨的课堂上，布莱克伯恩宣布了游戏规则：“接下来的五天里，我们将在尖塔里开展一场编程战，也就是说，除非采取适当行动，否则你们当中的大多数人都将遭受不幸。你们要编写一段病毒——可以使用佐藤Ⅱ代，搞得定的话也可以用克朗代克——并且随便感染什么人，接下来就去享受屠杀的快感吧。我肯定是会享受的。”

整间教室里的人都骚动了起来，汤姆更是坐不住了。他讨厌编程课，但全员混战的主意却让他期待不已。也许他还真愿意为此好好学几个致命的程序。

“当然，马什将军希望你们享受过程，所以我们打算以学院为单位开展对抗。攻击成功次数最多的学院将成为官方的赢家。需要强调的是，同一个病毒每个学院只能有一人使用。打算把一段代码分发给同伙好发动多次攻击而赚取积分的人，还是趁早死了这份心吧。不过要是其他学院的人发现病毒用在了你身上，把它偷过来转用在其他人身上是容许的，这很公平。”

海瑟举起了手。“赢家有什么奖品吗，长官？”

“没有。”布莱克伯恩回答。

下面的人都安静了下来，海瑟又举起了手。“既然赢家什么都得不到，那我们为什么还要互相攻击呢？这对我们有什么好处，长官？”

布莱克伯恩笑了起来。“你可真是个天生的雇佣兵，埃克隆女士。不过我是这么想的：几百名青少年整天生活在一起，怎么，你们都相处得那么好，以至于不愿意这么做吗？”他环顾四周，“就一点怨恨、争斗、仇视都没有吗？连最原始的好胜心都没有？而这，就是个机会——一个让你们付诸实践的机会。我知道你们有些人怎么想：‘只要我不惹事，就不会有人找上我。’是吗？”他把手罩在麦克风上，低声说，“世界不是这样运行的，尖塔也不是。你可以尝试置身事外，但我敢保证，其他学院的某些人肯定会觉得你是个好捏的软柿子。”

汤姆无意间对上了卡尔的目光。卡尔用手指在脖子上一划，汤姆则摆了个手枪的手势作为回礼。

好戏开场，汤姆满心欢喜地想。

“有几条规则需要注意。每次向别人释放病毒的时候，最好立刻给我发送一个副本。如果只是那种在对方的视野中播放‘你好，世界’之类的无聊玩意儿，是没有得分的。不，你们还会因为浪费我的时间而被扣分。要想得分就必须有好的程序——成吉思汗小鸡就很优秀。”

教室里发出一阵窃笑，除了卡尔和他的伙伴们，所有人都笑了起来。汤姆用网信问华耶：成为标杆感觉如何？

华耶扫了汤姆一眼，回信道：能有什么区别？我又不能上台去领奖。

坐在前排的阿列克·塔尔苏斯举起了手。“这听起来有点太随意了，长官。由您一个人来决定我们得多少分？”

“真是个好孩子，塔尔苏斯先生，你已经明白我们的操作方式了。所有一切都取决于我，我是这场战争中的神，给分扣分全凭我高兴。还有几条规则：不管是什么病毒，都必须能在一个小时内自我销毁；不能在猎物的神经处理器里留下永久性的改变；不能有持续性损伤——不论是身体上的还是软件上的；所造成的伤害不能影响生理功能，以免我们遭到造成心理创伤的起诉。用用你们的常识——希望你们还有常识。最后还要强调一点：任何会给神经处理器造成物理损害的病毒我都不想看到。那玩意儿随便拿出一个都比你们所有人加在一起值钱。”

卡尔一副泄气的样子。听到不能给别人造成永久性的伤害似乎让他很是遗憾。汤姆觉得自己应该担心，但事实上他却更等不及要开始了。

维克用胳膊肘捅了捅他。“咱们俩一组吧，汤姆。”

“咱们俩。”汤姆同意。

“就叫死亡二人组。”

汤姆在胸前挥了挥拳头。“无敌破坏团。”

“末日双博士。”

汤姆想了想。“好像已经有人叫末日博士了吧？”

“《神奇四侠》里那个坏蛋叫末日博士。我们有两个人，加个‘双’字。”

汤姆想了想，低声说：“很好，这个我同意。我们都是末日学的博士。”

“不，不。我们不是学术意义上的‘博士’，我们应该是‘医生’。你瞧，只有医生才能实践，亲手做点什么。任何其他学科的博士就意味着你得在大学里任教。医生才有实践的机会。”

“这和医生有什么关系？”

“好吧。”维克说，“你当你的末日学博士，我要当医生，反正头衔写出来都看不出什么区别①。

“末日博士！”汤姆大声叫道。

他和维克忽然一下子都跳了起来，两个人都感觉好像被电了一下一样。文本从他们的眼前闪过：*数据流收到：程序“闭嘴好让其他人听课”启动*。

华耶·恩斯洛看着他们，抬了抬手里的键盘。

维克对她做了个掐脖子的动作，汤姆则假装举枪射击。

“你知道她的能耐。”汤姆抿着嘴低声说，“咱们真要和她为敌吗？”

“估计她不会加入进来的，她又不敢使全力。”

“好吧。”两个人变着法儿地摆着各种造型。

下课后，有人问布莱克伯恩战争游戏什么时候开始。布莱克伯恩在离开讲台前顿了顿。“对了，什么时候开始呢？嗯，这么办吧，只要一进入走廊就可以成为目标。”

大厅里鸦雀无声。

布莱克伯恩离开了拉法叶厅，他那令人不安的笑声还在室内回荡。所

① 英语中医生和博士都写作 Doctor。

有学生都坐在那儿，耳语个不停。汤姆看到各个学院的人都聚集在一起，商量着怎么逃脱。

“我赌十块钱，布莱克伯恩正从一条加密线路上看着这一切大笑呢。”汤姆低声对维克说。

“我也这么觉得。”

汤姆又等了一会儿。还是没有人起身离开。所有人都在等待，想要看看最先离开的人会是什么下场——会不会被人袭击，说不定现在就有人正在编程呢。

“愿意接受考验吗，医生？”汤姆坐立不安地看着维克，随时都想从座位上蹦起来。

维克点了点头。“好啊，博士，一、二……”

“三！”两个人都蹦了起来。

所有人的目光都集中在了他们俩身上。汤姆无视其他人，离开长凳进入走道，周围一片寂静，两个人朝门口走去，感觉就好像这寂静要永远持续下去一样。

维克大笑了起来。他志得意满地挥了挥拳头，继续向前，算是向所有人发出了挑战。汤姆在他身后笑着，但这笑容马上就消失了，因为他用眼角的余光看到了一些动静。

卡尔·马斯特斯也站了起来。

汤姆推了维克一把。“快走！”

不需要说第二遍，维克就朝走廊冲了过去，汤姆紧跟在他身后。

最后一次回头看时，卡尔·马斯特斯正和一群成吉思汗学院的人冲下走道紧跟着他们。

他们跑得很快，喘息声似乎近在咫尺，感觉就像是全力以赴的体育课一样。两人在冲进空无一人的食堂后才发现，这是个非常容易受到袭击的地方：开阔的空间，不止一个出入口……

“快啊，赶紧找个好防守的地方！”汤姆回忆着自己玩过的电子游戏，想到了一个很适合这种情况的场景。“这就是我们的阿拉莫[①]！”

“大卫·克洛科特[②]不是死在阿拉莫了吗？”

“好吧，那我们去打半机械人！”

“阿拉莫没有半机械人。”

“有的啊，维克。”

“我糊涂了。你说的是电子游戏里的阿拉莫还是真实历史事件？”

“等一下，阿拉莫那事儿是真实的？”

维克在汤姆的后脑勺上拍了一巴掌。“我不是合众国人都知道这事儿。”

他们跑过巴顿将军的画像，然后把自己锁进了餐厅里的一间包间。汤姆坐在地上背靠着墙，卷起袖子输入着佐藤Ⅱ代代码。成吉思汗学院的人随时可能冲进来，但愿能在那个不可避免的时刻到来前准备好病毒攻击。

维克低头看了看他。“你干什么呢？”

“编程病毒。”

“可你编程的水平很烂啊，汤姆。”

“那你来。”

“我来就我来。”维克坐在他的旁边，在自己的前臂键盘上敲了起来。

“那我干什么？”汤姆问。

“站在我前面，在我完成编码前阻止其他人。”

“你让我当人盾？”

---

① 阿拉莫之战是德克萨斯独立战争中发生在墨西哥军和德克萨斯分离派之间的一场战斗，德克萨斯军战败，全员战死。

② 合众国政治家和战斗英雄，因参与德克萨斯独立运动中的阿拉莫之战而战死。

“你能行的，汤姆。我相信你。”

“我问的不是我能不能行，只不过——”

门忽然被打开了，卡尔挡在门口。维克一下子缩了起来，毫无末日博士的风范可言。汤姆也被吓得不轻。

卡尔对他不怀好意地笑了笑，然后抬起前臂皱着眉头用粗大的手指在键盘上敲了起来。

成吉思汗学院的人都冲了进来，大家抓着卡尔的胳膊传来传去，不断地在他的前臂键盘上敲打着，场面十分诡异。

“这样不行。”汤姆说。他发现维克敲错了一段源代码，而这段代码他记得自己之前见过，于是他也一把抓过维克的胳膊敲了起来。

“这也不对。”维克说，“回你的战位去，人盾！”维克一把抽回胳膊，把汤姆推回到了他和成吉思汗人之间的位置。

汤姆紧张地盯着那帮成吉思汗学院的家伙，他感觉自己随时都有可能受到卡尔的病毒攻击。与此同时，那帮成吉思汗学院的家伙正为了佐藤Ⅱ代代码争执得不亦乐乎。

“蠢货，这个不管用！”卡尔骂道。

“等一下，那个错误检查程序怎么用啊？”

“为什么是无效值？怎么无效了？”

“松手！‘无效’的意思就是不管用，白痴。”

汤姆靠在墙上，屋子里充满了键盘敲击的声音，危险和兴奋的感觉在逐渐流失。维克轻声咒骂了一句，他又把程序弄错了；卡尔还在和他的同伙们争吵着，最后他威胁要用键盘来狠拍他们的脑袋而不是让他们输代码。

过了不知道多长时间，华耶晃晃悠悠地走了进来，她看了看屋子里的各位。“你们在这里都蹲了二十分钟了，一个程序都没写出来？”她评论道，“真可悲。”

“别打扰我，男人手。”维克叫道，“我也没见你得分。”

华耶的脸红了。

“男人手。”卡尔在房间另一头一边暗笑一边重复。他边在键盘上敲打，边跟他的同伴们说：“听到了吗？男人手。”

华耶瞪着维克。“谢谢，这下所有人都知道这称号了。知道吗？希望卡尔先把你们打败。”说完，她就扭头走了出去。

又过了五分钟，汤姆放弃了人盾的角色。他很确信这个角色根本没有存在的必要。“卡尔，维克，所有人，停！”他叫道。

奇怪的是，所有人真的都停了下来。

“这么做太蠢了。”汤姆解释道，“我们编程都很烂。”

这倒是事实，几个成吉思汗学院的人互相对视了一眼。

“我们都折腾了半个多小时了，一条程序都没折腾出来。”

“那你想怎么样，下级生？”卡尔抱着结实的手臂问。

“先各自离开，自己花时间把程序弄好，搞几个像样的攻击手段，然后再会面。”

卡尔眯起了眼睛。“像决斗。”

“对，就像决斗。明天晚上，下级生公共休息室。”

卡尔摸着下巴，好像上面长着隐形的胡子一样。“好吧，这我同意，不过改到后天晚上。”

“后天晚上？”

“对，有问题吗？我说后天晚上是因为明天晚上我要去剪头发，想取消预约必须提前二十四小时通知才行。”

“后天晚上就后天晚上。”汤姆觉得无所谓，多出来的时间可以用来调试程序。

卡尔满意地点了点头。“反正也没人能临时凑出什么程序来。”

门又开了，汤姆回头扫了一眼，看到华耶正站在门口，这次她的键盘露在外面。

“想看卡尔打败我们你就太不走运了。”维克说。

“我来不是为了这个。”华耶回答，“我决定这次不置身事外了。”

维克眨了眨眼。“是吗？”

“你让我改变了主意，维克。”她在键盘上敲了几下，卡尔和成吉思汗学院的学员们立刻四肢着地学起了羊叫。

汤姆跑到那帮成吉思汗人的身边，看着他们像绵羊一样用鼻子拱着地毯。“你确定要这么做？”他问华耶。

“非常确定。”

“哈！”维克说，“看来我们可以组成末日三博士了。”

华耶举起了她的键盘，目光非常冷酷。“为什么啊，维克，我们可不是一个学院的，忘记了？”

维克睁大了眼睛。“人盾，快保护我！”他大叫着一把抓住汤姆的肩膀。

“哦，别担心。”华耶笑着安慰道，“我这儿的东西绝对够你俩用。”

华耶在键盘上一按，同时锁定了两个人的IP，一行字在汤姆眼前闪过：数据流收到：程序羊咩咩启动。

汤姆终于恢复了自我，他正在食堂后面的植物园里大口啃着树叶。不过他可不是唯一的一个，远远不是。华耶在一楼进行了一场大屠杀——有些学员变成了羊，维克现在都还没恢复过来；有些人聚集在一起，疯狂地轮换着说各种语言，就是说不出英语；还有些人反复起来绊倒起来又绊倒，好像忘记了怎样走路。这一路上她至少解决了三十几个倒霉蛋。

“呃。”汤姆用袖子擦着嘴，想要擦掉嘴上残留的番茄茎叶的味道，周围还有不少人趴在地上，咩咩地叫着，以为自己是羊。

汤姆看到了维克，他走过去用脚踢了踢维克，维克不高兴地咩咩叫着，汤姆又踢了他几脚，维克这才回过神。“干什么？干什么？”

汤姆伸手把他扶了起来。“华耶暴走了。末日双博士不能就这么忍受屈辱。”

汤姆和维克准备晚上去找尤里摊牌，看他是否愿意和自己亚历山大学院的兄弟站在一起对付华耶·恩斯洛。他们曾在晚餐时试探地问了一下，结果让他们相信，尤里很明白自己应该怎么做——除非他想当个卑鄙的叛徒。不过尤里此时不在宿舍。

只有比默在。

维克走了进去。“嘿，伙计，见到机器人了吗？”

比默躺在床上，一言不发。汤姆和维克不安地对视了一眼。比默今天没去上课，一整天都躺在床上。

“你怎么了，比默？”维克问，“怎么跟个小女生似的？”

结果比汤姆出面还要糟。比默用拇指指了指门，维克举起双手转身走了出去，只留下他一个人。

汤姆走到比默的床边，这才发觉自己也不知道该说些什么。

“嗯，很抱歉我把你的头给砍掉了，抱歉。”

比默睁开了眼睛。“上帝啊，汤姆，你只知道你自己！根本不是因为你！”

“那是因为什么？我不明白。你要找社工吗？”

比默摇了摇头，看着天花板。

“听着，我不是开玩笑，需要的话我现在就叫她来。”汤姆深吸了一口气，因为他觉得这将是自己所做的最大牺牲。“要是你觉得尴尬的话我可以跟她说是我要找她。”

千万别说可以啊，汤姆在心中暗自想。

“不用。”比默说。

汤姆松了一口气。

“你没发现吗，汤姆？你还不知道我的问题出在哪儿？”

“知道，你觉得程序出错时自己就要死了，结果被吓坏了。”

“不是。不完全是。我是以为自己就要死了，但之后，这让我想了很多，真正深入地想了很多，关于这一切。”他用苍白的手指指了指脑袋，“关于我所做的一切。我以前以为会很有趣，汤姆，你知道吗？来到尖塔，倒腾机器，但那时候我没仔细想过，我没考虑过这是不是我真正想要的。要是死了怎么办？”

“你才十四岁，不会那么快死的。”

“这你怎么知道？”比默坐了起来，脸颊涨得红红的。“我们甚至都不知道安在脑袋里的这个东西到底是什么。你见过哪个十八岁以上的人带着神经处理器到处跑吗？”

“以前没有那种技术啊。而且你看布莱克伯恩，他十六年前就安上了，除了得过精神病以外，他一切正常。”

比默翻了翻眼珠，又躺了下来。汤姆知道“除了得过精神病以外”这个说法很蠢，但他弄不懂的是为什么比默现在对这些细枝末节的事这么在意。

“这都不是重点，汤姆。你还不明白吗？这东西永远都去不掉了。永远。我们签合同要在尖塔里待几年，但脑袋里的这东西将我们和军队一辈子联系在了一起。你还不明白吗？他们拥有那东西，他们也拥有我们。”

汤姆又想起了医疗室内的那晚，冈萨雷斯医生在hGH的问题上享有最终的决定权。但他只是说：“这又有什么关系？他们需要我们，不会对我们做什么坏事。”

“我们永远都会在前线。不论我们这辈子干什么，军队在我们身上都享有优先权，这你还没看出来吗？不然神经处理器要是坏了的话找谁来修？而且万一大陆同盟的程序员发明了一种厉害的新型病毒，能把我们的脑子都搞乱掉，那又该怎么办？……波尔雅国和东亚联合体要是有机会真正撂倒合众国，我们肯定是第一批被杀的！”

这话让汤姆笑了起来，听起来太荒谬了。“得了吧，现在的战争早就不杀人了。”

“这可是战争，汤姆，战争。这个词在以前就意味着斯大林格勒保卫战那样的事情，明白了吗？总有一天，情况会再变回那个样子的。总有人会想起来的。他们会想起来现在是第三次世界大战。布莱克伯恩说过——你不记得了吗？他说过他们想把我们的脑子切开好看看里面的代码！”

“那是布莱克伯恩在吓唬人。听着，我明白你的意思，比默。我也担心过这种事，就在安装神经处理器之前。”

“你，会担心……”

汤姆耸了耸肩，试图回忆自己在下定决心加入前与海瑟的那场谈话。真有趣，安装神经处理器前的记忆是那么的模糊——没有时间标签，想不起完整的细节，就好像那些经历是其他人的一样。

“嗯，我当时很担心，因为脑部手术的事吓了我一跳，而且军方处理的方式也……总之，和你提到的差不多。不过……得了吧，你想啊，比默，看看你的周围，还有谁能像我们这样？又有谁还能成为我们这样的人？我们很重要，只要下载就能学会新的技艺，只要愿意就什么语言都能说，我们比普通人敏捷得多，也聪明得多。我们几乎无所不能。”

比默翻了个身，看着天花板。“要是努力的话，我以前应该也会有所成就的。我以前有项事业，你知道的。我想出了制造一些东西的方法，后来就在棚户区卖滤水器和烤架。我是说，你见过棚户区吗？他们也不是赤贫，很多人都有工作，但就是买不起真正的房子。”

“嗯，见过一些。”每次父亲都会给他指出来。父亲说过，不想在赌场间来回奔波，那就是唯一的出路。

“嗯，那里的人买我的东西，我赚钱。有神经处理器前我干得还不错。没有神经处理器你应该也能干出点什么的，汤姆。你是拼字大赛冠军，是吧，那也需要花费很大的精力。”

汤姆什么也没说，他知道自己从没有赢过什么拼字大赛，也没有造过世界上最大的耳屎球。以前的汤姆·雷恩斯连感化院的课都上不全。

“我知道你、维克，还有尤里——那家伙在这里完全没有前途，他应该明白这一点才对。”比默说，“你们都全身心地投入了进来。我刚来时也想做好，不过现在我已经不在乎了。自从女朋友那事儿让我被禁足后，我看事情的角度就变了。我搞不清楚自己为什么还在这儿。我不想升入卡美洛级。我讨厌这里。我总是会想到高中，还有我看过的那些有关高中的电影，不知道自己是不是错过了些什么。我只想长大，去上大学，买座房子，结婚生子、在社区开烧烤聚会。”

“比默。”汤姆抓住机会，“想吃烧烤的话我们俩现在就能去，好吗？别管什么禁足了。把你的GPS信号连到卧室里，我们到外面吃烧烤去，点什么都行。”

比默淡淡地叹了口气。“你不明白，汤姆，你明白不了。”

他翻身背对着汤姆，用被子盖住了头。

汤姆明白了过来：他确实不明白，也不能明白。比默想当个普通人。汤姆完全想不通为什么有人会想要做个无名小卒。

他决不会自愿放弃自己在这里获得的一切，决不会自愿放弃神经处理器，也决不会放弃这种充满各种机遇的生活。

他无法忍受变得一文不值，宁愿去死也不要。

第十三章

战争游戏第二天的绝大部分病毒都源自华耶，但也有几个例外。汉尼拔学院的弗兰科·荷尔拜因写了一个名为“冰夜”的程序，击中了几个在宿舍中使用神经端口联网的马基雅维利学员。那几个学员整个午餐时间都挤在一起，牙齿打战，叫嚷着要人把尖塔的温度调高。尼格尔·哈里森写了个名叫“饭栽”的程序，食堂中所有中招的人都会一头栽进自己的餐盘里。那天晚些时候，拿破仑学院的布莱特·施迈泽发布了一个名为“尼格尔·哈里森”的木马作为报复，只要被感染的人看到尼格尔·哈里森，木马就会被激活。

木马通过作业订阅源一夜之间成功感染了尖塔里的绝大多数人。到第三天，尼格尔·哈里森到食堂吃午饭的时候，木马差不多在一百多名学员那里同时激活，结果一百多张脸都像尼格尔的脸那样抽动了起来。

尼格尔看着食堂里的人，一脸误入超现实噩梦的表情，接着就崩溃了，不住地大叫：“停下！停下！”

不过沮丧让他的脸抽得更厉害了，而他脸部的抽动又引发了其他人脸部的抽动，场面在尼格尔威胁用餐盘砸人时完全失控。最后，尼格尔带着一脸愤怒的泪水哭着跑回了宿舍，其间还被“去找社工哭吧”的笑骂声打断多次。

汤姆和维克错过了那个大场面，不过他俩在拉法叶厅外遇到了尼格尔·哈里森，于是两人的脸也连续抽搐了一个小时。他们俩都因为忙着弄和卡尔决斗的程序而没吃午饭。程序很漂亮，被命名为“臭屁王”。

“准备好了吗，博士？”维克问。

“准备好了，博士，出发。”

20时整，两人来到下级生公共休息室与卡尔对决。卡尔换了个新发型，大脸上闪动着恶魔般的笑容，他也准备了些好货。

“数到三。”维克的眼睛紧盯着卡尔的同伴莱拉·莫特森。汤姆头一次和她距离这么近，她的档案一下子跳了出来。

姓名：莱拉·莫特森

军衔：合众国太阳系部队IV等中级生，成吉思汗学院

祖籍：佛罗里达州西棕榈滩

成就：6项世界与全国业余轻量级拳击锦标赛金牌得主

IP地址：2053:db7:lj71::275:ll3:6e8

安保权限：绝密4级

“一二三！”莱拉大叫道。汤姆吓了一跳，完全没有反应过来。

“哈！”卡尔大叫着抢先出手。

什么也没有发生。几个字从汤姆眼前闪过：数据流收到：狂犬病程序启动。值无效。

“干得不错，伙计。”汤姆也放出了臭屁王。

卡尔等啊，等啊，接着也笑了起来。“值无效，下级生。”

“天竺忍者逆袭！”维克掏出藏在身后的袖珍键盘，放出了他们的超级秘密实验备选程序。

“轰！”汤姆胜利似的大叫道。

卡尔和莱拉一脸疑惑地看着他俩。

莱拉揉了揉鼻子。“我鼻子痒，你鼻子痒吗？”她问卡尔。

卡尔摇了摇头。“不痒。”

“天竺忍者逆袭的作用不是鼻子痒。”维克说。

“好吧。”莱拉回答，“除了鼻子痒外我没有其他感觉。”

“又是值无效，下级生。”卡尔宣布道。

他们对视了一会儿，卡尔一拳打在自己肉嘟嘟的手掌上，很显然是在期盼着用老派的方法揍他们一顿。接着两拨人就各走各路了。

“史上最糟的决斗。”汤姆说。

“汤姆。”维克在走进宿舍门时说，“我们俩太菜了，菜得令人绝望。”

不幸的是，布莱克伯恩完全同意这一观点。第二天的课上，他在屏幕上为全体同学播放了他们决斗时的画面，就连布莱克伯恩本人都不得不把手遮在嘴上掩饰笑意。

汤姆恨透了普查器。在把源代码传给布莱克伯恩后，他把他们四个人都叫了过去，就是为了提取这段记忆。布莱克伯恩剪辑了一大段丢人失败程序大集合，并用汤姆和卡尔的史诗对决作为高潮。

“过去的三天证明了一个事实，”布莱克伯恩说，“你们当中的绝大多数人，往轻里说，极其可悲。汉尼拔学院遥遥领先，马基雅维利学院被甩出一大截勉强第二。而这完全是尼格尔·哈里森和令人无比惊讶的华耶·恩斯洛两个人的功劳。”

拉法叶厅里响起了汉尼拔学院和马基雅维利学院学生的欢呼声。汤姆回过头，看到华耶的脸已经红透了。她还不习惯成为万众瞩目的焦点——尤其是被那些长久以来一直无视她的同学们称赞。

“你的秘密是什么，恩斯洛？”布莱克伯恩趴在讲桌上问，灰色的眼珠紧盯着华耶的眼睛。“怎么忽然就在我面前变成神童了呢？”

汤姆看到华耶低下了头，深色的头发遮住了脸。“我只是非常想在别人攻击我前先发制人，长官。”

布莱克伯恩放过了她，但汤姆注意到，即使在继续讲话的时候，布莱克伯恩也还是会时不时地看华耶两眼。“接下来，我听说有几起针对拉米雷斯先生的攻击，马什将军不希望他卷入这场冲突——”

埃利奥特站了起来。“长官，我对此没有——”

“拉米雷斯先生，不久之后你将去国会山参加首脑峰会，鉴于你将在表面上代表整个海洋同盟，没有人会愿意冒险让你的软件出问题的。而且，我们就面对现实吧，你也不是个编程天才，你的缺席是不会给我们的游戏造成灾难性影响的，是吧？”

汤姆敢发誓，埃利奥特坐下的时候一脸尴尬。

“拉米雷斯退出，各位，至于你们其他人——”布莱克伯恩挥了下手，指了指全体学员。“你们还有最后一天，我知道这个要求有点高，但请别再自取其辱了。”

汤姆在和维克乘电梯上六楼时问：“布莱克伯恩说埃利奥特要在表面上代表海洋同盟，那是什么意思？”

“哦，你也知道国会山首脑峰会的真正意义。”维克说，“道明·阿格拉和天竺国、合众国结盟，它控制着食品供应方面的专利。先声公司和波尔雅国、东亚联合体结盟，控制着饮用水方面的专利。每年跨国企业联盟的成员都会聚到一起，表明他们虽然在太空中打仗，但在地球上仍会承认对方的专利权。这也是一场激发人民战争热情的舞台秀。我们最优秀的战斗员和大陆同盟最优秀的战斗员会来场对决。”

“可我们派的是埃利奥特，”汤姆指出，“可他并不是战斗级里最优秀的。”

电梯门打开，两个人进入了下级生公共休息室，朝亚历山大学院的方向走去。“但我们说他是最优秀的，而且在外人看来，对决的确实是埃利奥特和斯凡特拉娜，因为他俩相貌都很出众，卖相好，所以派他们来面对镜头摆造型，而在幕后，真正对决的是其他人。埃利奥特就是这种情况，而且所有人都认为，斯凡特拉娜应该也是一样的。”

汤姆笑了出来。“等等，你是说他只是在那里假装对决？”

“对啊。”维克说，“还真有点好玩呢——听着，公众并不知道神经处理器的事，所以埃利奥特和斯凡特拉娜还有真正的舵轮、操纵杆和控制面板，就好像他俩是在开太空船一样，但事实上是幕后的其他人连接了神经导线在操纵飞船。”

“其他人是什么人？”

“去年是阿列克·塔尔苏斯，但今年斯凡特拉娜的幕后代理肯定是美杜莎，而阿列克每次在太空中都会被美杜莎给灭掉，所以我也不太确定他们这次会用谁。我觉得可能会是海瑟·埃克隆，或者成吉思汗学院的尤素福·赛义德。尤素福肯定打不过美杜莎，但你也见过他的行动，他对大规模破坏非常在行，说不定能使出什么变态招数来个两败俱伤。”

两人在走廊里遇到了正要去卫生间的比默。“嘿。”汤姆叫道，“你觉得谁会——”

比默从他们身边走了过去，就好像他俩根本不存在一样。这让汤姆感觉好像自己的肚子被揭了一拳一样，直到维克拉了下他的肩膀，他才开始继续向前走。

刚一回到宿舍，维克就连上了尖塔的内部处理器，进行了一次快速病毒扫描，好看看神经处理界面内正在发生的其他恶意攻击。下线时，他一脸惊讶地将结果指给汤姆看：华耶把所有一切都破坏了。所有。她在作业订阅源和数据库里都种上了病毒，甚至还修改了防火墙，让其他人的病毒无法侵入订阅源。

维克蹲在地上，一副被吓到了的样子。“博士，你应该明白，男人手打败所有人了吧。”

“她需要个更合适的恶棍头衔。我觉得男人手不怎么样。”

“说得对。‘来自魔多[①]阴暗深处的邪恶女怪’如何？”

“太长。”

“那就恶妇好了。听着，我可不愿意就这么认输。”

“每个恶魔都有他的弱点，华耶的弱点是什么？”

维克摩挲着下巴，面对墙皱着眉，汤姆则倒在床上，胳膊支着脑袋，盯着地毯。

华耶不玩游戏，所以不可能从虚拟实境放东西进去。她喜欢读书——但汤姆想不出能在书里植入木马的方法。她从来都不用连线的方式将文字记到处理器里，而是用正常人的方法一个字一个字地读。

“训练室的神经接口怎么样？”

“你怎么知道她用哪个？”维克反问。

“那就在每个端口上都植入病毒。”

“这样你也会中招的。”

汤姆摆了摆手。“只要能搞定她我愿意中招。”

“那埃利奥特也会中的。”

“哦。”汤姆的希望消失了。他们不能攻击埃利奥特。“呃，那就换个……”忽然间，汤姆想到了华耶的弱点。“维克，你觉得尤里怎么样？”

① 《魔戒》中的地名，魔王索伦治下的地区。

维克盯着汤姆。“机器人。当然了。打从华耶到这儿开始尤里就是她最好的朋友，她很信任尤里。”

“那么就让他把病毒传给华耶。”汤姆说，“他不需要知道内容——就让他给华耶看个东西，然后把文件传过去。”

维克笑了起来。“她肯定会好奇的，准会看！”

完美。

唯一的问题就是：尤里对帮他们打败华耶这个想法惊恐万分。“我不能那么做。”

“你不用做什么，”维克坚持道，“就让她看看你编的一个程序，让她连上线——”

“然后轰，她就中毒了。”汤姆接道。

“太奸诈了。”尤里说。

维克抬起双手。“得了吧，你的集体荣誉感呢？见鬼的你可是亚历山大学院的人！”

“但我不喜欢这个偷袭华耶的想法。”

“恶妇为了她的其他朋友也会抛弃你……”

“我不要失去她的信任。”

“我们知道你觉得她挺可怜的……”汤姆开口道。

尤里一下子站了起来。“我为什么要可怜她？她简直无与伦比。那么聪明，又诚实，而且……”尤里停了下来，也许是因为汤姆和维克都在用一种看疯子的眼神看着他，或者是因为他意识到了自己的脸有多红。

汤姆灵光一闪，惊骇地对维克说：“他喜欢华耶。”

“尤里，不是吧？”维克叫道。

尤里的脸更红了，这进一步证实了他们的猜测。

“尤里，得了吧，老兄。”汤姆叫道。

尤里无助地耸了耸肩。“就算所属学院不同，心灵也可以相通。”

“上帝啊！”维克捂着耳朵，“他连这种酸词都冒出来了。别让他说了，汤姆！”

“我也不行了！”汤姆回答道，“我的耳朵……在流血啊，在流血！”

“脑出血！他要谋杀我们！”维克说。

“凶手！”汤姆大叫着假装晕倒在地。

尤里摇了摇头。“太幼稚了。”

不过那两个人此时都躺在了地上，假装因为自发性脑溢血而抽搐着。尤里叹了口气，从他们身上跨过走了出去。

当天晚上，维克精神抖擞地完成了搞定华耶的终极武器。汤姆可不愿意在末日同伴完成程序的时候去睡大觉，为了表示团结，他也一直待在旁边，时不时地提点建议。后半夜时，他忽然想到了一个点子，突如其来的灵感让他一下子跳了起来。

“维克，用外部传输怎么样？”

“什么？我刚才注意力太集中了没听清，汤姆。”

“听着，也许我们不需要太复杂的病毒，只要从她意料之外的地方进攻就行了。我们知道她的IP，而且有穿越尖塔防火墙的权限，只要找到一个功率足够，能够远程传送的发射器，黑进去，然后给她发点东西就行了。”

“你说的是……什么样的发射器？”

汤姆热切地靠了上去，真心觉得自己非常有远见。“用卫星。”

“怎么用卫星呢？我对控制卫星完全是一窍不通。”

“先连上，卫星能连上太空船，我们肯定也能连上卫星。”

“飞船上设计了神经交互界面，”维克提醒道，“卫星上又没有。”

汤姆挠了挠头，回忆着很久以前的记忆碎片——从神经处理器刚安上时开始。“可以的。我发誓，能做到。还记得刚安上神经处理器时进行网络设置的时候吗？我记得自己随机连接了好多地方，其中一个就是颗卫星。和神经交互界面感觉很像，我就在里面。我们只需要有意识地做到这点就行。”

维克看着他，就好像他是个疯子一样。

“怎么啦，你不记得安装时候的事吗？”汤姆坚持道，汤姆回忆着那一连串的0和1，以及自己的大脑在无数方向中畅游的感觉。“大脑刚上网的时候会有些跳跃……”

维克看了看他，手指在前臂键盘的边沿上敲打了起来。“汤姆，不是说这种事不可能发生，不过，呃——我要弄这个。这个程序。所以你要是有什么想法的话，自己试一下吧，不过我不打算指望它，兄弟。你说的那个？有可能，但这世界上没有哪台神经处理器是可以纯粹凭意念与机器交互的。除非是专门的机器，否则不行。你当时可能是在做梦吧。麻醉剂确实会对某些人产生有趣的效果，我爸爸是医生，这我清楚。”

汤姆确信这不是自己凭空想出来的。“我连上交互界面给你看，维克，等一下。”

“一连上网，你就会中华耶的病毒。”维克警告道，“所有地方都被她给搅翻了。”

“我不用学员服务器。”

刚上十一楼，一条警告信息就从汤姆的脑海里跳了出来：限制区域。他没有理会，而是沿着空荡荡的走廊走了下去，来到军官休息室，找了把椅子坐下。

桌子中间有个神经端口，是给布莱克伯恩用的。汤姆取出导线，连上端口，然后将另一端接在了自己的脑干上。

军官网络服务器的界面跳了出来，汤姆漫无目的地浏览了一下，试了试用头脑点击链接浏览网络的感觉。画面直接出现在他的眼前，比用虚拟现实面罩要真实鲜活得多。

他不知道刚刚安上神经处理器时自己是怎样和卫星交互的，但他知道那肯定得通过一个个链接。

汤姆将注意力集中在自己的神经处理器上。他现在已经很少意识到自己脑子里有台计算机了，尽管他还记得一开始的时候那东西的存在感有多明显，那时候的感觉非常怪。现在，只要注意力足够集中，他还是可以感受到处理器的存在，感觉到大脑里正有另一个实体在震动、给其他东西发送电信号、连接尖塔内的系统。

忽然间，就像被电击了一样，汤姆发现自己脱离了自己的身体。他的肢体冰冷，似乎是在很遥远的地方，他的意识则融入了尖塔，无尽的能量、兼具发射器功能、自带混合裂变和聚变核心的尖塔正在向太空发射着信号……

信号将汤姆拉得更远了，他被扔上了正在和地球传输数据的卫星，一望无际的0和1，完全看不出意义，汤姆忽然又感觉到了那东西，通过电磁感应器……

另一股数据流将他拽到一边，连接上了水星阴面附近的飞船，飞船表面布满了大陆同盟自动机的红外传感器，漂浮在轨道上，和强力能源的钯矿场传输着信号，然后又传送到……

太庙的中央处理器，里面的内部网络上注册着两百零七个神经处理器，IP地址不断在他的脑海里闪现……

汤姆又跳回了自己的神经处理器，猛地一下回到自己的身体，那感觉就好像被一只巨大的手给用力拍回来一样。他坐在那，紧闭着眼睛，双手抓着桌沿，大口喘着气。第一次并不是他的想象，他真的连上了卫星。但他给维克做的保证忽然变成了一个笑话。他不仅仅连上了卫星，而且还瞥了一眼太庙的内部服务器……东亚联合体的战斗员就是在那里训练的。那里真是……巨大。不知道该怎么说。刚才那些真的发生了吗？

汤姆回到宿舍，心里还有些惊讶。维克从键盘前抬起头看了他一眼。“怎么样？”

汤姆犹豫了，不知道该怎么说，他还记得维克刚刚说过的话：这世界上没有哪台神经处理器是可以纯粹凭意念与机器交互的。

可他刚才就做到了。他很确信自己做到了。

只不过不论他刚才做了什么……对于一个尖塔里的小诡计来说都太过巨大，他自己都不确定自己到底做了什么。

汤姆摇了摇头。“你说得对，看来是我想多了。”

第十四章

飞速下载完晚上的作业后，汤姆和维克朝宿舍门走去，但两个人都没做到。刚一到门口，他们就昏昏沉沉地倒了下去。直到维克大叫“快起来！我们错过体育课了！”的时候，汤姆才睁开眼睛。

汤姆站了起来，感觉自己的样子很蠢，而且也有些奇怪。维克匆匆忙忙地冲向数学课的教室，汤姆紧跟在后面。作业的内容还不断在他眼前闪现，扰乱着他，各种处理器还没处理好的信息分散了他的注意力，让他站了一分多钟才想起来要按按钮叫电梯。

终于走进电梯后，他才发现卡尔·马斯特斯也在里面。两个人身子一僵，显然都被吓了一跳。

汤姆大脑全速运转，撸起袖子露出前臂键盘疯狂地点了起来。听起来卡尔也在做同样的事。

“啊哈！”卡尔叫道。

汤姆发出了“向右转”，而卡尔发出了“驱魔人”。

自从阿列克·塔尔苏斯写出驱魔人后，这个程序就被传来传去，所以汤姆大声嘲讽道：“你就想不出自己的东西吗？”尽管向右转里面的代码也基本都是维克重写过的。汤姆的嘴里只冒出了一堆听起来像是拉丁语的词。

“打败你啦！”卡尔欣喜若狂，但他也没笑多久。想要走出电梯的时候，他只能右转。尽管想朝左转，但他只能向右。他怒吼着想要纠正方向，结果只是又向右转了一次。

汤姆原打算说“可别转晕了”好提醒他一下，但他听到自己说出口的却是：“我要朝你的坟头吐口水！”汤姆赶紧捂着嘴跑了出来，留下卡尔一个人在电梯里转圈。

来到拉法叶厅时，他已经迟到了好几分钟。维克抬头看了他一眼，汤姆溜到旁边的椅子上坐了下来。“你现在正常吗？”维克问。

“Oladae holovii inuladus。”汤姆回答。

“哦，被驱魔了呀？”

汤姆下意识地想说“是的”，结果却发出了一声尖叫：“我要吃你的心！”

讲台上的利希滕斯坦被这突如其来的噪声吓得一愣。维克低声笑着，汤姆则捂住嘴，生怕又说出什么奇怪的东西。

“程序都编好了，我们今天晚上搞定恶妇？”维克低声问。

汤姆捂着嘴点了点头。

“你确定？你点头的时候好像有点不情愿啊。你要是能明确表个态的话，我会更有信心的。大声说出来吧。”

汤姆看了看维克，知道维克只是想再听他胡扯几句，于是他只用一根手指头作了回答。

晚上，汤姆和维克开始了第一步：他们先把尤里骗到普查室关了起来，好让他不能阻止他们。然后，两个人就像猎人尾随猎物一样盯上了华耶。恶妇正在植物园，可能正像平常那样看书。一直等到战争游戏结束前的五分钟，他们俩才开始设套，这样华耶就没有时间反击了。

18时55分，汤姆朝维克竖了竖拇指。“是时候了。我要去了，博士。”

汤姆是诱饵，再过不到一分钟，维克就会从阴影里跳出来放出他们的破坏程序，那是驱魔人、尼格尔·哈里森、向右转和天竺忍者逆袭的结合体，当然，里面也有臭屁王的成分。

“好运，博士。”

“你也是，博士。”维克隐蔽了起来。汤姆则吹着口哨大步朝华耶的方向走去。

遇到华耶时，华耶正坐在一株蕨类植物旁读书，汤姆假装惊骇地叫了起来，华耶放下书抬起了前臂键盘。

“等一下，等一下。”汤姆举起双手，藏在一株植物之后。“我不知道你在这儿。”

汤姆从树后走了出来，华耶也后退了几步。“你不知道？”

“不知道，我来只是为了躲过战争游戏的最后几分钟。”汤姆把手插在了口袋里，“我们讲和好吗？”

华耶放下了胳膊。“你打腻了？”

“嗯，是啊。随时警惕别人的袭击……太累了。”汤姆看到维克正笑眯眯地溜到了华耶的身后。

华耶皱了皱眉。“告诉我件事，汤姆，这事儿挺重要的，行吗？”

汤姆犹豫了一下，没有给维克发进攻信号。“什么事？”

“我非常想知道——你觉得我到底有多蠢？”

“呃……什么？”

“有多蠢？打个分，满分十分。”

“十分是指非常蠢还是非常聪明？”

“你热爱战斗，要是可以的话你会愿意一天二十四小时打个不停。所以我觉得，你只是在分散我的注意力好让维克溜到我的身后发射病毒。”

维克一下子僵住了。汤姆也产生了一种不祥的预感。他们应该事先阻断尖塔跟踪系统里维克的GPS信号，显然这次袭击策划得不够成功。

“当然。”华耶把书放到一边，“你不知道的是，我一直在这里等待着你们上钩，好来个最终对决。”

维克一脸难以置信地默念着那几个字，汤姆则干脆说了出来：“最终对决？”

情况已经偏离了计划。应该是他们偷袭华耶，而不是相反。

华耶严肃地点了点头。“你瞧，汤姆，你落入我这个圈套后，我就知道你肯定会跳出来和我面对面，我就指望这个了，事实上，我专门营造了环境好把你引到这儿。我知道你肯定在想我是怎么做到的，所以我会跟你好好解释一下。首先，我……”

19时整，战争游戏结束。

汤姆简直不敢相信脑中的消息，他站在那儿，一脸惊讶。

维克颤颤巍巍地向前走了几步。“什……什么……”

汤姆又看了看华耶，发现华耶笑得嘴都快裂开了。“你们上当了，小子。”

“上什么当？”汤姆抗议道，“你本来设了个大陷阱，你自己说的。只不过时间用完了。”

“你真以为是我引你们到这里的？啊哈，当然不是了。尤里用网信警告我说他被困在普查室了，所以我认定你们的下一个目标肯定是我。而那时候我连个像样的程序都没准备，因此，我决定拖延时间，让你们超时。”

“等一下，你说什么？”汤姆说，“我们的终极武器被浪费掉了？”

“差不多吧。你知道这叫什么吗？”华耶举起双手放在脑袋边做出怪兽爪子的形状。

“熊击？”维克猜道。

华耶放下双手。“这叫得意。”

“看起来更像是熊。”维克朝汤姆点了点头，希望汤姆能支持他的说法。

“下次这么做的时候，记得双手要捏成拳头，高过头顶，”汤姆解释道，“然后还要说几句自己帅呆了之类的话。正常的欢呼应该是那个样子。”

“那这样行吗？”华耶双手叉腰，清了清嗓子。“我要问你们俩一件事，很重要。”她的声音很高，感觉好像是在镜子前练过很多次。

维克用手遮住眼睛。“我们必须要忍受这种屈辱吗，博士？”

“她赢了，伙计。”汤姆说。

维克放下手，叹了口气，转向华耶，顺从地问：“你想问什么呢，华耶？”

“失败的滋味是什么样的？”华耶问，她的语气有些夸张。“苦涩吗？你们瞧，我就是好奇，因为我没有这方面的经验，而你们有。”

她又停了一会儿，汤姆打了个寒战。“嗯，这次不错，简直就是当头一棒。”

维克后悔地摇了摇头。“今天是你的胜利日，恶妇。”

一个声音忽然响了起来：“真让我失望。”

汤姆一下子跳了起来，差点跌进了番茄丛里，维克叫了一声，华耶则像只被探照灯照到的动物一样一下子僵住了。布莱克伯恩中尉走了出来。

“是我。”中尉搓着手，“本以为会看到你们把可怕的程序发射出去，结果却是这么一个结局，一点高潮都没有。不过总算还有一点安慰：至少我可以宣布比赛的赢家了。”

维克无精打采地问：“是汉尼拔学院，对不对？”

“错了，阿斯旺先生。”布莱克伯恩一脸喜悦的笑容。他用双手拇指指了指自己。“真正的赢家是我。我赢了。我举办这场战争游戏其实只有一个原因：让我们的黑客暴露自己。”

华耶僵住了。

“而你没有让我失望，恩斯洛女士。那么长的时间，那么小心翼翼……是什么让你改变了主意呢？被竞争精神感染了？被同伴们刺激了？我希望是这样。”

“不是她……”汤姆说。

“汤姆，没事。”华耶忽然说，她耸了耸肩。“我就是厌倦了，行吗？你说得对，一直都是我，长官……那么接下来呢？”

“嗯，我们看看。”布莱克伯恩抱着胳膊做出了一副思索的样子，“黑入加过密的服务器，更别提更改里面的信息了……我很确信这两项都是违法的。我可以向马什将军汇报，提起诉讼。一旦被定罪，他们肯定会拿掉你的神经处理器——这个项目可不收重犯。神经处理器在你大脑里已经安装得够久了，移除可能会造成智力损伤，但只要时间充足，一般大部分都是会恢复的。再加上你还年轻，监狱生活应该也不太难熬。你只是在胡闹，应该不会被判叛国，所以监狱里的设施应该也不会太差。而且等到你十八岁的时候有关记录都会被销毁。”

华耶脸色惨白，吓得眼珠子都快掉了出来。汤姆则感觉胸口很闷，他有一种想冲上去在布莱克伯恩的臭脸上来一拳的冲动。

“或者——”布莱克伯恩说，“你可以不再去上程序设计，反正以你的程度也不需要再上了，相应地，上课时间你要在我认可后对系统进行一些小更新。”

华耶张了张嘴，一个字也说不出来，似乎是忘记了该怎么说话。

“你来选，恩斯洛女士。”布莱克伯恩说。

“呃，我选第二个。”华耶叫道，“即使没有第一个选项我也会选第二个。”

“很好。”布莱克伯恩说，“本来我就打算这么提议，如果当初，这么说吧，某人刚一到这儿就供出你的身份的话。”他看了看汤姆。“这么好的技术要是浪费了就太可惜了。”

汤姆看着他，不敢相信自己一直以来在布莱克伯恩的面前保护华耶居然一丁点儿意义都没有。

“去我办公室，恩斯洛。我们来安排一下日程。”

“好的，当然，马上。”华耶急忙从他身旁跑过，大步朝门口跑去。

一直等到华耶出了植物园，布莱克伯恩才转向汤姆和维克。他们俩都还在。维克看着华耶离开的方向，他也想闪人，但是似乎动也动不了。

“雷恩斯先生，我要是个小人的话，肯定会狠狠羞辱你一番。”他想了想，“不过我确实是个小人。现实对你来说很苦涩啊，雷恩斯先生——第一天上课时你本可以避免所有那些考验的。是不是啊，阿斯旺先生？”

维克一个干净利落的立正。“长官，是，长官！”

汤姆瞪了维克一眼。*叛徒*。

“好孩子，阿斯旺。”布莱克伯恩朝汤姆靠近了一些，指了指维克，“那个聪明孩子以后会有所成就的。学着点儿。”说完，布莱克伯恩也转身离开了植物园。

布莱克伯恩一走，汤姆就把手插进兜里看了看维克。“长官，是，长官？”他学着维克的腔调。“你为什么不主动去给他打扫办公室？”

维克耸了耸肩，一点都不觉得尴尬。“毕竟，他可是我们的上级军官，而我还想有朝一日能成为战斗员呢。承认吧，汤姆，你也是。”他伸手拍了拍汤姆的肩膀，“都结束了，他赢了。这么想吧：再也不用为华耶遮遮掩掩了，生活会容易得多。”

汤姆一开始还以为布莱克伯恩是要给华耶制造一个安全的假象，然后再给她来个惊喜，但没过多久他就发现，自己为了保护华耶的秘密所付出的一切真是一点意义都没有。

华耶开始每周在布莱克伯恩的办公室工作三天，给旧的神经处理器格式化，没过多久她就在晚餐上给他们讲起了其中的各种烦琐无聊细节。

“真正在处理器上使用佐藤Ⅱ代语言很有趣。”她在晚餐时说，“难怪他觉得自己格式化那些处理器那么麻烦。处理器的这种设计只能一个目录一个目录地清除信息……”

“什么意思？给旧神经处理器格式化？”维克一边挖着他的鸡肉馅饼一边问。

“旧处理器都是最早的测试组里那些成年人留下的。他们死后，神经处理器从他们的脑袋里取了出来。”维克被噎住了，“然后经过格式化再安到我们的脑子里。”

“他们给我们用的是翻新的处理器？”维克终于咽下了食物叫道。

“对啊。”华耶眨了眨眼，似乎完全搞不懂他有什么好激动的。华耶拿起水杯，若有所思地摇了摇。“这没什么啊，都弄干净了，你知道要是没清理干净会怎么样吗？你的神经处理器里就会有别人的人格。”

汤姆一边大口吞咽肉糕，一边抬起头问：“还能有那种事？”

华耶点了点头。“安上神经处理器后，你的记忆就会储存在那里面，而不是你的大脑里。所以我猜你人格的一部分肯定也被存在了神经处理器里。布莱克伯恩说他们就是这么把尤里给弄糊涂的。”她飞快地扫了一眼正在对着沙拉出神的尤里，“他们在他的神经处理器里安装了恶意程序，可以从其他处理器里下载记忆片断，掺入到他的真实记忆里，所以他才会有些事明白，有些事糊涂。”

汤姆看了看尤里，他的目光有些呆滞，想想在他脑子里发生的事都让人不安。

“布莱克伯恩还让我看了一个脑子。”华耶继续道，“是一个成年人的，那人安上神经处理器后还活了大概三年，因为他们给他吃了好多抗癫痫药物。仔细观察额叶和边缘皮层的话，你会发现整个大脑都萎缩了，看起来就像个干核桃一样。”

维克一副惊恐万状的表情，汤姆笑了出来。

“华耶，正吃东西呢。”维克指了指桌子上的核桃壳，想让华耶别在吃饭的时候提这茬。

“肚肚疼了？”汤姆问。

“去死吧，汤姆。”维克瞪了汤姆一眼，边说边用叉子把一大块馅饼送进了嘴里。

等到维克又开始嚼嘴里的食物的时候，华耶才继续道：“说是干核桃也不太确切，更像是地上长的蘑菇。”

维克又被呛住了。

“其实——”华耶补充道，“我觉得那个大脑的主人以前用的应该就是你的处理器，维克。”

维克一口吐了出来。

华耶笑了笑。“开个玩笑嘛。”

“你可真是个恶妇。”维克扔下餐巾纸，不吃了。

维克刚说完，尤里就从迷糊中清醒了过来。“真的啊。”他用爱慕的语气说。

自从承认自己喜欢华耶后，尤里就开始了试探，他想要了解华耶对他的看法，还多次暗示自己对华耶的爱恋。汤姆和维克觉得这一切非常有趣，尤里在课堂上假装打哈欠，把手绕到华耶身后，而毫不知情的华耶还在抱怨尤里太占地方；尤里想约华耶去看电影，华耶却说尤里提到的那部影片无聊透顶。

尤里花了整整一个星期才有了点进展：他终于说服华耶和他一起去博物馆。不幸的是，华耶似乎根本没有意识到那是要去约会，因为她把汤姆和维克都叫上了。

“好啊，我们去。”汤姆回答，面对维克警告的目光他只是无耻地笑了笑。他俩就尤里什么时候能约到华耶打了个赌，如果事情发生得这么快，汤姆就会输了。

星期六到了，四个人走在去史密森学会的路上，华耶和尤里走在前面，汤姆跟维克紧随其后。

“你暗中破坏，这不算。”经过穴居人展厅时维克警告道。

“得了吧，人又不是我叫的。”

“啊——他要上了。”维克一把抓住了汤姆的胳膊。

他们俩躲在一只剑齿虎模型身后，远离那两个人的视线。华耶正盯着一副猛犸象的骨架，而尤里则紧盯着她。尤里一副下定了决心的表情，俯下身，想把华耶搂在怀里，而华耶此时刚好转了个身，一头撞在尤里的头上。

汤姆大笑了起来。维克一把捂住他的嘴不让他笑出声。

华耶的声音从远处传了过来。“啊！你干吗用脑袋撞我？”

“我……我只是……”

汤姆蹲在了地上，笑得喘不过气，站都站不起来。他觉得自己会这么一直笑死。维克把汤姆拉出了那间展厅，刚一松手，汤姆就又倒在了地上，维克后退了几步，打着手势想让他停下来，结果自己也倒在地上笑了起来。

“那可真是——”维克喘着气，他也忍不住了。“那可真是……真是太像恩斯洛了。”

汤姆捂着肚子，他笑得肚子都疼了。“付钱吧，维克，输得有尊严些。”

博物馆里的游客看着他们，维克和汤姆站了起来，汤姆觉得自己身子都有点疼了。

“我可不会就这么投降的，雷恩斯。尤里肯定还会继续努力的。翻倍或全赔，赌机器人今晚一定能把手放到男人手身上。”

“你真想付双份吗？尤里最多只能……”汤姆不说话了。

华耶正站在门廊里，盯着他们俩，脸色灰白。维克脸上的笑容也消失了，汤姆忽然觉得自己是世界上最大的混蛋。

华耶回头看了看尤里的方向，然后又盯着他们俩。

“我明白了。”她说，“你们几个开始邀请我去各种地方，让我吃饭时坐在你们旁边，那时候我就有点怀疑了。现在我终于明白了。这个玩笑很有趣，是不是？”

汤姆眨了眨眼，等一下，她以为他们从一开始就是在骗她？

尤里从展厅走到了华耶身后。“你们几个想去……”

华耶一把将他推到了一边。“走开！”

尤里一脸受到伤害的表情。

“和你的狐朋狗友找别人取乐去！”华耶转身大步走出了展厅。

汤姆呆立在那儿，尤里揉着刚被撞过的前额，一脸无助地看着华耶的背影。维克看了看汤姆，做了个口型 :“你去？”

汤姆喘了口气。“我搞定。”说完就转身去追恩斯洛了。

汤姆在博物馆外追上了华耶，华耶站在便道上，正在用袖子擦着眼睛。汤姆从来没想过华耶也会哭，他忽然觉得自己真是个败类。

“嘿，华耶，别哭了。”

华耶一下子跳了起来。“我没哭！是过敏。”她朝地铁站的方向走去，汤姆紧随其后。

“不要就这么走了，好吗？”

“我又不傻。”华耶转过身看了他一眼，“我知道没人喜欢我。我只是以为尤里……我只是以为你们不一样。”

“尤里确实不一样，他是个好人。至于我，我不……我没……别走了，好吗？我和维克就是混蛋。我们打赌不是为了什么，纯粹就是好玩。尤里不知道，真的。不是说我们设了个圈套什么的。要知道尤里是真的喜欢你。”

“我。”华耶淡淡地重复道。

“对啊。你肯定看得出来，战争游戏的时候他都不愿意帮我们对付你。”

“可维克叫我男人手。”

“人类都管那叫开玩笑。维克给几乎所有人都起了外号。再说一遍：我，维克，都是混蛋，好吧？并不是说世界上每个人的想法都是一样的。再说了你也可以反击呀。比方说，你可以告诉维克他那么叫你只是因为他的手精致无比像个女人。就是这样。总之，我从没听尤里那么说过。我敢说他肯定觉得你的手很有女人味。我是说，你见过男人的手吧？”汤姆举起了自己的手，“可以把人的脑袋都包起来。”

华耶终于停了下来，似乎是在考虑。“那我现在应该怎么做？”

“回去，然后……我就不知道了。和尤里谈谈吧。别打他啊，类似的事情也别做好吗？”

“你们赌什么？”

汤姆揉了揉脖子。“你喜欢尤里吗？要是不喜欢，也可以跟他直说。要是喜欢的话，我就输三十块，没什么大不了的。”

华耶挪动了一下身子，深吸了几口气，似乎是在鼓起勇气。她抬起头看着汤姆的眼睛。“你觉得我应该和他在一起吗？”

“这个不该我来说吧？”

“你可以。你觉得我是不是真的应该和他出去约会？你赌不应该。跟我说说你的理由？”她的目光中有股奇怪的紧张感。汤姆盯着她，一脸困惑。华耶的脸红了。“我只是不想犯错，仅此而已。”她咕哝了一声，低下了头。“我只是不想做错事。”

“华耶。”汤姆笑着戳了戳华耶的肩膀，“又不是要你直接嫁给他。”

华耶的脸更红了，她躲到一边，说：“好，好，我去跟他说我愿意，好了吧？”

汤姆看着华耶匆匆离去的背影，不知道为什么有人想约她出去会让她这么生气。要是哪个女孩儿喜欢汤姆，他肯定会乐翻了的。

第十五章

汤姆没有回博物馆。他觉得最好给华耶和尤里一个机会，让他们去做本来打算要做的事。以他对维克的了解，维克肯定会一直盯在附近，直到确定自己赢了，然后再回来跟他炫耀一番。

于是，汤姆就坐在路边，两手支着脑袋等维克出来。正在这时，一个声音把他给吓了一跳。“汤姆！汤姆·雷恩斯！嗨，这边！”一辆豪华轿车停在了他的面前，声音正是从车里传出来的。

呃。他认得那个声音。

汤姆抬起头。“你在这儿干什么，道尔顿？”

“听说你在这儿附近，我是专程过来找你的，上车。”道尔顿指了指车里。

“我很忙。”

“不，你不忙。我已经等了你很久了。上来吧。”

“你想干什么？”

“别太没礼貌了。为了找你我还专门让卡尔·马斯特斯用了GPS定位。”道尔顿回答，“我们必须得谈一谈，上来。”

司机下车打开了这一侧的车门，汤姆暗自提醒自己，道尔顿是道明·阿格拉公司的人，不能随便得罪。

他回头看了一眼博物馆，维克还没有出来，于是他上了车，双手插兜，懒洋洋地坐上了后排的座位。“我不能离开太远。”

“没问题。”道尔顿朝司机点了下头。轿车在华盛顿特区繁忙的街道上行驶，道尔顿给自己倒了些褐色的饮料，然后把瓶子递给汤姆。“苏格兰威士忌？”

汤姆摇了摇头。“上边不允许。”

“你真以为他们会因为你喝了两口就把你踢出尖塔吗？我知道他们定了不少规矩，但只要我说句话，他们就会假装没看见。”

“我不喜欢喝酒。”就连闻一闻都让他觉得恶心。

道尔顿看了看他，一幅你知我知的表情。“让你想起你家老头子了吧？”

汤姆在裤兜里握紧了拳头，想象着用酒瓶砸道尔顿脑袋的画面。

“嗯。”道尔顿挥了挥手，似乎是要进入正题。“我们已经谈过一次了，汤姆，关于你在未来接受道明·阿格拉公司赞助的可能性。”

“嗯，不过我不明白，”汤姆插话道，“我只是个下级生，连中级都不是，离战斗级还远着呢。”

“这种事情要早做准备，比你想的还要早。在招募战斗员的问题上，道明公司曾因下手晚了吃过亏，其他公司的动作都很快，所以我们决定早点动手，好巩固彼此的忠诚度。”

汤姆一下子明白了过来。他笑了起来。“你是这个意思吧：以前曾经有人将要升入战斗级，并且有机会选择赞助商，结果他们没选你们，是吧？哈。你觉得他们为什么拒绝了你们，道尔顿？是因为你推销不利，还是因为大屠杀的事？”

道尔顿紧紧握住了玻璃杯。“相信我，只要愿意，我们随时可以招募更多的战斗员，汤姆——只不过我们需要的是合适的人选，那些能让我们惊叹的家伙。打个比方，如果我们和某人从下级生起开始合作——”那个“某人”非常具有针对性，“我们就会有足够的时间把他栽培成我们需要的那种光彩照人的战斗员。”

“光彩照人，就像卡尔·马斯特斯一样。”

道尔顿打了个寒战。“卡尔的情况完全不同。至于你的另一项指控……”

“你说大屠杀？”

“非洲发生的事情很难称得上是大屠杀。”

“我上一次查资料的时候，杀死十亿人还只被称作屠杀。”

“屠杀指的是因为国籍或民族的原因，系统性地灭绝某些人群，非常邪恶。我们所做的不一样。那个地区一直在有意识地反复偷窃我们的财产——因为，不管你喜不喜欢，你吃的都是我们的财产，而且那些国家的农民根本没有付专利费的意愿。只要容许一个地方例外，其他地方就会觉得他们也可以例外，过不了多久公司就不复存在了。我们的作为没有丝毫恶意，那只是一个保证道明·阿格拉公司能够继续存在下去的商业决定而已。”

“我敢说那些死人一定很高兴，杀他们的人没有恶意。”

“而且我们已经承认这种策略很糟，即使是现在我们也承认很有必要反思这种做法。还是想想我们取得的成果吧：那个地区一直动荡不安，要是没有轰炸，那里是永远也不会和平安宁的。自从瓦解那一地区后，我们就再也没有在战争中死过一个人。是中子弹造就了当今的世界。”

“嗯，现在当然不会有人再发动战争了。”汤姆辩解道，“联盟拥有所有的一切，其他人还能有什么选择？而且大家都知道面临的是什么下场，又怎么会有人起来反抗？”

“听起来像是你父亲会说的话。”

“不，这是我的想法。是我……”汤姆一下子明白了过来，“是我在拒绝你。不可能。我决不会帮道明·阿格拉，即使这意味着失去成为战斗员的唯一机会我也不会。”他看着窗外的街道，错的就是错的，而且他离博物馆已经很远了。“让我下车，道尔顿，我拒绝，没得商量。我们谈完了。”

“别傻了，汤姆。我又没让你今天就做决定。”

“嗯，好，但我就要今天定。”

“好吧。”道尔顿举了举酒杯，“你今天做了决定，但我们这次见面的目的不是要讨论你能为我们做什么，而是要谈谈我们能为你做什么。”

“你做什么也改变不了我的主意。”

“当然，当然。那就看个东西吧，我只有这一个要求。”

轿车停了下来，道尔顿等司机下车开门——好像自己开车门太掉价了一样，汤姆则自己打开车门跳了下来。道尔顿紧跟着他下了车，留下司机在后面关门。他们正站在一条林荫大道上，周围树木葱郁、空气潮湿，汤姆看到国会大厦的圆顶在远处若隐若现。

前面有一座废弃建筑，门上没有标识，建筑的墙上挂着一块牌子：内有监控。

“来吧，汤姆。”道尔顿指了指牌子，“这表示今天开门。如果挂‘内有猛犬’，那就说明今天不营业。非常有城郊中产阶级的风格，是吧？我们自己想的小幽默。”

呃，到此为止吧。汤姆不想再待下去了。

道尔顿沿着台阶走了下去。汤姆看了看四周，周围既没有地铁站也没有出租车。他深吸了一口气，然后也踏上了台阶。不管道尔顿想让他看什么，就看一眼，然后立马扭头走人。

越往下走，经过的门越多，周围的装饰就变得越精致。干裂的木头台阶变成了大理石的，磨损的橡木门也变成了带有石膏雕饰的大门。到达最底层后，道尔顿把眼睛搭在了一个虹膜扫描器前，面前的石墙升了起来，一扇不锈钢栏杆制成的吊门咯吱咯吱地升了起来，露出了后面的房间。

他们走进了一座大厅，室内有一间酒吧，天花板和墙面上的巨大屏幕投射着郁郁葱葱的自然景观，餐桌散落其间，每张桌子都有保护隐私的帷幕，隐隐约约可以看到坐在里面的人。

道尔顿挥手指了指大厅。“这就是贝灵格俱乐部，汤姆。华盛顿特区的精英们经常会来这里放松。政治家、在附近的联盟成员、外国大使，还有那些你听都没听过的幕后玩家。总之，都是精英里的精英。现在这里也会为你敞开大门。作为尖塔招募的新兵，你应该有口令币吧？”

汤姆伸手从口袋中掏出了那枚带有合众国太阳系部队徽章的硬币。

道尔顿用指尖敲了敲硬币。“这就是你来这里的通行证，汤姆。只要你想来，随时都可以。不管想要什么，都可以让他们送来，记在我的账上，都算我的。你就把这当成扩展社交圈的第一个机会吧，以后这种机会还有很多。”

“我更适合跟不在社交圈里的人混。”汤姆看了看四周。几个标识牌指向了这里提供的不同奢侈体验：桑拿浴室、网球场、水疗中心，以及其他他一点儿也不感兴趣的东西。

汤姆刚准备转身告诉道尔顿这些，就发现远处的墙上有一副虚拟现实面板。

道尔顿笑了起来。“啊，那个啊，当然。那是给国会议员的孩子们准备的。有时候尖塔里的人也会来。所以这些隔间都有虚拟现实接口，而且还有神经处理器端口。”

“什么？我可以在这里联网？”

“有些卡美洛级的学员经常来，汤姆。他们喜欢这里隐秘的环境。尖塔里所有的网络传输都受到了监控。所以要是，比方说，和女朋友见面啊，或者体验某些虚拟实境的时候，还是这里方便些。”道尔顿给他使了个眼色。“毕竟，我还记得十几岁的时候是什么样子。”

汤姆明白了他的暗示，但并不喜欢他脸上的坏笑。这家伙居然在和我妈约会，他想道，真恶心。

“你是纯粹出于一片好意才让我看这些的？”

“确实如此。”道尔顿回答，“我认为付出必有回报。”

换句话说，他想让汤姆来这儿，觉得自己欠下了人情，有归还的义务，最好还能连本带利。汤姆回头看了一眼那间带有端口的隔间。也许能在不受监控的情况下连接网络确实有用，不过他也不确定。这个地方总有些什么让他感觉有点儿瘆人。这里没有窗户，能听到帷幕里的人声却看不到人，还有那扇不锈钢栏杆吊门，这一切都让他觉得这里可不光是富人俱乐部那么简单。

“好了，谢谢你让我看到这些，我该回去了。”

不过道尔顿却挥了挥手，叫来了站在墙角的大个子，那家伙头发剪得很短，脖子壮硕无比。“海顿，麻烦你带雷恩斯先生看看这里的个人神经端口。然后送他回五角大楼。”

那个叫海顿的家伙点了点头。

汤姆有些恼火地跟在那个大个子身后。“我不需要人送，坐地铁就行了。”

大个子闪到一边，让汤姆进入了装有神经端口的隔间。汤姆好奇地观察着四周。嗯，确实很漂亮，比尖塔里那些床位好多了——这里摆的躺椅非常漂亮，汤姆觉得普通人一年的工资都买不来那玩意儿。

“很好，我最好还是先……”

海顿走了上来，硕大的身躯挤得汤姆在屋里踉跄了几步，就像是一堵墙一样挡在了前面。汤姆想要从他旁边绕开，却发现自己被推向了躺椅的方向。

“等一下，等一下。”汤姆一边挣扎一边叫，“你要干什么？放开我！”

道尔顿在门口露出了头。“需要帮手吗，海顿？我可以再叫几个人来。”

“我搞得定。”海顿一把将汤姆按在躺椅上，汤姆差点连气都喘不上来了。一只大手抓住了他的下巴，汤姆的头动不了了，他使劲踢着海顿，但那感觉就像是在踢一堵墙一样。一个东西戳了戳他的后颈，导线连接在了脑干上。

画面在他的眼前飞速变换，汤姆似乎离开了自己的身体。感觉很像虚拟实境应用课，但他并没有进入新的躯体，也没有哪个正在运行的实境让他进入，只有那熟悉的全身无力感和残存的一丝感官。海顿将他平放在躺椅上，汤姆感到一阵恐惧。他们到底要干什么？

海顿松开手，汤姆勉强还能睁开眼睛。“你们……你们……”

“开始吗，先生？”海顿的声音低沉而模糊。

“开始吧。”道尔顿说，“这小子不配合，先把这点搞定，调节一下行为。”他弯下腰看海顿敲打键盘。对，引子就用这个。要四个小时？“

“差不多吧。而且我建议就先安装那个，不能让他一次消失太久。”

“好。我们可以等他回到尖塔后再做进一步更新。我在那里也有人。记得一定要植入指令让他下星期回来安装其他软件包。”

汤姆感到一阵恐慌，他想要挣脱开这一切，但却无能为力。“道尔顿，你要把我怎么样？”

道尔顿从兜里掏出一根雪茄。“你总是叫我‘道尔顿’，太缺乏尊重了，汤姆。从今往后，都要叫我‘普雷斯特维克先生’。”

“放开我，道尔顿，小心我杀了你！”

道尔顿点燃雪茄，雪茄头在昏暗的光线中闪着红光。轮子滑动的声音在汤姆耳边响起，有人推了把椅子给道尔顿。道尔顿坐在汤姆身旁，跷起二郎腿。“别担心，小子，不疼的。”他无所谓地耸了耸肩，“至少别人是这么告诉我的。”

“为什么要这么做？”汤姆勉强能看到海顿正在输入什么。那东西肯定会被输入他的大脑，这念头让他感觉一阵恶心。他们想把什么东西塞到他的脑子里？

道尔顿笑了起来，空气中弥漫着雪茄的烟味儿。“得了吧，小子，你真以为我要提供给你一个机会吗？真的吗？你就那么天真？”

汤姆感觉非常愤怒，他要杀了道尔顿，一定要，只要自己能动。“放开我，不然我把雪茄插到你喉咙里！”

“会让你走的，汤姆，很快。到时候你就是一个好孩子了。要和我们合作，你还有好多需要改变的地方。”

“我不和你合作！”

“安静，汤姆。我向你保证，你一定会的。能成为一项有价值的财产，多幸运啊。而且我知道尖塔里有人关心你的利益，因为马什将军已经向国防委员会提交了报告，建议把你作为潜力股重点培养。”

这个消息让汤姆吃了一惊，有那么一瞬间甚至让他忘记了恐惧。

“由于你对我们公司的诸多微词，我们没办法让你来代表道明·阿格拉。”道尔顿拍了拍汤姆的前额。“因此，海顿将给你安装一些数据，好修正你从你家老头子那里继承的错误观念。之后呢，汤姆？等这边完事儿了，我们俩就是好伙伴了。”

“才不会是呢。”

“不，会的。而且，啊……”道尔顿半是调笑地朝汤姆的胳膊上打了一拳，“有我们支持你，升入卡美洛级绝对不成问题，而且我们会确保这一天很快到来。你会成为真正的英雄，想想那些女孩子，汤姆。你从没交过女朋友，是吧？她们肯定会抢着来找你的。”

“闭嘴，闭嘴。”

“第一批数据准备好了，普雷斯特维克先生。”海顿说。

不要，汤姆感到万分的恐惧，*不要，不要，不要*……

道尔顿笑了笑。“给这小子好好上一课。”

信息不断流入汤姆的大脑。道尔顿坐在椅子上，抽着雪茄，看着他的脸。程序正在控制着神经处理器，将数据源源不断地植入他的大脑。他想要抵抗，咬紧牙关，拒绝那些数据，但只坚持了一小会儿。

没过多久，他就分不清哪些是原来就属于他的信息，哪些是后面输入的了。恐惧感渐渐消退，汤姆不再抵抗。他的眼神在天花板上游移，指令和代码一遍又一遍地轻轻清洗着他的大脑，他已经不记得自己一开始为什么会那么害怕了。他躺在那儿，感觉自己的大脑正在被重组。

汤姆正在慢慢变成另一个人，道尔顿从头到尾都看着他的脸，观察着整个过程。

一个小时后，海顿说：“第一层安装好了。”

道尔顿站了起来。“是吗？干得好。你，汤姆，是个好孩子了。我们会成为真正的朋友，你和我，是不是？”

汤姆回答：“我——会的。”他对情况还有些迷惑，但感觉告诉他，道尔顿说的肯定没错。

“叫我普雷斯特维克先生。”

“普雷斯特维克先生。”

“这才是好孩子。”普雷斯特维克先生拍了拍汤姆的脸颊，“下周六见。”

汤姆不清楚海顿为什么给他看神经端口。他正独自一人站在贝灵格俱乐部的一间空屋中，眼睛盯着端口。他觉得自己好像忘了点事情，但说不上来是什么事。

“雷恩斯先生？”海顿的大脑袋伸了进来，“你的车备好了，随时可以出发。”

“哦，好的。”汤姆感觉有些晕乎，他甚至不知道普雷斯特维克先生去了哪里。大概是在让海顿带他看看这地方之后就走了吧。大脑里的时钟告诉他现在是17时整。已经过去这么久了？为什么……怎么……而且……难道他……？

大脑里的什么东西阻断了这个想法。

访问受限。

这几个字在他的脑海里反复出现。

访问受限。访问受限。

汤姆看着这句话，意识到自己的大脑里有个部分不能访问，他感到一阵空虚。尽管挣扎着想要绕过这句话，但他的短期记忆已经消逝，他已经想不起自己为什么会感觉空虚了。

汤姆走上楼梯，在户外阳光的照射下朝那辆私家车走去。他忽然又想起了普雷斯特维克先生，也许自己以前那么对待普雷斯特维克先生并不公平，那么毫无理由地憎恨他，真不知道是为了什么。

他还记得普雷斯特维克先生的雪茄味……

访问受限。

什么？这个词组如电击般突然闯入了他的脑海。他审视着自己的内心，目瞪口呆。这是……这是……？

随着记忆的重组，汤姆的恐惧感又消失了，无害的想法又将他的大脑包裹了起来。父亲总是说什么道明·阿格拉公司故意摧毁了所有自然生长的作物，用他们那种基因工程改造过的能够自毁的作物取而代之。但事实并不是那样，那只是个意外。发生那种情况只是因为道明·阿格拉公司的作物质量更好，他们只是一不小心成了全人类的粮食供应商而已。很简单的作物杂交而已。当然，中子弹的事和他们有关系，但他们每天提供的食物不也救了几十亿人吗？也许他们是强制所有人每年支付作物使用费了，但这难道不是一笔好买卖吗？

汤姆坐进了那辆窗户漆黑的私家车，他曾经如此憎恨的这个世界忽然一下子变得美丽了起来，这让他感觉晕乎乎的。贝灵格俱乐部可真了不起。司机已经知道他下周还会过来，就好像会心灵感应一样，汤姆不由自主地同意了司机的意见，请他下周六的11时整过来接自己。

回尖塔的路上，汤姆靠在轿车舒适的皮质座椅上，满脑子想的都是：也许，也许，道尔顿·普雷斯特维克其实是个大好人。

第十六章

回到亚历山大学院后，汤姆发现维克已经在他的床上留了一张条子：我猜你是怕面对自己可耻的失败而先开溜了——但你必须得付钱，小子！胜利游行将在楼下举行。

汤姆深吸了一口气，做好了即将被当众羞辱的准备，他走进比默的宿舍，想要看看能不能拉那家伙起来吃晚饭。

“比默，想一起……”汤姆止住了话头。

比默的床铺已经被清理一空。奥莉维亚·奥萨雷正在打包比默的行李：几本日记、一张女朋友的照片，还有几件平民的服装。

“比默呢？”汤姆问。

“你好，汤姆。”

“他去哪儿了？”

奥莉维亚双手交叠地坐在了比默的床边。“先坐一坐？”

“不要。”汤姆没有动。这就是变化。他刚刚习惯了一个想法：一切都将安逸下去，一直到这个周末。但很显然混乱马上就降临了。汤姆忽然发觉自己一点儿都不喜欢变化。

“斯蒂芬前段时间过得很艰难。他要离开几天，接受评估，以便确定是不是需要帮助。”

“为什么你要打包他的东西？”

奥莉维亚眨了眨眼。“也许不止几天。”

“他是不是像布莱克伯恩一样疯了？”

奥莉维亚哼了一声，似乎是想笑又及时忍住了。“不是，斯蒂芬只是有些焦虑。我们给了他时间，但他的情况越来越糟。是时候让他离开这里接受真正的帮助了。”

“那接下来呢？他们就不能给他长些新脑细胞吗？那样会不会有用？我在什么地方读到过。”

奥莉维亚拉上了行李箱的拉链。“汤姆，神经移植的应用非常有限，一般都是针对出生时额叶发育不足的病人，只有反社会分子、精神病、大脑受损的人才用得上，比默不需要。”她把行李箱放到一边。“我不能保证他还会回来，汤姆，但我觉得你不需要担心。他的神经处理器安装时间还不长，最糟糕的情况也就是做手术取出处理器，回到过去的生活状态而已。”

汤姆退回到了亚历山大学院的走廊，感觉好像心里被挖了个洞。没有什么东西是绝对确定的。就算是在这里，在这个他本以为能找到些许稳定的地方——事情一天之内就会发生变化，瞬间一切就都会失去。

他在楼下找到了维克、尤里和华耶，把这个消息告诉了他们。

尤里正忙着握住华耶的手，华耶正忙着感觉尤里的手，两个人都没有思考这个消息。只有维克似乎是真正听清了这个重磅炸弹，点了点头，感觉一点也不惊讶。

“这是意料之中的事。他刚开始翘课的时候你是怎么以为的呢？”维克说，“那么做肯定是会有后果的。”

“他们没有惩罚他，维克。他们觉得他疯了。”

“听着，汤姆。”维克挠了挠头。“比默是个好小伙子，他确实是。幽默、悠然，但有时候这也是个问题。他到这里后都做了什么？有人愿意削尖了脑袋进入这个项目，我说真的，要是那么做能够让他们被录取的话。比默呢？上网会女友，下载作业不消化，在虚拟课和体育课上能死多早就死多早。”

汤姆盯着维克，感觉自己似乎不认识他了。“你说的就好像他活该一样。”

“我想说的是，也许他一开始就不该来，也许他不适合这里。你还记得被正式录取前我们所做的那些心理测试和扫描吗？”

汤姆看了看维克，又看了看尤里和华耶。什么测试？他们为什么都在点头，好像明白是怎么回事一样？

“比默应该明白，这是件很严肃的事。”维克继续道，“也许他只是终于意识到了而已。”

这些话并没有让汤姆感觉好一些。

接下来的几天，汤姆总觉得有点不对劲儿。说不上来具体是因为什么，但又觉得自己和周围有些不同调。有时候，有些东西——比如虚拟实境应用里的一道烟柱，浴室里升腾的雾气——都会让他想起贝灵格俱乐部，但访问受限几个字紧接着就会跳出来，有关的记忆又会消散得无影无踪。

那种缺少点儿什么的感觉还在。他发觉自己待在宿舍里的时间越来越长，其中的大部分时间都被花在了观看美杜莎的最新战斗视频上。只有这件事能赶走那种奇怪的感觉。他经常会想起特洛伊城墙外自己死前所见的美杜莎脸上的诡异笑容，并不断地想象下次他们见面时会发生什么。

距离升入战斗级应该还有好多年，如果能成功的话。再次和美杜莎对战还需要等好多年。

汤姆决定了：他不能再等下去了。

他溜进了军官层。这事做得很小心，华耶在午餐的时候告诉他们她傍晚要和布莱克伯恩一起去地下室尖塔的主处理器那里，为格式化过的神经处理器配置网络。

“要多久呢？”汤姆问，他觉得自己的语气很随意。

“三四个小时吧。”

三个小时对汤姆来说绰绰有余了。华耶和布莱克伯恩去地下室后，汤姆把自己的GPS信号转接到了从华耶那里弄来的路由器上，然后把路由器放到了洗手间。做完这些，他就朝军官层走了过去。这次他没去军官休息室——那里任何人都进得去。

去布莱克伯恩的办公室，只有一个人能进到那里打扰他，而他很清楚那个人接下来的几个小时在什么地方。

他把神经端口接到布莱克伯恩的桌子上，尽力无视自己那剧烈的心跳。能做到的，自己已经做过两次了。

汤姆把注意力集中到神经处理器上，体会着大脑里的嗡嗡声，探索着尖塔的连接，接着就又发生了。他抽离出了自己的身体，融入了尖塔的网络。他让自己随波逐流，大脑先连上了卫星，然后是水星附近的飞船，接着是强力能源公司的钯矿，然后退回，抓住了通往太庙的数据流。

连接在网络上的IP地址一个接一个地从他的意识中闪过。他故意用很慢的速度查阅IP地址，每隔几秒钟就提醒一下自己，自己是人，和那些从四面八方涌过来的由0和1组成的数据流不同……

那个IP登录了，和尖塔数据库中记录的战斗员美杜莎的IP地址相同：2049:st9:i71f::088:201:4e1。

他的意识在椅子上麻木的躯体和外国网络中来回穿梭。念头一闪，神经处理器里的网信功能就被激活了，他锁定美杜莎的IP地址，决定冒人生中最大的一次险：

你在泥土上拖着我，还杀了我。我要亲手报仇。狂人敬上。他把自己最喜欢的虚拟现实决斗网站的网址附在了后面，然后把消息发到了美杜莎的神经处理器。

汤姆回到自己的身体，因为自己刚才的大胆行动而战栗不止。他的双手湿漉漉的，心脏狂跳。成了吗？不知道她收到了吗？

只有一个办法能够确认。

他登录了那个决斗网址，做好了长时间等待的准备。眼前的景象变了，石墙环绕四周，墙上插着火把，这说明有人已经设置好了对战界面，也就是说，美杜莎已经来了。

汤姆大笑着，他简直不敢相信。

这一切真的发生了，都是真的。

他转了个身，表皮下肌肉收缩的感觉让他吃了一惊。神经处理器将电子游戏的参数翻译成了3D的。他低头看了看自己的身体，一个写着自己角色信息的对话框跳了出来，齐格弗里德[①]，传说中拥有无穷力量的英雄。

“我觉得你需要先回答一个问题。”

一个低沉而洪亮的女声传了过来。汤姆转过身，火盆的对面，石室的另一端站着一个金发女郎，个头很高，肌肉发达。火光照亮了她那白皙的脸，身份信息框跳了出来：布伦希尔德，传说中的女武神，被驱逐出了瓦

① 北欧神话中的英雄，传说他进入了阿尔卑斯山上主神奥丁禁锢女武神布伦希尔德的城堡，唤醒了女武神，两人堕入爱河。

尔哈拉神殿[1]。冰岛女王，世上最强大的武者——除了齐格弗里德，她的真爱与唯一能与她匹敌的人之外。

汤姆笑了起来，他就是忍不住，任何一个男性都不可能挑选这两个角色的。“我就知道你在真实世界里是个女生，我就是知道。”

美杜莎没有接他的话。“你是怎么把消息发到我的神经处理器里的？”她边朝前走边问。

“网信。你的神经处理器也有这个功能，不然你是不可能收到的。那么做还挺酷的。只要打出几个字，或者想一想，信息就发出去了。不过还是打出来更容易。”他曾经试过单纯用想的给维克发信息，结果脑子里各种乱七八糟的无关想法把信息搞了个一团糟。他可不敢在联系美杜莎的时候冒这个险。

美杜莎想了想。“所以你故意接入了我神经处理器里的那个程序。但这还没有回答我的问题，你是怎么穿过防火墙的？”

“也许我只是很厉害。”汤姆提醒道。

“这不算答案。”

“想知道答案得先杀了我才行。”他希望这能激起美杜莎的战斗欲。

结果很奏效。“哦，你会死的。”美杜莎同意道，“再死一次。”

汤姆兴奋地笑了起来，他拿起角色的长枪，冲了上去。强壮的齐格弗里德飞身跳过火盆，直取金发女郎的命门。长枪与长剑相碰，两把兵器喷射出阵阵火光。

汤姆后退一步，握着长枪。“这武器真不赖。”

“我经常来这里。属性是我自己修改的。”

“真棒。”

---

① 北欧神话中的主神兼死亡之神奥丁接待英灵的殿堂。

"谢谢。"美杜莎一剑刺向汤姆的喉咙。

这场战斗和上次正好相反：他更强壮，而美杜莎更敏捷。他一枪劈开了美杜莎手中的长剑，却也使自己失去了平衡——美杜莎一脚踩在他的肩膀上，飞身跃过火盆。

"漂亮，美杜莎。"汤姆一脚将火盆踢向美杜莎，一时间火花四溅。

火焰点燃了一副挂毯，美杜莎一把抓过挂毯，在靠近他的同时扔了过来。疼痛抽干了他肺里的空气，接着美杜莎又一剑刺进了他的胸部。美杜莎还没来得及闪开，汤姆就一把抓住了她，他想要拧住美杜莎的脖子，但只见美杜莎把手伸到了桌上，又摸到着火的墙，然后伸向烛台。汤姆再次掰住美杜莎的脖子，美杜莎一把将烛台插在了他的两腿间。

那疼痛简直让人难以忍受，汤姆蜷缩着身子呻吟着，那感觉就好像真的一样。他忽然觉得接入网络和美杜莎对战绝对不是个好主意。

汤姆跪在了地上，美杜莎几步跳出了他的攻击范围。

汤姆断断续续地呻吟道："你……肯定……是女孩儿。"

美杜莎的剑在火光中闪闪发亮，汤姆还听得见她的笑声。

"你肯定是。男人绝不会用那一招！"汤姆补充道。

"我可从没说过不是。"身后熊熊的火光让美杜莎的形象显得高大无比。浓烟刺痛了汤姆的喉咙，他剧烈地喘息着，想要拿起自己的长枪，美杜莎一脚将枪踢到一边，并用剑顶住他的喉咙。

"为什么给我发信息？"她的目光越过剑尖盯着汤姆。

"为了这个。"

"就为了让我再杀你一次？"

汤姆微微一笑。"不，为了杀你。"他一脚扫倒美杜莎，伸手抓住美杜莎握剑的手臂，然后——一把匕首顶在了他的喉咙上，使他不得不停住了动作。

“下次想死的时候，别再黑进我的处理器了。”美杜莎说，“有可能被人跟踪到。”

“我愿意冒这个险。”汤姆说。

“我不愿意。我会给你个网址，是个交友留言板，那样更安全些。我会盯着那里，所以你要是在那里发了点什么，我会很高兴再杀你一次的。”

汤姆想了想。“就写‘狂人求战士’？”

“还是‘求恶魔’吧。”美杜莎说完了。

汤姆隔着刀尖看着她，真希望自己能看到她的真面目，真希望自己能确定她说的是不是真的。“你真的会去留言板看？”

“会的。”她保证道，然后一刀割开了汤姆的喉咙。

汤姆在布莱克伯恩的办公室里睁开了眼睛，刚才真是太赞了。美杜莎答应和他再会。她真的同意了。汤姆摸了摸脖子，那种被割开的感觉还没有消退。

他注意到神经处理器发来的一条警报，全身一下子僵住了。

来之前他曾设了一条警报来跟踪布莱克伯恩在尖塔内的GPS信号，布莱克伯恩一回十一楼，警报就会发出。但他刚才打得实在是太投入了，完全没有注意到。他的心提到了嗓子眼儿，听声音布莱克伯恩已经走出了电梯，汤姆根本没有时间从走廊里溜出去。

他刚藏到桌子底下，门就打开了。

“……而且你应该先在神经处理器的模拟器上试一遍新程序。”先进来的是布莱克伯恩那沉重的脚步声，然后是华耶的声音，更轻一些，门在他们身后关了起来。汤姆感觉汗水正不断地从他的额头上流下来。他尽量蜷缩在桌下靠里的地方，心脏狂跳不止。这可不妙啊。一点都不妙。

布莱克伯恩在屋子里走来走去，汤姆看到他的靴子离自己只有几英尺的距离。桌子颤抖了一下，抽屉被拉开了。布莱克伯恩肯定很快就找到了要找的东西，因为桌子很快就又抖了一下，抽屉又关上了。

“给，用这个，恩斯洛。像你平常那样弄个程序，它会告诉你个人在处理器层面和生理层面会对你所编写的代码产生什么反应。这样实验起来更安全，你就不需要拿其他学员来当实验品了。哦，这个应该也能用得上。”

桌子发出一声巨响，吓了汤姆一跳。他抬起头看了看，不知道是怎么回事。

“认知科学教科书？”华耶的声音传了过来。

“对。我知道一页一页翻书有些烦——”

“我不介意。”

“你不……你真不介意？”布莱克伯恩的声音里有几丝赞赏的意味。“哦，军方觉得把这个放在订阅源里没什么用处——尽管我一直在劝说他们，脑子里安了电脑的人应该对大脑也有些了解，而不仅仅是去了解电脑。里面的有些研究已经过时，我把那些部分都划掉了。不过你还是看看吧，这是我的启蒙书，简单易懂。你要是想学习怎样像我那样编程，那你最好先研究一下人类大脑。”

布莱克伯恩坐在了椅子上，他的膝盖正好在汤姆的脑袋附近。汤姆紧贴在写字台的背板上，尽量把腿蜷缩在胸口，好不让布莱克伯恩的靴子踢到他。外面不时传来翻书的声音。

“精神分裂症的多巴胺假说。”华耶念道，停了停，然后赶紧补充道，“书正好翻到了这一页，我不是故意的。”

“正好翻到这一页是因为我曾经天天看这一页，看了将近一年。我就是从这里开始读的。第一次给自己的神经处理器重新编程的时候，我就试着控制多巴胺的含量。事实证明，光这样还不够，不过这总归是一个不错的开始。”

“你就那样拿你自己的大脑做实验？”

“反正我也没什么好失去的。我的心智已经不健全了，工作也没了，妻子……”他忽然停了下来。

周围一片寂静。汤姆都能感觉到华耶正在绞尽脑汁想要说点什么——他对华耶已经很了解了。

“变疯是什么感觉？”华耶忽然说。

华耶，别问这个啊。汤姆畏缩了一下，布莱克伯恩肯定会让她后悔自己问了这个问题的。

布莱克伯恩没有说话，汤姆能听到他的手指敲击桌子的声音。几秒钟后，他回答道：“这要看情况，恩斯洛。完全不知道什么是得体的行为应该是什么感觉？”

华耶没有料到布莱克伯恩会反问。“嗯——噢!抱歉，我不是要……”华耶的脚步声又传了过来，接着是一声响，她坐在了另一张椅子上。汤姆暗自期望他们可别是打算要开讨论会了。“我不是想要冒犯你。”华耶说，“有一年夏天，我妈妈曾打算教我们怎样与人交谈……不过最后，她只是建议我有人在的时候最好不要说话。”

布莱克伯恩干笑了两声。“说得好。”他伸了伸腿，靴子尖距离汤姆的屁股只有几英寸的距离。汤姆赶紧扭动身子闪到一边。“变疯是什么感觉？就像……那时候，感觉就好像忽然开了天眼一样。”

“就好比安上神经处理器之后，你发现自己知道以前不知道的事情？”

“比那更厉害。我发现自己的思维能够看穿现实的表面直击真实的内核。那时候，我觉得处理器让我理解了整个世界。我想和人分享自己的新视角，但所有人都无视我。再也没有比那更让人感觉受挫的事了。我开始怀疑他们是故意忽略我，然后我确信他们都在合起来对付我。我开始妄想，觉得全世界的人都疯了，只有我是清醒的。我看待所有的东西——按他们的话说，‘都会透过有色眼镜’。即使是现在，经过了那些……有些东西，发现之后就很难再忽视了。”

房子里安静得可怕。

“还有什么尴尬的问题想问吗？”布莱克伯恩提醒道，“要问就一次都问掉。我说过我最需要的就是能够得到你的信任，因此我会做出相应的努力。最好现在就当面问我，总比以后问别人强。”

“呃，那，你的脸……他们说你发疯的时候曾想把脸撕下来。”

布莱克伯恩笑了起来。

“但我觉得那些疤不是那么来的。”华耶继续道。

“只不过是我前妻的道别礼物而已，用的是她的指甲。”

“哦。”

“就这些？”布莱克伯恩的声音有些生硬。一段沉默之后，他继续道：“很好。谈心时间正式结束，恩斯洛。”他站了起来，汤姆终于不用再抱住双腿了，听声音华耶也站了起来。

“关于什么该问什么不该问我也还是有些自知之明的。”华耶说。

两人朝门口走去，汤姆靠在写字台背板上，终于放松了下来。还好没被发现。

“看来你还有救。走吧，那些处理器可不会自己完成设定。”门打开了，然后又关上。

汤姆又等了一会儿，直到布莱克伯恩的GPS信号又回到了地下室，他才从桌子底下钻了出来，小心翼翼地溜出办公室上了电梯。

意识启动，现在时刻，0时整。

刚睡了两个小时的汤姆忽然睁开了眼睛。这可是头一次，以前他从来都没有半夜醒来过。

面对漆黑的夜晚，他一脸困惑，不知道自己为什么会醒过来。维克的鼾声从宿舍另一头传了过来，汤姆掀开被子下了床，却不清楚自己为什么要这么做。一个念头一直在大脑里催促着他，要他到外面的走廊里去。

汤姆跟着感觉走了出去，但即使到了走廊里那种感觉也还是没有消退。他得离开亚历山大学院，尽管按照规定每天晚上23时整之后学员们都必须待在自己的学院，但汤姆还是决定要出去。他来到了公共休息室，一个人站在黑暗中。

*我这是要干什么？这是怎么了？*他不禁想道。

这时，另一个学院的大门也打开了，卡尔·马斯特斯正站在成吉思汗学院的走廊里。“这边。”没等汤姆迈动脚步，他就转身朝里走去。

汤姆快步跟上，赶在门关上之前溜了进去，但他的脑子里却充满了难以置信的感觉。这是怎么了？我这是要干什么？

卡尔走上楼梯，到了成吉思汗学院上面的几层，他打开一间没人住的宿舍，汤姆跟了过去。

“好了，来吧，小白。”卡尔打开箱子，取出一个便携式数据芯片，上面还连接着神经导线。

汤姆扭头看了看。“我不知道自己为什么要来这儿。”

“嗯，这我清楚。趴到床上去。”

汤姆的心跳越来越剧烈。尽管所有的本能都告诉他不要这样，但他还是脸朝下趴在了床上。现在，只要卡尔愿意就可以把他揍个半死，而且汤姆根本没办法跟别人解释，自己为什么会在宵禁之后跑到成吉思汗学院的楼上。

“听说在这么多人中他们偏偏挑中你和道明公司合作时，我都快气疯了。”卡尔说，“要知道，这本该是我的场子。不过我得说，听说你拒绝他们时我都快高兴坏了。我要好好享受他们阉掉你的过程。旺财，你以为自己是个硬汉，哈？等到这些程序都装进你的脑子里之后，我们再看看你还硬不硬得起来。再过几周，你就跟植物人差不多了。”

汤姆趴在床垫上，咬紧了牙关，他从不知道自己能这么恨卡尔。

“我不要。”汤姆在卡尔拿着导线接近时说。

“真可惜，晚安喽，莱西。”卡尔将导线插在了汤姆的脑干上。

第十七章

周六早上，私家车在11时整准时出现，准备接汤姆去贝灵格俱乐部。今天的牌子上写着“内有监控”。汤姆沿着台阶走了下去，他把口令币按在虹膜扫描仪上，进到了里面。

大个子海顿领着他来到普雷斯特维克先生的桌前。普雷斯迪克先生叼着雪茄，打量着他，然后挥手示意他坐下。“午餐吃什么？点菜吧，我们过会儿要见见公司里的其他人。”

菜单出现在汤姆的视野中，但他却无法集中精神。

“卡尔给你安装更新了？”普雷斯特维克先生问。

“噢，那是当然的了。”卡尔坐在了汤姆对面，胳膊搭在桌布上。“你请我俩吃午饭，道尔顿？真奇怪你之前居然没有叫我，我还得自己付车钱。算你欠我的。”

普雷斯特维克先生看了看新来的这位，汤姆敢发誓，他的目光里充满了厌恶。“我正要把汤姆引荐给我们的人。我觉得我们的行为矫正已经取得了相当的成果。”

“那还用说！”卡尔大笑着在汤姆眼前打了个响指。汤姆一下子跳了起来，但什么也没说。“想不出什么聪明话说了，大黄？”

普雷斯特维克先生用恼怒的语气说：“卡尔，够了吧。”

“嗯，抱歉。”卡尔恶狠狠地对普雷斯特维克先生笑了笑，“我只想说，不管你给他安了什么，我都非常喜欢。”

“我们想要赞助一个战斗员，并把他当作我们的公共形象来培养。端庄、恭敬、有礼貌，这些都是必需的。”普雷斯特维克先生意有所指地说，不过从卡尔脸上的笑容来看，这个大个子根本没有听出普雷斯特维克先生所指的也包括他。“汤姆对编程的反应似乎很不错。”

编程。他们在给他编程。过去几天里那种模糊的、有些不对劲的感觉又冒了出来，原来是这样。汤姆一下子明白了过来，但他却不能将想法转化为行动。他发觉自己正盯着吊门上的不锈钢栏杆，只要关上，这里就像个笼子一样。他可以出去把门关上，这样他们就抓不到他了。他需要着手行动，他的大脑应该同意身体这么做，他要跑出去，告诉别人……

一个怪异的外来想法阻止了他的思绪：这可不是个好主意。*普雷斯特维克先生把他宝贵的时间和精力都花在了我身上，我怎么能走呢？*

而且汤姆跑不了，他根本无法行动。普雷斯特维克先生对他笑了笑，他也笑了笑作为回应。但那两种冲动——逃跑还是合作——正在他的大脑里纠缠，让他根本没有什么多余的精力来看菜单。而侍者正等在旁边，最后还是普雷斯特维克先生替他点了一道三文鱼。

卡尔用拇指指了指汤姆。“他对待权威的态度很有问题，所以才没按你说的点餐。”

普雷斯特维克先生没理他。“会好的，卡尔。我们搞得定。”

午饭后，普雷斯特维克先生带着汤姆在俱乐部里转了一圈，把他介绍给道明·阿格拉公司和兄弟企业的诸位高管。“我们最新获取的资产”，普雷斯特维克先生用的就是这个词。汤姆和他们握着手，进行着亲切友好的交谈，他有一种冲动——那些人把大把时间花费在了他身上，自己必须要好好表现才行。

汤姆认出了其中的一个人，探视日时那人曾看望过尤里。普雷斯特维克先生把手放在汤姆的肩膀上让他停下，然后在他耳边急切地低声说：“那位是约瑟夫·文格洛夫，黑曜石集团的创始人兼主要股东。那可是个大人物，你要对他表现出最大的恭敬。”

要是可以的话，汤姆一定会尽可能地对文格洛夫不敬，好羞辱一下道——普雷斯特维克先生。但在那个浅色头发浅色眉毛的人上下打量他的时候，他只是一动不动地站在那里。那人用一种带口音的英国上流社会的英语问：“项目进行得怎么样了？”

“很好。”普雷斯特维克先生保证道，“软件运行得不错，一切都和您预期的一样。我想未来我们还会有更多商业合作的，肯定还能找到不少适合我们的学员。”

“只要你用心找的话。这个怎么样？你在安装前彻底调查过他的背景吗？我告诉过你，这么做带来的人格改变是非常明显的，我们可不想被卷入诉讼。”

普雷斯特维克先生无所谓地耸了耸肩。“卡尔向我保证过，雷恩斯与绝大多数军官的联系都很有限，几乎可以说是没有。没人会注意到的。至于那个负责他们软件的家伙……”

“詹姆斯·布莱克伯恩，对。”

“完全不用管他。”

文格洛夫摇了摇头。“布莱克伯恩从来都不是什么大问题，他很好对付，只要你方法正确。如果需要的话，这孩子的程序正适合干这事儿。我关心的是家庭情况。自然，母亲那边我很了解，父亲这边呢？会不会给我们造成麻烦？”

普雷斯特维克先生笑了起来。“现在是……西海岸的午后吧，他家老头子这会儿肯定正睡在昨天晚上的呕吐物上呢。是吧，孩子？”他拍了拍汤姆的后背。

汤姆看着他，脑海中闪过一幅自己挖出普雷斯特维克先生眼珠的画面，接着另一个压倒性的声音在他的脑子里响了起来：普雷斯特维克先生是我的朋友。普雷斯特维克先生不会错。当众发火不是我的风格。

普雷斯特维克先生捏了捏他的肩膀。“是不是啊？”

同意普雷斯特维克先生的意见。

汤姆硬是把到嘴边的话咽了下去。决不。他决不会说那些话。

“呃，之前他还——”普雷斯特维克先生开口道。

文格洛夫举起一根手指，眼睛像鹰一般盯着汤姆。“这可是软件测试非常关键的一部分，让他同意你的意思。”

普雷斯特维克先生转向汤姆，抓住他的双肩。“我说得对不对，汤姆？”

汤姆紧咬牙关，下巴都有些疼了。文格洛夫与普雷斯特维克先生都紧紧盯着他，大脑里的声音在不断地催促：同意普雷斯特维克先生。感觉就好像他的头骨正在被什么东西挤压，就快要被压碎了。

“不对吗？”普雷斯特维克先生厉声问。

同意普雷斯特维克先生。

“嗯，也许对吧。”汤姆说，他忽然感觉到一阵难以想象的轻松，就好像卡在头上的钳子被取了下来。

文格洛夫点了点头，握了握普雷斯特维克先生的手。“我的人会带上支票联系你的人。”

“和您做生意真是愉快。”

过了一会儿，汤姆就被带到了隔间，进行第二次软件包升级。经过门口时，他离吊门只有几英尺远，他的眼睛一直盯着吊门，直到进入带有神经接口的隔间。他又被连上了线，更多的程序被输进了他的脑子。

汤姆后来又约了几次美杜莎，不过每次都是在自由活动时间用五角购物中心虚拟现实厅里的设备。他再也没办法溜进军官层布莱克伯恩的办公室了，不知道是什么原因，脑子里总是有个声音在警告他：别太引人注意。别引起布莱克伯恩的注意。别破坏规矩。

那声音不像是来自于内心，而且有时候一听到那声音他就会觉得有些恶心，但他对声音的要求却无法忽视，因为那声音总是让他感觉到有什么东西正在挤压他的脑袋。不过只要他一想其他事，就会忘记那声音曾经出现过的事实。

所以他没有直接连线，而是在虚拟现实厅里用普通电子游戏的方式和美杜莎对战。尽管损失了一部分战斗乐趣，但能这么一场一场地打下来，他也就不在乎那么多了。美杜莎每次都能打败他，虽然每次两个人都势均力敌——但美杜莎总是快那么一点儿，或者比他强那么一点儿。

美杜莎话不多，而且比起聊天汤姆更喜欢对打，所以开始的几次他们俩都没怎么用合成语音功能。不过一段时间后，两个人就开始语音聊天互相嘲讽了起来。汤姆每次都赢不了，所以就从小的方面来羞辱对方。（“啊，看看——你以为能打到我吗？不过至少那个吓傻了的农民被你给收拾了。”）而美杜莎则从大的方面进行回击。（“哦，不，你的脑袋哪里去了？也许是因为用得太少无聊开溜了？”）有时候，对战结束后他们还会再待一会儿，聊一聊刚才的经过。（“刚才要是躲开就能搞定你了。我用的可是屠龙斧。”“不可能，我一直在等着你躲呢，我已经准备好匕首了。”）有时候，对话的内容还会延伸到美杜莎进行过的真实战斗。

有一次，汤姆又说起了美杜莎在泰坦上的胜利，美杜莎反问他是不是在跟踪自己。

“是啊。”汤姆承认道。他甚至坦白说自己已经看过三百九十四遍美杜莎的战斗视频。

奇怪的是，坦白承认自己病态地迷上对方反而让美杜莎更喜欢他了。美杜莎不再那么戒备，开始用自己真实的声音进行语音聊天。作为回报，汤姆也换上了真实的声音。

美杜莎？嗯，绝对是个女孩儿。

“你那边几点了？”汤姆在一个周六的早上问，这么做只是为了能再听听她的声音。

“早上五点，显而易见。”

汤姆知道这是个蠢问题，他们都知道对方在哪个时区，但他并不在乎这个问题蠢不蠢。“你什么时候睡觉？”

“不蹂躏你和你的国家的时候。”

汤姆笑了起来，他忽然觉得美杜莎是他遇到过的最酷的人。“遇到你之前我可是保持了六年不败的纪录。”他调整了一下麦克风，好让美杜莎在虚拟现实厅嘈杂的背景声中听清自己说的话。他今天的形象是一个肌肉发达的蓝色食人魔，手里拿着具有激光枪功能的武士刀。

美杜莎的形象是一位埃及女神，蝙蝠状的翅膀收在后背上，两眼冒着火光。“遇见你之前我保持着八年不败的纪录，现在也还在保持中！”

两个人正在RPG游戏里闲扯。美杜莎又提起了汤姆自编的称号，因为她觉得汤姆的角色所用的名字“穆加特罗伊德”非常搞笑。汤姆又提出用“罗伊德”作为昵称，美杜莎还是不买账。

“有了！”汤姆说，“梅林[①]怎么样？”

美杜莎不喜欢。埃及女神变成一只大蝙蝠飞到了屋子的另一头，好像是打算要离开。汤姆的食人魔起身挡住窗户不让她走。女神发出一声大大的嘘声，眼中喷射出几道火光。

汤姆的食人魔抬起粗壮的手臂挡住脸。“梅林有那么不好吗？”

---

① 传说中亚瑟王的巫师。

“太卡美洛了。你说过你还没升入卡美洛级。”

“什么？你的意思是让我想个反卡美洛的名字？那也太扯了吧？反卡美洛在我的国家就跟叛国差不多。”

蝙蝠飞到他的头顶。“你现在不就是在叛国吗？和敌人见面。”

“我又没向你透露机密情报什么的。再说了，你也在和敌人见面。”

“嗯，所以嘛，也没多糟糕。又不是明天就要在现实中打一仗。”

“那你直接告诉我我的所谓称号该是什么得了，反正又什么作用都不起。”

美杜莎又发出一声嘘声。“称号得自己想。”

“我觉得这个不错，约斯梅斯特大人。”汤姆玩笑道，“黑体加粗。”

美杜莎的眼睛里又冒出了火花，这个名字她也不喜欢。

汤姆靠在椅子上躲开火焰。“全能自由神罗斯塔格爵士如何？”

美杜莎考虑了一下，又嘘了一声。

“好啦好啦，这次来个严肃的。艾斯巴顿？”

一道火焰射向汤姆的食人魔，食人魔弯腰躲开，汤姆笑了起来。

“你这是在取史上最差昵称吗？”美杜莎说。

“好，好。”汤姆之前确实是这么打算的。“莫德雷德[①]怎么样？真正的卡美洛就是他捣毁的。”

美杜莎用掌声回答了他。她变回女神的形象，不再飞向窗户，也不再朝汤姆喷火。

“好。”汤姆说，“那就莫德雷德了。”

埃及女神眨了眨眼睛，长长的黑睫毛忽闪忽闪的。“莫德雷德这个名

---

① 传说中亚瑟王与同母异父姐姐乱伦的私生子（也有传说称其为女巫摩根勒菲的儿子），圆桌骑士团成员之一。亚瑟王在出征布列塔尼时将卡美洛国内事务托付给莫德雷德，但莫德雷德趁机背叛，篡夺了王位。亚瑟王闻讯后急忙返回，两人展开激战。大部分圆桌骑士（包括莫德雷德本人）在战斗中阵亡，亚瑟王身受重伤。

字很性感。”

汤姆感觉脸颊烧呼呼的，就好像真有个女孩儿在旁边调戏他一样。“你这么觉得？”

“我这么确信。”

晚上回尖塔的路上，汤姆还在回味着那段对话。美杜莎说他性感。一个人站在购物中心里，因为某个连名字都不知道的女孩儿所说的话而傻笑不已，自己可真像个白痴。他忽然发觉卡尔正在房间的另一头看着他，大个子朝他点了点头，就朝电梯走了过去。

卡尔站在电梯里，手按着开关让电梯门保持敞开。汤姆想也没想就跟了上去。通往电梯的那几步汤姆走得很痛苦，一种完蛋了的感觉油然而生。尽管知道这么做非常不对，但他就是忍不住跟着卡尔进入了成吉思汗学院的那间空宿舍。

“我们以前这么干过。”汤姆忽然意识到了这一点，门在他的身后关了起来。

“那是当然，不止一次呢。至于这个？”卡尔嘲弄地挥了挥手里的神经芯片，“这是你最后一次进行人格更新要用的东西，小白。”

“然后呢？”

“然后之前安装的一些软件会被激活，轰——你就没了，莱西。让我恨得牙痒痒的那个小混蛋被一笔勾销了。最棒的是，这活儿由我来做，算我欠道尔顿一个大人情。”

汤姆站在宿舍里，看着卡尔架起摄像机，感觉一阵恶心。忽然间他很希望维克、华耶或者尤里就在跟前，来阻止这一切。就是布莱克伯恩在也行。

卡尔打开摄像机，把镜头对准汤姆。他坐在椅子上，问：“还有什么遗言吗，旺财？”

汤姆感觉气血上涌。“去死吧，卡尔。”

“这么说可不够友好。伤到我的感情了哦，雷恩斯。补偿我一下怎么样？我知道，你可以像个好狗狗那样趴在地上叫唤两声。”

汤姆闭上了眼睛。“听卡尔的，赶紧更新”与“做了他，现在就把他干掉”纠缠在了一起。钳住脑袋的钳子又回来了，因为卡尔告诉他要做什么，而他正在努力抵抗。

“去——死——卡尔。”汤姆竭力抵抗着驱使他趴下的力量大叫道。

“不对，趴在地上叫唤吧。照做，雷恩斯。马上照做，我好拍下来。”卡尔从摄像机上方瞪着汤姆，那张大脸在灯光的阴影下显得很是可怕。“你以为我治不了你吗？想当大人物？以为自己是老大？你不是，这里我说了算。所以，在我把你抹掉之前马上照做。”

“我恨你。”汤姆的四肢颤抖着，一方面他竭尽全力想要走出门去，另一方面一股力量正在迫使他趴在地上。

“我也恨你。”卡尔回答，“手、膝盖，放地上，叫。这是命令。”

这两个字似乎有神奇的魔力。汤姆四肢着地，汪汪叫着。卡尔大笑着绕着他录像。等到导线插在自己的脑干上时，汤姆脑子里那个原本的声音已经因为彻头彻尾的恐惧而完全失声了。

第十八章

“你这是干啥呢？”

“什么意思？”汤姆问维克。他正站在宿舍里新买的镜子前，专心致志地抹着发胶，做好参加早餐会的准备。终于有时间弄这个了。普雷斯特维克先生给了他一张信用卡，让他去清理一下，所以他先弄了一瓶两百块的定型发胶，好让自己看起来不再像是街上的小混混。

他尽量不去理会维克那种“看到裸男走进早餐会场”的神情。“你知道自己已经在镜子前折腾半个小时了吧？”维克问。

汤姆皱了皱眉，然后赶紧又放松了表情，皱眉容易产生皱纹，保护好自己年轻的面容非常重要。“你跟我说过几十次了，你非常想升入卡美洛级。嗯，尽管我不想挑明，但是不管你升到哪儿，仪表都非常重要，维克。”

“上帝啊，对不起，汤姆，你把你的Y染色体[①]扔到什么地方了？可别随便丢在地上，小心被人踩到。”维克在假装到处寻找。

“很遗憾你不理解仪表礼仪的重要性。”汤姆很为他感到难过。

---

① 决定男性性别的染色体。

几周前，他曾告诉所有人维克是他最好的朋友，可维克正变得越来越奇怪，他总把汤姆当成是某种怪物。每次汤姆在早上课前锻炼、在平民课程上抢着举手回答问题或者自愿带领参议员团与商界领袖参观尖塔时，维克都会发出一阵窃笑。

汤姆不明白维克有什么毛病。要想在生活中走在前头，就必须得这样。与合适的人接触，全身心投入以便给人留下好印象，保持良好形象，抓住转瞬即逝的机会。普雷斯特维克先生就是这么说的，普雷斯特维克先生说的都是真理。

“我已经没办法理解他了，普雷斯特维克先生。”汤姆对普雷斯特维克先生说。这是周三的晚上，普雷斯特维克先生正在带他试一件标价一万一千块的意大利西服。道明·阿格拉公司的高管们打算在周六晚上举行一场社交晚会，就在贝灵格俱乐部。经过了一个月的下载更新，他们觉得汤姆已经做好了登上社交舞台的准备。

裁缝走出更衣室，普雷斯特维克先生正忙着翻看架子上的各种领带样板。“是时候交些新朋友了，汤姆。听起来他们并不适合出现在你的周围。”

“我喜欢我的朋友。”

“下载一两个程序后我们再看看你是不是还喜欢。”

“我不想失去他们。”

普雷斯特维克先生转向汤姆。“听着，汤姆，我们所做的一切都是为了你好。”

“我知道。”尽管不知道自己为什么知道，但他打心眼里确信。一阵奇怪的眩晕感伴随着这种确信穿过他的全身。

“那你应该明白不要随便质疑我才对。试试这个。”

汤姆接过领带，看了看，他能想起六十种不同的打结方法，但是神经处理器里没有关于领带系法的资料。

“啊，忘记了，我猜你从没和你家老头子一起买过西装。给我吧。”普雷斯特维克先生把领带绕在他的脖子上，系好。他站在汤姆身后，好让汤姆能对着镜子学会他的动作。普雷斯特维克先生后退一步，看了看。“嗯，我觉得这个不错，感觉挺有身价的。刷卡去吧。”

听起来他们并不适合出现在你的周围……

普雷斯特维克先生将装有下一份软件更新的皮匣子递给汤姆的时候，这句话还在他的脑子里回荡。他带着匣子坐在食堂里，被心里那种想要赶紧把更新装进大脑里的冲动弄得迷惑不已。他已经自我更新好几周了，都是些小玩意儿：举止、礼仪、自我改进的建议等等。他明白普雷斯特维克先生同意他自我教育是对他的信任，不安装这个更新就辜负了普雷斯特维克先生。

不过……

他看了看维克和尤里，他们正在门口和华耶七嘴八舌地聊着天。他相信普雷斯特维克先生，普雷斯特维克先生总是对的。但一想到安上这个后，过去几个月里对他而言最重要的东西就可能被抹去，他的胃里就一阵翻腾。头一次交到真正的朋友，一想到可能失去他们他就感觉想吐，但普雷斯特维克先生已经告诉过他，这是必然要发生的事。

身后传来一阵沉重的脚步声。一只大手拍了拍他的脖子，一个人在他的耳边轻声说：“上楼安装去，小白。”

汤姆叹了口气。“是，长官。”

卡尔走了过来。汤姆小心翼翼地关上匣子，起身准备依命行事。两双手将他按回到了椅子上，尤里和维克一边一个坐在了他的身旁，华耶则坐在他的对面。

“刚才怎么回事？”维克叫道。

汤姆皱了皱眉。“什么怎么回事？”

“你叫卡尔长官！”

“那又怎么样？”

“汤姆斯·雷恩斯。”华耶双手放在桌上，一副严肃的表情。“我们觉得很有必要和你谈谈你最近的表现。”

“得了吧，恶妇。”维克插话道，“这是干预行动，不是要你正经八百地学机器人说话。”

“哦？谁让你长了一双那么精致小巧的手？”华耶瞪了一眼维克，反唇相讥。

“什么？”维克感觉摸不着头脑，“我的手怎么了……”他摇了摇头。“听着，汤姆，经过讨论，我们认为最近几周你的行为已经严重羞辱了男性群体。”

“不仅仅是男性。”华耶说，“我也很为你尴尬，汤姆。”

“听着，我不……”汤姆挣脱了维克的双手想要站起来，但尤里又把他按了下去。

“抱歉，蒂姆。”尤里一幅很遗憾的样子，“通常我是不会这么对你的，但你最近实在是太不对劲儿了，所以我必须这么做。”

“什么？”汤姆叫道。

“我认识的汤姆·雷恩斯——”维克说，“绝不会花半个小时在镜子前弄头发，也不应该叫卡尔·马斯特斯长官，而且最近的虚拟实境应用课上你也没再跟埃利奥特·拉米雷斯过不去。今天他甚至过来问我你最近是不是抑郁了，需不需要去找社工。得了吧，汤姆。连埃利奥特都觉得你变成了软骨头！”

“是埃利奥特误会了，你也是——嘿！”尤里正在把玩那个装着神经芯片的匣子，汤姆一把抢了过来。“这是我的。你应该尊重他人的财产隐私！至于卡尔——”他转向维克。“也许你没有注意到，但他是战斗级的。他的级别比我们高，值得我们尊重，所以我才叫他长官。要是没记错的话，战争游戏结束前的时候你也这么称呼过别人。”

“我那时候面对的是布莱克伯恩中尉，不是卡尔！”维克叫道。

“听听你自己说的话。”华耶说，“你最近真的变得非常奇怪，都有些吓人了。”

“我没变奇怪。你有什么资格说我奇怪！”

尤里忽然从后面一把抓住汤姆的脖子，汤姆喘不上气了。

“不许你这么和她说话。”尤里警告道。汤姆这才忽然意识到这个波尔雅国人的个头比他大很多。

“尤里，没事的。”华耶说。

尤里松开了汤姆的脖子。

汤姆揉着脖子，准备伺机逃跑。

“我觉得应该让布莱克伯恩中尉给你的系统做个扫描。”华耶说，“你的处理器里可能有病毒，搞乱了你的人格。”

汤姆把匣子抱得更紧了。“荒谬绝伦。完全的荒谬绝伦。”

“荒谬绝伦”这个词平常根本不可能出现在他的口中，但在十一种应对神经篡改指控的方法中，这个最先跳了出来。神经处理器的下一个建议是赶紧走人，逃离现场。

汤姆站了起来准备付诸行动。“我想我已经听够……”他开口道，但尤里一边咕哝着一边又把他按了回去。“你们都什么毛病啊？你们不能违反我的意愿把我困在这儿，这是骚扰！不信看看你们神经处理器里的规则手册……”

“好吧。”维克宣布道，“备选方案。”

维克在汤姆的后脑勺上狠狠地来了一下。

“嘿！”汤姆揉着脑袋，“你干什么？”

维克点了点头。“看来还得来一下。”他伸手又来了一下。

尤里抓住维克的手腕。“我不喜欢备选方案。”

“得狠狠敲打他一下！”维克挣开了尤里的手，“也许能把他给敲醒了！”

“你才……”用来威胁的后半句“需要被敲打一下”被汤姆给咽了下去，当众发怒不是他的风格。

“才什么？才什么？”维克抬起了手，睁大了眼睛，龇着牙，故意激将。

汤姆扭头看了看食堂里其他人。“你应该冷静下来，你太引人注目了。”

维克呻吟道：“哦，可悲啊，汤姆。”

汤姆看了看身边的这两个男生，又看了看对面的女生，普雷斯特维克先生说的完全正确，他们确实会带来不良影响。他们都错了，错得一塌糊涂。他们不明白，他什么事都没有，他是在学习，仅此而已。他在改善自身。

既然他们不理解，那普雷斯特维克先生说的就完全正确。他确实需要永远摆脱他们。

干预行动后，汤姆仍在犹豫。他不断地打开匣子然后又关上。尽管知道里面装的神经芯片能修复他，让他不再关心他们怎么看待自己，但只要看一眼那东西，一种隐隐的恶心感就会在他的心头升起。他感觉匣子在他的手中非常烫手，有那么一瞬间他甚至产生了想把它砸碎的奇怪冲动。

正在犹豫时，宿舍的门锁响了。

维克！汤姆赶紧把匣子塞到枕头下面，准备对峙。门开了。

是华耶。

“你怎么……”汤姆开口道，不知道华耶是怎么弄开他的门锁的。但他的后半句没有说出来，因为布莱克伯恩中尉跟在华耶的身后走了进来。

“雷恩斯先生。”布莱克伯恩从口袋里抽出神经导线，“你很幸运，恩斯洛女士想要学习系统扫描的方法，她要求拿你当实验品。”

汤姆看了看华耶。华耶咬着嘴唇，一脸因为招来了布莱克伯恩而羞愧不已的表情。汤姆知道是怎么回事。她要利用布莱克伯恩来扫描自己的处理器，寻找她所谓的病毒。

“坐下，雷恩斯。花不了多少时间的。要进行扫描，恩斯洛，首先得……”

“长官。”汤姆打断道，“我不想当实验品。请你挑其他人吧。”

布莱克伯恩笑了一声。“你居然以为自己还有选择，真奇怪。好好当你的实验品吧，闭上嘴。”他将神经导线的一头插在墙上汤姆平时下载作业用的端口上，然后示意华耶走近一些看他在键盘上输入了什么。“先从我给你的那个程序开始……”

在他们谈话的时候，一条警告信息不断地在汤姆的眼前闪动。这可是紧急情况，是场灾难。避开布莱克伯恩的注意一直以来就是重点。他得想办法逃脱。

“……然后选择目录，好将……”

“等一下。”汤姆再一次打断了布莱克伯恩，“你得用其他人来示范，我要去个地方。”

“什么地方？”布莱克伯恩问。

汤姆想要想个马上需要他去的地方，但一下子似乎想不起来。

“哦，一定很急吧。”看到他不说话，布莱克伯恩讽刺道，“嗯，二十分钟你还是等得起的。越反抗，花的时间越长。”

“我没反抗，长官。”

“你现在就是在反抗。停止。马上。”

汤姆忽然意识到了结果：他不可能赢，扫描无法避免。

也许就是因为意识到了结果，某个东西才被触发了，进而又激活了大脑中专为这种情况所写的后备程序。

他闭上眼睛，这次和午餐时不同，应对的方法没有十一种，只有一个词在他的脑中不断跳跃，只有一个，但汤姆知道，不管怎样他就是知道，这就是他所需要的武器。

他睁开眼睛，做好了准备。

“我不和您争，长官。”汤姆对布莱克伯恩说。布莱克伯恩又不耐烦地转过身看着他。“您瞧，要是我和您争，您肯定会知道的。我一着急说不定就会扔出点什么，比如……罗阿诺克？”

就是这个。这个词飘在空中，对布莱克伯恩产生了奇怪的效果。他的脸上一片木然，好像整个人都变成了花岗岩。

汤姆的心脏在狂跳，他不确定自己干了什么，华耶也皱起了眉头。

布莱克伯恩忽然走了过来，汤姆知道他要挨打了。他举起双手护住脸，缩起了身子，布莱克伯恩一拳打在了墙上。汤姆张开眼睛，发现布莱克伯恩离他只有几寸的距离，而且两眼冒火、愤怒异常。他的拳头在颤抖，正打在汤姆头顶的墙上。

“翻我的个人档案了，是吧，雷恩斯？是不是，雷恩斯？”

汤姆盯着那张因为愤怒而扭曲的脸，都快认不出来了。他终于发出了声音："不，不是我翻的。"

布莱克伯恩立刻明白了其中的潜台词。他睁大眼睛，意识到的事实似乎洗去了他脸上全部的表情。汤姆紧靠在墙上，一动不动。布莱克伯恩后退了一步，又后退了一步，然后转向华耶。

"你。"他低声说，"是你，对不对？"

华耶马上明白了过来。"什么？不可能。我从来没看过你的个人档案。"

"你入侵过数据库。"布莱克伯恩冷冷地说，"两次。"

"可——"

"告诉我，看起来是不是很有意思？一定很有意思，不然你是不会告诉其他学员的。"

"我从没有……"

"那他怎么会知道罗阿诺克，难道是他自己黑进去的？"布莱克伯恩的声音里充满了愤怒，"用他那超凡的黑客技术？"

"请听我说，我不知道他是怎么知道的。"华耶坚持道，"我都不知道罗阿诺克是什么。"

"我告诉过你，恩斯洛，信任才是根本。只要你对我撒谎，我们就一刀两断。"

"我没撒谎！真的，长官，我没有。"

布莱克伯恩盯着她看了好一会儿。他脸上愤怒的表情消失了，取而代之的是一种奇怪、淡漠的表情，就好像在他俩之间关上了一扇门。布莱克伯恩一个字也没说就转身离开了。

华耶盯着他的背影，吃惊得说不出话来。她抱着胳膊，即使是站在屋子另一端的汤姆也看得出她在发抖。汤姆忽然感觉一阵轻松，终于逃脱了这场灾难，多亏了华耶。

汤姆转向镜子，整了整制服，他很确信自己逃过了一劫，尽管不很清楚这到底是怎么一回事。

“他刚才为什么会那样，汤姆？”华耶颤抖着问，“罗阿诺克是什么？”

汤姆自己也不清楚，但这已经不重要了。“我得说，你以后可别在我面前耍花招了。”汤姆从镜子里看着华耶，冷冷地说，“给我出去。”

第十九章

第二天早上5时32分，汤姆正在为早间锻炼热身，外面忽然传来一阵敲门声。汤姆走了出去，小心不要吵醒维克——他现在对维克有一种奇怪的厌恶感，对尤里的感觉也差不了多少。

汤姆警惕地看了看门口那个大个子，经过昨晚的事件和最新的更新后，他真奇怪自己以前怎么受得了这些人。

“啊，很好，你起来了，蒂姆。”尤里笑眯眯地说，就好像根本没有注意到汤姆脸上厌恶的表情一样。“看来你现在很重视健身啊。”

“负责任的人都会关照好自己的身体。”汤姆阐述道。

“确实如此，我也这么认为。所以，我想提个建议，我们一起去跑步吧。”

汤姆非常怀疑尤里，他一点儿也不信任尤里。“我更喜欢一个人跑，谢谢。”

尤里点了点头。“啊，我明白。你是怕跟不上我的速度。”他转身跑了出去。

跟不上？汤姆感到一阵恼火。想到这儿，他便冲出房间追上尤里，两个人齐头并进。

尤里的身体素质比汤姆要好，他已经坚持晨跑好几年了，而汤姆才刚刚跑了几周。不过只要一落后，汤姆就会咬紧牙关追上，紧跟尤里穿过走廊，跑上楼梯。尤里跑过体育场，打开了里面重量练习室的门，径直朝举重床跑去。汤姆暗自发誓，他举多重自己就也要举多重。

“你先来，我防护。”尤里说。

“不，你先，我防护。”汤姆咆哮道。

“好，既然你太累了需要休息一下，那就我先。”

“我不累。”汤姆躺在了举重床上。

尤里朝杠铃上加起了配重，加了一片又一片。

“呃……”

“怎么了，蒂姆？还没到我平常举的重量呢，对你是不是太重了？”

汤姆咬了咬牙。“不会，你可以再加些。”尤里刚一点头他就后悔了。

“好的。”他又加上了几片。

汤姆抿着嘴，他有些紧张，但他必须举起来，就算要弄断几根骨头也得举起来。

尤里帮他举起杠铃，然后松开了手。汤姆用尽全力想要阻止重量压在他的胸口，但他的手臂剧烈颤抖，杠铃慢慢降了下来，压在了他的胸部。

“好吧，看来不行。”汤姆几乎连话都说不出来了，杠铃的重量压得他喘不上气。“尤里，帮个小忙？”

“你得稍微等等，汤姆。”

尤里退出了他的视线，这时汤姆才发觉自己中了计。“尤里……尤里！”他挣扎着想卸下杠铃，但那东西沉重无比，完全把他压在了举重床上。

一阵脚步声传来。“他被弄住了？”

是华耶。

“你们……你们……”汤姆喘息道。

“困住了。”尤里的脸又出现在了他的面前，一脸深思——不，诡计得逞的表情。

“你瞧，我就说他肯定会傻傻地想要举那玩意儿。”华耶说。

“你们俩要干什么？”汤姆咆哮道，“我说过……”

“不要跟你耍花招，对吧？”华耶弯下腰看着他，“你真以为经过昨晚那一出之后我会按兵不动吗？”

“放开我！”

“不——你瞧，我们和新汤姆还有事要处理。”华耶说，“我们恨新汤姆。”

汤姆想要把头扭向一边，但尤里握着他的脸颊又把他的头掰了回来。

他看到了华耶手中的神经导线。“这是要干什么？”

“我原希望布莱克伯恩中尉能亲自给你排毒，但你阻止了他，所以我只能提前完成程序，类似于防火墙的东西。”

“防火墙之母。”尤里的声音里充满了崇敬，“她重写了整个程序。”

“克朗代克语言编写。”华耶说，“具有一定的反病毒功能——能够发现后门软件，移除恶意程序。大部分编码都是我写的。也许会有一些还未发现的问题，所以要是出了什么差错，那就抱歉了，汤姆，总之你必须安上这个。”

“不要！”未经授权的软件不能安装。警告信息在他的脑海里闪动不已，电信号在不断地告诉他不能容许这种事发生。“停下！”

“快，华耶。”尤里催促道。

“你会谢谢我们的。”华耶保证道。说着，她就将导线插在了汤姆的脑干上。

汤姆模模糊糊地意识到尤里把压在他胸口的杠铃拿掉了。他的脑子里嗡嗡直响，数据流在不断搜索着道明·阿格拉公司的软件和行为矫正包。过去三十一天里植入的所有数据都被瓦解、删除，并替换成了安全的子程序。整个过程持续了四十七分钟，四十七分钟后汤姆才弄清楚了自己的状况。

除错完成几个字浮现在他的眼前。尤里和华耶都站直了身子，停止了嘀咕。两个人一动不动，观察着汤姆的反应。

“汤姆？”华耶冒险轻声问。

“是我。”汤姆坐了起来，“真正的我。”

“我就知道你脑子里的软件有问题。”华耶叫道，“到底是怎么回事？”

“是道明公司。”汤姆的声音因为愤怒而颤抖不已，“我要杀了道尔顿·普雷斯特维克。”

华耶一脸理解的表情。“就是上次父母探视日时来的那个家伙啊？你继父？”

“他和我妈没结婚。”汤姆揉了揉胸口的瘀青，“他在道明·阿格拉工作。他们……是他们干的。”一团烈火正在他的体内燃烧，愤怒的火焰越烧越旺。过去一个月里的种种噩梦都在他的眼前闪过。

给卡尔学狗叫……为道尔顿试西服……对那帮道明·阿格拉的高管们彬彬有礼……承认他的父亲正睡在某摊呕吐物上……

汤姆一脚踢在了哑铃上，哑铃撞倒了一堆器材。尤里跳到一边，惊愕地看着他，器材伴随着刺耳的轰鸣声倒了下来。华耶则从头至尾都静坐在举重床上。

尤里张大了嘴。“感觉舒服些了吗，汤姆？”

“没有！”没有任何改善，除非把他们都撕成碎片，把道尔顿的脸撕烂，把卡尔的肠子扒出来。

汤姆的双手紧握着长椅的金属栏杆，好像要用双手将栏杆掰断。狂怒冲击着他的大脑，紧握的手指都有些疼了。因为愤怒，他觉得有些恶心，好像自己忘记了点事。但他一下子忽然又想了起来。

他松开手，看着尤里，惊讶让他忘记了愤怒。“你叫我汤姆，你刚才就是这么说的，你叫了我的名字，你……”可能的答案狂奔过他的大脑。

防火墙之母……

“华耶。”汤姆说。

尤里叹了口气，看了看华耶，华耶生硬地点了点头。

“我也安了防火墙，汤姆。”尤里说。

“我昨晚拿他做了测试。”华耶抱着胳膊，“我得先试试那玩意儿能不能瓦解尤里那种复杂的恶意软件，这样才能确定对你会不会有效。之后……嗯，我就不想再把防火墙从他身上拿掉了。”

“你把他的迷糊脑子弄好了。”汤姆惊讶不已。

“他不是间谍。”华耶面红耳赤地说。

“我不是间谍，汤姆。”尤里保证道。

他肯定是看到了汤姆脸上那顾虑的神色，庞大的身躯在举重床上不安地挪动着。

“是，我生在波尔雅国，但我在这里已经住了很多年了。我一直想当个宇航员，可现在已经没人再上太空了。所以刚一搬到这儿，我就打算加入合众国太阳系部队，以防万一哪天情况发生变化。我爸爸的朋友知道了我的梦想，帮我来到了这儿……”

“文格洛夫。”汤姆吐了口唾沫，他想起了那人在贝灵格俱乐部时的情景。

尤里低下头，承认道：“他很有人脉，因为我的国家刚开始试验神经处理器的时候，文格洛夫就带着相关技术叛逃到了合众国。整个项目就是在他的帮助下建立的，出于跟我父亲的友谊，他帮我进入了这里。我一直在努力做个好学员。尽管两年都没有获得晋升，但我还是留了下来，而且更加努力。为什么你们会以为我是间谍呢？要是说我在为波尔雅国战斗，你在为你的祖国合众国战斗，那是一回事——但我父母总是说，这场战争不是这样的。战争的双方并不是国家。”

汤姆忽然想起了父亲说过的话。“是公司在打仗。”

“就是这样。”尤里说，“所以谁赢谁输跟我又有什么关系？根本无所谓。”

汤姆揉了揉跳动不已的额头。他不知道自己该怎么想，事实上他现在根本无法集中精神。

“至少我现在知道你的名字了。”尤里告诉华耶。

他的声音里充满了渴望，汤姆忽然觉得自己像是个坏人。这是尤里头一次看清楚这里的一切，也是他头一次真正了解自己的朋友。

“嗯，抱歉，伙计。”

“说实话——”尤里的视线停留在他与华耶交叠在一起的手指尖上，“我真有点希望自己一直那样不要变过来。突然发现自己连朋友们的真名都不知道，真让人伤心。”

听到这话，华耶全身一僵硬，然后又伸手粗枝大叶地拍了拍尤里的肩膀。汤姆看了好一会儿才明白过来，她是想要安慰尤里，不是在半心半意地打他。

“不能告诉别人，汤姆。”华耶严肃地说，“不然尤里和我都会被控叛国的。”

“我不会说的。我欠你们俩一个人情。”

“汤姆斯不会说的。”尤里俯身直视着汤姆的眼睛，“我相信他会为我们保密。”

“决不泄密，否则天诛地灭。”汤姆万分虔诚地发誓。

第二十章

回到宿舍时，距离早餐会只剩二十分钟的时间了。汤姆的脑子里还乱哄哄的，他忍不住一遍又一遍地回想着卡尔早前发过来的视频，就是他趴在地上学狗叫的那段。

汤姆回到床上，卡尔在摄像机上方大笑的样子和道尔顿被雪茄烟雾所笼罩的形象不断地灼烧着他的大脑。

维克正站在床边穿衣服。他阴沉沉地看了汤姆一眼，然后背过身。“怎么？今天不打算用发胶把自己弄得漂漂亮亮了？”

“不。”汤姆感觉自己的胸口就要爆炸了。他握紧拳头把床单揉成了一团，狂怒在他的心里不断变形扭曲成困惑和痛苦，让他一时难以理清。

“那过会儿见吧，软骨头的人类之耻。”

维克朝宿舍门走去，眼看就要消失在走廊里。渴望像一只巨兽一样击倒了汤姆，他张口叫道：“博士！”

维克停下脚步，弓起身子，就像是个准备捕猎的猎手。他转过身，黑眼珠里闪烁着奇怪的光芒。“博士？”

“博士。”汤姆确认道。

希望闪现在维克的脸上。“真的？你说真的，汤姆？”

汤姆点了点头，使劲咽下唾沫。“原来，是某些道明·阿格拉的人在我脑子里安了东西，想让我变成好孩子。我要报仇，血债血偿，把他们斩尽杀绝。”

维克忽然一下子笑了起来。汤姆没有想到，他的室友冲过来一个熊抱把他压倒在了床上。“真高兴你又回来了！”维克坐在他的旁边，“报仇是吧？”

汤姆忧郁地凝视着墙壁。“我本该在这周六去见道明·阿格拉的那伙人。周六之前必须得想出来，想出来点什么……好让……而且我……维克，现在我都没办法想出一个能够避免蹲四十年监狱的复仇计划。”

“所以末日双博士才是两个人啊，伙计。想不出来吗？我帮你想。”

“好啊，好。”汤姆一遍又一遍地揉着脑袋，然后站了起来，打开抽屉找制服。

“别管了。”维克一脚关上汤姆的抽屉，“早餐会不去了。告诉我到底是怎么回事，然后咱俩策划一个光芒万丈的复仇计划。”

汤姆和维克打算充分利用道明·阿格拉公司晚宴前的几天。他们做的第一件事就是查验道尔顿那张信用卡的额度。足有五万合众元。

好孩子木偶汤姆值得信任，不会乱花这笔钱。

正常汤姆则很乐意把这笔钱都挥霍掉。

他说服华耶黑进了信用卡公司的数据库，修改了道尔顿的联系方式。这样他就无法及时发现汤姆的作为，不能阻止汤姆了。因为不愿被卷入信用卡诈骗之类的事，更进一步的活动华耶都拒绝参与，所以汤姆只能在没有华耶参与的情况下花掉五万合众元。

维克高尚地提供了帮助。

汤姆在达斯蒂·斯匡托赌场存了一万合众元，这样他父亲下次去那里的时候就能拿到。然后，他和维克决定去给自己找点乐子。

他们在五角购物中心待了一下午，认识了一群女孩儿，那些女孩儿一开始对他俩无动于衷，直到汤姆为她们在最贵的几家专卖店里买的东西埋了单之后，她们才改变主意喜欢上了汤姆和维克。随后，一伙人去克里斯·玛哈尔天竺菜馆吃了晚餐，汤姆向侍者给出了自己有生以来第一比千元小费。同时，他也替当时餐厅里的所有食客付了账单。

后来，女孩子们发现他俩才十五六岁，在那之后，再多的钱就都不管用了，不过汤姆和维克不在乎。这么多钱，这么少时间花，能做的事情真是太多了。他们给杜邦环区[1]的流浪汉买了西装；玩了最贵的虚拟现实游戏，那游戏一次要好几百块。周五晚上，他们租下了一个俱乐部和附带的游乐中心，召开了第一届尖塔晚会，晚会在23时整周末宵禁开始前准时结束。

汤姆给俱乐部保镖看了看卡尔的数码照片。"我对这个人有特殊安排，要是看到他就先把他带到衣帽间。"

"然后呢？"

"别跟他客气。"汤姆带着恶毒的喜悦说出这几个字。"然后来叫我。"

保镖一点都没客气。汤姆被叫来时，卡尔已经倒在地上不省人事。因为这，汤姆又给了保镖一千合众元的小费。随后，他拿出便携式数据芯片和神经导线，连在了卡尔头上。

没人知道是谁在幕后运作了这场临时晚会。汤姆、维克、尤里和华耶坐在桌边，看着整个俱乐部。

"一共花了多少了？"尤里观察着俱乐部奢华的装饰问。

"47912合众元。"汤姆说，"要是今晚你还能想到什么能花两千块钱的东西，马上告诉我。"

---

① 华盛顿特区西北部的一个历史街区，老建筑、博物馆云集。

“他们就没怀疑是诈骗吗？”华耶问。

维克笑了起来。“当然怀疑了。公司打了三遍电话，但虹膜扫描声纹比对都符合，而且卡上写的也是他的名字。道尔顿·普雷斯特维克什么都做不了，除了……”

“掏钱。”汤姆补完句子，意犹未尽。

不知道自己的信用卡怎么了是道尔顿的不幸，还得再过几周他才会有机会做出申辩。

没有弄清楚晚会的幕后主办者是谁就参加了晚会，还在第二天晚上18时整与汤姆同车前往贝灵格俱乐部，这就是卡尔的不幸了。

大个子上车时，汤姆一脸微笑地看着他，他实在是忍不住。尽管涂了厚厚的一层妆，但被殴打出的瘀青还是泛着橘黄色在他那粗糙的脸上若隐若现。

“嗨，卡尔！”汤姆高兴地说，“哇哦，你化妆了？看起来真漂亮。”

“闭嘴，旺财。”卡尔咕哝道。

汤姆涂了发胶，剩下的发胶都被他倒进厕所里了。他还穿了道尔顿买的西装，系了领带，在卡尔看来，他就是个友好的小木偶。汤姆原以为扮演卡尔那恭敬而又愚蠢的跟班会很难，但实际上一点也不。愤怒让他的全身不由得微微颤动，他知道接下来会发生什么。

两人一起走进了贝灵格俱乐部。道尔顿对着他们上下打量了一番，问：“卡尔，你化妆了？”

汤姆差点没憋住笑了出来。

“去把脸洗了。”道尔顿说。

卡尔的脸一下子红了。“可……”

“快去！省得让别人瞧见！”

卡尔跑开了。

道尔顿的目光又移到了汤姆身上，他把汤姆从上到下看了个遍，就好像是在查验资产一样。

汤姆不动声色，尽管愤怒正在他的血管里翻滚，但他的表情仍然尽可能地保持着平静。

“汤姆，要知道，你在这里所做的一切都与我的名誉息息相关。”道尔顿说。

“这我当然知道，普雷斯特维克先生。”他可就指望这个了。

“卡尔的行为也是，真不幸，尽管我从来都没打算挑他当我们的战斗员。”他捏了捏汤姆的肩膀，“别让他干出格的事，你能保证吗？”

憋着不笑可真难，想想看，卡尔要是听到这话会是什么反应。汤姆咬住腮帮子，把笑意压了下去。“那是自然的，我一定会尽力确保卡尔不给你丢脸的，普雷斯特维克先生。”

道尔顿赞赏地点了点头，浅褐色的眼睛盯着汤姆的眼珠。“很好，你是个好孩子，汤姆。我很为你骄傲。你现在已经是个有礼貌、懂得尊重人的年轻人了。”

汤姆的指甲深深地掐进了手掌，他忍了又忍才没有朝道尔顿的脸上吐口水。

“至于卡尔……”道尔顿叹了口气，“他的父亲是公司高管，不得不把他吸收进来。他和埃利奥特是好朋友，我们原指望他能帮我们联络一下，结果什么作用都没起。诺布瑞迪斯公司像抢金矿一样一把抢走了拉米雷斯，所以我们就只剩下卡尔了。哦，应该说，在我找到你之前情况是这样。你现在发展得很好，是不是？我觉得，不久的将来你就会得到自己的机会。”

他拍了拍汤姆的脸，汤姆真想一口把他的手指头咬下来。

“文格洛夫先生来不了真是太可惜了。”道尔顿惋惜道，“要是能看到自己软件的成果，他一定会很高兴的。我觉得，等到你们大部分人都公开身份的时候，我需要朝卡尔的数据流里也加点行为矫正程序，不过……”他眨了下眼，“这个就先算是我们之间的小秘密吧。”

汤姆也眨了下眼。“你知我知，普雷斯特维克先生。真可惜文格洛夫先生来不了。”

真是太可惜了，本来可以连那家伙一起整的。

“嗯，神经端口隔间里准备了会前的礼仪模板，还有参会人员介绍，去把它装上吧。”道尔顿顿了顿，又把汤姆上下打量了一番，他对自己摧毁老汤姆后一手造就的这个新人很是满意。

汤姆低下头，尽量保持着平静的表情。要是由着他的性子，他肯定会像大猩猩一样把道尔顿的脸给撕碎。

汤姆关上带有神经端口的隔间的门，一看到里面的端口，汗就从他的额头上流了下来。但他知道这次是不会有事的，一定不会。

华耶把他的防火墙调到了最高级，以确保他能够抵抗今晚接收到的任何信息。但在准备连接端口时，他还是感到一丝担心，抬腿躺在躺椅上似乎是个很难的动作，拿着导线的手在不断地颤抖，总是对不准脑干上的端口。

汤姆闭上眼睛，深吸了一口气，想要阻止双手的颤抖，上帝啊，怎么自己跟个女人似的。此时此刻，真希望维克能过来刺激他一下。

“动手，你个胆小鬼，把线插上。”汤姆低吼道。

他把导线插进了端口。

连接的感觉一下子席卷了他的身体，他四肢麻木，意识模糊，大量数据向他涌来，差点让他又陷入了恐慌之中，还好华耶的防火墙把它们都拦了下来。汤姆调出进程画面，观察整个过程似乎能让他感觉好一些，所有附加的东西都被删除、瓦解，所有多余的东西都被去除。汤姆放松了下来。他那身昂贵的套装已经被汗水黏在了身上。

时间流逝，汤姆睁大眼睛，等待着进程结束可以拔线的那一刻。

事情忽然间发生了。

文字自己跳了出来：

你不再挑战我了，莫德雷德。终于意识到自己不可能打败我了？

汤姆被眼前的文字吓了一跳，是美杜莎。她使用了网信，弄明白了黑进神经处理器并留下信息的方法，就像自己之前做过的一样。

过去的几周，汤姆再也没有去看过留言板，也没有和美杜莎约过时间。道明·阿格拉公司装在他脑子里的那些东西并没有觉得与美杜莎约架有什么不对，但汤姆觉得，这么做没有任何意义，还要白白冒险。

意识到自己差点毁了他们之间的关系，汤姆忽然有一种恶心眩晕的感觉。

他卷起袖子，很快回了条信息，还好自己带了键盘。我看到的是你美好的愿望吗？我是决不会投降的。你怎么黑进我的防火墙的？

想知道答案得先杀了我才行。美杜莎回答。

汤姆笑了起来。我会再和你决斗的——不过这会儿没时间。我正在实行精心设计的复仇计划。道明·阿格拉公司的所有人将会度过一个非常非常难忘的夜晚。

美杜莎好长时间都没有回信。汤姆不禁又思索起了美杜莎黑进来的方法。

你的GPS坐标？美杜莎终于回复道。

干什么？

我喜欢复仇，可以帮忙。

汤姆大笑了起来，真不错。好的，美杜莎，我也觉得你能帮上忙。

第二十一章

礼仪模板被华耶的防火墙摧毁，汤姆知道是时候行动了。多亏了维克的一个点子他才想出了这个复杂的复仇方案。程序设计课上的知识也帮了不少的忙：他直接黑进了城市的中央污水处理系统。

“我在德里上小学的时候，搞过这种恶作剧。”维克这么跟他说过，汤姆觉得这个点子非常天才。

他先把贝灵格俱乐部的污水处理系统分离了出来，然后就被难住了。维克给过他一段复杂的编码，但他根本看不懂这个系统，和维克搞恶作剧时给他演示的化粪池完全不一样。

汤姆犹豫了起来，感觉有些沮丧。随后他决定先做他能做的事，就跟在尖塔时连接卫星、监控摄像头一样……

汤姆咬紧牙关，集中精神，感受着连接，感受着复杂的系统编码和控制机器的命令与算法。电脉冲在他的大脑里迸发……

他的意识超出了自己的大脑，离自己的身体越来越远。他控制着贝灵格俱乐部的废水处理系统，相比之下，身体反而成了一个冰冷没有感觉的东西。

这种分离的状态让他感觉一阵恐慌，周围再也没有数据流朝各个方向推挤他了，他似乎迷失了方向。

汤姆·雷恩斯，我是汤姆·雷恩斯。

这个念头救了他，让他能够按照机器做不到的方式来利用这一切。意志。他有意志，而机器只能依靠编定的程序来实现功能，他种下的代码修改了系统的功能……一切准备就绪。

上半场演出开始时，汤姆回到了俱乐部。穿过衣着得体的高管、傀儡木偶般的议员和花瓶摆设似的夫人们，他看到了正在和道明·阿格拉公司首席执行官卡洛拉克先生交谈的道尔顿与卡尔，于是就朝那个方向走了过去。

道尔顿把汤姆引入了谈话。“卡洛拉克先生，这就是我们的最新资产，汤姆斯·雷恩斯。”

卡洛拉克先生眼袋很深，皮肤灰白，一副病恹恹的样子。他握了握汤姆的手，上下打量着汤姆，就像是在看一件装备。“我听说过不少关于你的事，汤姆。”

“我也听说过很多关于您的事，卡洛拉克先生。”汤姆笑着说，昨晚趁卡尔人事不省时植入的那个木马应该就要激活了，就是……现在。

“你和卡尔两个人让我们感到非常……”

卡尔放了个屁。

卡洛拉克先生两眼泪汪汪地盯着卡尔，一脸震惊。

卡尔一下子脸红了。“我……我……”

他又放了个屁，声音响到大厅的另一头都能听见。

卡尔睁大了眼睛盯着汤姆，“臭屁王”三个大字此时正印在他的视野中央，而直到此刻他才意识到这到底是怎么一回事。

“是你！”卡尔指着汤姆大叫道，“他的程序失灵了！”

汤姆装出一副疑惑的样子，像个穴居人一样把两道眉毛拧在了一起，与此同时卡尔又放了个屁。“我不知道你在说什么，卡尔。你吃错了东西可不能怪我。”

卡尔气势汹汹地朝汤姆走来，每走一步都传来一声屁响，周围臭气弥漫。

道尔顿一把抓住他。“卡尔，看在上帝的份上，找个卫生间去。”

“不是我的错，是雷恩斯！我跟你说，是他——”

“快去！”

卡尔灰溜溜地穿过沉默的人群，所有人都捏着鼻子，好抵御那难闻的气味。

没人意识到卡尔并不是臭味的真正来源。

汤姆重新编程过的污水处理系统才是。成吨的污水正在被反泵进水槽、便池，过不了多久就要漫上地面了。

汤姆清了清嗓子。“呃，刚才可真有些尴尬。”他发出几声假笑，看了看身边的几个成年人。“我去给各位女士、先生们拿些饮料，我们就装作什么都没发生过吧。”

卡洛拉克先生的态度柔和了一些。“至少你还有一个正常的，道尔顿。”

“我得替卡尔向您道歉，先生……”道尔顿说。汤姆离开了他们的身旁。

他并没有去吧台，而是大步流星地走出了大门，等到卡尔因为卫生间里的污水而发出阵阵尖叫时，他已经来到了吊门之外。汤姆伸手关上吊门，并将默认密码换成了只有自己才知道的三十位数字。

道尔顿的叫声接上了卡尔的尖叫，其他人的尖叫声也陆续传来。气味越来越难闻，汤姆不得不强忍着想吐的感觉。他坐在台阶上，透过栏杆看着里面道明·阿格拉公司的高管们。尖叫声和呕吐声越来越响，污水冲出了卫生间，流到了俱乐部里。

卡洛拉克先生大叫着让所有人疏散，但没人能打开吊门，他又大叫着让人打电话叫技术支持。汤姆笑了起来，听到里面的人嚷嚷着说手机没有信号时，他笑得更响了。一定是美杜莎。汤姆对此简直叹为观止，美杜莎黑进了卫星，让卫星失灵了。是卫星啊！华耶好像都没有这种本事。

谢谢，美杜莎。汤姆笑着想道。

不过很显然，美杜莎并不想就此结束。俱乐部里传来了震耳欲聋的音乐声，与其说是音乐，还不如说是刺耳的金属刮擦声。大门上传出了拳头击打和摇晃栏杆的声音。

道尔顿出现在了金属栏杆旁，使劲想要把吊门抬起来。汤姆晃晃悠悠地进入了他的视野。看到他，道尔顿一下子松了口气。“汤姆，汤姆！谢天谢地，你没有被困住，快去外面找人来帮忙。”

汤姆双手握拳插在兜里，懒洋洋地打量着身处窘境的道尔顿。“呃——我好像不太想去。”

污水漫上了道尔顿的皮鞋，汤姆注意到了他脸上那诧异的神色。

“汤姆！”道尔顿捶打着吊门，“快去找人！”

汤姆直视着道尔顿的眼睛，摇了摇头。他走下楼梯，脚踩在污水冒出的泡泡上。

“我好像能打开这门，道尔顿。”他靠近吊门，谨慎地站在一臂远的距离之外。“呃——只要你跪下求我。”

“快打开，汤姆！”

汤姆摇了摇头，他知道自己现在笑得一定像个疯子。道尔顿的无助与狂怒真是太美好了。“不，道尔顿，跪下来求我，求我放你走，不然你就和污水住一晚上吧，还有你的老板……”汤姆装模作样地挠了挠头。“天哪，他会怎么想呢？先是卡尔的消化问题，接着又是这个……我们的所作所为都会影响到你，是吧？”

道尔顿目瞪口呆地盯着他，不敢相信温顺的小汤姆居然会背叛他。

“你来选，道尔顿。就算你不求我，污水再过半个小时也会停的，反正你也淹不死。唯一要做的就是忍住恶臭，等待，直到外面有人意识到你们需要救援。而且，哦！”汤姆给道尔顿使了个眼色，就像道尔顿之前分享心照不宣的小笑话时所做的一样。“至少酒吧还开着呢。”

“别想就这么走人！”

“说错话了吧。”汤姆转过身做出一副要上楼梯的样子。

“等一下，等一下！汤姆，别走。”道尔顿的声音里又多了一丝绝望。

汤姆回头懒洋洋地看了他一眼，但并没有转过身。“怎么还站着呢，道尔顿？我可不是在和你谈条件。我觉得，给你当了一个月的哈巴狗，让你跪一下也没什么亏的。”

“这可是价值两万合众元的套装啊。”

“那就不是我的问题了。”

道尔顿的身后音乐声震耳欲聋，恶臭四处弥漫。他看着汤姆，然后跪在了污水中。“求求你，把门打开吧。”他的脸上写满了愤怒，声音因为愤怒和自尊心受挫而颤抖不已。“求你，放我们出来，汤姆。”

汤姆看了看道尔顿，雪茄烟雾、摄像机，以及差点被毁掉的自己，之前的种种都浮现在了他的眼前。“不行。”他扭头走上了台阶。

尖叫声从身后传来：“我要杀了你，雷恩斯！去死吧，臭小子！给我听着，我要杀了你！给我去死！我要让你后悔自己被生出来，我要……”

汤姆头也不回地走上楼梯，道尔顿的声音越来越远。来到街上后，汤姆又反复检查了几遍身后的门锁，确认锁好后，他将标牌翻到了“内有恶犬”的那一面，这样就不会有人进去撞见被困在里面的道明公司高管们了。

汤姆双手插兜，踢掉脏兮兮的皮鞋，沿着华盛顿特区的大街朝国会大厦的方向走去。每年的这个季节，街道两旁的樱树上都会开满樱花。汤姆走到一座喷泉池旁，用漂浮着粉红色花瓣的池水洗掉了头上的发胶。不远处，一个小贩正在摆摊贩卖华盛顿特区纪念品，汤姆用那身价值一万一千合众元的西装换了一件印有“合众国制造”字样的大码T恤、一条星条旗慢跑裤，以及小贩脚上的旅游鞋。

他走进地铁站，把道明·阿格拉和贝灵格俱乐部远远地抛在了脑后。

第二天早上，回到尖塔的卡尔一见到汤姆就用凶神恶煞般的眼神狠狠瞪了他一眼。知道他经历了什么之后，朋友们都在时刻提防木偶汤姆再次出现。但木偶汤姆并不是问题的所在。随着时间的流逝，汤姆变得越来越萎靡不振，就好像暴风雨正在渐渐迫近一样。他照常大笑、开玩笑，在实境里全力以赴，尽量装出一副一切正常的样子。但这并没有改变他的真实感受。

在一次虚拟实境应用课上，他没有和其他罗马兵一起冲过战场迎战布狄卡女王①。华耶找到他时，他正靠在一棵树上出神，两脚都埋在泥水里。“你不会又变成新汤姆了吧？”

“没有。”

华耶绕着他上下打量了一番。“可其他人都在打仗呢，你却在这儿。你不是挺喜欢打仗的嘛。”

“我在思考，不行吗？我就不能思考一下？”

“你平常可不怎么思考。”华耶小心地绕过泥泞，来到了他的身边。

汤姆木然地看了看华耶。华耶最近表现得也不太一样，汤姆很确信这和布莱克伯恩有关。从那天在办公室里偷听到的谈话里他完全听得出来：华耶和布莱克伯恩的关系非同一般，但这一切都毁在了他的手上。

---

① 罗马帝国时期不列颠地区艾西尼人的女王，罗马人企图吞并艾西尼，布狄卡遂领导了一次大规模反罗马人压迫的运动，但不久便被镇压了下去。

汤姆揉了揉前额。“我有没有向你道过歉？因为让布莱克伯恩以为……”

“我说过的，那不是真实的你。”华耶抱着膝盖坐了下来，“我还是不知道罗阿诺克是什么意思，嗯，除了那个最明显的意思，早期美洲殖民地的名字之外。”

“文格洛夫知道。”汤姆低声说，“我听他说过。他知道布莱克伯恩的命门在哪儿，那个程序就是他做的。”汤姆摇了摇头，“嗯，华耶，我要去告诉布莱克伯恩真实的情况……”

“不行！别再提了好吗？就让这事儿过去吧，我确信布莱克伯恩中尉总有一天会再和我说话的。他一定会的，对吧？”

汤姆不知道该怎么回答，只好举起双手。“好吧，听你的。”

“你烦心的就是这事儿吗？”

“我没烦心。”

“肯定有什么事，所以我才来的——我们好谈谈你的感受。”

汤姆大笑了几声。“谈谈我的感受？”

华耶挪了挪身子，一副很不自在的样子。“埃利奥特跟我说要更感性一些。听起来挺简单的，你也可以试试。用‘我觉得’开头来说点什么，我保证不带偏见，安静地听你说完。”

汤姆哼了一声。

“他还说我可以在讨论时用一些感同身受的说法来启发一下，比如‘我觉得你好像很伤心，汤姆’。”华耶点了点头，“你伤心吗，汤姆？”

“不。”汤姆叫道，他忽然感觉很愤怒。“我不伤心，我很生气，好吗？你想听‘我感觉’？我感觉自己想要杀人。我一直在想，在整件事情里我到底有多后知后觉。我感觉我应该把道尔顿·普雷斯特维克烧死在俱乐部里，听清楚了吗？我甚至都没发现事情有什么不对！每周末都抹着发胶，拍卡尔的马屁，而且还没发觉自己和以前不一样！”

“那个程序有隐藏进程的功能，本来就是要避免被你发现的。”

“问题不在这好吧？我居然信任起道尔顿了，从那时起我就应该意识到出了问题。那可是道尔顿·普雷斯特维克啊！我恨那家伙好吗！他把我妈当成垃圾一样，就是因为他我才没有家！结果呢？忽然间脑子里多了个程序我就觉得他是世界上最伟大的家伙了？我是说，我当时真的全心全意地觉得他都是为了我好！我真这么想，居然一点怀疑都没有！”

“再说一遍，是程序的缘故，那个程序就是为了达到那种目的。”

“我不该是那样的好吗？别人骗我时我总能发现。我就是——我不是那种盲信盲从的人。连我老爹我都没那么信任过！”

华耶看了他一眼，咬住了自己的嘴唇——连她也知道这时候最好不要说话。

汤姆看着四周的战场，感觉非常厌烦。他的眼前不断浮现出道尔顿教他打领带时的情景，真希望自己当时就用领带勒死那家伙。他感觉自己做了件非常恶心的事，严重背叛了自己的父亲，即使现在他也还能回忆起那种全心全意相信某人的感觉，那种认为道尔顿所做的一切都是为了他好的感觉……

最可耻的是，他居然因为内心的空洞感而怀念起了那种感觉。

汤姆站了起来，一把抽出剑。“这么说太愚蠢了。”他需要打一仗。和虚拟人物来一场虚拟暴力对抗能让他感觉好一些。“都忘了吧。”

“这么说你的‘我感觉’都说完了？”

汤姆刺耳地笑了几声，朝战场走去。“华耶，无意冒犯，不过你当治疗师实在是太差劲了。你做回你自己，我也做回我自己，我们俩都把这事儿忘掉，怎么样？不过还是要谢谢你。”

第二十二章

一周后，华耶还没有看到任何布莱克伯恩原谅她的迹象。布莱克伯恩只是在她的视像上扔了一条短消息，派她一个人去地下室工作，重新格式化的任务量很大，她不得不每天晚上都提前离开食堂才能赶上进度。

汤姆知道自己一定会遭到报复的。

等待的过程非常痛苦，程序设计课更是难熬。布莱克伯恩在谈论编译器的时候跑题介绍起了一种新型病毒武器，这让汤姆更加确信。在学习这段内容的时候，他的心里不时泛起阵阵的不安。

那一刻终于来临了。

“今天，我们将把上周学习的内容加以应用。”布莱克伯恩用死神一般的目光盯着汤姆。“我们可以把它比作猎狐游戏，不过要是想要个正式名称的话，我打算称它为‘惹到不该惹的人有害身心健康’。”

屋里传来一阵疑惑的低语声，大家面面相觑，不知道这次的目标又是谁。汤姆缩在座椅上，嗯，过一会儿他们就都会知道了。

“所有人狩猎的目标只有一个。”布莱克伯恩继续道，“狐狸只有一只，只要能猎到狐狸，什么程序都可以用。但愿，这只狐狸能从中学到有用的一课。”

换言之，布莱克伯恩将把他宣布为全民公敌。

“汤姆·雷恩斯。”他宣布道，“你今天将获得一项激动人心的任务，当狐狸。”

“真是太让人惊讶了。”汤姆讽刺道。

“如果能在下课前避开你的同学们，就算你赢。”布莱克伯恩说，“任何逃脱方式都可以用。其他人的目标就是先抓到狐狸。赢家有权逃课一天。”

所有人一下子都坐直了，甚至包括坐在汤姆旁边的维克。

“叛徒！”汤姆说。

“叫我本尼迪克特·阿诺德博士[①]。”维克回答。

汤姆一言不发地等神经处理器显示相应的注释。

“这里是合众国，你可是合众国人，连这都不知道？”维克问。

“这样吧，维克，你是我兄弟，你可以赶在其他人之前弄死我。”

“这才是好兄弟。”维克附和道。

“那么，雷恩斯先生？”布莱克伯恩用胳膊肘撑着讲桌，“你打算怎么跑呢？要是太容易了其他人肯定会觉得不好玩。”

汤姆耸了耸肩，没有离开维克，决心让自己的朋友先用病毒来攻击他。“这没意义，长官，我不可能赢的。几乎尖塔里所有的学员都在这儿，所以还是不烦这个心的好。”

布莱克伯恩考虑了一下，点了点头。“也对。那就再给你一个机会吧，给你个优秀程序员做搭档，哈里森先生如何？你来当狐狸二号。”

坐在前排的尼格尔·哈里森一脸惊恐地坐直了身子。“这不公平！”

“是吗？”布莱克伯恩冷冷地说，“只有雷恩斯一只狐狸的时候我可没

① 本尼迪克特·阿诺德（1741—1801），美国独立战争时期的革命家和军事家，作战英勇，屡负重伤，官至少将。后向英国方面出卖美军情报，1780年通敌败露后脱逃，成为英军准将，多次指挥英军对北美殖民地的战争，被乔治·华盛顿缺席判处死刑，1801年客死伦敦。他的名字在美国成了“叛徒”的代名词，等同于《圣经》中的犹大。

听到你说什么不公平，现在反而不公平了？

黑头发的哈里森一脸厌恶地抬起头看着他。

“去吧，你们俩。”布莱克伯恩说，“给你们五分钟优先。”

汤姆没有动，尼格尔也没有。五分钟不会有什么区别。

布莱克伯恩直视着汤姆。“还是说这个挑战对你来说太难了？”

汤姆血气上涌，被戳中穴道了。

“别上当。”维克低声警告道。

嗯，他知道布莱克伯恩是在激他。但“不采取行动是因为害怕”这种指控是他所不能容忍的。他要证明布莱克伯恩是错的，他们都是错的。

汤姆站了起来，无视布莱克伯恩那凶恶的笑容，朝前排走去。“来吧，尼格尔。我们出去。”

尼格尔·哈里森的脸扭曲了。“十分钟，否则免谈，长官。”

布莱克伯恩挥了挥手。“给你十五分钟也行。”他的语调里全是无所谓的味道。

汤姆知道这没有什么区别，但他还是朝门口狂奔了过去，这次尼格尔跟了上来。

汤姆朝电梯间奔去。“我觉得应该这样，尼格尔……尼格尔！”

汤姆忽然发觉自己落单了。瘦削的黑发男孩儿神情恍惚，步子慢得令人抓狂。汤姆跑回他的身边，跟上他的速度。

“我是这么想的。”汤姆每走一步都好像是在跳，抑制不住战斗的冲动，但他知道，要想赢过其他那些人，就必须要和这小子的合作。“我们得找个安全的地方，入口要好控制，像普查室那样的，然后和他们宣战，我们能把他们都干掉。”

“不，我们不行。”尼格尔说。

“你和我，我们要像斯巴达三百勇士一样！面对几倍于我们的敌军，取得战斗胜利。你玩过《斯巴达三百勇士》吧？”汤姆忍了半天才没有一把抓过尼格尔的胳膊把他背在身上好跑快一些。

“真幼稚。”尼格尔咕哝道，“你和你那个白痴朋友维克都是。生活和那种蠢蛋电子游戏不一样，你还没有发现吗？而且说实话，谁会自称末日博士？你们是从《神奇四侠》里剽窃的。”

汤姆按了按电梯开关。“首先，我们是末日双博士——有个‘双’字，是复数。其次，这和现在的情况一点儿关系也没有。”

电梯门打开了，尼格尔斜靠在墙上，浪费着宝贵的时间。汤姆则确信，要想在这堂课上存活下来，他们就一点儿时间也不能浪费。

“快点儿，快点儿，尼格尔——我们得找个易守难攻的地方。”

尼格尔那双蓝眼睛冷冷地看了看汤姆。“听说你把贝灵格俱乐部给炸掉了？”

“你怎么知道？”汤姆脱口而出。

“道明·阿格拉当初对我也使过那一套。”尼格尔说，“他们摆出一副要资助我的样子，告诉我只要愿意就可以去他们的俱乐部，最后却拒绝提名我升入卡美洛级，禁止我再接近那地方。所以你确实做了？”

“我没炸掉贝灵格俱乐部，只不过用臭水淹了一下，连带里面的道明公司高管们一起。”

尼格尔打量着他，咧嘴一笑，然后从他身旁走上电梯，按下了地下层的按钮。“我和你一起，我知道该怎么赢。”

“咱们一起干。”汤姆抬起手要和他击掌，但尼格尔只是冷冷地扫了一眼他那抬起的手，汤姆赶紧又把手放了下来。

出了电梯，汤姆朝普查室的方向走去，但尼格尔没有跟过来。汤姆发觉那小子正站在尖塔中央的处理器前。那是一台冰箱大小的处理器，两边插满冷却软管，整台处理器都淹没在电线中。“我们先让跟踪系统失灵，这样他们就不能追踪我们的GPS信号了，然后——”

汤姆灵光一闪。“等一下，让跟踪系统开着吧。一旦开始追杀，跟踪系统肯定是他们第一个想到要用的工具，所以——”

尼格尔看着他，领会了他的意思。“所以我们在上面植入木马。”

“就是这样。”

尼格尔走到安在墙上的一台计算机前，在键盘上敲打了起来。“我这个正合适。”他的眼中闪过一道奇怪的光芒。“是我自己编写的，叫作癫痫大发作。”

“你开玩笑的吧？”汤姆说。但尼格尔还在继续输入。汤姆一把抓住尼格尔那细细的胳膊，阻止他执行程序。“不能用那个，会引起大麻烦的。”

“那又怎么样？”

“癫痫会死人。”

尼格尔一脸恶心的笑。“我知道。”他又伸手去按键盘。

汤姆一把将他拉了过来，尼格尔一下子撞在了墙上。他站直身子，看着汤姆，那表情好像是觉得汤姆背叛了他。

“你什么毛病啊？”汤姆吼道，“你以为做这种事马什会放过我们吗？”

“不把它用在战斗员身上就行了，马什关心的不就是这个嘛。”尼格尔的眼中充满了狂热，“我只把它用在其他人——那些累赘身上，把他们扔给布莱克伯恩去修理。之后他就会明白惹毛了我们是什么下场，其他人也一样。”他的声音里充满了怨恨，“你还不明白？你我二人都没有升入卡美洛级的希望了。因为你的所作所为，道明·阿格拉公司肯定已经把你拉进了黑名单；而我，都是因为这个残次品神经处理器。”

“残次品？”

“我的脸以前可不会抽搐。”尼格尔咒骂道，“是神经处理器的硬件问题。要想修好，就必须得再做一次手术，把脑袋切开，所以马什将军就替我做了决定，说什么就算我愿意风险也太高了。我的一切都给毁了！我进不了战斗级，就因为那些公司觉得我形象不好。马什却觉得这没什么。他还这么跟我说，‘孩子，你可以在军队里干点儿别的活儿。并非所有人都是战斗员的料。’……可我不想要别的活儿，我想要的就是这个。现在你情况和我类似——你也成不了战斗员了。所以我们就换个方法。”

“什么方法，把竞争对手都清理了？”

“不，让马什看看我们有多凶残。”尼格尔挥舞着拳头，似乎攥住了某个只有他才能看到的东西。“你没发现吗？看看那些大陆同盟的战斗员，美杜莎也没有赞助商，但他是战斗员，就因为他足够厉害。我们也能成为那样的人。他们需要的是与众不同的人，不像其他那些软蛋的人。我们要让他们看看我们有多狠，即使没有赞助商，军方也必须让我们成为战斗员！”

“这样不行。”汤姆挡在尼格尔和键盘之间，“我在这里还有朋友。”

尼格尔的脸扭曲了，一场风暴即将爆发。“祝贺你。”

“我的意思不是说你——”

“我没有。”尼格尔低声嘶吼道，“我在这没有朋友。”

*天哪，这能怪谁？*汤姆心想，但他只是说：“好吧，就算你没有朋友，但我也不会让你伤害我的朋友。”

“你是在哪个世界里活着呢？”尼格尔唾沫横飞。“再过几分钟，你那些所谓的朋友就要来追杀你了。你那些所谓的朋友帮你戏弄了道明·阿格拉的董事会，那可是跨国企业联盟里最主要的一家公司，这你知道吧？他们可是这个世界上最有权力的人，而你用臭水把他们给淹了！你要是有真正的朋友，他们就会告诉你，白痴才会动这种念头！”

汤姆愤愤不平地反驳道："我的朋友们确实常说我是白痴，他们常说！"

"好，雷恩斯，按你的来。"

汤姆不相信尼格尔，他转向键盘，小心翼翼地挡在尼格尔和键盘之间，回忆着臭屁王的代码。把这个插入到跟踪系统里，也许尖塔里的其他人消化系统有了毛病后追踪他们的速度还能慢一些。

"你的防火墙真厉害。"尼格尔在他的身后评论道，"恩斯洛给你弄的？"

汤姆正忙着输入正确的代码，没有理他。

"非常不错，"尼格尔继续道，"但还不够完美。你本该站在我这边，那样你还有点机会。"

汤姆转过身，看到尼格尔正在前臂键盘上输入，他快步上前，但已经来不及了。病毒激活，他的头猛地向回一扭，撞在了一个坚硬的东西上，眼前一片漆黑。

醒来时，汤姆发现自己正躺在拉法叶厅的讲台上，眼窝里隐隐作痛。他看了看空荡荡的教室，视线里一片模糊。

他想要坐起来，但发觉自己的双手被捆在了胸前。"嘿！"他大叫着想要挣脱，但只觉得脑后垫了个什么东西，那东西的边沿滑了下来，遮住了他的眼睛……

布莱克伯恩掀掉了他头上的短上衣。"冷静。"他命令道。

"放开我！"汤姆叫道。

"这就放开你，别激动。"

他伸手在汤姆身后拽了一下，捆着他的绳子就松开了，汤姆这才发现，捆他的绳子也是用制服弄的。

“你在抽搐。”布莱克伯恩解释道。

汤姆摇晃着站了起来，每动一下都感觉想吐。“出了什么事？”他咽了口唾沫，感觉喉咙火辣辣的疼。“谁赢了？”

“我刚才一直在拆解哈里森先生的程序。看起来他在其他人找到你们之前干掉了你。你是两只狐狸中的一只，所以他赢了。”

这个小人……汤姆从没想过通过袭击尼格尔来获胜。

“他用什么攻击的我？”汤姆揉了揉脑袋，“癫痫大发作？”

“没有。谁会编码那种玩意儿？他用的是尼格尔·哈里森的加强版变种，抽搐会持续自我加强，最后你把自己给摇晕了。”

汤姆笑了起来，他感觉晕晕乎乎的，腿也有些发软。“开玩笑的吧，你是说尼格尔·哈里森用‘尼格尔·哈里森’把我干掉了？”

“就是这样。”布莱克伯恩的声音听起来不太高兴，“他要是写了自毁代码，我可能还会考虑给他放那一天的假。不过由于他让我花了这么长时间来拆解他的程序，所以我取消了他的胜利。”

汤姆看到讲台上自己刚才躺的地方有一块血迹，于是抬起颤抖的手想要摸一摸头上一直在疼的那个地方。

“别碰。”布莱克伯恩拉开了汤姆的手。

去，好像他真在乎一样。汤姆挣开他的手跳下讲台，地板似乎有些摇晃，汤姆跌坐在了地上。

“很优雅。”伴随着身后的靴子声，一只手从背后捏住他的短上衣将他提了起来。

“放开我，别碰我！”

布莱克伯恩拽着他走过过道。“你的头部受伤了，雷恩斯，应该去医务室。”

“我很好，我没事，放开我！”

布莱克伯恩一把转过他，双手按住他的肩膀。“你昏迷了十五分钟，两边瞳孔不一样大，你得去看医生。”

距离布莱克伯恩这么近，听他用这种柔和的语调说话，汤姆感觉直想吐。他把头扭到一边。“你不就想这样吗？确实有害我的健康。”

布莱克伯恩看了看他。“不，这个有点太过分了。走吧。”

汤姆没有再继续挣扎，布莱克伯恩一路上也再没有说话。

布莱克伯恩把他交给张护士时，汤姆正觉得天旋地转。张护士赶紧让他躺到床上，用小手电检查了他的双眼。头脑混乱的汤姆躺在床上，忽然感到了安全和镇静。很高兴自己来到了这儿，在大厅里吐自己一身只会让卡尔高兴。

“别睡过去，雷恩斯先生。”张护士叫道。

汤姆努力睁开眼睛，床头的小桌子在他的眼前一闪一闪。他感觉想吐，屋里的灯也太亮了。布莱克伯恩怎么还在这儿，站在他旁边。“你觉得他需要在这儿住多久？我得告诉马什将军一声。”声音太大了。

“做完CT后我会告诉你的，不过……他还很年轻。对于你我而言需要恢复好几周的问题，他们可能几天就好了。”

“这话不用你说。两个男孩子，相差一年……前面还……”他忽然停顿了很长时间，“记得有情况告诉我就行了。”

沉重的脚步声，开门声，关门声，布莱克伯恩终于走了。就像乌云渐渐散去一般，汤姆这才放松了下来。

第二十三章

几天后，汤姆终于能够离开医务室了，但他还必须卧床休息，所以他的GPS信号被锁定在了宿舍，而他本人则在五角购物中心的虚拟现实厅里消磨时光。

整个星期六的上午，他都在《海盗战争》里和美杜莎对战。他是黑旗海盗舰队的头头，而美杜莎则是东亚联合体海盗郑氏，红旗海盗舰队的女王。尽管头还有些隐隐作痛——这是他那次脑震荡后的一点儿后遗症——但汤姆打得非常勇猛，还登上了美杜莎的旗舰。正要在美杜莎的船员中大开杀戒时，他忽然发现美杜莎在前方的海面上露出了头，笑得很开心，一副“不出所料”的表情。

美杜莎欢快地挥了挥手，算是给他的唯一警告。

旗舰爆炸了，汤姆、战舰，以及整个黑旗舰队瞬间化为灰烬。

他们又回到了RPG场景里，汤姆使用食人魔的形象，美杜莎的埃及女王正在沙发上用后空翻庆祝胜利。

“还在庆祝啊。”汤姆说。

美杜莎笑着朝他转了过来。“你要是赢了一定比我还能炫耀。”

汤姆也笑了起来。“至少厉害一百倍。”食人魔走上前去，两个人绕起了圈，好像要进行决斗。“问个事儿。”汤姆紧盯着美杜莎的虚拟形象，似乎想要从那些像素点中看出幕后之人的真面目。“你从小就会说东亚联合体语吗？”

“是的。”

汤姆暗自庆幸自己套出了她的国籍。她已经承认了自己是女生——因为她的声音就是女生的——汤姆一直觉得她是东亚联合体人，但直到此时才最终确定。他在心里想象起了她的样子——乌黑的长发，水灵的黑眼睛，个子应该不高，应该是吧。

“我就觉得你不是波尔雅国人。”

“波尔雅国人一年只在太庙集训两周，或者是我们去他们的皇宫地下的基地。”

“一年才两周？这里的天竺学员一直和我们一起训练，还有——”汤姆在提起来自欧洲－澳大利亚集团的学员前闭上了嘴。

美杜莎也安静了下来。他们俩一直小心翼翼地游走在友谊与泄密叛国的边缘。

“那个应该不是什么绝密信息。”汤姆想了想。

“人人都知道波尔雅国的地下基地。”美杜莎的声音听起来也有些不安。“就跟天竺国的孟买基地人尽皆知一样。”

“那南美联邦、非洲和北欧集团的人呢？”

“他们比较喜欢去波尔雅国，不和我们一起。要进入我们的项目必须先加入我们的军队。”

“真的？我们在这里不是军人。十八岁前都不是。”汤姆的食人魔一屁股坐在了沙发上，压得沙发整个斜了过来，美杜莎的虚拟形象咯咯咯地笑着站了起来，任由失去平衡的沙发翻倒在了汤姆的食人魔身上。“波尔雅国人也都是军人吗？”

“是的，不过他们都不太把那当回事。只要想退出随时都可以。这让他们惹上了大麻烦，很多波尔雅国富人会给自己的子女在项目里买个位置，等安上神经处理器后再退出。”她趁汤姆的食人魔还被压住时踩住了他的头，“绝大多数时候，神经处理器都不会被取出来，即使时间还早，还有机会。”

“聪明。也就是说父母把子女送到那里去让他们变成天才后再弄回来？”

“嗯，你可以那么认为。不过有一次有家人受到了调查——结果发现安装神经处理器的那个丫头根本不是那家的孩子，而是他们花钱雇来的。等军队发现问题时，那丫头的脑袋已经被切开，神经处理器早就被卖到黑市上了。”

“哇哦。”

“我们的行事方式和他们不一样，所以波尔雅国人来访时总是在抱怨。今年他们就一直在要求要每天晚上睡觉。”

美杜莎还在踩他的头，汤姆却忽然停止了挣扎。“等一下，你们不是每天晚上都睡觉吗？”

“你们每天晚上都睡？”

“睡觉很好啊，美杜莎，睡觉棒极了。”

“我们的日程表上有慢波睡眠。但对于神经处理器来说，每晚睡觉根本没有必要。”

汤姆挥舞着手套想要挪开沙发。“可那是睡觉啊。”

“我们的时间有更好的用处。”美杜莎蹲了下来，嘲弄地笑着，汤姆的面罩上显示的全都是她那乌黑的长发。“也许这就是我们获胜的原因。”

汤姆笑了起来。“也许这才是外国战斗员宁愿去波尔雅国住的原因！”汤姆扔开沙发起身冲了过来。

“你是德州人吗？”美杜莎一边问一边回击。

“什么？德州？我像德州人吗？”

“德州和纽约，我只听说过这两个合众国地名，哦，还有加州。”

“不是德州人，但我认识一个德州的。他叫艾迪。”

“他在牧场长大的？”

“哪有，而且他也不是牛仔。我觉得他应该是医生。有一次他和我爸打了一架，然后两个人一起喝啤酒。他们现在还是好兄弟。我猜他们在那里应该就是这么交朋友的吧。”

“我们也是这么交朋友的吧？通过打架？”她将汤姆一把扔到了墙上。

汤姆双脚着地冲了过来，将她扑倒在地。“对，但我们可不仅仅是打架。我们一起毁了贝灵格俱乐部。哦，我还惨死在你手上。野蛮谋杀是美好友谊的坚实基础。”

美杜莎笑了起来，埃及女王一个回旋踢将食人魔踢飞到了一边，食人魔撞塌了对面的石墙，被埋在了瓦砾里。他的眼前不断浮现出一幅画面，美丽的东亚联合体姑娘，热爱电子游戏，两眼放光，正在和他对战。哦，碰巧还是世界上最厉害的战士。

真高兴美杜莎现在看到的只是挥舞着斧头的食人魔虚拟形象，而且还被埋在碎石中，不然让她看到自己那笑得合不拢的嘴就尴尬了。

星期二，战术课刚一结束，汤姆就收到了一条消息：速到埃利奥特·拉米雷斯处报到，进行学期评估。

“哦，哦，好吧。”汤姆知道接下来会发生什么。

为了升入中级，所有下级生都要接受评估，尽管进步微小，但中级也是上升链条中的一个阶梯。最终决定将由马什将军做出，但他们的虚拟实境应用导师说话也有一定的分量。汤姆一直躲着埃利奥特，想要尽可能推迟那番有关他如何缺乏团队精神、如何不能和队友和谐相处、如何缺乏自我实现能力之类的演讲。不过显然，埃利奥特已经厌倦了等汤姆在方便的时候自己前来。

他从来没有去过十四楼卡美洛级战斗员居住的地方。所有人都听说过那个传言：战斗员没有私人宿舍，他们都睡在一个巨大的兵营一样的地方。里面有游泳池、软床、热浴池，所有女战斗员都会在里面一丝不挂地玩闹嬉戏，还有私人酒吧和女按摩师。大门打开，眼前的休息室却与其他各层没有什么不同，汤姆感觉到一丝失望。他走在柔软的地毯上，向外倾斜的大窗外是郁郁葱葱的阿灵顿国家公墓。他缓缓地转了个身，看着眼前的一扇扇门。

"汤姆。"

埃利奥特的声音吓了他一跳。深色头发的男孩正站在自己宿舍的门口，招手让他进来。

汤姆跟着他走近了宿舍，单人间，不错。

埃利奥特之前一定是在床上，他又回到床上，拉过被子盖在了腿上。天花板上有一块屏幕——上面正在播放几个月前水星附近那一仗的视频。

"嗯，你的第一次评估。"埃利奥特开口道，他的眼睛还顶着天花板上的屏幕。

汤姆挪了挪身子。"嗯。"

"坐吧。"

汤姆坐在了埃利奥特的豪华真皮座椅上。

"抱歉催得这么急，汤姆，不过我们最近一直在忙着准备国会山的首脑峰会。马什将军不断从天竺国发来消息，催促我赶紧提名自己的代理。而我，真希望今年能自己动手。"

汤姆抬头看了看屏幕，他不确定这时候应该说什么。所有战斗员里，埃利奥特的战法是最常规最具可预见性的。马什很有理由不让他自己上场。

汤姆又看了看屏幕上的图像。

“告诉我件事，汤姆——你觉得我这里错在哪儿了？”埃利奥特挥动手指拖动视频，他的飞船与美杜莎的飞船急速接近，在最后关头一个急转，然后被美杜莎向后发射的导弹击中。飞船爆炸成了一个大火球，坠毁在了水星表面。

“呃，你被击中了。”

“很显然，但为什么会这样呢？我哪里搞砸了？”

“你让我在这里凭空推想？”

“正是如此，汤姆。帮我凭空推想一下。”

汤姆在椅子里挪了挪，他很高兴能告诉埃利奥特哪里搞砸了，但现在似乎不是嘲笑埃利奥特失败的最佳时机。再说，自从埃利奥特容许他在特洛伊与美杜莎对战后，他就没有那种冲动了。

“嗯——无论如何你都会被击中的，就算你什么都没做错。”

“但要是打对牌，我还有机会和美杜莎同归于尽。我当时应该怎么做？”

“你做了教科书上要求的一切，这你比我清楚，你战术比我学得强多了。”

“但是？”

“你应该发动自杀式攻击。”汤姆脱口而出，“你有那个机会。干掉那丫头，其他人肯定会震惊不已，到时候就任你宰割了。”

“丫头？”

说漏嘴了，汤姆皱了皱眉。“我总觉得美杜莎应该是个女生。”

“我也这么觉得，有意思。说实话，和她对撞我当时想都没想过，但你就会这么想，是不是？”埃利奥特沉吟着，手指揉搓着下巴。“这就是你的特质，汤姆。我发现过很多次，你每次都是一剑封喉。你有杀手的本能，但我没有。我觉得，我没有尖牙利爪，也没有那种欲望。”

“你是说你没我狠。”

“可以这么说。知道我为什么要你效忠吗？”

汤姆那时候有很多想法，对权力的渴求，深层次的利己主义之类的，不过现在这么说似乎不太公平。

埃利奥特自己回答了这个问题：“因为这和战斗一样，也是一种历练。要是不愿意玩社会的游戏，再好的杀手本能也不能帮你取得任何成就。从不收敛自己的骄傲，从不对讨厌的人笑脸相迎，从不——嗯——按照自己不喜欢的想法行动，同时还能取得骄人的成就，历史上还没有这样的人。”

“我知道，我没有团队精神。”

“你可以有。”埃利奥特靠近了一些，“你能够成为团队中那个价值非凡、成就卓越的成员，那种引导团队取得胜利的人。但你也得去玩另一种游戏，你得学会——”

“溜须拍马？”汤姆没忍住脱口而出。

“对，溜须拍马。”

汤姆看着埃利奥特，有些措手不及，屏幕上的飞船还在飞舞。

“随你怎么想都行，汤姆。但除非你学习——并偶尔——表现出一副可怜的马屁精的样子，就像我一样，否则你是不会有任何进步的。”

汤姆不知道该说什么了。他从不知道埃利奥特对自身有如此清楚的认识。

埃利奥特继续道：“我欣赏你的气节，羡慕你能坚守自身。但我也希望能看到你赢得新的天地，而不仅仅是坚守自身。我希望看到一个像你这样具有创造力和决心的人取得一定成就，但除非你学会能屈能伸，否则这一切都不会发生。”

汤姆完全没有料到会听到这些话，不知道该如何回应。忽然，他想起来，这一切都无关紧要了，或者说并不真的要紧。“反正我已经不会有什么成就了。”

“你是说道明·阿格拉公司高管和贝灵格俱乐部的事？”

汤姆睁大了眼睛。

埃利奥特笑了笑。“我听到过一些传言。你新获得的名声确实不利于寻找赞助商，这我承认。”他下了床。“不过汤姆，资助海洋同盟的跨国公司还有四家呢，道明·阿格拉不是唯一的选择，可别这么快就丧失信心。”

汤姆也站了起来，感觉有些疑惑，这和他想象的评估完全不一样。“谢谢你的建议。”

“不足挂齿。”埃利奥特站在门口。“汤姆，我会推荐你进入中级，但我希望你好好思考一下我说过的话。”他眨了下眼，“祝你好运。”

汤姆被惊得目瞪口呆，感觉自己真是一点儿也不了解这个家伙。他握了握埃利奥特伸出的手，走向电梯间时感觉还晕晕乎乎的，一点儿也没有注意到正在休息室的沙发上下载作业的卡尔。

卡尔一把抽出神经导线跳了起来。“莱西。”

汤姆可没那个心情，他按了按电梯按钮，希望电梯快点过来。

“怎么，打算无视我吗？假装高高在上可不像是你。”卡尔的脚步声正在慢慢接近，汤姆转身背对电梯。

但卡尔没有攻击他。他只是一脸的怪笑，让人看了很不舒服。

“干什么？”汤姆开口道。

“看你最后一眼啊。”

“你要去什么地方吗？记得提醒我开派对庆祝一下。”

“不，不，你瞧，几天前，道尔顿刚刚收到了你上一个派对的账单。”

汤姆一下子没忍住笑了出来。

“上次害我那么丢人，真该好好谢谢你。”卡尔说，“不过我想也没那个必要了。这么说吧，小白，你已经死了。”

“是，是，你经常这么说，可我不还在这儿嘛。”

“待不了多久了。很快，你就会滚蛋。所以，看着自己最恨的人掉下悬崖，我要享受这一刻。”

汤姆听出了其中的弦外之音，但还是勉强挤出一个笑容。“嗯，意愿都是相互的，我也在看着你，卡尔，一想到道尔顿要把你怎么样，我就兴奋异常。”

“你吓不倒我。”

“我才不在乎呢。我知道你自己不知道接下来会发生什么，想象一下你未来的遭遇，这就已经够让人激动了。”

卡尔的脸上闪过一丝动摇。“怎么，大黄？”

“道尔顿说过也要给你安装行为矫正程序。不知道他会不会也让你涂发胶？”汤姆打量着他，摇了摇头，“应该不会，面对现实吧——他对你肯定会用另一套，我比你帅多了。”

卡尔想要发出一声冷笑，结果却没有成功，只是将脸扭成了一团。“他不可能那么对我。”

“你可真是什么都不知道啊？”汤姆说，“道尔顿说过，他们让你升级的唯一原因就是为了拉拢埃利奥特，结果还没弄成。所以他们打算要——你用的是哪个词来着？哦，对了，‘阉掉’你。不相信？我现在就去普查器那里，给你传一份记忆过来。”

卡尔一言不发。

电梯门打开了。“打算就这么浑然不觉地过下去？真可惜。”汤姆转过身，享受着胜利的喜悦，可卡尔一把抓住他的领子把他拽了出来。

“你骗人！”卡尔一拳打了过来，汤姆低头闪开，卡尔的拳头打在墙上痛得他大叫，而汤姆却大笑不已。

“真不敢相信你居然——”

幸灾乐祸的话还没说完，第二拳就打在了汤姆的肚子上，他弯下腰，气都喘不上来，眼冒金星，双腿发抖。

“说你刚才在撒谎。”卡尔低头咆哮道。

“你想……让我……撒谎……说……自己……撒谎了？”汤姆喘息道。

“卡尔？你干什么呢？”

汤姆从没在听到埃利奥特的声音时这么高兴过。卡尔一把将他推倒在地，汤姆只觉得头晕眼花。他爬了起来，卡尔还在争辩：“不关你的事，埃利奥特。是他先挑的事，说什么——”

汤姆摇晃着站了起来，喘着气。埃利奥特站在走廊里，目光坚定地直视着卡尔。“不管怎么样，殴打一个十四岁的孩子都没有正当性可言。”

“可埃利奥特——”

“汤姆是我的下属。你以后最好还是不要去招惹他。”

卡尔满脸通红。“你没资格叫我干什么。”

“事实上，我有，卡尔。”埃利奥特的声音很柔和，“如果你还想在卡美洛级中保持影响力的话，我告诉你不要招惹汤姆的时候你就应该照做，明白了吗？”

卡尔看上去就像是一头愤怒的斗牛犬。他在汤姆面前摆了半天架子，好像是个管事儿的大人物一样，结果忽然间一下子又变成了个生闷气的小孩。

“明白了吗？”埃利奥特那柔和的声音里潜藏着钢铁一般的意志。

卡尔脸红得像个茄子，然后不情愿地点了点头，眼前的情况让汤姆看入了迷。

“意思是明白了？”埃利奥特问。

“明白。”卡尔紧咬着牙关说。

“谢谢，卡尔，你可以走了。”

卡尔灰溜溜地离开了，就像被主人训斥的凶恶杜宾犬一样。汤姆对埃利奥特肃然起敬。他从没想过卡尔居然也会听别人的话，居然也会因为敬重某人而退让。

汤姆看着埃利奥特，头一次明白了埃利奥特一直想向他说明的问题。有些人不需要通过打架就能守住底线，就能达到目的。除了打仗外，还有其他游戏需要玩，还有其他比赛需要赢。

“你没事吧，汤姆？”埃利奥特问。

“哦，没事，谢谢。”

汤姆听到了身后电梯门打开的声音。赶在埃利奥特返回宿舍前，他叫了一声：“等一下！”

埃利奥特回头看了看他。

汤姆盯着墙上的大窗，感觉自己的样子很蠢。“埃利奥特，你不够狠，可能是因为你没把自己搞得太糟。”他偷偷瞄了一眼埃利奥特，埃利奥特的表情很平静，似乎是在沉思。“可能是因为你太——”他搜肠刮肚地寻找着适合埃利奥特·拉米雷斯的词。“——自我实现得太好，不屑于采取任何野蛮行动。”

埃利奥特笑了笑。“你这么认为？”

“对，嗯，就这些了。”汤姆挥了挥手，上了电梯，希望埃利奥特能够明白，刚才是自己所能做的最接近道歉的事了——为之前一直没有给埃利奥特机会而道歉。

第二十四章

尖塔里的政策并不阻止男女交往，毕竟他们都还不是正式军人，而且马什这人也很现实，知道让一大群十几岁的青少年整天生活在一起会发生什么。当然尖塔里也不会鼓励这种行为，所以没有正规高中的那种舞会。想要约会的话，只能等到周末的时候在华盛顿特区溜达溜达，或者到五角购物中心的美食广场浪漫一下。

不过一到夏天，每隔一段时间，尖塔里就会举办一场露天晚会，打开顶层天文馆的穹顶，让大家在夜空下活动。按照官方的说法，露天晚会是为了帮助高年级学员学习天体物理学，但事实上，屋顶上的夜色很美，情侣们和潜在的情侣们总是会尽可能利用这个机会。今晚，尤里和华耶就打算去，维克也打算去，他打算在一个名叫珍妮·阮的马基雅维利女生旁边蹭个座位。据他宣称，那个女生在虚拟实境应用课上一直对他"暗送秋波"，所以他打算去试试运气。他甚至连开场白都想好了。

"你打算怎么开场？"汤姆问。

"不告诉你，说出来就不灵了。"

"你的开场白这么差？"

"重要的是说的方法，汤姆！"

维克花了半个多小时刷裤子上的毛球，换T恤，汤姆则一直在旁边取笑他。

“Y染色体扔了？”

“闭嘴，汤姆，这不一样。”

“当然了，兄弟。今天可别让珍妮超过一垒，不然明天早上她可不会尊重你的。”

维克朝汤姆的胳膊上打了一拳，但脸上却还挂着笑意。他仔细打量着自己。“我看起来还不错。”

汤姆右手放在左胸，摆出一副虔诚宣誓的样子。“你看起来不正常。”

“是帅得不正常。”维克说，“她肯定会扑到我身上的。”

“这话是在说你自己吧？”

“去死吧，汤姆。”

等到维克离开后，汤姆才开始玩电子游戏，但他总觉得有点不对劲儿。一直到开始玩一款可以对战的游戏的时候，他才想明白了不对劲儿的是什么：他更喜欢和美杜莎在电子游戏中对战。

宿舍里空荡荡的，整个亚历山大学院都异常安静，这让他感觉有些压抑。汤姆不由得想象了起来，要是美杜莎就住在楼下该多好，这样他们就随时都可以一起玩儿了，也许晚上还能约她一起去天文馆……要是自己敢约的话。

维克回到宿舍时带着一个黑眼圈，而且还拒绝告诉汤姆他和珍妮到底发生了什么事。所以汤姆就充分发挥想象力编排起了各种可能发生的情况，汤姆的编排越来越荒诞，维克干脆插上神经导线不理他了。汤姆笑了笑，自己也插上了导线，今晚就这样吧，不一会儿，他就睡着了。

第二天早上天还没亮，他就起身前往地铁站，五角城还没有开门，所以他去了另外一家，阿灵顿虚拟实境吧。在美杜莎到点下线前，他还有一个小时的时间。

“想不想听个比较蠢的事？”他问美杜莎。

他们正又一次以齐格弗里德和布伦希尔德的身份对战，因为汤姆之前充分研究了这个实境，觉得自己能找到一个杀死美杜莎的新策略。不幸的是，美杜莎用了一个新外挂，充分提升了她的战略优势：只要踩在某几块砖上时，烈火就会从砖块里喷出来。

美杜莎绕着汤姆踱步，手中的剑在火焰的映衬下散发着光芒。“什么蠢事？”

汤姆把注意力都集中在她的声音上，尽量无视她的虚拟形象。“尖塔里有时候会举办一项活动，让我们能去看星星，男女朋友们都会一起去。我当时产生了一个奇怪的想法——希望你也住在尖塔里，这样我就能邀请你一起去了。”

他瞄了美杜莎一眼，美杜莎脸上的笑容已经消失了。

“很蠢吧？”汤姆挤出一个笑脸。

美杜莎什么都没说。汤姆一斧子劈了过去，希望能转移美杜莎的注意力。美杜莎架住了汤姆的攻击，手中剑一挥，非常暴力地划开了汤姆的肚子。她把汤姆踢到一块带有陷阱的砖上，让他陷入了火中。

美杜莎一言不发，她拿过一盆水倒在汤姆的身上。“在真实世界里你是不会喜欢我的。我敢说你喜欢的都是漂亮姑娘。”

“女孩子们总说自己不漂亮，但事实上她们都很漂亮。我敢说你也是这样。”汤姆对此非常确信。

美杜莎打量了他很久，然后做了一件出人意料的事：她弯下腰，在汤姆的嘴唇上狠狠吻了一口。

汤姆没有连接神经处理器，感觉不到那些细微的感受。他用的是虚拟现实面罩——眼前布伦希尔德那张美丽的脸近在咫尺，正闭着眼睛，嘴唇压着他的嘴唇所在的地方。他伸手在虚拟实境里抚摸着布伦希尔德的手臂，有线手套不断地震动着。美杜莎想要退后，汤姆抓住她的虚拟形象，感觉浑身好像被电过一般，就好像自己在现实中真的第一次吻这个女孩儿。

“别急。”他将美杜莎拉近，两个人的虚拟嘴唇又吻到了一起。

美杜莎笑着挣脱了他的双手。“嘿，我可连着神经导线呢。你的牙弄疼我了。”

“抱歉。”这里是虚拟现实厅，人们很有可能透过身后薄薄的帘子看到他正在接吻，但他不在乎，他感觉就像被闪电击中了一样。“这是不是说明我们就算男女朋友了？”

“我们连对方的名字都不知道。”

“嗯，不过我们杀了对方那么多次，我觉得这应该也算数。而且，啊……”汤姆深吸了一口气，鼓足勇气。“想知道我长什么样吗？”

美杜莎用布伦希尔德那漂亮的蓝眼珠看着他。

“我们俩一起，都把虚拟形象去掉。”说出这话需要很大的勇气，因为只要有可能，他从来都不在虚拟实境中使用自己的真实形象，但他想要见美杜莎，即使这意味着需要让对方看到真实的自己。而且他确信，打心眼儿里确信，美杜莎是不会把他的形象泄露给其他人的。“不泄露我们的身份，我不把你的形象给别人看，你也一样。”

美杜莎畏缩了，她的虚拟形象在实境里后退了一步。

“不用担心泄露身份，我决不给其他人看的。”汤姆保证道，他感觉到了美杜莎的退缩，“我不会泄露的。”

美杜莎在闪耀的火把光芒中看着他。“有件事你应该知道，国会山峰会就要举行了。”

“嗯，知道，这个我听说过。”汤姆说。新闻上铺天盖地说的都是这事儿。

“埃利奥特·拉米雷斯要去那里对战，但人人都知道真正参战的是他的幕后代理。”

“嗯，斯凡特拉娜也一样。”

“他的代理可能是阿列克·塔尔苏斯。”

汤姆不说话了，这名字她是从哪儿听到的？

接下来的话让汤姆面无血色。

“也可能是海瑟·埃克隆，或者卡登斯·格雷，或者卡尔·马斯特斯。”

那几个人都是卡美洛级。

他们的身份都是绝密。美杜莎不可能知道他们，不应该知道，除非……

除非有人泄密了……

非常、非常严重的泄密。

“那些卡美洛级成员的名字我都听说了，他们的IP地址我也都知道了。今天的新闻上会播。”她目不转睛地盯着汤姆，“你应该……更安全些。”

汤姆明白了她的意思，他咽了口唾沫。“嗯，我大概该走了。”

他取下虚拟现实面罩。周围的喧嚣声令人感觉有些不安。汤姆看了看墙上漆黑的屏幕，感觉嘴里发干。他忽然意识到，网上并没有真正的隐私，尽管自己一直周密计划，小心翼翼地在尖塔外与美杜莎见面。

战斗级学员的身份被泄露了。这可是件大事。

他知道，他相信，暴风雨还在后面。

第二十五章

新闻播出时，汤姆正在回尖塔的路上。地铁站里，路人们都在议论着那些名字，而那些本该是秘密。海瑟……阿列克……拉尔夫……等到达五角大楼时，汤姆已经听遍了所有卡美洛级战斗员的名字。

正如他所担心的那样，尖塔里一片混乱。泄密的消息引起了极大震动，学员们都聚集在食堂，议论纷纷。墙壁上通常关闭着的那些屏幕都打开了，上面播放的全是相关新闻。

汤姆从几个战斗级学员的身旁走过。拿破仑学院的斯沃登·盖尼已经坐不住了，他正在和汉尼拔学院的梅森·梅金斯说着什么，看起来很是激动；梅金斯正紧盯着最近的屏幕，皱着眉头。汤姆走进电梯，连平时关闭仅供紧急情况使用的屏幕上都在播放新闻。伴随着播报员的解说，屏幕上闪过一张张新近暴露的战斗级学员的照片，全都是从学校年鉴、互联网以及其他地方找来的。其中一张照片吓了汤姆一跳，上面的女孩儿翘着大门牙，戴着眼镜，刘海奇厚无比，标题上写着“海瑟·埃克隆”。

回到宿舍后，维克告诉了汤姆过去一个小时中已知的情况：东亚联合体的电视台播放了所有战斗级成员的身份，并声称已经锁定了所有战斗员的“个人电脑IP地址”。所有在军队服役听说过神经处理器的人都知道这项声明的真正意思：他们可以通过IP地址直接锁定任意一名卡美洛级战斗员。

“埃利奥特·拉米雷斯一定伤心死了。”维克说，“这下出名的可不止他一个啦。”

“这可太糟了。”

维克一头扎到床上，踢掉靴子。“嗯，尤其是对布莱克伯恩来说。一定是有人黑进了尖塔，弄到了这些信息。”

“你这么觉得？”汤姆知道自己的语气不能显得太有兴趣。如果真是布莱克伯恩的问题，也许就不会有专门的调查了。

“嗯，要么是那样，要么就是有人泄密。”

泄密。汤姆感觉一阵发冷。如果问题不是出在布莱克伯恩那里，那么布莱克伯恩一定会非常狂热地调查是谁泄的密，这肯定要比调查是谁黑进了人事档案数据库时要严重得多。这可是叛国。汤姆走到窗边，忧郁地看着外面老五角大楼的屋顶。他有麻烦了，和美杜莎的会面简直就是一个人靶子。

维克拍了下他的肩膀，汤姆一下子跳了起来。“高兴些。想想即将到来的峰会。”

“峰会怎么了？”

维克听起来心情不错。“大陆同盟的情报人员搞到了战斗员的IP地址和姓名。你还不明白吗？这下我们就不能再否认了。如果在国会山峰会上，埃利奥特再使用代理，他们就会直接在新闻上说出真正在战斗的是谁。我们只有两条路，要么在国会山峰会上丢人，要么给埃利奥特找个身份还没暴露的代理人，从我们这些非战斗级的人里找。有人就要升级啦。”

“反正又不会是我们，维克。我们只是下级生。尼格尔·哈里森倒是有可能，下一个候任战斗员就是他了。”

“不管怎么说，总会落在什么人头上的。他们已经好久都没任命过新战斗员了。”维克一脸迷醉地躺回床上，“想想看，第一场空战——对战美杜莎。想想，那可是和美杜莎对战啊。”

汤姆费了好大劲儿才忍住没说出实情。

安装了神经处理器的人不会做梦。他们会在预先设定的时间醒来，头脑完全清醒。早上5时13分汤姆睁开眼睛时，立刻就意识到有什么事儿不对劲，时间太早了。

他一下子坐了起来，发觉了问题的所在：布莱克伯恩中尉正穿着全套制服站在床前，手里还捏着刚从汤姆的脑干上拔下的导线。敞开的大门口站着两名全副武装的士兵。

汤姆感觉口干舌燥。他曾想过要不要在有人发现前抢先坦白自己与美杜莎的会面，不过看来这个机会是不会有了。

“雷恩斯先生，知道我为什么要在这个鸟不拉屎的钟点跑到这儿来吗？”布莱克伯恩说，“因为一个名叫贝灵格俱乐部的机构听说了昨天泄密的事。他们觉得，作为爱国公民有责任叫醒我，告诉我你最近曾去过他们那儿。他们声称你曾在那里与网友联系过，是某个在东亚联合体的网友。”

汤姆一下子明白了过来。

是道尔顿，肯定是那家伙。都是道尔顿搞的鬼。

汤姆觉得自己应该说几句为自己辩解的话，说什么也不应该笑，但他还是没忍住大笑了起来。

“有什么好笑的吗？”布莱克伯恩问。

汤姆赶紧捂住嘴，自己都被自己给吓到了。“没有，长官。”他咕哝道。但他的大脑还在高速运转，大笑的冲动就是挥之不去。

道尔顿，就是他，在几个月前刚刚告诉自己，战斗员的身份过不了多久就会被公开。

道尔顿，就是他，通过卡尔警告自己，他马上就会报复。

现在，道尔顿尽起了爱国公民的义务，给汤姆设了个套。贝灵格俱乐部一定是用什么方法检测到了他和美杜莎的网信联系。随着秘密一起泄露的还有汤姆的“罪证”。非常有道尔顿的风范。

“你到底有没有一点自觉，明不明白情势到底有多严重，雷恩斯先生？不管是谁，泄露这些信息都是叛国。法律规定叛国罪至少要被判处十年监禁。”

“监禁”这个词止住了汤姆那荒唐的笑意。他抬头看着布莱克伯恩的眼睛。“您瞧，我确实有个东亚联合体网友，但那……”他犹豫了，说出事实会让他的处境更糟，但他只能选择说出事实。“长官，我见的是美杜莎。但我可以解释，我什么都没有泄露，我可以发誓。”

“美杜莎。”布莱克伯恩的大手捂在了嘴上，“那个大陆同盟的战斗员，美杜莎……我知道你蠢，但没想到你居然能蠢到这种地步，雷恩斯。”

“我们只是见见面、聊聊天，一起玩电子游戏。”汤姆叫了起来，“我只是对她很好奇，好吗？我从来没提过需要保密的东西，不是我干的。”

布莱克伯恩蹲了下来，两个人的视线处在同一水平线上。“她也从来没有给你发送过第三方网站的链接？没有把你带到需要运行脚本的网页上？雷恩斯，你就那么确定她没有给你植入木马，在你的系统里开后门？”

“她不会那么做的。”不可能是她。一定是道尔顿。

可是……

他不情不愿地想起了美杜莎在贝灵格俱乐部给他发的网信。美杜莎突破了他的防火墙，在他的眼前显示了信息，就和他之前联系美杜莎时做的一样。

他知道自己是怎么做到的。他连在网上，通过卫星穿过太庙的防火墙。他是这么做的。但回过头来想一想，他还是搞不明白美杜莎是怎么做到的，不知道美杜莎如何穿透了防火墙，锁定了他。

不对。他摇了摇头。不对，不可能是美杜莎。她吻过他。不可能是美杜莎。

“可是她喜欢我。我们不是……我们……”他不说话了，整张脸都烧呼呼的。

布莱克伯恩已经完全明白了汤姆的意思。他后退了几步，叹了口气。“美人计可是间谍教科书上最古老的戏码了，雷恩斯先生。漂亮的脸蛋撂倒过总统和将军，搞定一个十几岁的孩子完全不意外。穿好衣服跟我走。”

汤姆下了床，木然地穿上了制服，他在心里回忆着自己和美杜莎的每次见面，想要找出美杜莎在利用他的迹象，但却一无所获。泄密不可能是他的错，应该不是吧?

汤姆跟着布莱克伯恩离开了宿舍，维克还在另一张床上打着呼噜。此时此刻，只要能再回到床上，他愿意做任何事。

离开亚历山大学院来到下级生公共休息室时，汤姆发现休息室里也有全副武装的卫兵，他们的枪口全都指着他，汤姆一下子僵住了，这才渐渐意识到事态的严重性。他的心脏狂跳，身子都动不了了。

十年监禁……

“把那玩意儿放下，所有人都是。”布莱克伯恩厉声命令道，“雷恩斯，别管他们。我们去楼下谈。”

汤姆喉咙发干，感觉好像瘫痪了一样。

“我不是间谍。”

“我相信你。”布莱克伯恩说，“我非常确信，大陆同盟的人要是想弄个双料间谍进来，那个人一定不会是你。别管那些枪了，看着我。”他用两根手指指了指自己的眼睛，汤姆顺着他指的方向看了过去。“我确定你不是故意要干什么的。被蒙骗的话是不用蹲监狱的。但我们得去楼下，我要检查一下你的处理器，看看有没有什么恶意软件。说不定他们现在就正在登录尖塔的系统。”

“现在？”

“是的，雷恩斯。所以我们要进行一下全系统扫描，然后还要用普查器检查一下你们的那些会面，这样我才能获取你没有故意干什么坏事的证据，明白了吗？”

汤姆咽了几口唾沫，感觉喉咙很堵。

“嗯，是，长官。”他抬腿跟着布莱克伯恩朝电梯走去，感觉自己的腿一下子沉重了起来。

医务室里，睡眼惺忪的冈萨雷斯医生给汤姆套上测血压用的袖带，准备检查他的身体状况，好让布莱克伯恩用普查器对他进行所谓的“神经全检”。

“神经全检和常规的记忆提取差不多。”布莱克伯恩解释说。他正在操作旁边那台通过神经导线连接在汤姆脑干上的电脑。屏幕上闪动着各种数据，显示着扫描的进度。

汤姆从远处看着那块屏幕，焦虑让他坐立不安，不知道布莱克伯恩会不会找到什么。

“普查器会用另一种算法扫描你的记忆索引。”布莱克伯恩盯着屏幕。“不需要人工引导，设备会自动搜索企图隐藏起来的东西……哈！”

汤姆差点跳了起来。中尉在键盘上飞快地输入着。“就是这个。”他高兴地说，“这肯定是恶意软件，绝对不是我的程序。”

汤姆心里一沉，他下床跑到屏幕前，想要亲眼看看美杜莎背叛他的证据。冈萨雷斯医生叫了一声，汤姆才意识到自己还套着袖带，刚才那一下子已经拽翻了一箱物品。

但他顾不了那么多了，他抓着布莱克伯恩的椅背，从中尉的肩头上看了过去，飞快扫视着屏幕上的数据。看到那个文件的名字时，他摇了摇头，一下子放下了心。“那个不是恶意软件，长官。”

“雷恩斯，这个软件非常精密，我不觉得你能理解——”

“我说了，那不是恶意软件，是华耶弄的。”他迅速编了个理由，“我让华耶在战争游戏后帮我弄的。你也知道，我编的程序很差劲。”

“确实。”布莱克伯恩心不在焉地附和道，他正在仔细研究那个程序。

“就找到这一个？”汤姆满怀希望地问，“没有其他的了吧？”

布莱克伯恩关上了屏幕。“嗯，就这一个。”

汤姆差点欢呼雀跃了起来。不是美人计，没有人出卖他，美杜莎没有利用他刺探尖塔里的消息。不是他的错。汤姆回到病床上，感觉自己都快高兴得飞到天上去了，真是长出了一口气。冈萨雷斯医生走了过来，继续对他进行体检。

“那么做完那个神经全检后我就能走了？”汤姆问布莱克伯恩，冈萨雷斯医生正在他的后背上用听诊器听诊。

“我们会把你联到普查器上，完事儿后你就可以走了。”

汤姆忍不住又笑了起来。这是他今天听到的最好的消息，绝对是。

布莱克伯恩眯起了眼睛。“不过你要是以为我不会因为你的白痴行为而关你禁闭的话，你就想错了。”

汤姆耸了耸肩，和十年监禁比起来，关禁闭根本算不了什么。

冈萨雷斯医生站了起来，去掉了袖带。“他很健康，中尉。我就在授权书上签字。”

“授权书？”汤姆问。

布莱克伯恩拿过一沓纸。“神经全检需要医生同意。”

“还需要什么吗？”冈萨雷斯医生问，他在第一页上签了名，翻过一页又签了名，然后又签了一张。汤姆搞不懂为什么有这么多文件要签。“需要我叫人去拿些失禁用品吗？”

汤姆睁大了眼睛盯着布莱克伯恩。“失禁用品？”

布莱克伯恩摇了摇头，“没必要。”

“失禁用品？你刚才还说和常规检查差不多！”

布莱克伯恩看了看他。“确实差不多，雷恩斯。只要你不反抗的话，就和常规检查差不多。不过有时候，尤其是在刚开始的时候，人们经常会反抗普查器。神经全检是侵入性的，经常会带出一些你不愿意分享的记忆，或者已经遗忘的记忆，也会带出一些私人的心理影像。

“私人心理影像。”汤姆想了想，明白了过来。“你是说梦吧？”

“对。”

“以及其他类似的东西。”

“是。”布莱克伯恩不耐烦地回答。

“这些你都会看见。”汤姆重复道。

“对，雷恩斯，而且要是你一直抵抗的话，我就会看到更多类似的东西。所以为了我们俩好，痛快地接受吧。”

汤姆心头一紧。“那为什么还要失禁用品？”

“过长时间的抵抗会延长全检的时间。”布莱克伯恩解释道，“仪器找的是你故意隐藏的记忆，如果抵抗，它就会挖出其他一些不相关的记忆，好消磨你的意志。它会系统地摧毁你的心理防御机制。理论上说，它能摧毁你的心智，但这不是问题。既然没有叛国行为，你就不需要隐藏什么，整个过程会很快。”

不过，汤姆却觉得有点不对。他们出了医务室，朝电梯口走去，他还是想不出到底不对的是什么。布莱克伯恩朝全副武装的士兵摆了摆手，嘴里抱怨着什么“矫枉过正”。士兵们放下枪，等他们走远了一点才缓缓跟了上去。

快到电梯口时，汤姆一下子停住了步子。

他想起来了：他曾和尤里在这个走廊里跑过步。

和尤里。

安了新防火墙的尤里。

模糊的焦虑变成了现实的恐惧。他知道尤里的秘密，也知道华耶的秘密。他没有叛国，但那两个人却有，过不了多久布莱克伯恩就会知道了。神经全检肯定能从他的脑子里把那些东西翻出来。

“等一下，我不想做了。”

布莱克伯恩有些惊讶地转过身。“你没有拒绝的权利，雷恩斯。”他打量了一下汤姆。“我知道你有点害怕——”

“我不怕。”汤姆抗议道。

“很好。没必要怕。我们去把这事儿了结了。”

“我不想做神经全检，长官！”

“由不得你选。”布莱克伯恩缓缓地说，就好像是在给小朋友讲课一样。“事关国家安全，你没有拒绝的权利。”

汤姆能够听到自己剧烈的心跳。他环顾四周，没带前臂键盘，只能找找看附近有没有电脑，也许还能通过网信给华耶发个警报，好让她去给尤里掩饰一下之类的。

“我能先和别人联系一下吗？”

布莱克伯恩眯起了眼睛。“和谁？”

汤姆答不上来。

“你现在的表现很可疑，雷恩斯先生，你应该知道吧？”

汤姆深吸了一口气，看了看后面的士兵，又看了看布莱克伯恩，一种一切都完了的感觉突然袭来。

“好吧，我去。”他跟上布莱克伯恩，等到布莱克伯恩相信了他的意思转过身去的时候，汤姆一个急转沿走廊撒腿就跑。

“抓住他！”叫喊声在他的身后响起。

汤姆并不蠢，知道凭一己之力不可能逃出五角大楼，不过有一个人确实能插手这事避免灾难——那个人马什将军也动不了，希望她在。汤姆朝奥莉维亚·奥萨雷的玻璃门冲去，使劲砸门。身后的脚步声越来越近。

*白痴，白痴，白痴，*汤姆的大脑飞转，*现在才7时整，她肯定还没来呢……*

奥萨雷的头从桌子后面露了出来，原来她刚才正蹲着在抽屉里找东西。汤姆一下子松了口气，奥莉维亚刚打开门，他就冲了进去，费了好大劲儿才忍住抱住奥莉维亚欢呼雀跃的冲动。

“你在这里就是为了以防万一我们和军方监护人有什么麻烦，对吧？”汤姆急匆匆地说，“嗯，我现在和我的军方监护人就有个大麻烦。”

奥莉维亚皱了皱眉。“出什么事了？”

“你得帮帮我，一定得帮我。”敲门声传来，汤姆一下子跳了起来，朝写字台跑去。

门外，布莱克伯恩的士兵们正看着他，事态的严重性让汤姆感觉想吐。

“怎么回事？”奥莉维亚朝门口走去。

“别！”汤姆抓住她的胳膊，“别开门。”

奥莉维亚轻轻拿开汤姆的手。“汤姆，坐下吧，我会让他们等等。”

“他们要是不听呢？”

奥莉维亚抓住汤姆的手握了握。“他们会听的。”她的声音很坚定，“坐下。”

汤姆感觉自己都不能呼吸了，但奥莉维亚的声音里有一种平静、坚定的味道，这让汤姆不由自主地相信起了她说的话。

奥莉维亚转身朝士兵走去。汤姆一把抓过她的电脑，打开网信，给华耶发信……他忽然意识到不对，不能这么做。布莱克伯恩能追踪到信息。汤姆赶紧删掉了信息，他大脑里一片空白，不知道该怎么办。没有任何方法能够救他。

门外的士兵们正在和奥莉维亚争论。奥莉维亚的声音柔和而坚定，出人意料而又神奇的是，士兵们退开了。汤姆不敢相信，那些拿枪的家伙居然会听她的。奥莉维亚关上门，坐在了写字台后的椅子上。

“愿意告诉我是怎么回事吗，汤姆？”她问。

汤姆闭上了眼睛，想要把情况理理清楚。他知道从布莱克伯恩身边逃走是个错误，但他不知道还能怎么做。

“布莱克伯恩觉得我泄露了情报，要用普查器检查我。”他越说越快，“但我没泄露，我发誓，不是我。而且那也不是常规的记忆检查。他们要从我的脑子里搜取记忆，布莱克伯恩说，只要时间够长的话就能让人崩溃。冈萨雷斯医生说可能会失禁。我不想失禁，不想！”

奥莉维亚皱着眉头考虑了一下。“他们没有权利强迫你这么做，汤姆。我去和布莱克伯恩说。”

“他不会听的。嗯，你有什么人可以找吗？任何人？我不知道该怎么办。”

“我去和马什将军说。”

“他正在天竺国和军队的人讨论国会山峰会的事。”

布莱克伯恩来到了门口，和那些士兵说话。汤姆捏紧拳头，心悬到了嗓子眼儿。布莱克伯恩抬起前臂，在键盘上输入了几下——

门开了。

布莱克伯恩走了进来。

奥莉维亚站了起来。“你以为你在干什么？”她边叫边走到了汤姆和布莱克伯恩之间。“这是我的办公室，你没有权利就这么进来！”

“那个是我们的下级生。”

“你不能这么做。”布莱克伯恩向前走了几步，奥莉维亚又挡在了他们之间，“我是这孩子的保护人，我不会让你把他抓走塞到那个机器里的。他是平民，你没有那个权利，你这么做是违法的，中尉！”

布莱克伯恩不为所动。“除非有人有能力也有意愿维护，否则法律就是一张废纸而已。问问我们这些拿枪的伙计吧？我违反了法律，这里有人愿意逮捕我吗？”他举起手摆出投降的样子，嘲讽地看了看身后的士兵。所有人都站在那里，一动不动。“没有？很好，答案很明显。让到一边去，奥萨雷女士。”

布莱克伯恩迈步向前，奥莉维亚伸手按在他的胸口，想要阻止他。“你怎么敢这样？”她的声音因为愤怒而颤抖不已，“你这是滥用职权。他有权——”

“在你开始大讲民权之前，告诉我，我真想知道，你在这儿都三年了，怎么还没弄明白这里的运行机制？他可不是在夏令营，他是军队的财产。他的权利和他脑子里的神经处理器紧密联系在一起，而且这权利已经比那帮乌合之众宣称的要多得多了。至于我的职权？我有武力，你有言辞，两者相遇，我会让你看看哪个能赢。”布莱克伯恩甩开奥莉维亚的手，将她推到一边好让开路。

奥莉维亚又返了回来，但布莱克伯恩的人抱住了她的腰。汤姆跳了起来，因为奥莉维亚摆出了拼死抗争的架势，汤姆不想让她因此而受伤。该做的他都已经做了——到这里，寻求帮助——但没有什么能帮得上忙。到此为止，不然情况只会更糟。

“奥萨雷女士，可以了！没事，我跟他们走。”

“好孩子，雷恩斯。”说着，布莱克伯恩走过去抓住了他，这次他没有让士兵放下枪，而是紧抓着汤姆的胳膊把他拉了出去。

奥莉维亚刚一能活动就追了上来，她握了一下汤姆的手。“汤姆，我会让你脱身的。”她坚定地说，“我发誓。”

“谢谢。”汤姆刚说完，布莱克伯恩就把他拉走了。不过他不相信奥莉维亚能做到，此时此刻，没有什么东西能阻止布莱克伯恩使用普查器。

第二十六章

今天，体育场变成了一个热带岛屿。汤姆奋勇向前，比虚拟实境里的任何一个人都更快、更强。在阳光明媚的海湾里，他正帮助海瑟越过一棵倒伏的棕榈树。海瑟跨过树干时忽然摔了一跤，她惊叫一声，制服掉了！

海瑟用美丽的大眼睛看着汤姆。“哦，不，我该怎么办，汤姆？没有衣服真是太冷了，还有僵尸会袭击我！”

一群僵尸冲了过来。汤姆挥舞铁拳击退了僵尸。海瑟先是惊恐地大叫，然后又用崇拜的目光看着强大的汤姆。

汤姆转过身走到海瑟跟前，他的肩膀就像齐格弗里德一样宽阔。僵尸撕开了他的制服，海瑟正用美丽的大眼睛盯着他那完美的六块腹肌。“哦，汤姆，你真是既强壮又英勇，比埃利奥特·拉米雷斯帅气十倍。”

华耶从旁边路过。“对！十倍！”

汤姆用强壮的手臂搂住海瑟。“别担心，你不需要衣服，只要汤姆·雷恩斯在你身边就行。”

又一声女生的尖叫。

是郑氏，美杜莎在《海盗战争》中扮演的那个东亚联合体女海盗。她也在那棵棕榈树上绊倒了，同样弄掉了制服。但她并不真的是郑氏，而是郑氏的年轻貌美版，就是汤姆想象中美杜莎的样子。

“哦，不，汤姆。”美杜莎说，“我也很冷啊！”

“哦，呵呵。”汤姆笑了起来。“还好我有两只胳膊。”他伸出手，美杜莎也很高兴地投入了他的怀中。

海瑟撅着嘴。“汤姆，我不要和别人分享你。”

“我还不想和你分享汤姆呢。”美杜莎倚靠在汤姆宽阔的胸膛上。

汤姆笑着对怀中的两个女孩儿说：“别为我打架，女士们。大汤姆有足够的爱分给你们两个。”

两个人都红了脸，嘴里咕哝着，说他有多英俊潇洒玉树临风，然后又互相打量起了对方。

“你所有的幻想都是这个样子。”布莱克伯恩抱怨道。他正端着咖啡坐在普查器旁边的沙发上，汤姆的心理画面显示在头顶的屏幕上。“你就不会腻吗？”

“不想看就别看！”汤姆叫道。

“冷静，脾气不小啊……大汤姆。”

汤姆闭上眼睛，真希望自己能被一枪给崩了，但布莱克伯恩得先被崩掉，不，要开膛破肚。

汤姆坐在普查器下，两臂都被固定在椅子上，好防止他再次逃跑，普查器那倒置的爪子正对着他的太阳穴放光。真希望现在能有一颗流星掉下来，把尖塔和周围的一切都砸掉。只要能阻止这一切，怎么都行。

幻想的剧情还在继续发展，布莱克伯恩恼怒地叹了口气。“够了。”他起身关闭了普查器。

“结束了？”汤姆满怀希望地问。

“我们还没真正开始呢，雷恩斯。我们在你这些变态的小幻想上浪费了三个小时。你什么时候才能想明白？坐在这里，你是什么秘密都隐藏不了的。你和女学员的各种怪诞遭遇——”布莱克伯恩捉摸着该用什么词来描述，“——如果连这么一点点小小的尴尬你都要抵抗，那么这对我们两个人而言都将是一场漫长的折磨。”

汤姆看着屏幕，握紧了拳头。

布莱克伯恩打了个响指吸引汤姆的注意力。“试试这个，雷恩斯。别去想大象。”

“什么？”

“别去想大象。别去——我重复一遍，不要去——想大象。”他停了一会儿，“你在想大象对吧？”

“是，我正在想该死的大象！为什么？”

“这就是原理。”布莱克伯恩指了指屏幕，“越是不想去想大象，你就越会意识到大象的存在。普查器能够抓住那种意识，它知道你在隐藏什么，在确定你不再隐藏大象之前，机器是不会停止挖掘记忆的。”

“也就是说除非我不在乎你将看到我脑子里的一切，否则你肯定会看到我脑子里的一切——是不是这个意思？”

“对，正是如此——所以还是快放弃吧。如果坚持得太久，我敢向你保证，等到这一切结束时你将没有什么精力再维持自我。你是斗不过普查器的。”

汤姆心头一颤。布莱克伯恩再次打开普查器。汤姆缩了缩脖子，但心里清楚这么做一点用处也没有——光束跟随着他的动作再次聚焦到他的太阳穴。他忽然感觉这一切都是徒劳，他已经厌倦了，只想回到自己的宿舍。

“有进步。”布拉克伯恩说，“很好。”

汤姆抬起头，幻想终于消失了，也许是因为他已经不在乎布莱克伯恩看到这些了吧。但普查器调出的下一副画面也好不了多少。

这是汤姆上学的第一天。十一岁的他低头看了看自己的虚拟形象克鲁大人，法尔茅斯女士正在骂他粗俗。法尔茅斯女士让他读黑板上的字，他支吾着寻找借口，但法尔茅斯女士不断逼迫。汤姆只认识几个字，看着黑板上的“林肯”两字，他怎么也念不出来。发现他不认识黑板上的字时，教室里的同学们都笑了起来。

汤姆感觉脸上发烫。“不是这样的。”情急之下他又说出了一堆谎话，他实在不能忍受布莱克伯恩知道这些，“这和那些幻想一样都是假的。”

“说真的，雷恩斯——我不在乎。”布莱克伯恩喝了口咖啡，看着屏幕。

意识到这一事实，汤姆放松了一些，有关法尔茅斯女士的记忆消失了，屏幕上的图像再次变化。

是尼尔。

不，不要是爸爸，不要在布莱克伯恩面前，千万别是爸爸。

汤姆抵抗着，普查器锁定了这个主题。

那还是他小时候，两个家伙冲进了他们的屋子，一边叫嚷着“还钱”一边暴打了尼尔一顿。那两个人拿走了尼尔的手表，那可是他剩下的唯一一件值点钱的东西了。汤姆非常害怕，蜷缩在床下，还尿了裤子。尼尔一直在想办法哄他出来，告诉他没事，那几个人已经走了。但汤姆想要妈妈，他用双手捂住耳朵，不听尼尔解释说妈妈不会回来了，再也不会回来了……

汤姆咬着牙，感觉全身的肌肉都痉挛在了一起。这么多年了，他还从没有回忆过那个晚上的事。他还以为自己已经忘记了，真的，但此时此刻，这一切又浮现在了他的脑海里，就好像刚刚才发生一样。

布莱克伯恩转过身看了看他。“我警告过你，普查器会挖出埋藏的记忆，摧毁你的心里防御。再不放弃你所隐瞒的东西的话，情况只会越来越糟。”

汤姆又想到了尤里和华耶，他赶紧强迫自己把思路转到其他地方。“我什么都没隐瞒。”

“真的没有隐瞒的话，全检现在肯定已经结束了，我们俩应该都在吃早餐呢。”

普查器还在挖掘，越来越多的记忆被搜了出来——简直是无穷无尽。汤姆越来越恨这台机器，感觉自己快要窒息了，真希望能把这东西给拆成碎片。就像贝灵格俱乐部的污水处理池一样，让它从内部爆开……

神经全检搜到了这段记忆，播放在了屏幕上：电线、电流，汤姆的意识进入了贝灵格俱乐部的污水处理系统，篡改了程序，污水倒灌了出来……

一开始，布莱克伯恩只是扫了一眼屏幕，但他随即坐直了身子，等到画面上污水淹没了贝灵格俱乐部时，布莱克伯恩已经站了起来，张大了嘴。

“这是什么，雷恩斯？”他转过身，眼睛在屏幕昏暗的光芒下闪着光。“我刚才看到的是什么？”

汤姆僵住了，这下好了，布莱克伯恩也知道他对道明·阿格拉的高管们做了什么。他肯定会告诉马什。“你瞧，我知道他们为战争投了大笔的钱，但道明的这帮家伙是活该……”

“不是那个。我是说那些机器，那是怎么回事？”

汤姆眨了眨眼，意识到布莱克伯恩问的不是被他淹了的地方。“我给污水处理装置重新编程了。”

“那不是编程，你是在和系统交互！”

“哦，差不多吧。”

布莱克伯恩伸手在普查器上操作了几下。射向汤姆太阳穴的光束消失了，感觉就好像捆绑在头上的松紧带一下子拉紧又松开一样。汤姆长出了一口气。

布莱克伯恩一遍又一遍地播放着那段记忆。“这怎么可能？污水池根本没有神经交互界面。是硬件错误吗？”

汤姆明白了：比起自己是不是叛徒，布莱克伯恩对这个更感兴趣。

汤姆忽然产生了希望，他可以利用这一点，一定可以。只要把布莱克伯恩的注意力都吸引到这方面，尤里和华耶就不是问题了。

“这肯定不是真实的记忆，”布莱克伯恩咕哝道，“不可能是真的。”

“事实上，这确实是真的。”汤姆说，“我能用神经处理器控制污水池。”

布莱克伯恩转过身，一脸惊讶。“你干过不止一次。”

“嗯，确实有几次，对。”

布莱克伯恩深吸了一口气。“凭借意志？”

“差不多吧。”

布莱克伯恩盯着他看了好久，然后才挤出了一句。“让我看看其他几次。”

“停止全检。”

“雷恩斯——”

“我不是叛徒，长官。这你清楚。你保证停止全检，我就让你看全部情况。”

布莱克伯恩讽刺地笑道：“你难道没有意识到吗？你在威胁我要保守秘密，但你自己还被固定在普查器下面呢。”

“既然我愿意分享，为什么还要花费大把时间去找呢？”

布莱克伯恩考虑了一下。“好，雷恩斯。你让我看那些记忆，我停止全检。说定了。”

“我要你保证。”

“没有什么保证。你只能相信我说的话。”

“至少把绳子松开吧！”

布莱克伯恩走上前解开了固定绳扣。“不许跑。”

汤姆的胃搅在了一起，他没有任何办法能迫使布莱克伯恩遵守协议——但要是他不能自愿给出记忆的话，赢的还是布莱克伯恩——只要继续全检把记忆都挖出来就行。汤姆只能听布莱克伯恩的，但愿他能遵守诺言。

布莱克伯恩按了下金属爪子上的按钮，激活了普查器，不过这次机器没有强行读取汤姆的记忆。汤姆自己回忆着：他在战争游戏期间连上卫星的那次，找到美杜莎的那次，以及自己刚刚做完手术神智还不清的那次。里约、大峡谷、水库、孟买的高速公路……

“看看。”布莱克伯恩咕哝着，他又重放了一遍卫星的那次，“直接穿过太庙的防火墙，就好像防火墙根本不存在一样，这世界上没有任何技术能做到这一点。”

“我也不太清楚是怎么回事。”汤姆承认道，“我就是这么联系上美杜莎的。我穿过了防火墙，然后用网信联系上她的神经处理器，跟她问了个好。”

布莱克伯恩坚持要看整个过程的细节，汤姆就又回忆了一遍。布莱克伯恩一遍又一遍地播放着那些记忆，根本顾不上碰杯子里的咖啡。他一遍又一遍地看着各段记忆，几个小时就这样过去了。汤姆不由觉得自己已经被布莱克伯恩给忘记了。他喉咙发干，肚子很饿，感觉自己的胃已经开始消化胃壁。

布莱克伯恩又播放了一遍所有记忆，屏幕变暗了。

布莱克伯恩坐在黑暗中，盯着漆黑的屏幕，几个小时来第一次说话。“还有谁知道？”

“维克……算是吧，我告诉过他，但他不信。”

布莱克伯恩仔细打量着他。“你就一点儿都没意识到吗？一点儿也不理解这有多惊人？你做了一件根本不可能的事。”

“嗯，我知道能和其他设备交互这很……很不寻常，但我没想太多，呃，或者说没有仔细考虑过，到底为什么会这样。”

布莱克伯恩看了看他，又看了看普查器。“连这个都愿意分享……说明你隐藏的不是这个，那么全检的时候你到底想要隐瞒什么？”

“个人隐私，不行吗？”

布莱克伯恩摸着下巴，眼睛盯着汤姆。“我看过你的记录，雷恩斯。你没有进入尖塔前的心理评估数据，那可是标准程序，这你知道吗？”

“呃，我不知道。”

“一个没有任何背景的人。”布莱克伯恩一边咕哝一边转向屏幕，“没有接受过教育、没有评估、没有医疗记录……”

“我爸爸总是搬家，而且我从来没有得过大病，这就是原因！自从出生起我就没去过医院。”

“现在又是这种情况，这一切之间就没有联系吗？”

“完全是巧合，长官，我们完事儿了吗？”

布莱克伯恩忽然转过身。“你和黑曜石集团的人联系过吗？认不认识一个叫约瑟夫·文格洛夫的家伙？”

汤姆想起了贝灵格俱乐部里的事。

“你认识。”布莱克伯恩看着他的脸，眼中放出了光芒。“什么时候的事？”

“和这个没关系。”

“让我看看。”布莱克伯恩一边命令一边打开了普查器。

汤姆回忆着那时的情况。文格洛夫和道尔顿出现在了屏幕上，文格洛夫看了看汤姆，说：“项目进行得怎么样了？”

汤姆想了起来，他们在讨论给他重新编程的事。布莱克伯恩肯定不会放过这事儿，联盟里的公司篡改学员神经处理器的整个前因后果他一定会想知道。

华耶给他安装防火墙的情况就会暴露。

接着就是尤里的防火墙——叛国。

华耶会被带下来，绑在普查器下。然后是尤里的脑子再被搞糊涂。他们俩都会进监狱——汤姆可能也会一起进监狱——因为他帮他俩打了掩护。

不能让这种事发生。他强迫自己把那段记忆驱散。

“你在干什么？布莱克伯恩盯着屏幕问。

汤姆坐在椅子上，紧闭着双眼，意识到自己不可能做到。他又想到了华耶，不知道这会对她造成什么影响。她曾经那么信任布莱克伯恩，布莱克伯恩却和她闹僵了……“不行，长官，我不会分享这一段。”

“你说什么？”

“我说不行。”汤姆睁开了眼睛，做出了决定。“我们说好了的：我给你看那些记忆，我们就结束。我现在已经都让你看了。我们完事儿了。”

“首先，文格洛夫。”

“不行。”

“我要知道，雷恩斯。”

“不行！”

布莱克伯恩走近了，在普查器光芒的映照下，他看起来就像是恐怖片里的精神病患者一样。“给我看那段记忆，雷恩斯！”

“我不！这些和你无关！”

布莱克伯恩上前几步要把他再次固定在普查器下，汤姆踢打挣扎着，布莱克伯恩一拳打在汤姆的脸上，正中下巴，汤姆一下子倒在了椅子里。等他再回过神来，固定绳已经拴住了他的手腕，他想要逃跑——但绳子将他牢牢拴在了椅子上。

布莱克伯恩退后了一些。“你有两个选择，雷恩斯。”文格洛夫的影像投射在他的脸上，让他看起来就像是一面哈哈镜。“要么自愿让我看剩余的记忆，要么我自己把记忆挖出来。我倒要看看，是不是需要把你的心撕碎才能得到那些记忆。”

汤姆咬紧牙关，那一拳让他的脸失去了知觉。“为什么就不能听我说？那和这完全无关！”

“按你的意思来。”

布莱克伯恩的语气听起来就像是在宣判死刑。他激活全检程序，能量开到最大，光束照在汤姆的太阳穴上，汤姆周围的世界一下子消失了。

汤姆使劲把头撞在了靠枕上，疼痛感沿着脖子穿了下去，手腕被勒得紧紧的，一段又一段记忆滑过脑海，感觉就像内脏被翻了出来。

几个小时过去了，一段又一段不同主题的记忆闪过。有时候，一段特别难受的记忆会让他觉得就好像刚刚发现自己断了一根骨头。等到恢复意识时，时间已经是20时整了，布莱克伯恩将咖啡杯搭在他的嘴上。“你一定渴了吧。”

屏幕上：九岁的汤姆正在汽车站的长椅上睡觉，尼尔站在早上上班的人群中，还没从宿醉中缓过来，正傻兮兮地对着往来的人群大吼：“去给米尔格兰姆投票吗？他是黑曜石的人。要不投瓦特比？道明是他老子！”

汤姆不想要布莱克伯恩的东西，他把头向后靠了靠，但布莱克伯恩一把抓住他的下巴把咖啡灌了进去——液体触到舌头，汤姆才发觉自己真是渴极了。他大口吞咽着……父亲还在对着行色匆匆的行人咆哮："哈！不管怎样你投的都是联盟的票！你们还不明白？你们根本没得选！没有人发现吗？"

布莱克伯恩放下咖啡杯。警察来了，尼尔大叫着："你什么意思，扰乱公共秩序？言论自由怎么扰乱公共秩序了？"汤姆从椅子上坐了起来，意识到了情况的发展……

"根本没有必要，雷恩斯，为什么要反抗呢？"

汤姆看了一眼布莱克伯恩，画面上的父亲正在和三个警察推搡。汤姆闭上了眼睛，他不想再一次看到父亲被电击枪击倒。

"文格洛夫有你什么把柄？"布莱克伯恩在汤姆的椅子前弯下腰，两个人距离非常之近。"钱？威胁？敲诈？你可以告诉我。一定有什么。"

汤姆还能听到父亲的怒吼——他们还在拉扯。他大口喘着气，感觉自己就要窒息了，屏幕上的父亲在大叫，布莱克伯恩的脸近在咫尺。

"你的这种能力……是他提到的项目吗？文格洛夫肯定与此有关。是不是黑曜石集团的新实验？所以他才把你的评估记录都抹掉了？"他的声音越来越愤怒，"告诉我，雷恩斯。亿万富翁不需要一个十四岁小孩的保护！"

"我已经说过了。"汤姆叫道。

"不，你没有。你在撒谎！"

我没有保护他！汤姆真想这么大叫。我不在乎文格洛夫！但这不会有丝毫作用，一点作用也没有。

"文格洛夫可不是好人，不值得你这么做。"布莱克伯恩又靠近了一些，在汤姆的耳边低语道，"你不能相信他。那些人的死亡，你知道的，都是他的责任。不仅仅是我们这些接受测试的军人，还有其他人。"

父亲和警察的叫声都消失了，汤姆知道。屏幕上：自己此时正站在车站里，看着他们架走戴着手铐的父亲。他跟在后面，然后又停了下来，意识到了跟上去的下场——自己会被送到某个寄养家庭。父亲是不会希望他跟上去的。汤姆还记得那种迷失在人群中的无助感，不知道该怎么办，不知道该去哪里，感觉就好像掉进了排水沟。过了好一会儿他才意识到这并不是他当时的感觉——而是现在的感觉。

“最先被他宰割的并不是我们，”布莱克伯恩继续道，“而是一千名波尔雅国人，那时候文格洛夫还是LM莱默舰队的负责人。他继承了父亲的公司，为了青史留名，就决定冒个险——用其他人的性命冒险。大多数人都死了，就像我们的人一样。不同的是，波尔雅国人杀掉了幸存者，埋葬了整个计划，所以文格洛夫才来到了这里。他们决不会让他再做一次的，他需要活体，活生生的成年人。他告诉军方自己需要几百人，军方就派我们去参加这项大实验。”

汤姆不由自主地看着屏幕上的画面：一个微笑着的金发女人——是母亲，看起来那么年轻，那时候他还小，已经记不清了。母亲正看着他，脸上带着微笑，她的长发披散在肩上。母亲抱着他走过昏暗的街道，汤姆抱着母亲的脖子……

布莱克伯恩看到了他的表情，停住了话头，转身顺着汤姆的视线看向屏幕。

母亲正抱着他转着圈，街灯的光芒在四周闪耀。“我们晚饭去吃什么呢？”

“冰淇淋，妈妈！”

母亲笑着停了下来，脚下有些不稳。“我们来一大块冰淇淋，比你的脑袋都要大，汤米，还有热奶昔。”母亲的头发拂过他的脸……

记忆在他的脑中灼烧，汤姆知道那光束还在挖掘，但他实在不愿意将视线从屏幕上移开，他不记得曾和母亲一起生活过，甚至不记得母亲曾经这么——嗯——爱过他。他记忆里的母亲不是这样的。这让他难以忍受。

“看到她很难受，是吧？”布莱克伯恩转向他评论道，“我可以向你保证，你要是还不放弃，接下来的几小时里将会不断地看到她。”

事情忽然发生了。

汤姆的意识又飘浮了出来，他的大脑和普查器融合在了一起，控制台冒出了火花。伴随着一阵狂怒，汤姆催动电流扫过了金属爪。

布莱克伯恩一声惊叫摔倒在地。

汤姆的意识回到了自己的身体，浓烟刺激着他的鼻子，心脏在胸腔里狂跳。布莱克伯恩躺在地上，大口喘着气，然后挣扎着站了起来，一只胳膊垂在体侧。

他查看了一下普查器，不由得睁大了眼睛。机器上冒出了滚滚浓烟，布莱克伯恩一脸若有所悟的表情。“是你干的，是不是？”他盯着汤姆的眼睛，“你和机器互动了。”

汤姆不知道。除了感觉恶心、浑身无力，希望自己刚才杀掉了布莱克伯恩之外，他的脑子现在一片空白。“你要是再把那东西打开我就把你烧焦！”汤姆说。

布莱克伯恩绕着普查器转了一圈，烧伤的手臂蜷缩在身旁。“为了阻止我你居然烧掉了这东西。”他停了停，嘴上挂着奇怪的笑容，似乎是想到了什么。“谁知道你还能做到这些呢？好孩子，雷恩斯。”

“我会再做一次的，我发誓！”汤姆冲他大叫道。

布莱克伯恩一副很感兴趣的样子。他用还能动的那支手抓起普查器上还未丧失功能的一支爪子说：“来啊，我正抓着它呢。你不会失手的，再来一次。”

“我不是在吓唬你！我要电死你！”

“屏息以待。”布莱克伯恩的声音里一点儿讽刺的成分都没有，“来吧，雷恩斯。”

但汤姆做不到，他感觉胸口很闷，似乎呼吸不到足够的氧气。他感觉自己随时都有可能崩溃，他宁愿被活剥也不愿意被布莱克伯恩看穿。“你这个疯子。”

“嗯，这话我以前也听过。”布莱克伯恩松开手，“看来你不能有意识地做到。对于明天早上来说，知道这点很有用。”

第二十七章

醒来时，汤姆发觉自己还被捆在椅子上，他的头很疼，感觉随时都有可能炸开。经过几个小时的全检，他的脑子很乱。他木然地看着站在身旁的奥莉维亚·奥萨雷。奥莉维亚一边解开捆住他双手的固定绳一边咕哝："这个野蛮人……他还只是个孩子啊。"

汤姆用沙哑的声音说："你来了。"

"汤姆！"奥莉维亚温暖的双手抓住了他的脸颊，"你还好吗？"

汤姆点了点头。他闭上眼睛，点头比回答问题要容易得多。奥莉维亚扶着汤姆站了起来，汤姆摇摇晃晃地走下橡胶椅。

"结束了？"他问。

奥莉维亚使劲抓了抓汤姆的手。"我正在努力，汤姆。现在根本没有办法和布莱克伯恩中尉讲理。我花了这么长时间才终于见到了你。"

汤姆眼前一黑，身子一歪。奥莉维亚扶着他坐在了地上。汤姆把头枕在奥莉维亚的手臂上，感觉天旋地转。

他感觉奥莉维亚的手指穿过他的头发。母亲的记忆又浮现了出来，感觉就好像是母亲在抚摸他的头发一样。他闭着眼睛，鼻子酸酸的，感觉就要哭出来了。

“快让这一切都结束吧。”

他没有意识到自己把这话说了出来。奥莉维亚回答：“我正在努力，我一直在联系你的父亲。”

“我爸帮不上什么忙。”

“他能帮上，汤姆。他可以提起诉讼，要求收回监护权。”

汤姆一下子睁开眼睛坐了起来，他的眼前又是一黑。“监护权？”

“如果你的父亲收回授权，军方就会失去对你的监护权。”

汤姆的头很疼，感觉想吐。“为了结束这一切，我必须得退出？”他的耳朵在嗡嗡作响。“可神经处理器拿不掉啊，永远都拿不掉。”

“大脑是可以适应的。你的神经处理器只安装了五个月，我和冈萨雷斯医生谈过，他说时间还很短，可以分阶段拆除。他们在你的朋友斯蒂芬身上做过类似的手术。”

不，不。他不要回去，不要再变成那个没用的汤姆，在赌场间游荡，没有未来，没有过去，什么都没有……

但要是留下，布莱克伯恩就会继续榨取他的记忆……

他会疯掉的，他已经受不了了，最后一定会疯掉，供出尤里和华耶。

挫败感涌上汤姆的心头，他一拳打在地上，周围的世界似乎又变得清晰了一些。一拳，又是一拳，奥莉维亚抓住了他的手。

“汤姆，停下。你会受伤的。”

可他不在乎。疼痛的感觉似乎很遥远，愤怒淹没了一切。一拳又一拳地打在布莱克伯恩的脸上，只有这样能让他感觉好一些。汤姆挣扎着想要摆脱奥莉维亚，但他实在是太虚弱了，不一会儿就没了力气。

“我不要联系父亲。”他说，“我需要第三个选择。”

“没有第三个选择，汤姆。我需要你父亲站在你这边，这样才能帮你脱身。”

汤姆抬头看了看普查器，机器已经烧坏了，悬挂在椅子和绑带上方。“第三个选择，不然就算了。”

第二天早上，布莱克伯恩让士兵把汤姆绑在椅子上，头顶上的普查器换了个新的。汤姆在绳子里动了动手臂，愁眉苦脸地看了看头顶上的机器。他的脑袋还因为缺乏睡眠而昏昏沉沉的。布莱克伯恩走进屋，一只胳膊缠着绷带，看见他那副样子，汤姆充满恶意地对他笑了笑。

“胳膊疼吗？”他问正在调试仪器的布莱克伯恩。

“一点儿也不。”布莱克伯恩回答。

布莱克伯恩转过身，汤姆用靴子碰了碰他那缠着绷带的手臂。布莱克伯恩呻吟了一声退到一旁。

汤姆恶毒地笑着，有一种阴暗的满足感。“确实疼。”

“不如这个。”布莱克伯恩打开普查器，强烈的刺痛感阵阵袭来。光束射入汤姆的太阳穴，不断地挖掘着他的大脑、他的记忆，翻开一段记忆，扔掉，再翻开一段，再丢掉，就像扔掉一片垃圾，只为了找到文格洛夫。

*尼尔……母亲……卡尔……母亲……道尔顿……母亲……*几分钟后，伴随着一声巨响，机器关闭了。

汤姆晕晕乎乎的，过了好一会儿才听出马什将军的声音。

“你以为你在干什么，中尉？”

汤姆猛地在椅子上坐了起来，差点高兴地叫了出来。马什和布莱克伯恩四目相对，中间隔着屏幕。“我在调查泄密的事，将军，按照您的命令。”

“我没说过你可以把汤姆捆在普查器下。把他从椅子里弄出来，马上！”

布莱克伯恩一动不动。“不，长官。”

“你说什么？”

“他得留下。”

“这是命令！”

“那我不会遵命，长官。”

马什骂了一声，朝汤姆走去，他的脸因为愤怒而扭曲。汤姆瘫在椅子上，长出了一口气，甚至想要拥抱这位老将军。

布莱克伯恩故意慢慢地跟在他身后。“在你放开他前，有件事我要先说清楚，长官。”

“什么事？”马什转过身，干瘦的双手紧紧地握成了拳头。

“你一放开他——”布莱克伯恩说，“我就走，立刻离开。”

马什好长时间都没说话。“你是在威胁我吗？”

“是的，我就是在威胁你，长官。不过我可不只会离开，我还要给这地方送上一份离别大礼，让黑曜石集团倾尽人力也修不好。”

汤姆不敢相信，布莱克伯恩，一个中尉，正在威胁一个将军。情况不应该是这样。仇恨和希望同时在汤姆心中升起，马什会让他后悔的！

“詹姆斯，你不会这么做的。”马什说，他的声音里带着恳求，“我知道泄密的事伤了你的自尊，但这么做就太过分了。”

“你试试看。”布莱克伯恩回答。

汤姆盯着马什的背影，不敢相信眼前的情况。他为什么不命令士兵逮捕布莱克伯恩？做些有将军气概的事，好好收拾一下敢这么和他说话的中尉。

布莱克伯恩转身离开了房间，留下他们两个人——他似乎很自信威胁能够奏效，根本不需要自己在场强迫兑现。

“将军！”汤姆绝望地叫道，“求你了，将军……”

马什长长地叹了口气，转过身。“恐怕你刚才也看到了，汤姆，我能做的很有限。”

汤姆难以置信地看着将军。马什离开了屋子，留下汤姆一个人被捆在椅子上。时间一分一秒地过去，汤姆看着空荡荡的屋子，感觉麻木而又孤独。

布莱克伯恩那故意放慢脚步的脚步声从远处传来，汤姆闭上眼睛，再看到那家伙他肯定会受不了。布莱克伯恩没有立刻打开普查器。他先松开汤姆的一只手臂，递给他一杯水，汤姆的胳膊颤抖得厉害，根本拿不住杯子，于是布莱克伯恩又将他捆好，直接把杯沿搭在他的嘴上。

一个奇怪的想法闪过汤姆的脑海，喝水的时间越长，普查开始的时间就越晚，所以他又要了一杯，然后又是一杯。尽管肚子已经涨得不行了，但他还是要喝水。

“够了，你会吐出来的。”布莱克伯恩终于拒绝了他的要求。

这个也许能行。吐……这是他听过的最荒唐的事了。汤姆笑了起来，疯狂地大笑，整个身子都抖了起来。他笑得眼泪不止，肚子都疼了，真的有了想吐的感觉，但他还是停不下来，直到光束又摄入他的大脑。

布莱克伯恩在旁边观察着，时不时地用手揉揉嘴，同时撕裂着汤姆的心。

汤姆发觉自己被关在一间面朝普查器的小隔间里。他站在屋子当中，头顶上灯光刺眼，光线似乎在噬咬着他。他的脑袋生疼，各种影像如鬼魅般在他的脑海里翻腾。只有一件事似乎能将他的大脑再度统合起来——他捏紧拳头，使劲打在墙上，一拳，又一拳，直到关节的疼痛占据了他的意识，视野中墙壁上的血迹将他拉回现实。

一个人进了屋，轻柔而又坚定地抓住了他的手腕。奥莉维亚·奥萨雷抓着他的胳膊让他坐在床上，递给他一杯水。汤姆贪婪地一饮而尽，几乎没有意识到奥莉维亚正在检查他那血迹斑斑的指关节。他感觉很奇怪，非常奇怪，感觉整个人好像就要爆炸了一样。

汤姆倚靠着花岗岩墙壁，完全处于失神的状态。回过神时，他感觉到奥莉维亚正抚摸着他的头发。他把眼睛闭得更紧了，因为尽管不太明白奥莉维亚的抚摸为何会令人感觉那么舒适，但他还是有强烈的预感：一旦睁开眼睛，这一切就都结束了。

“我觉得——”汤姆终于又能说出话了，“我可以接受第二个选项。”他承认道，感觉内心空落落的，再也受不了了。“去找我父亲吧，求你快把我从这儿弄出去。”

“汤姆。”奥莉维亚轻声说，“我已经这么做了。”

布莱克伯恩再也动不了汤姆一根手指头，也再也不能用机器来对付他了，因为汤姆的父亲提出了诉讼，要求把汤姆从尖塔的项目中移除。奥莉维亚带着宪兵来到普查室，带走了汤姆，整个过程中布莱克伯恩都一动不动地站在那里，眼睛直勾勾地盯着汤姆。此刻，汤姆正无精打采地坐在奥莉维亚的办公室，听她和马什将军以及军方律师争论法律问题。汤姆对周围的一切置若罔闻，他根本不想听。

他知道这意味着什么。分阶段移除神经处理器。离开尖塔。回到父亲的身边。

不过他没有背叛尤里和华耶。布莱克伯恩永远也别想再用普查器在他的大脑里搜刮了。他也没有疯。

也许。

也许。

汤姆感觉自己的内心有一部分非常想要一头撞在面前的桌子上。回到过去的生活里去，他无法忍受这种想法——尤其是在经历了这一切之后，在来过这里之后。道尔顿赢了，汤姆连想死的心都有了。道尔顿捣鬼把他赶出了尖塔，曾经拥有后再失去，这种感觉真是太糟了，比从来都没有拥有过更糟。

“我能和他单独谈谈吗？”马什问奥莉维亚。

奥莉维亚看着汤姆，对他说：“决定权在你。”

汤姆耸了耸肩。直到奥莉维亚和律师都走出房间后，他才抬起头厌恶地盯着马什将军，这个能力有限的家伙。

“我为什么没有像其他人那样接受过评估？”汤姆的声音因为愤怒而颤抖着，“布莱克伯恩觉得，我是某个阴谋的一部分，所以没有像其他人那样接受过评估！为什么没让我接受评估好阻止这一切？”

“说实话，孩子，我没有让你接受心理测试是因为我觉得你通不过。”

“我又不是疯子！”汤姆大叫道，尽管他知道自己的声音听起来很疯狂。

“放松，汤姆。”马什起身绕着奥莉维亚的写字台走了几步，看了看墙上相框里的墨迹图。“事实是，我不是通过官方渠道找到你的。你是我的编外计划。毕竟，我在招录绝大多数人员的时候是不会掺杂这么多个人因素的。”

汤姆死死地盯着墨迹图玻璃面板上马什的疲惫身影。

“我想要找一个与众不同的人。你也见过卡美洛级战斗员们战斗，那些孩子都是这个国家里最好的，全面发展、阳光、风度翩翩。”

“就像卡尔·马斯特斯一样？”

“哦，大部分都是。”马什点了下头，勉强更正道，“他们都是合众国的精英，将来定会有所成就。我们招募的就是这种人，通常吸引我们注意力的也是这种人。”

“不像我。”

就是这个，从一开始汤姆就在想这个问题。他一直觉得，这个国家有这么多人可供选择，马什招募他真是件很奇怪的事。他曾经选择无视这种奇怪的感觉，但现在，答案终将揭晓，马什将要回答他的问题。汤姆宁愿把他撕碎也要知道答案。

“不像你。”马什同意道，“你还记得那个坦克的虚拟实境吗，汤姆？在达斯蒂·斯匡托赌场我让你进入的那个。那个实境包含了几个步骤，受试对象首先需要决定放弃反坦克炮，直攻坦克，然后是关键的一步，绝大多数尖塔的学员都败在了这一步。”

“是什么？”汤姆低声问。

“他们打开舱盖跳了进去。败就败在了这里，他们跳进坦克，发现驾驶员正在火星大气中垂死挣扎。”

“然后开枪打死驾驶员。”

马什摇了摇头。“绝大多数学员都不是这么做的。要是能一枪打死那人的话会简单得多，但这么近的距离，电离硫散射步枪根本用不成，所以他们只能指望驾驶员自己死掉。他们没有考虑到坦克的后备系统：自锁定舱盖、密封胶，以及驾驶员暗藏的武器。驾驶员恢复了过来，杀死了入侵者。尖塔里唯一一个通过了这一关的人就是你。”

“我都不知道还有后备系统。”

“问题还没有发生你就把那个人搞定了。通过打死一个垂死的人，你赢了那一局。你做了其他人不愿意做的事。”

“只不过是电子游戏而已。”

“关键的是直觉。我在寻找的就是那种直觉。”

“别跟我说卡尔·马斯特斯会不愿意揍死一个垂死的家伙。”

“问题是卡尔·马斯特斯没想到以坦克为目标。我拿这个实境测试过几千名青少年——其中许多人都会打死驾驶员——他们有杀手的本能——但他们总是选择不以坦克为第一目标，因为他们无法预测敌手的最佳策略。在那些残忍到愿意打死一个垂死之人的人当中，很少有人有能力预测驾驶员的行动。你不但通过了测试，而且是一次性通过，干净利落。我就觉得你一定行，所以我才决定让你接受磨炼。”

所以马什才没有帮他，这个想法吓了他一跳。马什对他有非常高的期望，但他没有达到那些期望。“我一定让你大失所望了。”

“一点也不。你的冲动控制力非常差，而且非常的自傲，而这正是我想要寻找的方向，我们需要的就是这种战斗员。”

汤姆想起了埃利奥特和尼格尔说过的话。他们都说军方在找不一样的人，那种…… “你们需要狠角色。”

“是的，汤姆。”马什靠近了一些，紧盯着他。“狠毒、专横——但只在需要的时候。知道会受伤也要挣扎，愿意使出致命一击。这种人才是能够赢得战争的人，才能打败各种美杜莎。看看阿喀琉斯——打败他的人并不比他更强，也不比他更壮、更敏捷，他死在了射中弱点的一箭上。而你有发现弱点的眼光。有可能会有所成就，击败对方最优秀的人，所以我愿意通过非官方的渠道招募你，而且要是你和我想象的一样好的话……”

“会给你脸上贴金？”汤姆嘲讽道。

“注意言辞，下级生。在你滚出尖塔前，我都是你的上级军官。”

“这会儿衔级又有用了？”愤怒从汤姆的胸口爆发了出来，“在普查室怎么没用？布莱克伯恩中尉威胁你的时候怎么没有用！”

“那完全不同。”

“怎么不同？”

“他知道我不能失去他。他在这儿的工作无可替代，而且所需的报酬还很低。”

汤姆眨了眨眼。“你说编程？”

“黑曜石集团制造了你们的处理器，汤姆。过去所有的软件也由他们负责。因为只有他们会用佐藤Ⅱ代编程语言，他们的收费非常高昂。我们想要通过培训自己人来节约资金，但每教出一个都会被黑曜石给雇走。我们曾试图强迫现役军官服役到期满，但不一会儿参议员愤怒的电话就打了过来，代表黑曜石命令我们批准程序员退职。更羞辱的是，约瑟夫·文格洛夫每次都会把我们自己的程序员派回来作为他们在这里的顾问。这在财务上完全行不通，但布莱克伯恩中尉就不同了。”

“说来说去还是钱。”

“说到底都是钱，孩子。战争是很贵的。只要能节约资金，我们什么都愿意试。所以我们的船厂才都在外太空，战斗员才需要赞助。事实上，这个国家唯一支付得起战争税的正是那些手握大权有办法避免缴税的人。至于我们在外太空赢得的资源？能分到一丁点儿都是我们的运气。我们还没有占领水星，但比克斯比参议员已经把优先采矿权许给了诺布瑞迪斯公司。所以我才会需要布莱克伯恩中尉。黑曜石的活儿他都能干，但他只拿军官工资。不仅如此，他干得还比黑曜石更好。最棒的是，约瑟夫·文格洛夫就算把全部资产都给他，他也不会去黑曜石工作——因为他们是神经处理器的生产商。事实上，布莱克伯恩刚来尖塔时只有一个要求：他要教学员佐藤Ⅱ代编程语言。”

“就为了这个？”

“他只要求这个。所以我才费尽心力把他弄到了这里。如果他退出了，或者更糟的话，按他威胁的那样做，我在国防委员会做的每一项保证就都会付诸东流，我也会滚蛋。”

“我不信。”汤姆的声音发抖。布莱克伯恩肯定还有其他条件，他那么扭曲变态的人……

“是真的，汤姆。”马什抬起一只手。“他想要你们学会。看看他自己的神经处理器出了什么事你就知道了。”

“嗯，我知道神经处理器把他弄成了疯子。”

“不止。三个安装了神经处理器的成年幸存者表现各不相同，另外两个人的情况更严重，但他们都是神志清醒的，至少大部分时间清醒。布莱克伯恩少校从没清醒过。”

“少校？”汤姆重复道。

“他以前是合众国军少校，西点军校同班同学中的第一名。刚安上神经处理器不久，他就精神崩溃了，但他拒绝相信自己有病，药物治疗也没有效果。黑曜石集团站了出来，提出要对幸存者进行照顾。这是他们的项目，所以他们愿意用自己的疗法治疗，并承担高昂的治疗费用。其他两个幸存者都同意了，但布莱克伯恩少校没有，他逃出去藏了起来。我跟你说，在这个到处都布满监控的时代能做到这一点非常难。他甚至还弄回了自己的家人。”

汤姆张大了嘴。“布莱克伯恩中尉还有家人。”

“布莱克伯恩少校有。”马什纠正道，“妻子，两个孩子，老家在怀俄明。我们派了卫兵在他家门口守株待兔，但他还是在卫兵眼皮子底下把人给弄走了。好几年的时间，我们都丝毫没有他的消息。然后忽然有一天，他妻子联系上了我们。她意识到那时候她的丈夫已经疯了，偏执、情绪不稳，这让她非常害怕。她还告诉我们，布莱克伯恩把全家人都拘禁在德州罗阿诺克的一座建筑物内。”

罗阿诺克。这个词让汤姆浑身一冷。“后来呢？”

马什在桌子上敲着手指。“他全副武装。他的妻子知道，我们来回收处理器的时候，布莱克伯恩少校可能会大开杀戒，所以她自愿在行动中留在布莱克伯恩少校的身边，暗中告诉我们他的动向，条件是我们得在枪战开始前把孩子们先弄出去。行动当日，她把孩子带了出来，我们有一队人马接应，准备把孩子带到安全地带。不过等到他们开车离开的时候，呃……他们以一种非常惨烈的方式发现，布莱克伯恩少校在周边地区都安置了地雷。”

汤姆惊呆了，过了好几秒钟才缓过神。“他的孩子都在车里？”

“对。”

“他把自己的孩子炸死了。”

“是的，汤姆。”

汤姆简直无法消化自己听到的一切。

“我们冲进去时，布莱克伯恩少校没有反抗。”马什说，“尽管神志已经不甚健全，但他也意识到发生了什么。后来，尽管修好了自己的神经处理器，但又过了好几年他才获得了一些行动自由——他就有这么危险。所以，我希望你现在能明白，把他弄到这里我费了多大的心力，冒了多大的险。军方根本不愿意让他回来，他们的战友就是因为他牺牲的。所以现在詹姆斯·布莱克伯恩是我的人了，他的一切都由我责任。他完蛋，我就跟着一起完蛋，这点他很清楚。”

汤姆蔫了下去。“也就是说，我完了。”他的心像铅块一样沉了下去，“他抓着你的弱点，所以说，要是布莱克伯恩想用普查器把我弄疯的话你也阻止不了他。那我只能退出了。”

“还有一个办法。不需要我，但要是有国防委员会的参议员支持，他就不能不放手。要想让议员介入，汤姆，你就得变得非常有价值，让他们不能放弃你，而且还需要在公开的场合，这样才能给他们留下深刻印象。”

汤姆坐了起来，焦虑与期望折磨着他，希望又从心底的黑暗中升了起来。汗珠从他的手掌和额头上渗了出来。

“要怎么做？将军，我什么都愿意。”

“你和我一起去参加国会山峰会。你将成为埃利奥特的代理，和美杜莎对战。”

第二十八章

汤姆以百米冲刺的速度冲过体育场，赶上了葛底斯堡战役中的维克。维克举起刺刀刚要冲刺，忽然看清是他，又把刺刀放了下来。

“汤姆！嘿，伙计，消失够了？”

“还没呢，快跑。”

“啊。”维克附和道。皮克特统领的南方邦联军距离他们近在咫尺。

两个人迈开大步跑过草地。前方，北方联邦的士兵正在朝他们开火，两军夹击让他们变成了瓮中之鳖。

“你这几天去哪儿了？”维克在炮火声中大叫道，“该听听最近别人都是怎么说你的，从外星人绑架到CIA心理控制实验，什么说法都有。”

“在地下室。”汤姆不能再多说什么了。不仅仅因为这一切都还是秘密，更因为他现在连气都喘不上来。两天没睡，食物和水少得可怜，神经全检还把他折腾了个一塌糊涂。

奥莉维亚提出为他写一张体育课的假条，但汤姆觉得，自己在尖塔的日子已经不多了，他想要尽一切可能和同伴们度过这最后的日子。

天黑了，战死沙场的南北两方士兵变成了吸血鬼，想要抓住学员们狂饮一番。汤姆用刺刀刺死了一只，但另外两个吸血鬼抓住他，用尖牙撕碎了他的喉咙。

会话过期，死亡模式启动。汤姆胸部以下的部分都动不了了，一下子摔倒在了草地上。

维克死在他的旁边。“跟我好好说说。”他在炮火声中叫道。

“你还从没在体育课上死过呢。”

“我学一下比默。”

学比默。汤姆叹了口气，吸血鬼踩过他的身体围攻其他学员，汤姆忽然感觉一阵凄凉。必须得打败美杜莎，不然他就会落得和比默一样的下场——退出项目，取出脑中的神经处理器。

“汤姆？”

“说来话长。”而且他实在是不想说，真的不想说。

耳边传来一阵脚步声，一个声音叫道：“蒂莫西。”

汤姆张了张嘴，刚要开口问尤里为什么又叫错了自己的名字，但他马上想了起来——维克不知道尤里的脑子已经好了。所以，他只是淡淡地回答：“好啊，伙计。”

“汤姆刚要解释是谁让他消失的。”维克说，“和我们死一起吧。”

“好啊。”尤里把滑膛枪扔到一边，好让最近的吸血鬼来杀他。

但他的计算有点失误。吸血鬼扑向他那宽阔的后背，一口撕开了他的喉咙，死亡模式启动。尤里像棵树一样倒在了汤姆和维克的肚子上，压得两个人气都喘不上来。

“啊！”汤姆挣扎着叫道，“尤里，你非得压在我俩身上吗？”

“抱歉，蒂姆。我看看能不能挪开。”他抓住草皮，艰难地拖动自己麻木的躯体，但效果微乎其微。

“华耶，过来帮忙！”维克叫道。

不远处，华耶躲过一只吸血鬼，朝他们跑了过来，那吸血鬼干掉了她身后的下级生。“汤姆，你回来了！”华耶的脸上挂满了笑容，“我们还以为你掉到哪个洞里摔死了。”

“也差不多了。我一直和布莱克伯恩在一起。嘿，你能赶在我们憋死前把你男朋友挪开吗？”

尤里充满歉意地说：“我很强壮，难免会重些。”

华耶抓住尤里的胳膊，把他拖开了一些——汤姆和维克勉强能喘上气了。就在这时，一个吸血鬼从背后袭击了她，华耶倒在了尤里身上，刚刚减轻的那点儿重量又给加了回来。汤姆和维克叫了起来。

“抱歉。”华耶说，“至少我们可以听清彼此说话了。你都去哪儿了？”

“普查室。”尤里压在身上就已经够呛了，现在又加上华耶。“布莱克伯恩觉得是我走漏了消息。我有个东亚联合体网友，这让我很容易受到怀疑，事实上，那个网友是美杜莎。”

鸦雀无声。汤姆扭头看了看，另外三个“死学员”都死死盯着他，这让汤姆忽然觉得，去和美杜莎交朋友是件多么愚蠢的事。

“你们看，”他说，“那次入侵之后，我就非常想再见美杜莎。我们就是玩玩游戏之类的，她杀了我好多次。哦，对了，维克——美杜莎是女的。这个我也确认了。”

“女的？”华耶皱了皱眉，“女朋友那种女的？”

汤姆的脸红了。“不是，我是说……”他不知道该怎么回答，“不是！”他又想了想那个吻，“呃……也许吧。我不太确定。”

“多久了？”华耶低声问。

“不太久。”

“你都没跟我们说过。”

“那又怎么样？又不是什么大事。”

“确实不是。”华耶说，“我无所谓。”

“很好。”汤姆走神了。一个头发茬还没长好的马基雅维利下级新生正和珍妮·阮一起从他们身旁跑过。汤姆的处理器显示，那个新来的女生名叫伊曼·阿塔尔。那女生指着他们问：“他们为什么要摞成一摞？”

珍妮顺着她指的方向看了一眼就催促那女生赶紧走。“亚历山大学院的男生都很怪。有一天，那个叫维克兰的在天文馆坐在我旁边……”

维克大叫着用手捂住了脸。出于好奇，汤姆抬起头朝那两个人的方向望去，华耶和尤里也是同样的动作。

“……那个维克兰说：‘啊呀呀，看起来你的嘴唇上挂了点热辣的小天竺。’”

“这就是你的开场白？”汤姆几天来头一次大笑了出来。

“闭嘴。”维克咕哝道。

珍妮的声音透过炮火和尖叫声传了过来。“我说：‘你有点吓人。’然后站起来准备走，然后他就用头撞我。”

两个女孩儿走远了。几个人都很安静，汤姆看了看维克。华耶紧闭着嘴唇，似乎是打算要置身事外。

“怎么？”维克说，“有话就快说。”

“我们不会笑话你的，维克。”汤姆安慰道，“我现在还有更重要的事要担心。”他的声音因为压抑的笑意而颤抖了起来。“所以你是不是热辣的小天竺我都无所谓。”

尤里和华耶都大笑了起来，汤姆躺在那里，头枕着草皮，自己也咯咯咯地笑了起来。此时此刻，普查器的事就像没有发生过一样，就好像他根本不用为什么事担心似的。

“谢谢各位。你们都是我的好哥们儿。”维克抱怨道。

“我都不敢相信你居然用头撞她！”

“其实挺容易的，汤姆。”

“是啊，尤其是在人家女孩子急着想从你身边逃开的时候。”

“别太把她的拒绝往心里去了，维克多。”尤里善解人意地说，“也许她只是对热辣小天竺过敏。”

维克伸手去打尤里，然后又去打汤姆。汤姆还在大笑，维克又打了他几拳。

“维克，”华耶抗议道，“别再乱动了，你把热辣小天竺都弄到我们身上了。”

维克绝望地大叫了一声，举起了双手，好让他们几个使劲笑个够。等到笑声终于变小了一些的时候，他才开口问：“够了？”

“热辣小天竺是永远都不会够的。”汤姆信誓旦旦地说。

“好，好，不过现在，你可是有更重要的事情要关心的。”

笑的欲望一下子都消失了。过去两天的事又回到了他的脑子里，汤姆感觉心里一沉。

“我想知道的是——”维克继续道，“美杜莎，告诉我们，既然她是个女孩儿，漂亮吗？”

汤姆松了口气，谈论美杜莎远没有谈论布莱克伯恩和他的叛国指控来得可怕。“她不让我看。”汤姆承认道。

“哦，不，年轻的天行者。那她一定是丑翻了。”

华耶看了他一眼。“也许她的身份也是秘密？就和我们一样？”

“肯定是丑八怪，面对现实吧，汤姆。”维克说，“那么能打的女孩儿怎么可能长得好看。真要是那样，宇宙的平衡就被打破了，时空的连续性会被破坏，整个宇宙都会爆炸的。而且她不让你看，那可就是信号啊，这信号真是再明白不过了。”

汤姆摇了摇头，甩开了关于美杜莎到底有多丑的想法，因为说真的，他现在还有更加重要、足以改变人生的大事要考虑，再想这些就太白痴了。

“无所谓了，维克。我再也见不了美杜莎了。我被抓住了，布莱克伯恩正在想方设法用普查器搜刮我的脑子。”

华耶倒吸一口凉气。“他看了你的记忆？”

尤里也盯着他，张大了嘴。

汤姆知道他们担心的是什么。“他没看到所有东西。”汤姆看着他俩，意有所指地说，“但他知道我隐藏了些什么，在找到是什么之前他是不会罢休的。”

“那就让他看啊。”维克说，“不管是啥，伙计，能有多糟呢。”

华耶和尤里看着彼此，一脸的惊恐。

“你不明白，维克。”汤姆说。维克确实不明白——他不知道一旦布莱克伯恩得到了那段记忆，自己的两位朋友就要面临十年监禁的刑罚。“我心里有数。有个办法能脱身：马什让我在国会山峰会上和美杜莎对战。他想让我当埃利奥特的代理。打败美杜莎，他就为我在国防委员会说话。输掉，我就只能让布莱克伯恩把我的脑子翻个底朝天，或者移除神经处理器。”

所有人又都安静了。

“这交易不错。”维克说。

“这交易糟透了。”华耶同时说。

“很不错啊。他能在国会山峰会上打仗呢！真不敢相信马什会让你这个下级生上。”维克一脸羡慕的表情，同时还有些喘不上气，因为上面还压着两个人呢。

“一点儿也不好，维克。”华耶说，“汤姆根本不可能打败美杜莎。他的训练不够，就算训练够，也还没有哪个人打败过美杜莎呢。”

华耶的语气非常肯定，汤姆的自尊心受到了伤害。“嘿，我学得很快的，大家都这么说。而且我还在其他实境里和美杜莎对战过，我发誓，每次都是毫厘之差。”

“那就去吧，”维克说，“打败你的网上女友，狠狠把她踩在脚下，汤姆。”

汤姆枕着草皮。“那需要运气。她比我更强、更快、更敏捷，出招又狠。”

“那就作弊。”维克说。

“作弊？”尤里叫道，“他不需要作弊！他肯定能像个终极武士一样战胜美杜莎。”

维克呻吟了一声，转向汤姆，他似乎觉得尤里已经无可救药了。“博士，为了胜利作弊也值。获胜可是件大事。”

“维克，要是知道怎么作弊，我肯定会马上做的。我都不知道对战时用的是军方的哪个实境。”

“我给你做个病毒，”华耶急切地想要抓住这个机会。“可以在战斗中搞乱她的CPU。”

“只剩两天时间了。”

华耶冷笑道：“你是第一天认识我吗？时间绰绰有余。”

“汤——蒂莫西，你把最简单的办法给忘了。”尤里说，他那巨大的身躯动了动，汤姆被压得深陷进了草丛中。“为什么不直接让美杜莎故意输给你？”

汤姆瞪大了眼睛。“什么？”

“让美杜莎故意输给你。”尤里重复道。

汤姆看着他，尽管这法子听起来非常合理，但汤姆就是想不通。“她为什么要答应呢？”

“这还不明显吗？她关心你。要是让她知道你面临叛国的指控，她肯定会考虑故意输的。又不是真的打仗，只是一场秀而已。输了对任何国家都不会有什么损害。”

“可我不能这么做。”汤姆诧异道。

“那你宁愿搞乱她的CPU？”维克说，“汤姆，我真不想这么说，但这次机器人说的确实在理。赶紧去苦情一把吧。”

“那我的病毒……”华耶说。

“万一不行了再用病毒也不晚。”维克说，“你对这种玩意儿可真是急不可耐啊，恶妇？”

“至少我长的不是白嫩的小手。”

“什么？我的手怎么了？这又是哪一出？”

汤姆没有参与争论。苦情戏，美杜莎。他皱着眉，看着乌云密布的夜空。

没用的，美杜莎也是个争强好胜的人。尽管他们是朋友，甚至还接过吻，但去求她，这个想法让汤姆感觉很傻。没可能的。

至少，汤姆不会这么做。

汤姆、维克和尤里在凌晨2时整准时醒来。他们在黑乎乎的公共休息室与华耶会合。华耶已经搞定了尖塔里的传输跟踪系统。

她示意汤姆连接到墙上的端口。“你有十分钟，汤姆。我觉得关闭尖塔的防火墙超过十分钟冒的险就太大了。”

“用不了太长时间的。”汤姆保证道。

“好运，博士。”维克递过神经导线。

“谢谢，博士。几分钟后见。”汤姆连上了端口。

麻木与黑暗的感觉包裹了汤姆，他的意识又进入了互联网。他在论坛留言板上留了言，时机正好，不过一两分钟时间，美杜莎的确认私信就连带着一个新的网址发了过来。

汤姆进入了两人那由密码保护的私人程序。他看了看美杜莎选的这间华丽的房间——程序提示显示，这里是文艺复兴时期英国的哈特菲尔德宫。美杜莎出现在了室内，红色的头发，暗色的眼睛，身材曼妙，一副高人一等的微笑。她原地转了一圈，拖及脚跟的长裙也跟着转了起来。

"漂亮。"汤姆上下打量着她，"你扮演的这是谁？"

"伊丽莎白·都铎公主。"她朝汤姆走了过去，"我们可以骑马格斗，或者密谋推翻玛丽女王。或者换个角色，和爱尔兰人、苏格兰人、法国人……或者晚些时候的西班牙无敌舰队打一仗。这个程序的灵活性很大，砍头戏非常多。"

"我呢？"他低头看了看自己的身体，自己正穿着紧身长袜。他皱了皱眉，试探性地活动了一下双腿。长袜看起来可不够男子气概。

程序提示告诉他，他扮演的是罗伯特·达德利，伊丽莎白一世女王的一生所爱。这是个不错的信号，他想。美杜莎有时候选的程序和场景都意有所指。

不过，汤姆还是觉得有些焦躁不安。美杜莎朝他徐徐走来，暗色的眼睛在火红的头发下闪闪发亮。"你一直没有出现，我还以为出现什么大事了。"

汤姆的心一沉。"是出大事了。"他承认道，"尖塔里的一个军官发现了我和你见面的事。"

美杜莎的脸一僵。"哦。"

"他们觉得是我泄漏了情报。"

美杜莎转过了身。"你会被怎么样？"

"嗯，要么被——，嗯……"他不知道该怎样在不透露事实的情况下解释普查器的事，最后只得说，"……被'讯问'有关你的事，直到把我弄疯，或者被赶出尖塔，永久性的。”

“也许见面不是个好主意。”

“嘿，就算是坏主意也是我想的。”是时候了，他要抓住时机，告诉她自己会在国会山峰会和她对战，告诉她只有她能够救自己，让她为自己故意输掉。

但为什么不说呢？

一旦求她输给自己，那感觉该有多丢人？汤姆现在满脑子里都是这种想法。而且要是她当场耻笑他又该怎么办？怎样可悲的人才会这么去求人呢？一般人肯定不会。至少在现实中不会。真不知道尤里是活在怎样的世界里。只要一想到求美杜莎帮他只会让美杜莎看轻他，汤姆的心里就一紧。美杜莎肯定会觉得他很可悲——居然需要这种帮助。求她故意输掉？这跟让人捐出重要器官没什么两样。她肯定不会答应的。

“我们还是可以在网上见面的吧？”美杜莎看着汤姆，“一旦你被赶出尖塔，我们见面就不算是叛国了。”

汤姆后退了一步，一想到失去神经处理器，失去那个在尖塔里诞生的更优秀的汤姆，他就浑身一冷。回到父亲的身边到处漂泊，他又会变成什么样子？一定是那个又丑又蠢一文不值的小孩。

他宁愿砍下自己的胳膊，也不愿意美杜莎看到那样的他。

“那样也不好。”他说。

“哦。”美杜莎的声音有些冷淡，“离开军队后你不想被别人打扰，我明白。”

汤姆一下子没有反应过来。“什么？你怎么会想到那儿去？”

“也许这从头到尾就不是个好主意。”美杜莎退出了程序，留下汤姆一个人穿着紧身袜傻傻地站在文艺复兴时期的英格兰。

汤姆拔下神经导线坐了起来。他的朋友们都坐在漆黑的休息室里看着他。

维克最先开口："不行？"

"不行。"汤姆回答。

华耶抱着膝盖坐在椅子上，她似乎直了直身子。"病毒？"

汤姆顺从地点了点头。"病毒。"

"大部分我都已经给你弄好了。"华耶一边黑进尖塔的系统重新打开防火墙一边说，她看起来似乎有些兴奋。

"很好。"汤姆心不在焉地说。

当然，他根本没有开口向美杜莎提出假输的问题，不过知道美杜莎正在生他的气，没有打算故意让他，这反而让他松了口气。被人当作胆小鬼取笑还不如杀了他。要是求美杜莎做这种事，美杜莎以后一定会看不起他的。

"也就是说，机器人错了。"维克咕哝道，"抱歉，伙计。看来美杜莎对你用情没那么深。嘿！"他拍了拍汤姆的肩膀，"这样就更有理由踩死她了。"

"好，踩死她。"尽管事实上每次赢的都是美杜莎。

华耶在黑暗中点了点头，在尖塔的防御系统完全开启前又点了几下。"我正在编的是一个广告软件病毒。"

"广告软件病毒？"汤姆重复道。

"基本上来说，它的原理就是不断占用CPU，直到让CPU无法处理其他事项。你一把它发给美杜莎，病毒就会激活，同时你CPU里的原件也会被自动删除，这样就不会暴露你了。只需在战斗刚开始不久传播一次，然后趁她从病毒占用中恢复过来前打败她就行了。到时候你可能没有键盘可用，所以我打算试试布莱克伯恩给我看过的一个法子，让病毒跟思想界面交互。”

“只能这样吗？”汤姆问，“我和维克在编程课上曾经试过用思想界面发送网信，但根本没办法专心只想信息。”

维克点了点头。“他发过来的信息都是这样的：‘维克，牛排大胸怎么运作？’”

汤姆用胳膊肘狠狠捅了维克一下，维克窃笑着闪到了一边。

从头到尾一直很安静的尤里也抬起了头。“牛排大胸？”

“尤里！”华耶叫道，“别提什么牛排大胸了。还有汤姆，我就只设一个词组，一次只想一个词组你还是做得到的吧？”

汤姆耸了耸肩。“试试。”

“等到需要释放病毒的时候，你就想：‘热辣小维’。”

维克的脸沉了下来。尽管面临的形势很严峻，但汤姆还是笑了起来。

“不行，等一下。”维克说，“我不喜欢这个词组。”

“别想得太早。”华耶警告道，“得等到美杜莎的战舰进入视野才行。注意力集中到她身上，然后想‘热辣小维’，一遍又一遍地想，直到病毒发动。”

“就这样？”汤姆问，“那防火墙呢？”

“峰会上你们俩肯定会在一个服务器里，所以防火墙不是问题。而且等到病毒发作之后，相信我，她肯定有好长一段时间哪儿都飞不了。”

“维克一点都不小。”维克故意大声说，“我比你们几个都高。”

华耶没理他。“我觉得B计划一定行得通。”

“也许我们应该试试C计划。”尤里一手托着下巴无精打采地插话道，他坐的地方离汤姆最远。

汤姆不清楚尤里在想什么，但华耶已经知道了。她一下子跳了起来。“不行，尤里！你的计划糟透了。”

“我还没说呢。”

“我知道你要说什么，而且我知道那糟透了。”

“我不要汤姆斯为我背黑锅。”尤里说。

维克一下子睁大了眼睛，他死死地盯着尤里，然后一只手指着尤里一边瞪大了眼睛看着华耶和汤姆。“你们俩听到了吗？他刚才说‘汤姆斯’。”

华耶咬着嘴唇看着汤姆。

维克注意到了他们的反应。“好吧。”他的声音低了下去，“你们俩为什么没有惊得倒吸一口凉气？我错过什么了？”

汤姆对尤里说：“是我欠你的。无论如何我都不会出卖你。”

“不需要你做什么，汤姆。我自己去招认。”

“他又说‘汤姆’了！我知道你们俩都听到了！”维克又叫道。

“要是布莱克伯恩发现你的脑子已经好了，他肯定会认为消息是你走漏的，尤里。”华耶说。

“脑子好了？”维克问。

“但你就安全了。”尤里回答。

“这样危及的不止你一个人。”汤姆没有理会正在撕扯头发的维克，“华耶给你弄了防火墙，她也会被判处十年监禁的。因为协助加教唆，我也脱不了干系。我们所有人的神经处理器都会被去掉。”

“尤里，你的神经处理器已经安装太久了。”华耶惊恐地说，“没有它你活不下去的。”

“所以不要冒这个险。”汤姆看了看两人，“不要说出去，尤里。”

维克抓着脑袋。“等一下……等一下……让我搞搞清楚。尤里的脑子已经好了？而且你们俩都知道？”

“他好了。”华耶站了起来，“那又怎么样？有什么问题吗？”

“有什么问题？”维克反问道，“你和我们一样生活在真实世界吗？这可是大问题，华耶！”

尤里也站了起来。“我不是间谍，维克兰。”

“这不是关键，尤里！”维克说，“你们不明白吗？别人会怎么看？军队可是个等级森严的地方，你不能因为觉得你男朋友值得信任就去掉他们的安全措施，这不是你能说了算的事。”

“但是你觉得你朋友值得信任所以关闭尖塔的防火墙就可以？”华耶针锋相对。

“这不一样。我们只弄了十分钟，而且没人会发现的。而这个？这可是永久性的。你真以为布莱克伯恩永远都注意不到尤里的新软件吗？”他转向尤里。“我知道你不是间谍，我跟你很熟，伙计，但要是觉得布莱克伯恩发现不了那你就是疯子！”

华耶抬起了前臂键盘。“至少你不会记得。”

维克一下子睁大了眼睛。汤姆上前一把抓住华耶的手臂。“别。”尤里一下子冲上来一把钩住汤姆的脖子紧紧锁在胸前。

“汤姆斯，不要。”他警告道。

汤姆在粗壮的手臂里挣扎着。“我不是要打她，尤里——但她不能用病毒对付维克。今天谁也不要对别人的脑子动手脚，好吗？”尤里一松劲儿，汤姆推开了他的手臂。汤姆看了看他们三个，大口地喘着气。“行不行？”

华耶看着维克，尤里看着汤姆，汤姆则准备着随时阻止任何人的任何行动。

“维克，要是尤里完蛋了，我和华耶就会跟着一起完蛋。”汤姆说，“我明白你很迷信军队的那一套，但这件事我们必须要保密。你想把我们三个都送进监狱吗？你要拿尤里的一生来冒险？”

维克呻吟了一声。“汤姆，我不想做这种决定！”

“我明白，我明白。我们都不想，但生活中就是要做出各种艰难的决定，对不对？要么安安静静当我们的同谋，要么把我们都扔进监狱，你选哪个？”

维克转过身，使劲地抓着头发。

“怎么样，维克？”汤姆焦急地看着他的背影催促道。

“好吧，但有个条件。”维克咧着嘴转了回来，“我会给你起个类似‘恶妇’的外号，不管是什么你都得接受。”

“成交。”汤姆暗自松了口气，他知道维克的意思就是同意了。他转身对尤里说：“你也知道不把这事儿说出去有多重要了吧？为了我，为了华耶，明白？”

“明白。”尤里皱了皱眉，“我不会说的。”

“很好。所以接下来应该是这样：华耶，你来编写病毒。尤里，除了说出真相这种蠢事外随便你干什么。维克，好好构思你的‘恶妇’吧。”

“大概的想法我已经有了。”维克抱怨道。

“反正我只能接受。哦，我还要让马什和国防委员会看到，我就是那个打败世上最伟大武士的人。”

这么一说，听起来还挺容易的。

第二十九章

尼格尔·哈里森可不是傻子。国会山峰会当天，一看到汤姆和埃利奥特一起上了轿车坐在他的旁边，他就立刻明白了过来——和美杜莎对战的不是他自己。

“啊，很好。”他那张长相精致的脸因为厌恶而扭曲成了一团，“看来我只是个象征性的代理。”

“你打不过美杜莎的时候汤姆才会上。”埃利奥特说，“作为一个下级生，汤姆很优秀。”

“他还只是个下级生。”尼格尔狠狠地说，“战术课才上了不到一年就要连接到真正的飞船上在太空里和另一艘真正的飞船对战——而且国会山峰会还是他的第一次？你觉得这正常吗，埃利奥特？”

听尼格尔这么一说，连汤姆自己都觉得不正常了。他感觉怪怪的，心里不由得一沉。马什和埃利奥特都跟他说过，是的，他会操纵太空中真实的飞船。但他们一再表示这并不是真正的战斗——而更像是游戏。汤姆很确定自己赢一把游戏还是没问题的。

直到此时，意识到这游戏是真的，他才吃了一惊。真正的飞船，真正的游戏。

“驾驶所需的所有知识汤姆都已经下载了，”埃利奥特告诉尼格尔，“而且马什将军让他连接到轨道上的飞船上练习过。汤姆上手很快，很有天赋。”

“马什是不是老年痴呆了，雷恩斯？你是怎么说服他的？”尼格尔叫道。

“我没有。”汤姆抢白道，“这是他的主意，不是我的。”

“我们应该互相支持才对，尼格尔。”埃利奥特提醒道。

“被一个下级生抢了位置，我应该安之若素？”尼格尔大叫道，“要是上级生我还能理解——我们至少受过驾驶飞船的训练。就算马什挑个中级生我也能接受——他们至少跟战斗员一起飞过，近距离观察过战斗。可他是个下级生，下级生！这让我怎么接受得了！”

“我不喜欢你的态度，尼格尔。”

“我不喜欢说话口气像辅导员的家伙。”尼格尔冷笑道。

“这你可就有点……”

汤姆没有理会那两个人的争执，他的神经很紧张。对于埃利奥特来说，尽管知道还是由代理来战斗不免有些失望，但听说干活儿的是自己的下级生，他的心情似乎又好了起来。他甚至还观看了汤姆初试飞船驾驶的过程（那感觉和虚拟实境应用真的差不了多少），并在结束后狠狠夸奖了汤姆一番。不过埃利奥特就是那种人，就算汤姆不小心把飞船坠毁在了月球上，他也会好好鼓励汤姆一番的。不过现在，汤姆满脑子都是尼格尔刚说过的话。他一直急切盼望着这个为自己出头的机会，甚至都没有认真考虑过自己是不是准备好了。他大概只操作那艘飞船绕着月球飞了二十分钟，而且还有埃利奥特和马什在旁边看着，不是在战斗里，也不是在任何压力巨大的环境里。他的心一沉。

“这游戏大概是什么样的？”汤姆问，希望这样能缓解自己的紧张。

“一场可悲的闹剧。”尼格尔愤懑地说。

埃利奥特没有理他。“每年都不一样，汤姆。国会山峰会上的表演不是真正的战斗，主要目的就是取悦联盟的各位成员，给公众上演一场好戏。你和美杜莎将会为了一个很小的目标而竞争，谁先达成目标谁就赢了，获胜国将会很有面子。”

汤姆看着他。“也就是说要是我输了，我们的国家会很没面子。”

“对。”尼格尔狠狠地说，“可别有压力。”

“不是的。”埃利奥特倾身拍了拍他的肩膀以示鼓励。“你可别那么想，汤姆。今年也没人指望我们能赢。”

“哦，听着很令人欣慰。”汤姆说。

“哦，我的意思是：如果你，或者你——”埃利奥特没忘记把尼格尔也包括进来；尼格尔瞪了他一眼，觉得埃利奥特完全是故作姿态。“——打败了美杜莎，所有人都会大吃一惊的。我们都知道美杜莎比我们其他所有人都强，联盟也知道，所以别有压力。输了也不是世界末日。“

不过埃利奥特并不知道真相。对于汤姆来说，那确实是世界末日。

要是输了，他就会失去一切。尖塔里的位置、神经处理器、各位朋友们、未来，所有一切。

接近国会大厦时，埃利奥特从小轿车里下来换到了豪华加长轿车上，去和公关们、诺布瑞迪斯公司的行政人员以及对他溜须拍马的媒体一起做好在公众面前亮相拍照的准备。

剩下的路程上，汤姆和尼格尔一言不发。汤姆越来越紧张，根本顾不上关心尼格尔是不是在瞪他。他们和埃利奥特走的是一个方向——国会大厦，只不过他们的车辆更加低调。他们俩的IP都没有被泄露，身份都还是国家机密，所以不管是谁来替埃利奥特打仗，都没有被大陆同盟揪出来羞辱合众国的危险。

他们的车停在哈特参议院办公大楼外，汤姆全身僵硬地坐在车上，这车跑得也太快了。

“你全身都湿透了呀？”尼格尔幸灾乐祸道。

“闭嘴。”汤姆打开车门。

马什将军在大厅迎接他们。“很好，很好，来吧，你们两个。”他催促着两人穿过门口的安检门，带他们走上了大理石大厅对面的电梯。

他们登上了那部参议员专用电梯，下到了地下室，来到了一辆小型地铁上，沿着铁轨朝国会大厦的地下入口驶去。

伴随着铁轨的轰鸣，马什将军看了看汤姆，问：“你们俩准备好了吗？“

尼格尔的脸扭曲成了一团，算是做出了回答，他知道该回答这个问题的不是自己。

“是，长官。准备好了。”汤姆很高兴自己的声音没有发抖。

马什将军带他们穿过大厦底层的秘密通道，来到了圆形大厅下面的密室。这是间狭长的隔音密室，里面有两把椅子，前面的墙上显示着巨大的国会大厅里的情况。

汤姆看着屏幕上的画面，国会大厦的圆形大厅呈立柱状，屋顶上描绘着一圈圈复杂的图案；雕塑、油画描绘了十八世纪合众国的历史。大厅里坐满了人，他们的座椅呈环形排列，正对着位于中心面对面的斯凡特拉娜和埃利奥特，他们的头顶上还有一块用来播放战斗实况的圆形屏幕。

“你们俩就待在这间密室里，神经端口在这里。”马什拍了拍墙上一个不显眼的角落，“我会给你们一颗卫星的设计图。那颗卫星是个古董，是人类太空项目的早期产物，我们想把它放进博物馆。今年，你们要和大陆同盟的战斗员比赛看谁先搞到那颗卫星。不用导弹，不用武器。赢得这一局需要的是技巧。谁先找到卫星，把它降落在史密森学会的草坪上，谁就是胜者。比赛开始后，拉米雷斯会接入界面。升到上层大气层后由哈里森接手。你有两分钟的时间表现，哈里森，然后就由雷恩斯接手。”

尼格尔的嘴唇一拧。“很好，两分钟时间打败常胜将军，真是个千载难逢的好机会。”

马什看了看他。“你说什么，小伙子？”

“没什么，长官。”

马什转身看着屏幕上那些陆续到来的贵宾，一一介绍那些人的身份。那些男男女女身上穿的衣服是普通人一两年的工资都买不起的。

“看看吧。这些就是操纵整个世界的玩家。”他用粗壮的食指指了指，“米尔格兰姆总统、里奇副总统，这你们认识，国防部长吉姆·席恩科，和他说话的是……”

“约瑟夫·文格洛夫。”汤姆冷冷地说。

“对，黑曜石集团的创始人兼CEO，神经处理器的技术都多亏了他。”

汤姆做道尔顿的跟屁虫也都多亏了他，更别提布莱克伯恩还想把他的脑子榨干了。汤姆扫视着那群人，发现了布莱克伯恩中尉——他穿着全套礼服，正死死地盯着文格洛夫。

汤姆浑身一颤，这次必须得赢。

“斯凡特拉娜·莫利亚科娃这边可以看到南美、非洲、东亚联合体和波尔雅国的人。”马什继续道，“拉米雷斯先生这边，是我们的盟友——天竺国、欧洲、澳洲、加拿大。哦，那些是联盟的代表——大陆同盟的莱克辛肯移动公司、先声公司、LM莱默舰队公司、克罗努斯便携设备、强力能源公司，还有卓越通信。这边是海洋同盟在联盟里的支持者，我们的实力派：黑曜石、诺布瑞迪斯、温德姆·哈克斯、玛切特·雷迪、汇聚点工业，还有……”

“道明·阿格拉。”看到那个一脸轻蔑的高个子走了进来，汤姆感觉愤怒异常。

世界上最有权势的人都集中在圆形大厅里，道尔顿还能摆出一副所有人都欠他钱的样子，真是让人感觉不可思议。

“很好，孩子。”马什说，“你已经认识我们在联盟里的朋友了。”

不，那是他的敌人。汤姆知道，比起其他的波尔雅国人或者东亚联合体人来说，道尔顿更是他的敌人。这种确信感让他更加坚定，今天自己必须要赢，一定要。只有这样才能留在尖塔，狠狠地羞辱道尔顿。

“我想你们俩都不是小孩子了，在这里会好好相处的。”马什说，“要是有问题的话，就给布莱克伯恩中尉发条信息，他就在人群里。”

“我没带键盘。”汤姆说。那么多人，偏偏挑布莱克伯恩来负责支援，真不知道马什是怎么想的。就算全身骨折被火烧死，他也不会向布莱克伯恩求救。

“还好我带了。”尼格尔卷起袖子给马什看了一下。

马什点了点头。“结束后我再来看你们。”

马什将军让他们等比赛一开始就赶紧连线，交代完一切后，他就离开房间去参加峰会了。汤姆站在封闭的密室里，和尼格尔一起看着来来往往的贵宾。尼格尔根本不理他，他不断地在墙上插拔着神经导线，细细的腿不停地抖来抖去。

汤姆看了看一脸愤怒的尼格尔。“听着，不管你信不信，我现在确实比你更需要这个机会。”

“真的？”尼格尔抬头看了汤姆一眼，“你晋升战斗级的第二次机会也被人抢走了？”

汤姆不知道该怎么说，但愿自己接管飞船时尼格尔不会反抗。尼格尔个头不高，汤姆觉得为了抢过导线而揍他一顿不太合适。

但如果必要的话他会那么做的，尽管心里不想。

屏幕上还在显示圆形大厅里的情况，尼格尔直了直身子，汤姆顺着他的视线看了过去。屏幕上，所有贵宾都安静了下来，除了音箱的静电噪声外，密室里什么声音都没有。埃利奥特和金发的高个子波尔雅国姑娘斯凡特拉娜·莫利亚科娃从两侧走上中间的台子，握了握手。两个人来到各自布满按键、安装着方向盘的控制台前，他们会自己操纵飞船升空。公众并不知道神经处理器的事。毕竟，像死尸一样一动不动躺着的战斗员可不会让他们感觉有多兴奋。

汤姆的心跳加快了。还有几分钟。

他转向尼格尔，看到尼格尔并没有连线，而是手握导线，看着汤姆。

“两分钟就被踢下来，我可不愿意费心思。你直接接手吧。”

汤姆眨了眨眼，感觉自己刚才真是蠢透了。虽然只是两分钟的时间，但他感觉自己就像是没准备好就要匆忙上阵一样。“你说真的？”

“真的。”尼格尔的声音很空洞，“知道马什为什么要我先上吗？这样就算你输了也不会伤到他的面子，因为他按照规定给了我机会，只不过我没搞定而已。”尼格尔的嘴唇又扭到了一起，“他是个懦夫，想让你上的话就直接上好了。”

汤姆忽然觉得自己很同意尼格尔的意见：马什确实是个懦夫。他把汤姆招进了项目，现在却不支持他，至少不是真正的支持。汤姆唯一的机会就是奇迹发生打败美杜莎。

他忽然想起了离别那天父亲说过的话：“汤姆，不管发生什么，自己照顾好自己。”

所以他必须要照顾好自己，打败美杜莎，不行的话，嗯，马什肯定会袖手旁观，就好像招录汤姆、让汤姆在峰会上驾驶这些事儿和他完全无关一样。汤姆从尼格尔手中接过导线，插在了端口上。尼格尔恶毒的笑容从他的眼角一闪而过，那小子卷起袖子露出了键盘。

“你这是要……”汤姆开口道。

几个字从他的眼前闪过：**会话过期，死亡模式启动**。汤姆胸部以下失去知觉，摔倒在地，就像体育课上一样。

尼格尔冷冷地从他的身上跨过，拔出导线。“说真的，雷恩斯，你真以为我会眼睁睁地看着你当大英雄吗？你真那么觉得？”

汤姆一脸惊讶地抬头看着他。“嗯，真的。”他使劲抓着地毯，但身体怎么也动不了。和往常一样，体育课的死亡模式只容许使用手臂，但带不动全身。他根本没法让自己站起来。

“不可能！”尼格尔转向圆形大厅，“我原以为只要泄露了战斗员的名字就够了，马什就会用我。只要那些IP已公开，他就没有其他选择了！”

汤姆的大脑一片空白。“是你。”

尼格尔笑得非常病态。“道明·阿格拉刚看上你的那时候，道尔顿·普雷斯特维克也提出要赞助我，条件就是让我帮他公开战斗员的身份。他们的想法肯定和我一样：一旦现任战斗员的身份都被公开，军方就必须再找更多的新人。真要是那样的话，道明让你升级不就容易多了？他们知道可以泄露的名字，但不知道IP。这活儿就交给了我。可你破坏了俱乐部，道尔顿告诉我交易取消了。于是我发了封不可追踪的邮件，用了不少神经处理器的术语，好让东亚联合体大使相信我是可信的内部人士。然后我在第二封邮件里就附上了名单，很简单。我告诉过你，不管有没有赞助商我都要成为战斗员。”

汤姆绝望地看着圆形大厅的画面，斯凡特拉娜——由美杜莎代理，正假装操纵着飞船，而埃利奥特已经全身湿透，这是他在峰会上第一次自己操作。他疯狂地搬动着拉杆、按键，飞船正直冲卫星而去，一点曲线策略都没有。

美杜莎就聪明多了。她用引擎尾气将太空垃圾推到埃利奥特的航线上，把他砸得偏离航向。有时候她又故意逗弄埃利奥特，完全不管卫星。她会故意靠近，近到几乎要相撞的地步，等到埃利奥特慌了神一下子把飞船远远地拉离航线时又闪到一边。她会嘲弄地扭动飞船，等到埃利奥特再次调整好航线后再重复一遍刚才的过程，好像这么做很好玩。她就像只玩弄爪子里老鼠的猫，不断折磨埃利奥特的神经。很明显两名战斗员都知道谁会获得胜利。

“尼格尔，你不能相信道尔顿。道明·阿格拉不会赞助你——他们只会把你当成替罪羊！这可能就是他们的计划！”

尼格尔大笑道。“你还不明白啊，雷恩斯！我不相信道明·阿格拉，当然不会相信了，我又不傻。我本该成为战斗员。对，主意是道明·阿格拉公司出的，但我也会从中获益。我知道公开战斗员的身份会让自己升级。即使他们撤回了交易，我也知道自己会成功的。但这也不可能了，马什选上了你，所以，这就是我的机会。现在，经过今天之后，军方将别无选择，只能让我来。”

“你打算干什么？”汤姆看着尼格尔手中的导线，小心翼翼地问。

尼格尔转向屏幕，厌倦地看了看那些贵宾。“我手中有一艘飞船，雷恩斯。而且你不得不同意：尖塔这个目标挺大的。”

汤姆看着他的后背，不敢相信他正打算用埃利奥特的飞船袭击尖塔。

“五角大楼是不会发觉的。他们会以为我——”尼格尔笑着对汤姆说，“应该说是你，正在进行奇怪的操作。我想，让下级生来负责这种事难免会这样，尤其还是个敢一口咬下蝎子头的疯狂下级生。”他摇了摇头，“我好像都可以听到他们的评语，‘马什在想什么呢？’他会为此上军事法庭的，一定会。”

“飞船上没有导弹，你不知道吗？”

“我不用导弹，我要用自杀式袭击。砰！大爆炸，基地玩儿完。就算不会弄死所有人，至少也会死一大半。”

汤姆浑身发冷。这计划确实可以。“你跑不了的。”

“事实上，汤姆，我跑得了。”尼尔小心翼翼地蹲在汤姆够不到的地方，笑着说，“还记得那次布莱克伯恩把蝎子的记忆植入你脑子里吗？我觉得那技术很有用，就自学了一下记忆植入。等尖塔一片火海的时候，我会把新的记忆植入我们俩的脑子里，你会记得自己为了摧毁普查器而炸掉了尖塔，我会记得你那么做了，尽管我非常英勇地想要阻止你，但没有成功。公众会怪罪埃利奥特，军方则会怪你，而我将成为这里唯一的英雄……作为唯一幸存的战斗员，我必定会升入战斗级。而且一点内疚都不会有——多棒啊？”

汤姆心头一紧，尼格尔简直就是凶残大师——这种人居然被拒绝升入战斗级？

“好啦，就是这样，雷恩斯。”他笑着说，“我可比你聪明多了。”

“尼格尔，等一下！”

尼格尔笑着看了看他，连上了线。

尼格尔进入了程序，汤姆的双腿动不了，单用手臂又无法站起来，他充满沮丧地一拳打在地上，然后又伸长了脖子，想要看清尼格尔那迷蒙的脸和屏幕上的情况。他看到了埃利奥特，知道埃利奥特失去了对飞船的控制——因为埃利奥特的脸上闪过了一丝如释重负的笑容，整个人一下子都显得高兴了起来。但埃利奥特不知道的是，他的代理并不是要解救他，而是要把所有人都解决掉。

汤姆看到尼格尔的飞船在外太空转了个弯，绕开了美杜莎。无知的观察员可能会以为这是某种聪明的战术，或者是在单纯的显摆，飞船直冲地球大气层而去，高温护盾发出了刺耳的响声。汤姆听到观众中发出了几声赞叹，尼格尔驾驶的飞船正直冲地面飞来。

汤姆惊讶地看着尼格尔的飞船冲入大气层，以极快的速度瞄准了弗吉尼亚，随着飞船高度的下降，华盛顿特区的灯光逐渐浮现在远方，然后是阿灵顿，尖塔的塔尖露了出来。

他真打算那么做。没人知道那艘飞船是他们的敌人，没人知道应该阻止他。尼格尔就要摧毁尖塔、摧毁汤姆所有的一切了。

汤姆做了自己唯一能做的一件事：使用自己仅剩的一件武器。

他盯着尼格尔，咬紧牙关，脑子里一遍又一遍地想着那个词组：热辣小维——热辣小维！

广告软件病毒像氢弹一样从弹舱发射了出来。代码扫过汤姆的视像中心，从他的脑中删去，直冲尼格尔而去，汤姆感到一阵轻松。

尼格尔一下子从椅子里跳了起来，就好像被一只看不见的大手给扇了一巴掌一样。

"'你的主机已感染。'"尼格尔念着自己视像中心的字，"'请点击此处以保护你的个人电脑'……我不是个人电脑！我不需要……"他的声音又变了，蓝色的大眼睛前似乎浮现出了其他的东西，"'自由兑换，详情请点击。'"他一把拔出神经导线，但垃圾广告还在源源不断地闪现，"'腹部赘肉克星'……这是什么，雷恩斯？"

"听起来是腹部赘肉克星。"

"我说的不是这个！"尼格尔的脸色越来越差，声音也越来越低。"'做超级买手'……'付费咨询'……'看看谁在看你'……'恭喜，你赢得了'……'点死苍蝇，赢得一百'……'在家赚钱'……"

他的语速越来越慢，就像进站的火车一样，他那细长的手指伸到了黑色的头发里，抓住了头发，好像揪头发就能阻止华耶的病毒在他脑子里释放广告一样。屏幕上尼格尔的飞船失去了控制，朝尖塔的方向飞来。

"吱吱这是是是是什什什什……"尼格尔朝汤姆走了过来，他好像陷入了某种泥沼中，动作缓慢得一塌糊涂，他伸出手想要抓住汤姆。“了了了雷恩恩斯……”

他走到了汤姆能够到的地方，汤姆一拳打了过去。

尼格尔倒了下去，脑袋撞在椅子拐角上，整个人都瘫在了地上。

因为死亡模式的作用，汤姆的胳膊使不上劲，他爬不到尼格尔跟前，只得抓住尼格尔的细腿，把他拽过来，然后从他的手里掰出神经导线，插在自己的脑干上。

汤姆进入了程序，他的大脑接上飞船的导航系统，意识发生了转换，接管了飞船上的各个传感器，机器的逻辑参数和他的大脑纠缠在了一起。他强迫自己的意识进入指挥系统的内部，机器的轰鸣声包裹了他。周围到处都是链接、数据流，圆形大厅里的画面变得模糊了起来。他的心因为恐惧而跳得厉害，意识在身体和飞船间穿梭。透过残存的一点意识，他从自己的眼睛里看到，屏幕上圆形大厅里的观众们正变得越来越不安，埃利奥特也是一脸震惊的表情，所有人都盯着头顶上的屏幕，汤姆的飞船正在朝着五角尖塔坠去。

汤姆开始转向，飞船一个急转，冲上了蓝天，穿过薄薄的云层进入了外太空。蓝色的天空又变得一片漆黑，地球在下方闪耀，星星在飞船上方闪闪发亮，汤姆感觉一阵兴奋。

美杜莎的飞船已经抓住了他们争夺的那颗卫星。汤姆透过自己飞船上的热传感器看到了她那光洁的镰刀形飞船。他很高兴那个作弊的法子已经没用了。这才是他想要进行的对战，和美杜莎，他的准女友、他的偶像、他的宿敌，用武士对决的方式。

这将是他们之间第一场真正的战斗。

第三十章

汤姆发觉，在太空中操纵机器居然和在虚拟实境应用中操纵动物身体差不多。刚一接入，各种操作命令就在他的脑子里明晰了起来。他知道如何让引擎全速前进，就跟知道如何抬腿跑步一样——一切都是那么的自然而然。一个念头闪过，飞船就朝卫星飞了过去，准备伸出钳子去抓卫星。要么从美杜莎手中夺过卫星，要么把卫星捏碎。要是被美杜莎赢了，一切就完了。如果毁掉卫星，至少还是双输的结局。

美杜莎及时闪到一边避免了碰撞。美杜莎飞向地球的方向，汤姆又挡在了她的前面，顺势抓向卫星。

因为不知道操作员的IP地址，美杜莎用网信朝飞船发了个信息：你打算把这搞成零和游戏吗？

汤姆回信：什么是零和游戏？

你傻吗？

不但傻，而且还是狂人。

停顿。

哦，是你啊。我早该知道。

该知道吗？

其他人是不会冒险毁掉卫星的。美杜莎的机翼朝他轻轻一点。即使正在躲避汤姆的自杀性攻击，汤姆也觉得她好像是被逗乐了。除了你不会有别人，哦，还有我。

伴随着一个急转，美杜莎将卫星朝他扔了过来。汤姆及时躲到一边，同时失去飞船和卫星可绝不是个好买卖。不过美杜莎又朝他飞了过来，显然是打算采取新战术：先毁了他的飞船，然后夺取卫星。汤姆赶紧调转方向，美杜莎的飞船与他擦身而过，然后悬停在了漆黑的星空下，就像一只精于算计的食肉动物。

之前驾驶的那个白痴是谁？美杜莎在信息中问。

汤姆也改变了战术，美杜莎要是打算那样，也许他可以来个快速闪避，然后趁势把美杜莎的飞船打落在地球上。他利用合众国的卫星网络搜索着目标卫星的新位置。说来话长了。

等着去死吧。

刚刚确认自己的位置，汤姆的热传感器就检测到了太空垃圾——美杜莎调转船头，用引擎的尾流将一块废钢推到了汤姆的方向。汤姆心头一紧，来不及躲开了。废钢撞上了他的飞船，将他撞离了航线。汤姆不得不驾驶飞船下降，好躲开美杜莎的下一轮攻击。美杜莎在掠过汤姆的飞船时忽然降低了速度，想用引擎尾焰烤烤他。汤姆再次下降，躲过了这一轮攻击。

汤姆想要调转航向躲开美杜莎的传感器，但美杜莎转身切断了他的退路。他又看了看海洋同盟卫星网络里的信号，想要找两块太空垃圾给自己当武器用。有一个废弃的轨道太空望远镜看起来挺合适。但就在他想用引擎尾焰逼迫美杜莎飞向望远镜时，美杜莎一个急升朝外太空飞去，利用重力干净利落地避开了陷阱，还差点害汤姆自己撞了上去。

汤姆的心脏狂跳，对这次失手惊讶不已。大陆同盟的卫星网络一定比海洋同盟的覆盖范围更广。美杜莎似乎对漂浮在太空中的每一块碎片都了如指掌，怎样找到碎片，怎样利用碎片，怎样避免自己被碎片砸到，所有这一切她都一清二楚。

汤姆感觉到远处自己的身体正因为挫败感而咬紧了牙关，只要能进入大陆同盟的卫星网络，看到美杜莎看到的东西，让他干什么都行。

汤姆忽然想到，自己确实能做到。

也许作弊一下也不坏。

他把飞船从目标卫星附近拉远，然后试了一下。华耶的病毒已经没有了，尽管不太清楚具体该怎么做，但他还是将注意力都集中在了神经处理器上。他感觉到处理器连接上了网络，剩下的工作就由大脑来做了。电信号、神经处理器的信号和大脑的信号交融在了一起，飞船和自己的身体似乎都在很远的地方，他的意识又飞出了体外，朝他认定的大陆同盟的卫星子网飞去。

他的意识进入了一颗卫星——那卫星很老，热传感器很原始。他看不到美杜莎，也感觉不到自己，于是就又跳上了下一颗卫星。

就是这样。

他的大脑和卫星融合在了一起——不，是想要融合——他在卫星里遇到了另一个意识。另一组在太空中飞翔、脱离肉体的神经信号。

汤姆惊讶万分地退回到了自己的飞船里，用飞船的传感器观察着美杜莎的飞船。他的心颤抖不已，一种不安的感觉从他的心里升了上来，他觉得美杜莎一定也在做同样的事。

美杜莎发了条信息过来：*你和我一样。*

汤姆震惊得说不出话来，他的大脑完全停转了。过了一会儿，他才发了一条信息：*我们俩一样。*

原来如此。

美杜莎的技术非比寻常，那是因为她本身就非比寻常。她能接入卫星，能够像连接大陆同盟的系统一样侵入海洋同盟的系统。她能用和汤姆相同的方法连接机器。她总是能抢先一步，这是因为她能看到其他战斗员看不到的东西。她甚至还能和周围的飞船互动，尽管那些飞船连接在互联网上，没有直接连接她的大脑。因为她和汤姆一样，也有那种能力。

意识到这一点后，美杜莎干脆放弃了目标卫星，开始用碎片疯狂地轰炸汤姆——她似乎一下子明白了汤姆是多大的威胁。汤姆躲过这轮袭击——旧卫星、陨石块——这比之前要容易多了，因为他也连接上了同样的卫星网络，获得了和美杜莎一样的优势，大陆同盟和海洋同盟的卫星网络都在源源不断地给他发射着信号。

美杜莎忽然减慢了航速，逼迫汤姆朝一块围绕地球运行的岩石飞去。汤姆迅速躲开岩石，飞船飞出了一条常人根本想不到的航线。他的传感器发现了另外的东西——是卫星。他们所要寻找的那颗卫星出现在了他的电传感器上。汤姆从卫星旁飞掠而过，同时用钳子抓住了卫星，朝地球那蔚蓝的大气层飞去。

他冲入大气层，美杜莎紧随其后。飞船的高温护盾和卫星都被摩擦得发出了光，速度已经非常快了，汤姆知道速度太快的话，他的飞船和卫星都会被烧毁。

美杜莎是一大威胁，真正的威胁。她不顾一切，就像之前汤姆要从她手中夺过卫星时一样。她朝汤姆直飞过来，汤姆知道，此时此刻最重要的就是要避免同归于尽。美杜莎快要和汤姆撞在一起了，汤姆降低高度避开，他的速度增加得太快了，高温传感器疯狂地发射着警报。汤姆开始减速，但还是因为被重力俘获而偏离了航向，离华盛顿特区太远了——他落入了一片暴风雨云层中。

汤姆的飞船冲入风眼，美杜莎追了上来。周围全是乌云、闪电和颠簸的气流。汤姆调整航向，躲开闪电，一道闪电就能结束这所有的一切。他再次尝试进入大陆同盟的卫星网络……

美杜莎的意识正在那里等着他，像闪电一样把他的意识赶出了卫星，裹挟到广阔的互联网中。汤姆的意识穿过无数的机器，周围一片混乱，美杜莎正带他进入一片未知的地域。

新的连接出现在了他的眼前，汤姆忽然连接上了埃利奥特·拉米雷斯的神经处理器。

汤姆能够通过埃利奥特的眼睛看到圆形大厅里的情景。他甚至都能在美杜莎从内部向埃利奥特的大脑发送指令时感觉到埃利奥特的惊讶。埃利奥特不再假装操纵飞船，而是在大厅的中央绕起了圈儿，就好像是在滑冰一样。斯凡特拉娜·莫利亚科娃看着埃利奥特又是回旋又是飞跃，扑哧一声笑了出来。

于是，汤姆也透过埃利奥特的眼睛将注意力集中在斯凡特拉娜身上，斯凡特拉娜的IP地址在埃利奥特眼前闪过，汤姆进入了斯凡特拉娜的处理器，命令斯凡特拉娜张嘴大叫："我要把你生吞活剥了！拿你的血洗澡！"他能感觉到斯凡特拉娜的脸烧呼呼的，也能通过斯凡特拉娜的眼睛看到周围的贵宾，贵宾们看看这个，又看看那个，对眼前这两位年轻人的奇怪举动迷惑不已。

汤姆想了下自己的飞船，意识就又飞回到了飞船里。又是一个急转，飞船冲出了风暴。他感觉到美杜莎的意识正紧跟着他，争夺着飞船的控制权。美杜莎的意识想要松开钳子，让他把卫星扔到大洋里。毁掉卫星他就赢不了了。

一个念头闪过了汤姆的脑海：既然美杜莎能够进入埃利奥特的神经处理器，他也能进入斯凡特拉娜的，那为什么不能进入美杜莎的神经处理器呢？

汤姆放弃了对钳子控制权的争夺，直奔美杜莎的飞船而去，他刚一接触到飞船的系统，美杜莎就撤回了意识进行防御。

不过汤姆真正的目标并不是她的飞船，那只是佯攻而已。

他切入了美杜莎的飞船和神经处理器的交互信号，美杜莎的神经处理器正在地球上的某个地方和飞船通信。汤姆追随信号而去，发现自己进入了一个位于华盛顿特区的网络，他的意识与网络交互，穿过了东亚联合体大使馆的安全防火墙。汤姆发觉自己进入了一套监控系统，监控着使馆内的许多房间。他发现了一间密室，一个女孩儿正通过端口连接在网络上。他透过监控摄像头看了过去。

第一眼，那个身着迷彩服的女孩儿就和他想象的一样——粗粗的黑辫子、厚厚的嘴唇，小小的脸。接着摄像头移动了一下，照出了她的整张脸，汤姆一下子明白了为什么她的称号是美杜莎。

神话中的女妖，看到她脸的男人都必死无疑……

她的另外半张脸看起来就像是月球表面一样布满了斑痕，只有那只黑色的眼睛还算完好。那一侧原本该是头发的地方现在都是肉色的疤。她一定是经受过什么可怕的事故，她的鼻子和嘴也向下扭曲着，就好像是融化进了那半张脸里。汤姆盯着那个他如此迷恋的女生，那个长相如此可怕的女生，心里的震撼让他一下子忘记了正在进行的战斗。

就在此时，一个念头闪过了他的脑海。

他知道该怎么赢了。

汤姆差点没有狠下心来这么做。就差一点。虽然他可以很狠毒，但能利用这个武器只是因为美杜莎喜欢他，他明白这么做会越过某条界限，而且一旦越过就再也回不去了。

汤姆的一部分意识连接了自己的飞船，命令飞船朝华盛顿特区飞去。他能感觉到美杜莎正在从他的手中夺过飞船的控制权。他知道飞船正在撞向地面，输赢马上就要见分晓——而他输不起。要是输了就完了，布莱克伯恩会把他给毁了。

汤姆瞄准了美杜莎的内心。

我知道你为什么叫美杜莎了。

他操纵摄像头转向美杜莎，并且故意让美杜莎感觉到了他的动作，东亚联合体大使馆内，意识又回到了那个被毁容的女孩儿体内。女孩儿睁开眼，抬头正看到对着她的摄像头。她的脸上写满了恐惧。

汤姆知道，此时的自己已经变成了马什心目中的那个坏人。

汤姆能够感觉到美杜莎的意识在尖叫，愤怒的风暴向他阵阵袭来。美杜莎的意识在他的脑子里尖叫着。

你把一切都毁了！你把一切都毁了！

美杜莎的意识离开了汤姆，汤姆知道她要干什么。美杜莎发动了自杀式袭击，根本没有躲避的可能。于是汤姆把一切都交给了命运，他松开钳子，飞船把卫星扔向史密森学会的草坪。与此同时，美杜莎的飞船与他的飞船同归于尽。

所有传感器的信号都中断了。

汤姆睁开眼睛，一把拔下脑干上的神经导线。

他正在密室里，旁边是人事不省的尼格尔，前面的大屏幕上正在显示圆形大厅里的情景。大厅里一片安静，埃利奥特不再假装滑冰，斯凡特拉娜也不再尖叫。所有人都看着头顶上的圆形屏幕——不知道汤姆是不是毁掉了卫星。

画面切换到了史密森学会的草坪，卫星落在草坪上，冒着烟，但形状完整，不远处就是两架飞船的残骸。合众国和天竺国的国旗交叉在一起，像两把剑一样扫过屏幕，指明了赢家。

汤姆成功了，他赢了。

海洋同盟的队伍欢呼雀跃。埃利奥特向人群挥着手，沉浸在掌声中。

汤姆脑袋朝后一仰，躺在了地毯上。满脑子想的都是那个被他羞辱了的女孩儿。汤姆违背美杜莎的意愿，看到了她的秘密。她是世界上最伟大的武士，就像阿喀琉斯一样，但汤姆一剑戳中了她的脚踝。

那双惊恐不已的黑色眼睛不断浮现在他的脑海里，久久不能散去。

第三十一章

不一会儿，马什将军和布莱克伯恩中尉打开了密室的大门。

“干得好，雷恩斯先生——”马什停住了，眼前的景象吓了他一跳：汤姆躺在地上，椅子翻到了一边，尼格尔斜靠在墙上，地上扔着神经导线。“出什么事了？”

“消息是他泄露的，将军。”汤姆朝尼格尔点了点头。他注意到了布莱克伯恩脸上的惊讶，愤怒一下子从胸口涌了上来。“也许你应该把他弄到你的普查器上看看！哦，他还打算把尖塔一起毁掉，顺便提一句。”

布莱克伯恩和马什互相看了对方一眼。

“我没收到你的消息。”布莱克伯恩盯着汤姆的眼睛，“按照约定如果有什么麻烦的话你应该给我发网信的，雷恩斯。”

“我没来得及。”汤姆辩白道。

布莱克伯恩锁上门，和马什干起了活儿。马什把椅子摆好，把汤姆扶起来坐在椅子上，然后按着耳塞命令外面的行动队清空走廊。布莱克伯恩蹲下检查了一下尼格尔的脉搏，而后转向汤姆，开始解除他的死亡模式。汤姆一动不动地坐着，一点儿也不想感谢布莱克伯恩。

“出口清理完毕。”马什告诉布莱克伯恩，“把哈里森带到限制区去，在别人注意到你不在之前马上回来。

“是，长官。”布莱克伯恩把哈里森架在肩膀上走了出去。

看着关上的大门，汤姆感觉一阵轻松，这次被带去普查室的是尼格尔，不是他。

汤姆简要介绍过情况后，马什拍了拍他的肩膀，对他表示祝贺，并让他先在这里等着，等圆形大厅清空后再出来。马什走了出去，汤姆从屏幕上看到他又回到了圆形大厅，不断地与联盟里的各位高管握着手。汤姆低下头，他现在没有心情看别人庆祝。

一方面，他感觉自己卸掉了一副沉重的担子；另一方面，他也渐渐意识到自己为了获胜做了什么。他甚至都不想庆祝自己对战美杜莎的第一场胜利。想想都觉得恶心。

也许正是因为如此，当大门打开，道尔顿走进来时，汤姆很难在脸上摆出胜利的微笑。

“谁让你进来的？”汤姆说。

“马什将军知道我是你家人的朋友。”道尔顿狠狠地关上了门。

大概是为了故意刺激道尔顿，汤姆说：“你大概已经听说尼格尔的事了。”

“你让我吃了一惊，汤姆。”道尔顿在屋里绕着圈子，然后又靠在了门上，抱着胳膊。“你在五角尖塔待了那么久，居然没有人给你讲过‘相互保证毁灭[①]’理论。”

“克伦威尔少校讲过。不过我们的毁灭可不是相互的，道尔顿。我的好兄弟尼格尔——”汤姆用大拇指指了指身后的空椅子。“他在被我搞定

① 相互保证毁灭是一种军事战略思想。是指对立的两方中，如果有一方全面使用核武器，则两方都会被毁灭。即：要避免有人使用强大武器就必须同样部署这样的武器。这实际上是一种战略平衡，双方都要避免最坏的结果——毁灭。

前说了些很有意思的话。”

道尔顿猛吸了一口气。

汤姆一脸傲慢地冷笑了几声。“是啊，他一直在说你是如何让他泄露战斗员的姓名和IP的。我记得有个词是专门形容这种情况的，是什么来着？哦，对了，叛国。”

“你没有证据。”

“那可不一定。在布莱克伯恩中尉把他绑在普查器下挖掘出关于你的一切之前，你最多还有两个小时。”

“是，但他只能把他的发现交给他的上级，他的上级会告诉我的上级。花上一两笔竞选捐款，米尔格兰姆总统就会把这一切都扫进垃圾箱。”道尔顿像蛇一样地笑了起来，“这个世界就是这样运行的。”

“好啊。那我就用普查器提取出我自己的记忆——尼格尔告诉我道明公司的打算时，里面可全都是你的计划——然后传到网上。”他看到道尔顿畏缩了一下，就好像是被扇了一耳光。汤姆笑了笑说：“这也是世界的运行方式之一。”

威胁奏效了。道尔顿浑身冒汗，搜肠刮肚地想要反驳。他知道互联网上什么秘密都保守不住。尽管网络可以监控，并且这么多年来审查过滤的手段也越来越完善，但网络用户实在是太多了，移动终端也太多了，联盟根本没办法把他们全部封掉。

道尔顿终于开口道：“你一定会后悔的。我曾经提供给你飞黄腾达一生的机会。”

“提供？这个词儿有问题吧，道尔顿？说得好像我有选择一样。”

“我不得不强迫你。你太蠢了根本不会配合！只要愿意跟我合作，你本可以成为下一个埃利奥特·拉米雷斯的。”

汤姆看了看屏幕，圆形大厅里，埃利奥特正忙着与人握手交谈寒暄。

他正在演戏，隐藏好自己的真实想法，对所有人都是同一副表情。埃利奥特也许能做到，在不丧失自我的前提下摆出那种笑脸。

但汤姆不行。

他知道这意味着什么，为了获胜而失去一部分自我。他已经知道了这么做有多么的没有意义。也许他救了自己，救了尤里，也救了华耶，但却摧毁了美杜莎——这胜利非常苦涩。摆出一副笑脸接受自己厌恶的那些人的祝贺，想想都让他觉得恶心。他做不到，这会让他感觉窒息。为了在道尔顿那样的人中赢得一席之地而放弃自我，这么做一点也不值得。

“埃利奥特还不错啦。”承认这一点让汤姆自己都觉得有些惊讶，“但我永远也不想成为他那样的人。”

“这么想的话，只能说明你和你父亲一样蠢。”

“我爸爸不蠢。”

“我很了解他，汤姆。他根本干不了什么工作，所以就自欺欺人说什么要反抗社会。做不到就假装自己不想做。但我知道，现实很残酷：人人都想成为埃利奥特·拉米雷斯。”

汤姆看着道尔顿，这家伙居然无法理解有人和他的想法不一样，真是不可思议。但这也很正常，道尔顿那样的家伙是永远也无法理解父亲这样的人的。父亲有缺点，有很多缺点。但有些事情他看得很透。所谓的外在、权力从来都骗不了他，他从不做强大社会的奴隶。尽管经常受到打击，但他从不低头，不让企业给他套上枷锁。父亲实在是太顽固，太骄傲了。

汤姆头一次意识到父亲也有值得称羡的地方。独自走在不为社会大众所认可的道路上，这需要勇气，需要力量。道尔顿·普雷斯特维克完全按照社会的要求行事，甚至没有意识到自己已经深陷其中没有了自由。他这辈子只能不断地扮演道尔顿·普雷斯特维克的角色。这比汤姆所能想到的任何一种结局都要悲惨。

汤姆站了起来，他只希望这个人从自己的人生中消失，永远消失。

“做个交易吧，道尔顿。再别惹我，懂吗？我们俩以后再也不要在对方的视线里出现。别再让我在尖塔里看到你，也别再打别人大脑的主意，卡尔的也不行，尽管要是出了什么事完全是他罪有应得。只要他一开始抹发胶穿礼服，我就会让尖塔检查一下他的脑子里是不是有道明·阿格拉的软件。至于我父亲——对你来说这个人根本不存在，不许再提他的名字。”

道尔顿眯缝着眼睛算计着。“就这些？”

“做到这些，我就不把我的记忆发给任何人；做不到的话，我就把这些都贴在网上，我说到做到。”

“好，成交。”道尔顿伸出手，“握手吗？”

汤姆转身背对着他。“我不会和你握手的，道尔顿，走吧。”

和其他所有非战斗级的学员一样，汤姆的身份还是国家机密，所以他一直在密室里等非海洋同盟的人离开。等到国会大厦里只剩下军方和海洋同盟公司的代表后，他才走了出来。

汤姆来到圆形大厅，走到埃利奥特旁边。“怎么样？”他问。

埃利奥特的衣领都湿透了，他敞着领口，好像很缺氧。“还记得我说过希望自己来战斗吗？嗯，把那都忘了吧。我现在很高兴——不，简直是喜出望外——能有这么个代理真是太好了。”他抬起头捏了捏汤姆的肩膀，“干得好，汤姆。”

“嘿。”汤姆说，“你要是太早被搞垮的话我是赢不了的。你在美杜莎面前坚持了那么久，很了不起。”

埃利奥特微笑道：“谢了。哦，对了，马什告诉我尼格尔的事了。你救了大家，对吧？”他笑了起来。“我的下级生，拯救了所有人。”

“我也获得了不少帮助，是华耶的病毒干掉了尼格尔。我本来打算作弊的，不过没赶上机会。”

埃利奥特看看四周，然后低头趴在汤姆的耳边。“有件事很奇怪。不好解释，我发誓，有段时间我曾经对自己的神经处理器失去了控制。我觉得斯凡特拉娜也是。”

汤姆的大脑飞转，想要想个借口糊弄过埃利奥特。“也许只是……”

“雷恩斯。”

这个声音让汤姆的心一下子悬到了嗓子眼儿，全身的肌肉都紧绷了起来。他慢慢地转过身，愤怒又在胸口燃烧了起来，布莱克伯恩中尉就站在几步之外。

我刚刚在国会山峰会获胜了，汤姆提醒自己，*他不能拿我怎么样*。

布莱克伯恩确实不能把他怎么样。汤姆不由得笑了起来，他忽然感觉很有力量。

“很高兴见到你。”汤姆说，“我正好也想和您聊聊，长官。”

布莱克伯恩眨了眨眼，有些手足无措，似乎是不知道该怎样反应。这让汤姆的心情一下子好了起来。

“有问题吗？”埃利奥特看了看两个人，皱了皱眉。

“没问题，过会儿见，埃利奥特。”汤姆双手插兜朝圆形大厅外那布满雕塑的昏暗走廊走了过去，直觉告诉他布莱克伯恩就跟在他的身后。

走到其他人都听不到的地方后，布莱克伯恩开口道：“刚才你是不是正打算告诉埃利奥特·拉米雷斯你的能力？”

汤姆转过身，愤怒充满了他的血液，他从来没有恨一个人恨到如此的地步。

“不是，长官。上次提到这个问题时我的结局并不是很美好，忘了？”

布莱克伯恩眯起了眼睛。“最先知道的是我，你都不知道你该有多幸运。”

“是啊。”汤姆讽刺道，“你差点把我的脑子给挖出来，真幸运。我都不敢想象黑曜石那样的公司会怎么做。天啊，也许他们真会做出些可怕的事。”

“你当初要是直接把记忆交出来……”

“我们不谈这个！”汤姆叫道，“我才不要再被绑在那玩意儿下面！”他的声音一下子又低了下来，但声调里充满了恶毒，“再说了，我知道你想要什么。”

“是吗？”

“都是因为黑曜石和文格洛夫。他在波尔雅国时就搞坏了一堆成年人的脑子，然后又到这儿搞坏了你们的脑子。最让你气愤的是，他还全身而退了，没有受到任何惩罚，而你却落得个……嗯，罗阿诺克那档子事儿。”

布莱克伯恩全身一僵。

“罗阿诺克的事我全知道了。”汤姆靠在墙上，观察者布莱克伯恩的脸，心里还在冷静地算计。“别误会，不是华耶告诉我的，她从没看过你的个人档案。事实上，她唯一的错误，长官，就是不该对你有一丁点儿的信任。还好这个问题你已经很快解决了。”他看着布莱克伯恩那张面无表情的脸，享受了一下，然后补充道：“不，我能知道这些都是因为约瑟夫·文格洛夫。”

布莱克伯恩猛地回过头，就好像觉得圆形大厅里的文格洛夫此时已经溜到了他们身后一样。

汤姆笑了笑。“是啊，我的老伙计乔[①]。我曾经在贝灵格俱乐部和他见过一面，知道吗？就这些。瞧，根本没有什么人体实验，也没有什么阴谋，

① 约瑟夫的昵称。

我从来没有对你隐藏过这些。我只见过文格洛夫一次，但你知道吗？经你一提醒，也许我确实可以和老乔一起搞点什么阴谋。也许我和乔会有很多话要说，毕竟，我知道在这个世界上你最恨什么，如果让他知道了我的这种‘能力’，这只会让他变得更加富有，更加有权力。你得承认，走回圆形大厅告诉他这一切非常容易。”

布莱克伯恩气势汹汹地向前走了一步，汤姆则靠在墙上一动不动，丝毫没有受到威胁。“你这么做的话非常愚蠢，雷恩斯，到时候你一定会后悔的。”

“有意思。”汤姆冷冷地说，“我倒觉得在被你把脑子彻底搞坏前我得抓住机会，而且知道你有多讨厌这种结果只会让我感觉更好。”

“你这个小傻瓜。”布莱克伯恩低声说，“你以为我不能黑进你的大脑阻止你吗？”

汤姆耸了耸肩。“要是那样你就会错过另一个秘密。我一直没有告诉你：我不是唯一一个能做到这事的人。”

布莱克伯恩猛地后退了一步，就好像刚刚踩到了一条毒蛇。“还有其他人？”他喘息道。

“对，关键就在这儿。去找文格洛夫的人不一定非得是我……我们当中的任何一个都可以去找文格洛夫，告诉他我们能为黑曜石做什么，让他成为年度风云CEO。你可以阻止我，当然可以，但你不可能阻止所有人。知道我怎么认为吗，长官？我认为你以后再也不会打我的主意了。”

布莱克伯恩盯着汤姆，考虑了很长时间——显然是在掂量汤姆是不是真的会那么做。一定是因为在汤姆的脸上看到了什么自己不喜欢的东西，他后退了一步，举起双手，“好，我们俩到此为止。我不会再把你怎么样。”

汤姆感觉非常爽，这就是他想要的结果，另一件是扭掉布莱克伯恩的脑袋——不过他觉得那一点不太可能做得到。

“还等什么？”布莱克伯恩说，“去，雷恩斯，给我消失。”

汤姆摇了摇头，整个人感觉都沸腾了起来。“不，听着，情况不是这样的。这局我赢了，我们俩都清楚。也就是说，你给我消失，长官。”

布莱克伯恩抬了抬眉毛，然后换了副表情，他的嘴唇微微动了动，什么也没说就转身走出了走廊。脚步声中的投降意味让汤姆充分享受到了胜利的喜悦。

奏效了。

一回到尖塔汤姆就去见了奥莉维亚·奥萨雷。奥莉维亚建议他等到国防委员会的下次会议后再撤销诉讼。终于，回信传来：国防委员会看过了尼格尔的记忆，正式签署决议谴责他的泄密行为。有关汤姆的一切进一步调查正式终止。

听到这个消息，奥莉维亚握住了汤姆的手：“我们赢了。”

“你救了我。”汤姆说。

“保护你们这些孩子是我的职责。很高兴终于有了一次这样的机会。”

洗清罪名还算是比较容易的部分，难的是说服父亲放弃诉讼。

尼尔并不清楚细节，他只知道汤姆受到了五角尖塔的威胁，仅此一点就已经足够刺激他了。他不愿意放弃监护权诉讼。汤姆只得在虚拟现实厅与他见面并说服他，尼尔坚持要“看到我家孩子本来的样子”，不要“什么花哨的虚拟形象”。

汤姆原以为父亲会选择赌场或维加斯俱乐部的虚拟实境和他见面，但连上线后，他发现尼尔正站在珠穆朗玛峰上，周围是一片白茫茫的山顶。

父亲看起来比他记忆里的样子更老了，在这一片雪白的虚拟实境中似乎他的体型也变小了。听到汤姆接近的脚步声，尼尔转过身，看了看汤姆。“上帝啊，你现在变成这副样子了？”

“今天新扫描的。”汤姆低头看了看自己，“最近长得很快。”

“你的脸，看看。”尼尔走近了一些，“你的皮肤……”

汤姆感觉胸口没那么紧了，这是他的父亲，不需要担心，可以和他讲道理。“定期清洗而已，爸爸。确实很有用。收到我在达斯蒂·斯匡托赌场给你留的钱了吗？”

“告诉我被你抢的那个家伙罪有应得就行。”尼尔调侃道。

“相信我，爸，绝对罪有应得。”

尼尔的虚拟形象眯起了眼。他仔细打量着汤姆。“笑一个，汤姆。”

“笑？”汤姆问。

“对，笑一个。”

汤姆疑惑地笑了笑。

“抬下眉毛。”尼尔眯着眼睛说。

汤姆一下子明白了尼尔的意思：就跟他们在电视上看到埃利奥特时一样，他觉得汤姆的表情也有些不对，神经处理器调节了他的表情。最不该让父亲知道的就是自己的脑子里有个电脑。

“爸。”汤姆撒谎道，“这是个虚拟形象。看起来要是和我不太一样，那只是因为程序的问题。这和我的脸并不是百分之百一样的。”

“你确定？”

“确定。像素点总会有损失的，技术细节你肯定不会想听。”汤姆自己也不清楚其中的技术细节，但他点了点头，做出了一副非常精通的样子。

尼尔搓了搓下巴。

“再说你一直都挺讨厌虚拟技术的。”汤姆说。

“现实很残酷，汤姆，但我不会逃避。你爷爷就是——比起我们来他更关心什么《魔兽世界》。现在，你真的确定，百分之百确定……”他微微做了个手势，但汤姆完全明白他的意思。他指的是诉讼的事。

“对。我确定你得放弃起诉。我曾经出了点状况，但已经没事了。无论如何我都会待在尖塔。”

尼尔放低声音走近了几步，就好像在虚拟实境里说悄悄话有用一样。“汤姆，你确定？要是军队再找你的麻烦，我会想办法的。”

“爸，真的已经没事了。我当时只是需要你给我一张王牌。我……”他在想怎样说才能在不泄露机密的情况下让父亲理解，但却怎么也想不出来。“我只是在虚张声势。”

“虚张声势？”

“对，赌了一把，而且赌赢了。”

父亲上下打量了他一番，然后心照不宣地笑着说：“我敢说我知道你赌的是什么。”

汤姆不知道父亲想到了什么。“是吗？”

尼尔弯下腰。“你想在国会山峰会上飞，是吧？”

汤姆心里一惊。“什么？”

“今年我们赢了，视频到处都是。只要看一眼我就知道，不是那个叫拉米雷斯的小子做的。直取卫星？一看到我就知道是我家小子。”

“你是怎么——怎么——”意识到自己已经说得太多，汤姆闭上了嘴。

“那种游戏我看你玩过几千遍。以为我不知道你的脑子是怎么转的吗，汤米？”

汤姆盯着父亲的衣领。父亲这些年来一直在看他玩游戏，一直在注意自己。

“呃，昨天我知道了一件事儿。”汤姆说，“你知道我们这里两年晋升一次吧？不过我听说我被提升了。”他不知道自己为什么忽然一下子想让父亲知道。“我现在是中级了。还没到卡美洛级，但应该用不了多久。说不定哪天我也会成为新闻上的某个称号。”

尼尔转过身，眯起眼睛看着太阳。“升职了呀？”

汤姆看着父亲的背影，不知道他又会说出什么“为大企业服务”之类的话。

但父亲的话吓了他一跳：“真可惜我没看到那一刻。”

汤姆不知道该说什么好。他一个字也说不出来。

他也看向远方，就像父亲一样。站在珠穆朗玛峰顶，他感觉胸口阵阵发疼。有生以来头一次，他确信，尽管父亲憎恨他所做的事，但却在为他骄傲。

第三十二章

“蠢头。”

是维克，时间又过去了几天，他们正排好队站在拉法叶厅外的走廊里。汤姆被吓了一跳。“干什么？”

“给你起个外号。”维克说。

这个据说要和恶妇相称的称号在汤姆听来一点意义都没有。排好队的下级生们开始进入大厅。汤姆还在想这个称号的来历，“蠢”和“头”搭配在一起是什么意思？”

“想不明白了吧？”维克在进门时抬了抬眉毛，“我可是挑了好久呢。我们说好的，你得接受。”

汤姆笑了笑。“好，不过维克，这世界上再没哪个外号能比得上热辣小天竺了。”

“去死，汤姆。”

汤姆大笑着跟随队伍进入拉法叶厅，然后排成一列沿过道朝前走去。大厅前端，马什、克伦威尔和布莱克伯恩正在台上。所有学员都以立正的姿势站在自己的座位前，等待仪式开始。

汤姆看了一眼站在下级生区的尤里——尤里对他淡淡地笑了笑。听到自己所有的朋友都获得了提升时，尤里也显得很高兴，但很显然，这一切都让他感到困扰。先是脑子被扰乱，现在又是这样：更加确定自己不可能在体系内获得提升。汤姆转过头看着台上，调整出一幅等待宣布晋升的严肃表情。他偷偷瞄了一眼维克，发现维克此时和自己一样拼命绷着脸，就好像便秘了一样。

他们排成一排站在台前，马什开始发表有关爱国主义的讲话。克伦威尔少校微闭着眼睛，看起来就快要睡着了。布莱克伯恩站得笔直，就好像马上要接受牙齿根管治疗似的。

讲话结束后，由学员中最有音乐细胞的几位组成的乐队演奏了一段进行曲，等待晋升的下级生们走上台。维克是第一个——他从布莱克伯恩的手中接过存有升级信息的神经芯片，从克伦威尔手中接过新的徽章，然后又和马什将军握了握手。维克走下讲台，汤姆盯着维克的脸，想要从中找出一丝骄傲的表情，但维克只是看起来脸色有些苍白。直到看到他偷瞄了一眼下级生区的尤里时，汤姆才明白了其中的缘由：维克还在担心他们一起犯下的叛国罪。第二个上去的是华耶。她站在板着脸的布莱克伯恩面前，两个人一个低着头，一个目视前方。布莱克伯恩将装有更新的神经芯片塞进她的手中，整个过程两个人谁也没看对方一眼，华耶迫不及待地要赶紧走到克伦威尔跟前。

最后是汤姆。布莱克伯恩咬着牙，盯着他，递过神经芯片，整个过程眼睛都没眨一下。汤姆接过芯片，决定在安装前要先让华耶仔仔细细扫描一下。克伦威尔脸上闪过一丝满意的表情，她撕下汤姆的旧肩章，换上了新的。鹰徽还是一样的，只不过下面的一道杠换成了两道杠。马什握了握汤姆的手，脸上充满了骄傲。

仪式结束，所有学员鼓掌祝贺新晋升的几位。汤姆看了看前排卡美洛级学员们的表情。卡尔闷闷不乐地撇着嘴。埃利奥特用胳膊肘捅了捅他，卡尔只得半心半意地鼓了鼓掌。

海瑟一边鼓掌一边看着汤姆，两个人的目光对在了一起——汤姆忽然感觉自己的眼睛又移不开了。她的眼神中还有些熟悉的、值得纪念的东西。汤姆别开视线，感觉自己耳根子发热，就像个蠢货。乐队继续演奏，学员们全体立正。

回到大厅，走到展开双翅的金鹰下面，汤姆这才感觉喘上了口气。维克心事重重地跟在后面，汤姆只得用胳膊肘捅了捅他，希望能让他从沉思中回过点神。“嘿，伙计。高兴点儿。末日双博士不该担心这担心那的。”

维克看了看他，声音低得几不可闻。“汤姆，要是我们不该那么做呢？”

“怎么，你真以为尤里是邪恶的间谍吗？”汤姆低声问。

“不，我只是……”维克抬头看了看四周，确定周围没有其他人后，他说：“得了吧，汤姆！我们做了自己没有权利做的事。这可是叛国。”

逃过了普查器，赢得了国会山峰会的比赛，汤姆感觉自己简直就是全能的。他已经什么都见识过了。“听着，只要我们够小心，就不会有人知道。要是他们怀疑了，我们就让华耶把他改回来。要是不管用，责任由我来承担，这还不行吗？你不会有事的。要怪只会怪我。”

维克似乎安心了一些。他用正常的声调说：“嗯，要怪肯定得怪你，蠢头。”

“蠢头到底是什么？”汤姆忍不住问。

“没用的家伙。”华耶的声音在两个人身后响起。她从挤满了人的大厅里走了过来，尤里跟在她的身后。“就是非常笨的家伙。”

汤姆呻吟了一声。“你确定，维克？”

“既然你还需要华耶来给你解释，这正好说明你很符合蠢头的称号。”维克辩解道。

华耶说："马上就要放假了，离开这里前的最后一晚我们要不要出去干点儿什么？难道就这么干待着？"

尤里一脸崇拜地笑着对华耶说："我们应该出去庆祝一下。我发现了一个适合庆祝晋升的玩法，痛快淋漓。"

"淋漓？"华耶说，"你要给我们买饮料然后浇我们一身吗？"

尤里的笑容僵在了脸上。"我打算请你们吃饭的。"

"吃饭就行了，扔进水里就免了。"

"嗯。"维克罕见地完全同意华耶的意见，"世界上的每家公司都在朝大西洋排污，五只胳膊的孩子都生得出来。"

"可以组建单人乐队。"汤姆对维克说。

维克被那种可能性所吸引，眼睛一下子亮了起来。

华耶叫了起来："不要。那可不能扔水里！不过你还是要请我们吃饭，尤里。"她的声调不容置疑。

其他人都回房换衣服去了。汤姆来回踱着步，看着金鹰。第一次来这里时，自己曾因为觉得金鹰在看自己而吓了一跳。当时感觉挺吓人的，不过现在再看，鹰似乎变小了一些，也许是因为他长大了吧。

一个影子从他身后投在了大理石地板上。汤姆转过身——看到了那双黄褐色的眼睛，还有那能让飞船坠毁的微笑。

"海瑟。"

"祝贺你，汤姆。我就知道你能行。"

"哦，你说中级吗？"汤姆不自觉地看了看自己的新徽章，"嗯，谢谢。"

"不是，我说的是其他事。"海瑟眼角一抬，汤姆知道她指的是国会山峰会的比赛。"看来总有一天你会成为战斗级的一员的。"

汤姆站直了身子，看着她，被这个想法所吸引。看起来这真的是一件确定无疑的事，是吧？马什在台上的表情，他的表现，埃利奥特的友谊，还有这个……他一路走到了这儿。一切都只是时间问题。

“你要和朋友们出去吗？”海瑟走近了一些，“我原打算带你去个地方庆祝一下。”她叹了口气，吹动了自己的黑发，“当然，我的赞助商温德姆·哈克斯公司也让我跟你谈谈接下来你所面临的机遇，不过说真的……”海瑟的眼神顺着他的身体扫了下去，然后又回到了他的眼睛，这让汤姆忽然心跳得厉害。海瑟继续说道，她的声音听起来有些飘忽：“我很高兴能有这个借口和你在一起。”

她那琥珀色的眼睛闪闪发光，似乎是在挑逗汤姆敢不敢做一些鲁莽的事。汤姆忽然觉得此时此刻喘气都有点困难，他俩离得可真近——他都能闻到海瑟洗发水的味道，是椰子味儿的。汤姆忽然意识到海瑟还在玩同样的把戏——她仍然有法子让汤姆感觉自己像个笨拙的孩子，就像他们第一次在尖塔相遇时一样——能有个这样的女孩子和自己说话，真是感觉受宠若惊。

这个念头让他的思绪又飘到了别处，飘到了一个更吸引人的地方，飘到了某个人的身上。

忽然间，汤姆感觉自己的大脑又能正常工作了，等到回过神来时，他已经对海瑟摇了摇头：“抱歉，我还有事要做。”

汤姆不知道今晚有什么不同。自从国会山峰会后，他每天晚上都会在虚拟现实厅里连线。真不知道这一切为什么这么要紧。他希望再找到她。汤姆知道自己毁掉了和美杜莎的关系，不管他们俩之间的关系算什么。而且就算他没有……没有那么……脑海里建立起的那个美丽的东亚联合体女孩儿的形象也已经不复存在了。而美杜莎也清楚，她在网上遇到的男孩儿不是真实存在的。她怎么可能想到自己遇到的那个人会变成那个样子？他们聊天、打斗、比剑言欢，但在整个过程中，汤姆从来都没有表露过，美杜莎怎么可能想到他是那样的人：狠毒、自私、残酷——为了赢过她而在所不惜。

想想都觉得头疼，于是汤姆决定不再想了。也许在经过了这一切之后，离开美杜莎才是一个好人该做的事。可只要一闭上眼睛，他就会看到美杜莎，凶猛的天才，翱翔在太空中。而且他还记得那个吻的滋味。

于是他又回到了网上，直接在宿舍里连上了线。也许过于自信确实有些鲁莽，但经过国会山一役，他总感觉什么都不用再担心了。马什将军把他叫到办公室，再次祝贺了他。走廊里遇到战斗级学员时人人都会向他招手示意，而且亚历山大学院的上级生们谈论的都是他，就好像他加入了某个自己都不知道的秘密俱乐部一样。布莱克伯恩中尉上课时很小心，再也没有骚扰过他，也没有再叫他上台演示。尽管在大厅和食堂，他还是会从远处注视着汤姆，但他确实再也没有和汤姆说过一句话。

汤姆躺在床上，又查看了一遍留言板，然后进入他们曾经的虚拟实境。齐格弗里德和彭特西勒亚的石头城堡里空荡荡的，手握长剑的冰岛女王不在里面。埃及女王与巨怪的虚拟实境里也什么都没有。汤姆有些失望，他又连上了文艺复兴时期的英格兰——发觉自己进入了角色。

他正面对着美杜莎。

美杜莎站在英格兰皇家法庭的王座前，背对着汤姆，虚拟的臣子们在宫廷里忙碌着。汤姆站在她的身后，紧张得全身僵硬。他看了看自己的角色，他自己扮演的是罗伯特·德弗罗，埃塞克斯伯爵。美杜莎转过身，眼前站着的不是那个红头发的公主，而是一位老妇，这是六十七岁的伊丽莎白一世女王。她微微一笑，目光却像抛光的玛瑙般又冷又硬。

汤姆闭上眼睛，信息从他的眼前闪过。

年轻的埃塞克斯伯爵受到伊丽莎白女王的宠信。他利用了女王的宠

信，并背叛了她。渐渐失宠后，埃塞克斯伯爵冲过侍卫的层层阻拦，绝望地冲进女王的宫室。那时女王还没有梳妆完毕——满脸苍老、满头白发，假发还放在一边。两人间调情的种种幌子瞬间崩塌。不久后，女王命令刽子手砍掉了埃塞克斯伯爵的头。

这段话她肯定修改过，太有针对性了。汤姆睁开眼睛，对冷着脸的美杜莎说："我要和你谈谈。"

"还有什么好说的？"美杜莎的声音很冷。

汤姆对此早有准备。他挥动手指，启动了一个图层文件——是从尖塔的数据库里取得的。埃塞克斯伯爵消失了，取而代之的是另一个人：刚刚进入尖塔时的汤姆·雷恩斯。矮小瘦削，满脸痘痕，一头金发，姿态懒散。他以自己的身份站在那里，以那个发誓不要让她看到的形象站在那里，然后又张开双臂，好让她看个清楚，看看自己到底有多……嗯，缺乏吸引力。

"这就是我，看到了吗？"

"这不是你。"美杜莎挥了挥伊丽莎白那苍老的手。女王的形象消失了，取而代之的是一个汤姆差点儿没认出来的形象。

那个形象就是他自己。现在的自己。个子长高了，皮肤很好，淡蓝色的眼睛，神经处理器控制的体态自信满满，体育课锻炼得肌肉匀称，整张脸不论从哪个角度看都充满了自信。

汤姆看着另一个自己，感觉就好像在看一个陌生人。"你什么时候见过我的？"

"我侵入了贝灵格俱乐部的监控摄像头。"

汤姆抬了抬眉毛，美杜莎肯定看得出这其中的讽刺。

"是，我是个伪君子。但这改变不了什么。"美杜莎坐回到王座上，"你不能这么做，不能用那种方法做了那种事然后又这么跑来装好人。"

“我只想弥补一下。”

“那就让我好好恨你吧。”

汤姆感觉被狠狠揍了拳。“你现在恨我了？”

美杜莎伸出一根手指，汤姆的形象变成了新近的自己，美杜莎的形象变成了汤姆曾在监控中匆匆瞥了一眼的那个样子。汤姆抑制住把头扭开的冲动，同时也抵抗着想要仔细看个清楚的冲动。他感觉自己被那张毁容的脸上的两只眼睛逼到了墙角。他无论如何也想象不出这样生活在世上是个什么样子，就像个怪兽一样。

“你有没有，嗯——”汤姆犹豫着该怎么说，“试过修正一下？”

美杜莎没有回答，汤姆局促不安地挪动着身子。“八次外科手术，五次皮肤移植，两次换脸。神经移植之后，我就厌倦了。够了。之前一直都很好，直到遇到你。直到你让我装成正常的样子。”

“对不起。”汤姆只能说得出这一句。

美杜莎耸了耸肩。“也不怪你。”

她走到了一扇隐藏在墙上的门前，汤姆打心眼儿里确信，一旦走进去，自己就再也见不到她了。

他赶紧跟了上去。“我必须要赢，只能赢。他们以为我是叛徒，不赢的话我就会失去神经处理器被送进监狱。听着！我又——我又不能让你故意输给我！”

美杜莎回头看了看他，一道光芒从眼中闪过。“也许我本来会的。”

汤姆喉头一紧。“你不会。”没人会那样做的，不会。

“我猜你永远也没有机会知道了。提前提个醒儿，莫德雷德——下次战斗，我会狠狠地把你踩在脚下，到时候你会让我看起来光彩照人的。”

汤姆的不安消失了。这也许是个承诺，尽管她的意思可能是威胁——他们还会再见。

汤姆不由得笑了起来，他愿意接受，非常愿意。“你可以试试。”

美杜莎的唇边闪过一丝挑衅的笑容，汤姆觉得自己认出了那种表情。他们俩是同一种人，正因如此他才能在布伦希尔德的脸上、在阿喀琉斯的头盔下、在太空中的飞船上认出她。美杜莎走了，虚拟实境暗了下来。汤姆拔出导线，美杜莎那充满危险的笑容在他的脑海里久久不肯散去。

一阵砸门声传来，维克、尤里和华耶走了进来。

“嘿，伙计，我们都饿死了。”维克说，“我觉得再过十分钟就该吃人了。”

“那倒是真的。”尤里重重地坐在汤姆的床上，“不过被吃的肯定不是我，我还要请你们吃饭呢。”

维克点点头。“肯定也不会是华耶。我们要是把个姑娘给吃了就太混蛋了。而且因为主意是我出的，所以被吃的肯定也不可能是我。所以就剩你了，汤姆。等着被天波食人族生吞活剥吧。比默一定喜欢这种死法。”

“天波？”华耶说，“哦，你是说不让我吃吗？”

维克生气地举起双手。“得了吧，恩斯洛。想什么呢你？你当然得跟我们一起吃汤姆了，只不过合众天竺波尔雅食人族听起来有点长而已。”

看着其他人的笑脸，汤姆自己也笑了起来。一年前的这个时候，他从没有想过自己会有未来，更不会想到自己还会有朋友。

而且他绝对不会想到，自己会跟别人说：“好啦，别把我杀掉吃掉行吗？我们这就出发。”

本卷完

致谢

致谢是最难的部分，因为在本书诞生的过程中，需要感谢的能人实在是太多了。首先要特别感谢的是梅尔和罗布，你们俩对我实在是太好了，不论是在写作的过程中还是在日常生活中，怎么感谢都不为过。因此一定要把你们俩排在最前面。

梅尔，除了我的经纪人外，你是第一个读到这本书的人，你给了我许多优秀的建议和独具洞察力的思考，谢谢！

罗布，谢谢你，谢谢你读懂我脑中的所思所想，也谢谢你总能从不同的角度帮我理解事物。

同时还要感谢的有：

杰米，你在很多年前和我共同撰写了我的头一份手稿，那是我写作生涯的开端，也谢谢你这些年来给我讲的各种蠢故事。哦，在过去的一年里，每当我无端焦虑沮丧的时候你都会安慰我。

杰西卡，你和我从小一起长大，而且你曾花了整整一年的时间试图说服我，让我相信我是个火星人。我觉得，能够有个人和你共享所有的童年回忆真的非常稀奇。而且我也盼望着和你一起分享更多的成年记忆。你真是太棒了，杰西卡！

贝齐，能有你这样的嫂子真是太好了，真等不及看到你的姑娘们快点儿长大！

朱迪和帕索福斯（你们就像是我的第二亲人），陶德罗（你总是能在正确的时间想出正确的主意），还有海滕斯。

大卫·道顿，你从一大堆稿子中发现了我，并一直缠着我，直到我同意了你的意见。你总是不遗余力地推广我的小说，能有你来做我的经纪人真是太幸运了。还有尼基，多亏了你给大卫“点了一把火”，他才看完了我的初稿，尽管那时候你们自己也有很重要的事务要处理。谢谢你们。

莫莉·奥尼尔，阅读这本书的次数和我一样多的人只有你一个，说实话，你真是人们梦寐以求的编辑。你的直觉真是太准了，你一直全心全意地相信这部作品，为它宣传，而且你也一直相信我有能力修正它的弱点。

感谢凯瑟琳·提更与凯萨琳·特根出版公司和哈珀·柯林斯出版集团的团队：安妮·霍普、萨拉·沙姆威、克劳迪亚·加贝尔、梅丽莎·米勒、凯蒂·比格内尔、劳伦·西蒙斯、让·麦克金尼、巴布·菲茨西蒙斯、艾米·莱恩、乔尔·提皮、萨米·阮（谢谢你设计的封面！）、丽莎·王、埃希尔达·克尔、凯瑟琳·希尔萨德、劳伦·弗劳尔、梅根·萨格鲁、斯蒂芬妮·斯坦、艾莉森·李斯诺以及凯西·麦金泰尔。

还要感谢萨拉·克洛，以及所有购买了此书海外版权的外国出版人，尤其要感谢萨拉·奥德蒂娜和热键图书，他们也将推出此书。谢谢凯西·艾瓦雪夫斯基、约翰尼·帕里希尔、德鲁·里德和桑德尔·鲍曼，以及所有在福克斯为稿子提过意见的人。

感谢苏珊娜·赫曼斯、凯西·博纳和吉尔·亨德里克斯，你们是最先读到这本书并支持它的书商！

还有许多让这个世界变得更加有趣的人：艾莉丝和蒂姆、克里斯蒂安、邓肯、玛克辛、贾恩、杰基、雪莉、克里斯蒂娜、埃里森、艾米、斯蒂娜、雷切尔、艾什莉、简奈尔以及SDAP的同仁。

还有那些我所请教过的博学的老师们，这里提到的只是其中的几位：特里先生、奥特先生、英娜·维、夏皮罗先生、斯蒂娜女士（人体在她眼里非常地有逻辑）以及塞维利亚女士。

缪尔博士：谢谢你的那些研究和讨论。多年后，一想到一个像你这样高知的教授能够在我这种本科生身上花费那么多时间，我就心生感激。能有机会参与你的研究是我的荣幸。

佩蒂格鲁女士，谢谢你，是你鼓励了一个十年级的女生认真追求写作的事业。

如果我还遗漏了谁的话……好吧，你们不是认真的吧？看看这名单有多长了！我已经尽力了。